ハヤカワ文庫 SF

〈SF2160〉

シルトの梯子

グレッグ・イーガン

山岸　真訳

早川書房

8108

SCHILD'S LADDER
by
Greg Egan

Translated by
Makoto Yamagishi
First published 2017 in Japan by
HAYAKAWA PUBLISHING, INC.
This book is published in Japan by
arrangement with
CURTIS BROWN GROUP LTD.
through THE ENGLISH AGENCY (JAPAN) LTD.

目次

シルトの梯子

第一部

1

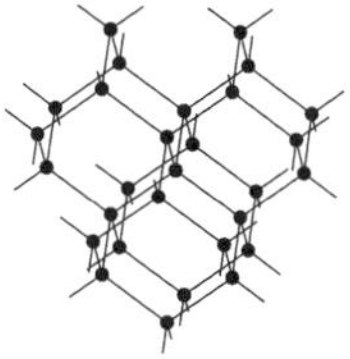

はじめにグラフありき、グラファイトよりはダイヤモンドに似たものが。このグラフの節点《ノード》という節点が四価だ。つまり四つの辺でほかの四つの節点につながっている。辺の数で見た場合、ある節点から出発してその節点自身に戻ってくる最短経路は、六つの辺からなるループとなる。すべての節点は二十四個のそのようなループに含まれており、同様に八つの辺からなる四十八個のループにも、また十の辺からなる四百八十個のループにも含まれている。辺は長さや形を持たず、節点は位置を持たない。グラフはある節点がほかの節点につながっているという事実のみから構成されている。存在しているのは、無限に繰りかえされるこのつながりのパターンのみだった。

はじめに？　目ざめて頭がしっかり働くようになってきたキャスは、自分の考えのまちがいを正した。子どものころにはそういう風に覚えたが、いまの彼女はもっと慎重な考えかたをしようとする。サルンペト則により宇宙の歴史をダイヤモンド・グラフの近くまでさかのぼることができ、ビッグバンにあってしかるべきあらゆるものがそこにあった。低エントロピー、粒子の生成、急速に膨張する空間。ただし、道しるべをはるばるそこまでさかのぼることに意味があるかどうかは別の問題だ。

グラフの蜂の巣状のパターンが頭の中の暗闇からなかなか消えなかったが、それは放っておいた。子どもの視線で世界を見ることをやめて以降、キャスには自分がいま人生のどの段階にいるのか、判断がつかなくなっていた。長命につきもののちょっとした深刻な問題のひとつだ。目ざめるたびに、一万軒の家があり、そのすべてにかつて住んだことがある街で自宅への帰り道を探そうとするのと似たハメになりかねない。まぶたの裏側にくっきりした手がかりが浮かんでいたとしても、どうにもならなかった。目をさますまえに、記憶の道すじを現在までたどっておく必要があった。

サルンペト則はあらゆるグラフについて、それが別のグラフに変化する確率に量子振幅をあたえる。サルンペト則が予測するさまざまな事柄のひとつは、もしグラフに三つの三価の節点と三つの五価の節点が交互に並んだループが含まれているとしたら、そのグラフは、同じパターンを持つけれど隣接する節点の集合へ移動したものに変化する確率がもっとも高いだろう、ということだ。このようなループは光子として知られる。サルンペト則は光子が動くことを予測する（どっちへ？　その確率はすべての方向について等しい。光子の方向を定めるには大きな手間を要する――ひとつの好ましい方向以外に動いた場合には、たがいに干渉し打ち消しあう無数の異なるバージョンを重ねあわせなくてはならないのだ）。

ほかのパターンも同様な方法で伝播し、それらの対称性と相互作用は既知の素粒子のそれと完全に一致する。ありとあらゆるグラフはそれでも単なるグラフ——節点および節点相互のつながりの集合体——にすぎないが、ダイヤモンド内の傷は独自の生命を帯びる。

　現在の宇宙の状況はダイヤモンド・グラフからはほど遠い。恒星間空間のほぼ真空の領域でさえ、それがほぼユークリッド的な幾何学であるのは、その領域が無数のグラフ——各々が仮想粒子で満ちている——の精巧な重ね合わせであるという事実に依存している。そして理想的な真空はその複雑な構造がすべて理論的にわかっている一方で、ほとんどの現実の空間は宇宙線や、分子による汚染や、ニュートリノや、終わりのない重力波のかすかなさざ波にさらされていて、理想的状態からは制御不能なまでに逸脱している。

　だからキャスは、〈ミモサ研究所《ステーション》〉へと旅してきた。命名の由来となった青色準巨星ミモ

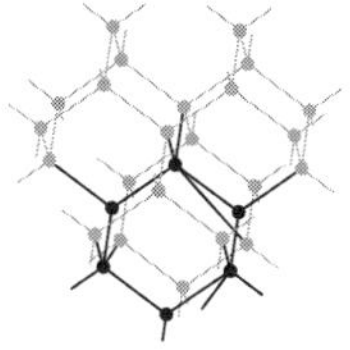

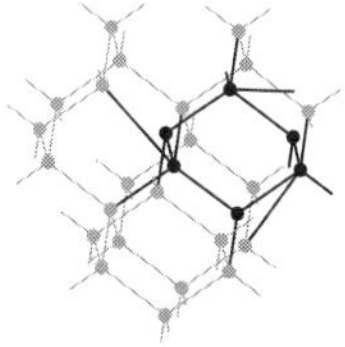

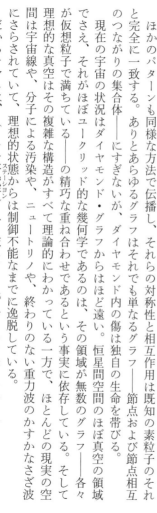

サから半光年、地球からは三百七十光年の宇宙ステーションへ。ここで、レインジと彼の同僚たちはノイズに対する障壁を築きあげていた。

キャスは目をひらいた。ストラップでウエストをベッドに縛りつけられたまま、頭をあげてポータルから覗き見ると、静化障壁をかろうじて見分けられた。百万キロメートル彼方の外殻が青くきらめいている。〈ミモサ・ステーション〉には空間の余裕がほとんどないので、キャスは身長二ミリメートルの体に入らざるをえず、そのため視野がいつもより鮮明さを欠いていた。けれど、無重力と真空、それに昆虫大の体であることの組みあわせが、キャスを心地よい強健な気分にしていた。身長が千分の一に縮んだので彼女の筋肉や腱の断面積は千分の一の二乗に減っていたが、体重は千分の一の三乗に減っていたので、あらゆる衝突に関連する圧力や張力は羽根のそれ程度のわずかなものになっていた。たとえキャスがセラミック製のステーションの壁に正面衝突しても、花びらでできた障壁に止められたようにしか感じないだろう。

残念なことに、キャスが実体をともなわない障害物にぶつかった場合には、同様の魔法めいた弾性は作用しない。キャスは、〈ミモサ〉の人々が彼女の提案になんらかの価値を見いだすという保証がなにもないまま地球を出立したが、その数日前まで、心の傷になるような拒絶を受けるという現実的な可能性を直視せずにいた。キャスには、議論のあらゆるやりとりのあいだに七百四十年の遅延をストイックに我慢して、提案の説明すべてを地球からおこなうという手もあった。あるいは、必要な情報を持たされた非知覚〈代理体〉を〈ミモサ〉

に送って、自分のかわりに嘆願させるという手も。けれどキャスは、遅延を我慢してなどいられないという気分と、自分の提案は自分で説明したいという思いとが強すぎて、むこうみずに自分自身を送信したのだった。

　そしていま、評決まで二時間を切っている。

　キャスはストラップを外して、ベッドから漂い離れた。体を洗うのも排泄も必要ない。ほぼ条件不問の実体化請求ヘッダがついた紫外線パルス流として彼女が到着した瞬間から、〈ミモサ〉の人々はていねいで親切に対応してくれた。そのもてなしぶりをいいことに、くだらない贅沢な要求をしないよう、キャスは気をつけてきた。自己充足した体と安全に眠れる場所さえあれば、キャスが人心地つくにはじゅうぶんだ。真空に対して密封され、光だけを食料とすることに慣れるには少し時間がかかったが、それは地球にいたころの、なじみのない地方の風習や気候についてと同じだった。このステーションで食事や排泄の権利を要求することは、地球上の施設に客として滞在しているときに、子どものころのお気に入り料理をそっくりそのまま再現しろとごねるような愚劣な行為といえるだろう。

　キャスの身長よりわずかに幅広い円形のトンネルが、質素な寝部屋を、彼女が地球から持ってきたソフトウェアとのやりとりができる小部屋につなげていた。そしてその部屋で、〈ミモサ〉の人々ともやりとりができる。キャスは穿孔のようなトンネルを文字どおり弾みながら進んでいった。両手両足で壁を叩き、頭や肘をわざとぶつける。

　キャスは小部屋に入った。そこは雲がまだらに浮かぶ空の下に青々とした草地が広がっているように見え、キャスは巣穴の口から出てきて草地の上に浮かんでいるかのようだった。その幻想は視覚と聴覚に限られた話だ——音声は電波にエンコードされている——が、キャスを草地の下に隠されたセラミックに縛りつけておくほどの重さがないので、細部に宿る力には不気味なほどの説得力があった。草の葉二、三枚を見て数匹の昆虫の鳴き声を聞いただけで、キャスは半分本気で晩夏の空気のにおいをかいだように思った。

もしこの光景を外部環境にとどめておかず、キャスの内側にまで入りこませたとしたら——以前の、身長二メートルの体に宿り、チャーマーズ湖で泳いだあとで朝食にフルーツとオート麦をどっさり食べていたころの感覚にいたるまでを再現したとしたら——それは果たして自分をだますことになるのだろうか？ 現実を把握したままでこの心安らぐ芸術品的環境にひょいと出入りすることがキャスに可能なら、そのプロセスをもう数歩押し進めてなにが悪い？

いまはその問題は考えないことにしたものの、それが決して頭から離れることがないのをキャスはうれしく思った。じっさいどんなものにでも一瞬にしてたやすく変身する手段が存在するときに、アイデンティティを維持する唯一の方法は、自分自身の境界線を引くことだ。その境界線を正しい場所に引いたかどうかを問いつづける衝動を失うようなことがあったら、生まれたときの体でいるまま以外の選択肢が実質的に皆無のホ︑モ︑・サ︑ピ︑エ︑ン︑ス︑として生まれたほうがマシだっただろう。

巣穴のすぐそばに、腕を組み、微笑を浮かべたレインジの大理石像が立っていた。それはメッセンジャーで、キャスが身振りで合図すると彫像は活動状態になった。白い石が皮膚の色合いと質感を帯びる。レインジ本人は、生きている皮膚をわざわざシミュレートしたり、ましてや身に帯びたりしようとする人々からは数世代隔たっていたが、キャスは〈ミモサ〉の人々の通信プロトコルを装備していなかったので、あらゆる通信を地球で使っていた視覚的表現に翻訳していた。

「お約束どおり、わたしたちの決定は九時にお伝えする」メッセンジャーが請けあった。「ただ、もし決定の前に最終レビュー・セッションをおこなうことになったら、応じていただければと思う。わたしたちの中には、まだ完全に解決されていない問題点があると感じている者がいる。セッションをおこなう場合は七時半開始だ」メッセンジャーはお辞儀をすると、返事を待つことなく静止状態に戻った。

キャスは予定の急な変更に過剰な意味を読みとらないようにした。ホスト役の〈ミモサ〉の人々がまだ評決にいたれずにいるとわかったのは大いに気になるところだが、少なくともキャスが思っていたよりも長く待たせたままにしておくつもりはないようだ。キャスが三十年の準備期間に思い浮かべた実験のあらゆる側面は、ホストたちに詳細にブリーフィングずみなのに、いまホストたちが二十分後に決定的な新しいなにかを彼女から聞きたいと思っている、という事実は、パニックを起こす理由にならない。ホストたちがキャスの分析にどんな未解決問題を見つけたにせよ、彼女はそれをきちんと説明する機会をあたえられている。

それでも、キャスの自信は揺らいで、提案を拒まれる可能性を考えるのを止められなかった。ここにやって来てひと月になるが、まだ孤独もホームシックも感じていない。それは、地球に戻ったときに支払うことになるだろう代償だ。実体を持つ人々の社会の歩みはゆっくりとしたものだが、それでも七百四十年あれば深い溝が刻まれる。地球にいるキャスの友人たちがみな等しく経験した変化が、キャスと友人たちとのあいだの際立った違いでなくなるには、数千年紀はかかるだろう。もしなくなることがあるとして、数千年紀は。

キャスはいまも、自分がその喪失感を仕方ないものとして受けいれることができると信じていた。それと秤にかけられるものがあるならば。単一存在《シングルトン》であることは、決断という決断に代価がともなうのを受容することを意味するが、この現状が得難い報償であって、罵るべき苦境ではないことを理解しさえすれば、この上なく愚かしいも同然の選択にもいくらかの面子をほどこすことになるだろう。

けれど、もし〈ミモサ〉の人々がキャスの提案を却下したら？　自分のアイデアが可能なかぎり迅速にテストされるのを期待して、ただそれだけのために、数百光年を旅し、真空中に住まう昆虫大の体に宿り、自分の属している世界から自らを疎外するという程度の行為にも、もしかすると勇敢でロマンチックなところはあるかもしれない。だが、その期待が水泡に帰したら、いつまで自分が大胆なことをしたというだけのことで慰めを得られるだろう？

キャスは球状に体を丸めて、すすり泣こうとした。だがいまの彼女は涙を流せないし、泣き声は膜スーツで密封された口の中で反響して、蚊が飛ぶ音に聞こえる。それでも、肺の痕跡を動かして身震いすることで、なにがしかの解放感が生じた。キャスの心からは、地球にいたときの体のマップが完全に消去されてはいなかった。これまで彼女は地球での体とあまりにも分かちがたく結びつけられたかたちで、さまざまな感情を経験していた。だからいまの体に宿るときに切除したあらゆるものが、幻影のようにつきまとう——それはきちんとしたシミュレーションのもっともらしさにはとうていおよばないが、影響をあたえる程度の説得力はあった。

疲労困憊したキャスは、脚をのばして草地の上をタンポポの種子のように漂った。こうしていると、ここに到着してからいちばん心が落ち着き、頭が冴える。

キャスは量子グラフ理論に関する自分の知識を完璧に把握していた。その知識体系から導きだせる洞察は、とうの昔にすべて導きだしている。そして、もし〈ミモサ〉の人々が、キャスには答えられない問題や、キャスには鎮められない疑念を見つけだすことがあったなら、そのこと自体は、新たなことを学ぶ機会になるだろう。

たとえ、その新たな学び以外はなにも手に入れずに故郷に送りかえされることになったとしても、なんの収穫もなしにここを去ることになるわけではない。

最初の問いを発したのはリヴィアで、それはキャスがあれこれ予想していたのよりもずっとかんたんなものだった。

「あなたはサルンペト則が正しいと信じていますか？」

キャスがじっさいに必要とするよりも長い間を取ったのは、自分の返答が適度な重みを帯びるようにと計算してのことだ。

「確信はありませんが、その可能性は圧倒的に思えます」

「あなたの実験は、これまで試みられたどんな実験よりも厳格に、サルンペト則をテストすることになるでしょう」リヴィアが指摘する。

キャスはうなずいた。「それは確かに成果のひとつですが、ほんの副次的なものです。サルンペト則を単にもう一回テストするだけのことが、実験を正当化するとは思っていません。わたしの関心は、サルンペト則がほぼ確実に正しいとした場合に、それが含意するものにあります」

（このやりとりはどこへむかっている？）キャスは草地に輪になってすわっているほかの人々をちらりと見まわした。ヤン、バキム、ダルソノ、イレーヌ、ズルキフリ、そしてレインジ。〈ミモサ〉の人々からはなにも指定がなかったので、全員の外見はキャスの〈介在《メディエ》者《イター》〉が選んでいたが、少なくとも表情とボディランゲージは本人たちが意図した信号を変調したもので、全員が礼儀正しく興味を示しているように見えるがなにひとつ明かさないという信号を選択していた。

「あなたは量子《Q》グラフ《G》理論《T》に大きな信頼を置いている？」明らかにリヴィアは、それがどんなに奇妙に聞こえるかをよくわかった上で、ここまでの質問をしていた。彼女の口調は、目的が明らかになるまではただの思いつきに聞こえるのを許してほしいといっている人のそれだった。

キャスはいった。「はい、そうです。それは単純で、エレガントで、現在までのあらゆる観測結果と一致しています」いまのわずかな言葉は軽薄に思えるが、その判定基準のすべては、ほかの人々がずっと前に量化していた。ＱＧＴは、宇宙の動力学を可能なかぎり最小限のアルゴリズム的複雑さで記述する。ＱＧＴは、圏論のいくつかの基本的結果をトポロジー的に再表現する——圏論は、サルンペト則が四則演算の規則と同様に自然で避けられないものとして出てくる数学的道具立てだ。ＱＧＴは、核物理から宇宙論にいたる膨大な実験結果のデータベースのどれをとって考えても、物理法則の土台となるシステムとしてもっとも可能性が高い。

ダルソノがキャスのほうに体を傾けて、言葉をはさんだ。「そうか、きみは心の底から——」彼は自分の胸を架空の拳で叩いた。「——それが真実だと確信しているんだね？」キャスは笑みを浮かべた。その身ぶりは彼女の〈介在者〉がデフォルトで使う上品なボキャブラリーにはなく、ダルソノが明確に要求したものに違いない。

「ある面では、それは歴史です」キャスは認め、わずかに楽な気分になった。「概念の系譜。もし、どこかの異星文明が石板に書いたものとして人類の手に渡ったのだったら——唐突に、十八世紀か十九世紀あたりに——わたしがＱＧＴに対して同じような感情をいだくことはなかったかもしれません。けれど、一般相対性理論と量子力学は古代の人々が作りだしたもっとも美しいものに含まれ、そのふたつはいまも、宇宙の大半に対してわたしたちが持つ最良の実際的な近似です。ＱＧＴはそのふたつを統合しました。もし一般相対性理論が真実に近くて、それに当てはまらないのはごく小さな細部だけであり、量子力学も同様だとしたら……その両者の達成すべてを包含して、なおかつまちがっている余地がどれほどあるでしょうか？」

クスナント・サルンペトが生きていたのは、第三千年紀の変わり目の地球で、ペンローズのスピン・ネットワーク理論の後継者としていまでは広く〈スピンの王《スルタン》たち〉として知られるグループを形成する物理学者や数学者たちが地球各地に散らばり、一般相対性理論と量子力学との初の有望な子孫を生みだしたころだった。自然界を記述するふたつの理論を統合するには、古典的な時空における正確であいまいさのない幾何学を、あらゆる可能な幾何学に対し振幅を割りあてた量子状態で置きかえる必要がある。これをおこなうひとつの方法は、あるループに沿って電子のような粒子を一周させることを考え、出発したときと比べて旅を終えたときにスピンのむきが同じ方向になっている振幅を計算することだ。平坦な空間では、スピンはつねに一致するが、湾曲した空間での結果は、粒子が動く領域の詳細な幾何学に依存する。この概念を一般化し、さまざまなスピンをもつ粒子が通る経路をすべて含んだネットワークを縦横に空間に走らせ、粒子が出会う交差点でスピンを比較することで、スピン・ネットワークの概念が導かれる。波の調和振動成分のように、これらのネットワークは時空のあらゆる量子状態を構成するための構成要素をなす。

サルンペトの量子グラフはスピン・ネットワークの子どもであり、その親たちが持つ最良の点を額面どおりに受けとることで、一般相対論からさらに一歩踏みだしている。ネットワークが埋めこまれるべき、いかなる種類のあらかじめ存在している空間という概念も捨て去り、あらゆるものを――空間、時間、幾何学、物質を――ネットワークを用いて定義したのだ。粒子はネットワークに編みこまれた、価数が変化したループである。あらゆる面の面積は、それを貫くグラフの辺の数によって決まり、いかなる領域でもその体積は、それが含む節点の数で決まる。そして、惑星の軌道から原子核の振動にいたるあらゆる時間の単位は、究極的にはふたつの異なる瞬間の空間を記述するグラフのあいだの相違の数としていいかえられる。

サルンペトは、あるグラフが別のグラフへ変化する確率を決定する正しい法則を見つけることによって、このヴィジョンに生気を吹きこもうと数十年間奮闘した。最終的に、彼は選択肢がないという幸運に恵まれた。あらゆることがうまくいく規則の組み合わせは、ひとつしかなかったのだ。彼の理論のふたつの祖父母は、それぞれ不完全ではあったけれど、大きくまちがっているはずはなかった。どちらの理論もそれぞれの領域でいくつもの予測を生みだし、それはぎりぎりのところまで検証されているのだから。両者を正当に取り扱うことによってまちがいが生じる余地はない。

リヴィアがいった。「理論上は、その議論は大変に訴求力があります。けれど、それでも規則からの逸脱は存在しえます――あまりに小さくて、これまでは検知されずにいて――あなたの実験結果を変えるだろう逸脱が」

「確かにこれは繊細なテストです」キャスは同意した。「ですが、わたしがこのテストを提案したのは、精度をあげて検証するのが目的ではありません」キャスたちは輪になって話をしていた。「もしサルンペト則がなりたつなら、わたしが設計したグラフは、六兆分の一秒近くは安定しているはずです。それだけの時間があれば、わたしたちのものとは完全に異なる時空をじゅうぶんに観測できます。もしそのグラフがそれだけの時間、存続しないとしたら、わたしは失望することになるでしょう。サルンペトがまちがっていることを証明するつもりでこの実験をするのではないのですから！」

　キャスはダルソノのほうをむいて、この憤りを彼が分かちあっているしるしを探したが、彼の気分を推しはかれる前に、リヴィアがまた話しはじめた。

「もしグラフが、もっと長く存続したらどうなりますか？」

　ようやくキャスは合点がいった。「ここでは安全性が問われているのですね？　潜在的なリスクについては、すでに詳細きわまる言及を――」

「サルンペト則が正しいという前提で、ですね」

「はい。ほかにどんな前提を用いればよかったというのでしょう？」フェニキア占星術？　カリフォルニア石占い《リトマンシー》？　キャスは皮肉をいいそうになるのをこらえた。ここにはきわめて大きなことの成否がかかっている。「未テストの環境の最後のひとつにいたるまでサルンペト則がなりたつという確実性がないことは、すでに認めているとおりです。しかし、もっとマシな代替になるものは、わたしにはありません」

「それはわたしも同様です」リヴィアがやさしくいった。「わたしがいいたいのは、サルンペト則の成功を過剰解釈することがあってはならない、ということです。一般相対性理論と場の量子論は、自らが近似にすぎないことを最初から認めていました。極限まで追求すると、どちらも明白なナンセンスを生みだします。しかし、QGTはそうではない――普遍的に適用可能でないという本質的な理由がない――という事実は、適用範囲があなたのテストのような環境にまで広がっているという保証にはなりません」

キャスは歯を食いしばった。「その点は認めます。ですが、それでどうなるのですか？従来試されたことのない実験はすべて実施を拒むとでも？」

レインジがいった。「もちろんそうではない。リヴィアは段階的なアプローチを提案しているのだ。あなたのグラフの構成を試みる前に、徐々にギャップに橋渡しする一連の実験をおこなって、そこに近づいていくことになる」

キャスは黙りこんだ。にべもない拒絶に比べれば、この話は些細な障害物にすぎなかったが、それでもいらつかされた。三十年がかりで自分の提案に改善を重ねてきたキャスは、暗に無謀だといわれて憤慨していた。

「その段階の数は？」

「十五」リヴィアが答えた。彼女が正面の真空を手でひとなでtogether すると、各段階順にターゲットとするグラフがあらわれた。キャスは時間をかけてそれを検討した。

そのグラフは適切に選択されていた。キャスのターゲットのグラフを安定化するためのいくつかの特性が、最初はひとつずつ、次にペアで、次に三つ組で、順に導入されている。もし、最終的なグラフを危険なものと化すようななんらかの未知の欠陥がサルンペト則にあるい、とするなら、それを事前に探知する手段としてこれ以上体系的なものはあるまい。

「選ぶのはあなただ」レインジがいった。「わたしたちは、あなたが支持する提案について投票をおこなう」

キャスはレインジと目を合わせた。率直そうな彼の表情は、意図的な見せかけだが、だからといって不誠実だということにはならない。これはキャスを同意に追いこむための威嚇ではない。それは〈ミモサ〉の人々がキャスに敬意を払っているしるしであり、自分たちが投票する前に、キャスに自分が支払う代価や自らの不安を考慮させてくれようとしているのだった。

キャスはいった。「十五の実験。それにかかる時間はどれくらいでしょう?」

イレーヌが答えた。「たぶん三年。あるいは五年」条件は実験ごとに違うし、静化障壁は完璧ではない。QGTの実験を計画するのは、流体力学の繊細な原理をテストできるくらいに長いあいだ、二、三のちゃちな防壁で波を防いだり、野生生物を締めだしたりすることが可能な程度に一面の海が凪ぐのを待つようなものだ。流体力学における実験室の水槽にあたるものは存在しない。時空は全体が分割できない海なのだ。

友人たちとのあいだに生じる隔たりという点からすると、キャスがすでに失った数世紀に比べれば、五年程度はなんでもない。それでも、そのことを考えるとキャスは怯んだ。それが顔に出たに違いなく、バキムがこう声をかけてきた。「実験のあいだ、いつでも地球に戻って、むこうで結果が届くのを待ってもいいんだよ」ステーションでの生活をつらく感じているのに、ともかく本人がここにいるのは義務だと思っている人がいることを、〈ミモサ〉の人々の何人かは理解するのに苦労していた。

いつも親身になってくれるダルソノが、すばやくいい足す。「でなければ、新しい部屋を用意してあげられるかもしれない。ステーションの反対側に、いまのところの二倍近い広さのできそうな空所がある。ケーブルの経路を何本か切りかえるだけでいい」

キャスは声をあげて笑った。「ありがとうございます」もしかすると、新しい体も作ってもらえるかもしれない、丸々四ミリメートルの長さの。あるいは、ためらいを捨てて非実体化すれば、好きなように自分で設計した環境の中で贅沢にふけることができる。それはキャスがここにいるあいだ、これから毎日直面することになるだろう問題だ。それが問題なのは、誘惑にとらわれて日々を送る危険があるからだけではなく、キャスが自分を定義するために選んだすべての信条が、自虐的なナンセンスにしか思えなくなる危険があるからだった。

キャスはうつむいて、周囲のあらゆるものと同様に網膜にレーザーペイントされている幻の草地を見つめたが、心の目は、彼女の内側から同じくらい力強く別の映像を呼びだしていた。夢の中で見たダイヤモンド・グラフ。手が届くことは決してなく、触れることも決してできないが、新しい方向からそれを見て、新しいかたちでそれを理解することを学ぶのは可能だ。キャスはその知識によって、たとえその知識だけによってであろうとも、変化するのを期待してここへ来た。意識のある状態でここですごすわずか五年間で、往復の旅を含めた同じ七百四十五年間を故郷で送ったのよりも、もっと過酷に自分自身の境界をテストすることになるかもしれないのをおそれて地球へ逃げ帰ったら、それは人生最大の臆病な行為になるだろう。

「段階的な実験を承諾します」キャスは明言した。「リヴィアの提案を支持します」レインジがいった。「全員、賛成かな？」

沈黙がおりた。キャスはコオロギの鳴き声を聞きとった。（賛成者がいない？　リヴィア本人でさえ？　ダルソノも賛成してくれない？）

顔をあげる。

七人の〈ミモサ〉の人々全員が、挙手していた。

2

百万キロメートル離れた静化障壁までイオン・スクーターでむかっていたキャスは、自分がその眺めを満喫するのはこの数年間ではじめてであることに気づいた。スクーターは一と四分の一Gを出しているが、カウチが背中をとてもやさしく押し返すので、まるで浮かび漂っているかのようだ。漂っているのはどこか異星の空の下の、暗い水の中。半光年離れていても、恒星ミモサは闇の中にまばゆい紫色の穴をあけていた。満月の十倍明るい針穴。その輝きから離れたところの星々は数が多すぎて、星座を思いつくのにはむかない。キャスが星々を結んで棒線画の物体を思い描きはじめるたびに、同じくらいにもっともらしい別の棒線画に気を取られ、さらに別の棒線画に、また別の――となってしまい、それは各々が同じ節点を異なる辺で結ぶことを選択したグラフの重ね合わせと似ていた。〈ミモサ・ステーション〉に着いたばかりのとき、キャスは自分の星系の恒星を特定して、千分の一スケールになった目でぎりぎり見てとれるその星を眺めながら、不安と高揚感が入り混じった気持ちになった。いまでは、キャスはその星を見つけるのに必要な手がかりをすべて忘れていて、航宙ソフトウェアにそれを思いださせてくれるよう依頼する衝動に駆られることもなかった。

地球の太陽は安心をもたらすしるしではなくなっていたし、それにキャスはまもなく、それをふたたび間近で見ることになる。

リヴィアの段階的なターゲットのひとつが達成されるたびに、キャスはささやかなデジタル伝書使《クーリエ》の一群を急送して、七世代分の自分の先祖や子孫と、チャーマーズにいる友人全員とにそのニュースを伝えた。キャスのところにも何ダースものメッセンジャーが届いた。その大半はリサとトメクからのもので、些末なゴシップ満載だったが、とてもうれしかった。歳月が経つにつれ、友人たちは異様な思いをますます強くしながら、もはや意味があるのかどうかわからないまま、虚空にむかって叫びつづけているに違いない。もしキャスが、いまも少数の先祖たちがしているように、実体を持ったまま旅をしていたなら、帰りの旅の途上で数世紀分のメールを順に読むことができただろう。けれど信号化されて主観時間ゼロの旅をしたら、キャスにはなんの準備もないまま未来に足を踏みいれる以外の選択肢はない。帰郷はキャスがそれまで直面したことのない困難な出来事になるだろうが、〈ミモサ〉での時間はそれに値したと証明されるだろうことを、彼女はいまではほぼ確信していた。

目的地到着の半時間前、キャスは体をまわしてカウチに腹ばいになり、縁から頭を突きだした。スクーターのエンジンの排気はかろうじて知覚可能なちらつきで、日光の下のメタノールの炎よりもほのかだったが、そのプラズマ流に手を差しいれたりしたら、〈ミモサ〉であたえられた体は破壊不能だという錯覚がたちまち消し飛ぶことを、キャスは知っていた。

キャスは下方で大きくなってくる静化障壁を眺めた。恒星ミモサの青い光を反射する銀色の球体。それを多数のもっと小さくて色むらがあり、輝きの鈍い一対の球が取り囲んでいる。対になった球は、目に見えない細さの綱《テザー》でたがいを周回し、イオンジェットが静化障壁の重力のわずかな引きを相殺して、各対の重心を星々に対して固定している。

静化障壁は、ここ以外の場所では絶対に実施不可能な実験をおこなうことを可能にした。物質とエネルギーを適正に分布させれば、アインシュタイン方程式が許す範囲で時空を好きなように湾曲させられる。しかし、量子的な幾何学の特定の状態を生成するのは、まったく違う話だ。そのためには、金属の板を工場で曲げるように単純に時空を大ざっぱに曲げるのではなく、二重スリット実験の粒子と同じような正確さでの制御を必要とする。けれど、幾何学の〝粒子〟は原子より二十五桁も小さく、蒸発させることも、イオン化させることも、一個ずつ扱えるようにばらばらにすることもできない。従って、二重スリット実験の正確さを、十トンの鉄の塊と等価な物体に対して実現する必要があった。

出発物質を精製することは助けになるし、静化障壁が全力をあげてありとあらゆるかたちの不純物を遮蔽する。通常の物質と磁場が荷電粒子を吸収したり偏向させたりし、ガンマ線レーザーによって、ニュートリノを吸収することなしには減衰することができない準位に置かれたエキゾチック原子核からなる球殻が、さまよってきた何十億ものニュートリノを、銀河の厚さの鉛よりも高い割合で拭いとっていた。

重力波はどんなものでも通過するので、唯一の対抗手段は第二の波列を作って、第一の波を打ち消すことだ。超新星や遠い銀河の中心でブラックホールが星団を飲みこむような散発的な大変動には対処のしようがないが、もっともしつこい重力波は近隣の連星から来ていて、それは周期的で、予測可能で、弱い。連星が静化障壁の中心の空間を縮ませるときには、装置を取り囲む相殺重力源の軌道がそれとタイミングを合わせてその空間を引きのばし、逆のときにはその逆をした。

キャスが相殺重力源のひとつから数キロメートルのところを通過するとき、それがもともとはミモサの小惑星の破片であることを示す集合岩の表面が見てとれた。ここにある物質の一片一片は、千年近くにわたってミモサ星系の重力井戸から引っぱりだされてきたもので、そのプロセスをはじめたのは、人が住むいちばん近い世界であるヴィロから、光速の九十パーセントの速度で送られてきたミクロン大の種子のパッケージだった。〈ミモサ〉の人々自身は、ステーションが組みたてられたあと、各地からキャスと同じかたちで旅をしてやってきた。

スクーターはなめらかに減速して、ドッキングベイの脇で停止し、キャスはまた無重量になった。自分の速度を判定できるほどステーションか静化障壁に近づくたびに、キャスはこれが列車での旅と大差ないように感じる。この五時間の旅で、地球の大陸を端から端まで横断してきたような気分になるのだ。月まで行って戻ってきたり、もっと遠くへ行ったのではなく。

ベイの壁のひとつには取っ手が取りつけてあった。キャスがそれをたどっていくと、レインジが彼女の横に姿をあらわした。静化障壁内でキャスが赴く場所すべての壁に、〈ミモサ〉の人々はプロジェクターとカメラを散布して、ゲストとホストがたがいの姿を見られるように描出していた。

「いよいよだ！」レインジがうれしそうにいった。「時ならぬ超新星が出現でもしないかぎり、いよいよあなたのグラフが完全であるとわかることになる」ソフトウェアはレインジをジェットパックを背負った姿で描写していた。どこにも触れていない彼が、一定ではないペースで壁をのぼるキャスの横につねにいられることの理屈づけだ。

　キャスは冷静に返事をした。「じっさいにそうなるまでは、まだ信じられません」じっさいは、十二時間前にイレーヌが実験実施のスケジュールを決めたときから、キャスは障害物はもうなにひとつ残っていないことを、常軌を逸したレベルで確信していた。ここまでの十四のターゲットのうち八つは、一回目の試みで成功をおさめていたので、あとひとつの実験も、結果を待つまでもなくうまくいくように思えていた。けれどもキャスは、なんであれ当然のことと思っていると認めるのは気が進まなかった。それに、最初から自分はそれ相応の期待しかしていなかったふりをしていたほうが、もしなにかがうまく行かなかった場合、失望をこらえるのがたやすくなる。

　レインジは異を唱えなかったが、キャスのうわべだけの悲観主義を相手にすることもなく、

「わたしはあなたに誘いをかけ《プロポーズし》たい。祝いの儀式として、あなたが試したいと思うだろうような新しい体験だ。そんなことをするのは、あなたの高潔な道義にまったく反するとは思うが、楽しんでもらえるだろうと心から信じている。この話を最後まで聞く気はあるかな？」

レインジの表情はまじめくさってなんの裏もなく、いまの発言は翻訳されたときにどういう言葉になるかちゃんとわかった上でのことなのは確かだとキャスは思った。もしレインジがほんとうに、その言葉どおりのことをいおうとしているなら、その考えは完全に馬鹿げたものでも、うれしくないわけでもない。キャスはレインジを好きになってきていたし、ダルソノほど彼女のことを理解しようと気にかけたり熱心になったりすることがまったくなかったとしても、じつのところそれがレインジをいっそう気になる存在にしていた。もしレインジとキャスが恋人になれるだけの共通基盤を見いだして、相手に対してそれぞれが持っている偏見を払拭できたなら、それは〈ミモサ〉への別れの挨拶としてふさわしいかもしれない。ここであくまでも実体なしにその種の体験はしないと決めたら、キャスは苦行めいたものを強いられることになるが、彼女はそういう人間にあこがれたことも、ましてやそういうかたちで記憶されたいと思ったことも、まったくなかった。

キャスはいった。「聞きます」

「こういう特別な事象に際して、わたしたちは原子核化することがある。あなたにも参加を誘おうと思ったんだよ」

キャスは凍りついたように相手をまじまじと見た。「原子核化？　ど、ど、どうやって、です？　だれかが問題を全部解決したんですか？」フェムトマシンはエキゾチック原子核から作られ、六千年前に基本設計が開発されて以来、特殊目的コンピュータとして使われてきた。速度についてだけいえば、フェムトマシンはほかのあらゆる回路基板を足もとにも寄せつけない。

だがキャスの知る範囲で、フェムトマシンを数ピコ秒以上安定させることはだれにもできていなかった。その時間内で膨大な計算をおこなえるが、そこで自らをばらばらに吹き飛ばしてしまい、利用者は答えを求めて残骸を捜しまわることになる。ガンマ線分光器を使っても引きだせるのはほんの数百キロバイトで、それは差分的記憶——じっさいにそれを生きた人の参照用静態コピーが対処できる程度の、体験の圧縮記述——にさえ何桁も小さすぎる。地球からここへ来るあいだにキャスはそのブレイクスルーのニュースを聞きのがしたのかもしれないが、〈ミモサ・ステーション〉にその知らせが届いているというなら、キャスもいまではそれを聞きおよんでいるはずだ。

「テクノロジーにはなんの変化もない」レインジがいった。「わたしたちはフリースタイルでそれをやるんだ。一方向で」

　フリースタイルとは、ある人の精神を、これから量子的分岐する回路基板上で実行することを意味し、一方向は、計算のいかなるバージョンの最終結果も、回収して、その人の通常のハードウェアに返写することがまったくできないことを意味する。レインジはキャスに、ひとりとして生き残る可能性がないという前提で異なるバージョンの大勢の彼女を生みだす、時限爆弾つきソロバンに自分をクローンしないかと誘っているのだった。

　キャスはつっかえながら答えた。「いいえ、けっこうです。わたしは参加できません」二《ク》感覚統合性《ロス・モーダル》セックスをすることになったって平気だ、とかひとりで勝手に思っていたのが馬鹿みたいだ。キャスは冗談をいった。「なにかを学ぶたびに体重がはっきり変化するような方法とは、一線を画すようにしているんです」フェムトマシンがやりくりする結合エネルギーは、それ自身の質量のかなりの部分に匹敵する。それは、真剣に思考するだけで一秒間に何回も体重が五百グラム増減するようなものだ。

レインジが微笑んだ。「答えはノーだろうと思っていたよ。だが、誘わずにいるのも不作法だと思ってね」

「ありがとうございます。お気づかいに感謝します」

「あなたはそれを一種の死だと思うのかな？」

キャスは顔をしかめた。「わたしは実体化はしていますが、狂ってはいません！　わたしの精神のコピーが数分の意識を体験してから消滅しても、だれが死ぬわけでもない。それは単なる記憶喪失です」

レインジはとまどった顔になった。「そうなると、話がわからない。あなたが実体化を好むのは、周囲の環境をありのままに知覚するためであるのは知っているが、わたしたちはいま、あなたを地球に戻っているという心安らぐシミュレーション漬けにする話をしているのではない。あなたの体験は六ピコ秒ほどしか続かないのだ。強い力の回路基板の上で走らせたら、実験のデータが入ってくるのをリアルタイムで見るチャンスがあるだろう。もちろん、あなたはいずれ同じ情報の有益な部分集合を受けとることになるが、それは詳細でも、即時にでもない。それはリアルではない」

レインジは挑発的な笑みを浮かべた。「サルンペトの幽霊があなたの夢に出てきて、こういったと仮定しよう。『ダイヤモンド・グラフの崩壊を目撃する、という夢を見させてあげよう。あなたは時間をさかのぼり、プランク・スケールに縮小し、あらゆることを、それが起こるとおりに目にする。ひとつだけ残念なのは、目ざめたときにあなたがまったくなにも覚えていないことだ』この仮定の中で夢を見る存在は死ぬわけではないのだ、とあなたは先ほどいった。では、それでもあなたは、サルンペトに夢を見させてもらいたいとは思わないのかな？」

キャスは取っ手のひとつを放して、旋回しながら壁から離れた。レインジがさっき提案したのは、その仮定よりずっと取るに足らない事象の、十億倍も精度が劣る眺めだといって反論してもほとんど意味はない。レインジが提案したのは宇宙誕生を最前列で眺められる席ではないが、それでもキャスがすでに人生のうち七百四十五年を犠牲にして手にしようとした事象に、望めるかぎりでいちばん近い。

キャスはいった。「問題は、わたしが体験を覚えていないだろうという事実ではありません。もし人が生きてなにかの体験をしたなら、その人はそれを体験したんです。わたしが不安に思うのは、あなたの提案に参加した場合にわたしが必然的に体験するだろう、ほかのすべてのことです。わたしが必然的にそうなるだろう、ある体験をする自分以外のすべての自分のことです」

キャスは量子単集合《クアンタム・シングルトン》プロセッサ、略称クァスプ《Qusp》の発明をもって、文明の到来と考えていた。自分が複数のバージョンに分裂するのを完全に避けるのは不可能だという事実を、キャスは受けいれていた。周囲のどんな通常の物体と相互作用しても、量子的にもつれた系になってしまう。キャス・プラス雲、キャス・プラス花。そして自分の外側の部分が、異なる古典的な結果の重ね合わせになるのを——異なる外部の事象を目撃する異なるバージョンの自分を生成するのを——防ぐことは期待できない。

だが哀れな先祖たちとは違って、キャス自身はそのプロセスの一因になってはいなかった。キャスの頭の中でクァスプが計算をするあいだ、それは外の世界から隔絶される。その状態はいちどに数マイクロ秒のあいだだけだが、そのあいだは厳密にその状態が保たれる。隔離が解除されるのは、クァスプの状態ベクトルがひとつの結果を確実に記述するようになってからだ。各演算サイクルで、クァスプはあるひとつの選択肢をあらわすベクトルを同様の性質を持つ別のベクトルに回転させる。その間の経路においては多数の選択肢の重ね合わせが実現されるが、最終的な、確定した状態のみがキャスの行動を決定する。

キャスが単一存在《シングルトン》であるということは、彼女の決断が意味を持つということだ。良心や判断力がどちらの選択肢を選ぶか悩む事態になったとき、意思と関係なく複数の自己を生みださせられて、その各々が異なる選択肢を選んだ場合の行動をする、ということはキャスにはない。キャスはかつてのホモ・サピエンスの実態とはまったく違った存在だが、ホモ・サピエンスたちがその歴史の大半で自分たちの実態として信じていた存在に近い。選択をおこなう存在。選択肢の一方だけを選んで、もう一方は選ばないことができる存在。

レインジはそれ以上議論を続けなかった。ディスプレイ室の中へよじのぼるキャスに、黙ってついてくる。ディスプレイ室は静化障壁の外部構造にある小さな空洞で、ステーションのキャスの部屋と広さは大して変わらず、備品は椅子がひとつだけ。キャスが実験現場にこれ以上近づくのを許可される可能性は、まったくない。〈ミモサ〉の人々がその上で走っているプロセッサは可能なかぎりほとんど環境にノイズを漏らさないよう周到に設計されているが、それでさえ静化障壁の縁に追いやられている。同様のノイズ除去機構を持っていないキャスは、毎回の実験の三分前に数ケルヴィンに瞬間凍結されることに同意しなければならなかった。瞬間冷凍には動けなくされる以外の不快な副作用はなかったが、キャスの〈ミモサ〉での体が密封サイクルで〝呼吸している〟というのが完全な見せかけ《プラシボ》だという事実を思いださせて嫌な気分にさせる効果はあった。それでもキャスがこれまでに二十回それに耐えてきたのは、単にデータがステーションに届くまでの三秒間のタイムラグが惜しいからだった。

キャスが定位置である極低温椅子にすわると、ほかの〈ミモサ〉の人々が周囲に姿をあらわして、キャスをからかったり、彼女の体力をほめたりした。リヴィアが冗談をいった。

「追加で増やしたターゲットが時間の無駄だったと判明するかどうか、あなたとわたしで賭けをすればよかったたね。いまごろあなたは、わたしの全財産を巻きあげていただろう」リヴィアの唯一の物質的所有物は、小惑星メタルの残り物を彫って作った、古代の青銅貨のレプリカだった。

キャスは頭を横に振った。「わたしはなにを賭ければいいんです？　左腕とか？」リヴィアが提案したかたちで実験を進めてきたのは正解で、キャスはとっくにそのことで憤るのをやめていた。そのほうが安全なだけでなく、新奇な構造をひとつひとつテストしていくのは、科学としてもよりすぐれている。

じつはリヴィアは、ほんとうに賭けがおこなわれていたことをほのめかしていたのだった。キャスが最後まで〈ミモサ〉に滞在するかどうかでダルソノと賭けをしたことを、バキムが認めた。だが彼は、なにを賭けたかをキャスに説明できなかった。キャスの〈介在者〉はバキムがいうものに相当する類似物を見つけることができず、キャス自身がためしに名前をあげたものもかすりさえしなかった。貴重な物体や情報の持ち主が変わることはなかったし、敗者を隷属や屈辱の代用行為が待ちかまえていることもなかった。キャスは賭けの話そのものは面白かったが、〈ミモサ〉で起きていることの半分しか知らずにいたのは気になった。地球の友人たちから〈ミモサ〉の人々のことを尋ねられたとき、キャスの答えはかならず、よくは知らないのだけどという言葉で締めくくられることになるのだろうか？　これではまるで、地球の大都市のひとつを訪れて、側溝の中での暮らしに明け暮れ、ちらりと目にしたことさえない物や出来事についてまるっきり誤解したまま、路上の人々と狭い格子越しに叫び声で会話していたようなものだ。

ほかのだれも原子核化のことをいい出さなかったところを見ると、レインジが代表してキャスに尋ねる役に選ばれたのだろう。〈ミモサ〉の人々が実験を見物する特等席にすわるとき、一瞬の気おくれさえ感じないだろうことに、キャスは少しだけ腹が立った。彼らはこの世を離れてキャスを置き去りにするのではない。自分たちの精神を原子核回路基板にクローンするだけ。クローンを回収できるとはまったく思っていないので、自分より速いバージョンの自分が走っているあいだ、オリジナルたちはピコ秒ですら停止している理由がない。

ターゲットとするグラフがキャスの正面の壁にあらわれた。これまでいろいろな組み合わせで試してきた四つの特徴的な節点のパターンが、すべてそこにある。仮想粒子が通常の真空を安定化させるように――物質と幾何学の状態の、そのもっともありうる次の状態がそれ自身であるような状態を作ることによって――キャスの四つのパターンは新真空を、存続の可能性が高くなるようにする。そのバランスは近似的なものだ。サルンペト則によれば、このモチーフを使って作った無限に広がるネットワークでさえ、数秒で崩壊して通常の真空になってしまう。しかしプランク・スケールでは、これは取るに足りない成果ではない。それをバランスが悪いというなら、地球を何十億周もしてから地面に落ちた綱渡り師にも、同じ呼びかたが当てはまる。現実には、キャスたちが作ろうとしている新真空のあらゆる切れ端は、もっと古くてはるかに安定した自らの親戚に最初から包囲されており、不可避の結果に一兆倍速く直面するだろう。

半径一光時以上にいたる環境をモニターしている計測プローブからの数値を、イレーヌが並べあげた。実験を台無しにするようなものはなにひとつ、こちらへむかってきてはいなかった――少なくとも、光速の九十五パーセント以下で移動しているものについては。続けてズルキフリが、静化障壁の内奥部の機械類からの状態報告をあげる。システムは過去十二時間準備をしてきて、あと数分で準備完了だった。

壁にひとつだけあるグラフは、キャスたちが作ろうとしている状態の有用な簡略表現だった。新真空自体は、ターゲット・グラフの四十八種類のバリエーションを等しく足しあわせたもので、それらはすべてもとのグラフに単純な対称変換をほどこして得られる。どのバリエーションもあるひとつの方向をほかより好むが、それらの総和はあらゆる可能な偏りを組みあわせ、すべて打ち消し、完全に等方的な状態を作りだす。どのグラフも自然界には見つからないので、このエレガントな記述はレシピとしては役に立たないが、同じ状態ベクトルが別の和によってあらわされることを示すのはむずかしくなかった。四十八種類の通常の真空の領域のそれぞれがかすかに湾曲し、四十八種類の異なる方向をむいているような。

静化障壁の中では、小惑星の質量ほどもあるヘリウムが冷却されてボース＝アインシュタイン凝縮を起こし、四十八の異なる場所で等しい確率で見いだされるような状態がたくみに作りだされる。これら別々の場所は、幅六キロメートルの球の表面に配置されている。通常の物質は――というより、外の世界と相互作用しているいかなる物質も――それぞれの別の場所がすでに唯一の現実となったかのようにふるまうだろう。もし、さまよう塵の粒子の雲が系の一部となったら、またはヘリウムの全体としての挙動がそれに含まれる原子の詳細な運動を少しでも示唆するようなことがあったら、期待したようなふるまいは半分しか――古典的な半分しか――出てこなくて、あらゆる微妙な量子的効果は複雑さの中に隠れて失われるだろう。しかし凝縮体は演算中のクァスプと同じくらい慎重に隔離され、各々の原子の状態が完全に巨視的な特性によってのみ支配されるような低温にまで冷却されている。内にも外にも隠れた複雑性は存在せず、結果として、山ほどのサイズがある量子系が実現される。

静化障壁内部の真空の幾何学は、ヘリウムの多重性を引き継いでいる。その状態ベクトルは、四十八の異なる重力場に対応するベクトルの和だ。凝縮体の構成要素がすべて配置についたら、球体の中心点の量子的幾何学は新真空と等価なものになり、新しい種類の時空が誕生することになる。

それが理想化されたバージョンだ。既知の場所での予測可能な事象。現実には、実験結果は無数の不完全性や潜在的な侵入に左右される。もし実験がうまくいけば、分単位で測ったある時点、メートル単位で測ったある場所において、数千立方プランク長の新真空が生成され、前例のない六兆分の一秒だけ存続するだろう。

ヤンがキャスのほうをむいた。「凍結される準備はできた？」はじめて彼にこう訊かれたときには、キャスは地球から送信される直前の瞬間のように不安になったが、質問はたちまち形式的な手続きになっていった。『もちろんできています。予定どおりに』ほんの二、三分麻痺したように動けなくなって、正面のスクリーンにあらわれるデータを見つめるのは、これが最後になる公算が大きい。五時間かけてステーションへ戻り、分析に一日か二日費やし、かんたんなお祝いをしたら、キャスはステーションを去る。地球にある彼女の体が、この体が経験したことのない深さで凍結されて、彼女を待っている。キャスは主観的には一瞬で光年単位の距離をひとまたぎして、新しい記憶ひとそろいが古い自己という凍った蜘蛛の巣を一掃する。

キャスはいった。「いいえ。準備できていません」

ヤンは一瞬だけだが警戒の表情を見せた。キャスの考えをもっとうまく推測できそうなだれかと彼が内々に相談したのでは、とキャスは思った。とはいえ、〈ミモサ〉の人々が彼女よりすばやく思考できるわけではまったくない――彼らもまたクァスプ上で走っているので、キャスと同じ計算上のボトルネックに直面する――が、彼らどうしのあいだでは、キャスの発話様式に可能な速さの五倍でやりとりする。陰で自分の話をするためにそれが使われているときだけは、キャスはその方法を不快に感じた。

キャスはそっけなく言葉を続けた。「わたしの気が変わった、とレインジに伝えてください」

ヤンが見るからにうれしそうな笑顔になり、彼のアイコンは即座にレインジのアイコンと入れかわった。これは大目に見よう。カウントダウンが進行中なのに、仮想空間で慣性があるふりをしている暇など〈ミモサ〉の人々にはない。

レインジの対応はヤンよりも慎重だった。「ほんとうにやる気になったんだね？　さっきわたしにあれだけいろいろいったのに？」

「わたしは心の底まで単一存在《シングルトン》です」キャスは答えた。「あらゆる選択に際しては注意に注意を重ねます」

自分の感じているなにもかも、心を動かしたすべてを、遅々とした言葉でいいあらわしている時間はなかった。その一部は、そもそもキャスをはるばるここまで連れてきたのと同じ当事者感覚だ。すじが通っていようがいまいが、協力して作りだそうとしているものを、〈ミモサ〉の人たちだけが自分よりもいい場所から眺めるのは嫌だった。即時性についても同様だ。どんなグラフについても、キャスがその実体というべきものを目にしたり、それに触れたりすることは決してないだろうが、いまとなっては、実験の際にデータの断片を、じっさいのミリ秒後に知覚することしかできない体に閉じこめられていたら、数光年彼方で数世紀前に実施された実験のニュースを地球にとどまったままで待つのとほとんど変わらないくらいに、事象から引き離されている気分にさせられるだろう。どんな位置から事象を見るのも妥協に違いはないが、キャスはいまの自分に可能なかぎり近くからそれを見なくてはならなかった。

　だが実験そのものを脇に置いて考えると、キャスは〈ミモサ〉を発つ前に少なくともひとつ、自分らしくない真似をすることになるのは明らかだった。禁欲的に五年間自制し、仮想現実の嘘偽りの快楽を五年間我慢してきたキャスは、仮想現実に浸らないことを最優先の信条とすることにうんざりしていた。この非実体化は高潔なものだというのが事実だとしても、キャスは〈ミモサ〉到着以来絶対的にこだわっていた慣習から抜けださないわけにはいかない。最初から少しでも譲歩していれば、これほど自暴自棄な気分にはならなかっただろうが、いまから中途半端に妥協しても手遅れだ。もしキャスが変化しないまま地球に戻ったら、それは彼女が完全なままでいられたという喜ばしい事態とは違う。そうではなくて、一種の死だ。キャスは内破して、ブラックホールのように閉ざされて変化することのないものになってしまったのだといえるだろう。

このすべての代価となるのが、キャスがなによりも嫌っている事柄だった。コントロールの欠如。キャスのおこなう選択という選択が無意味なものになる。だが、どんな選択が？彼女のクローン全員が走るのは数主観分だけで、その間その大半が殺到するデータに夢中になっているだろう。そんなかりそめのキャスたちのひとりに、どんな最悪のことができるというのか？リヴィアやダルソノに思いやりのない言葉を投げかけること？自分の過去のささやかな罪深い秘密を、聞かされても意味不明か、気にしないか、彼女を非難するにしても長い時間にはならない人々にむかって、暴露すること？終わりのない多種多様な苦悩、終わりのない多種多様な愚行、終わりのない多種多様な凡庸さといった昔の人類にとっての悪夢への門を、キャスがひらくことはない。キャスは可能性空間の中で非常に短い距離だけ拡散して、どんな不幸を体験し、どんな軽犯罪をおかすかもしれないとしても、それは消去されて復元不能になる。

レインジは懐疑的な顔つきで、キャスにはそれを責められなかった。だがレインジには、わざと意地の悪いことをいってキャスの決心をテストしている時間は残されておらず、彼女が無言のまま態度を変えずにいると、ほどなく彼はうなずいて納得した。

キャスは低レベルのデータ要求を感じ、〈介在者〉に対応させた。これは地球からの送信前にも経験したプロセスで、新しい環境で実行される前に、準備段階として、彼女の精神構造についてて伝えておくべき事柄を最初に送るのだ。

レインジがいった。「わたしの手を取って。いっしょに原子核化に踏みこもう」レインジは幻の指をキャスのそれの上に重ねると、キャスのすべてを要求した。

キャスは相手の顔をじっくりと見た。純粋な偶然から、キャスの〈介在者〉は彼女の信頼感をかきたてる見かけをレインジにあたえていたが、実体化した人々の顔は、それが遺伝子に従って形作られているにせよ、本人の希望を反映したものにせよ、人となりの適切な指標にはならない。五年経ったいまも、レインジがキャスにむける目がやさしいということは、それが心からのやさしさだということではないのか？　仮面の裏にある心を知ることはできないなどというパラノイアックな妄想の出番はない。

キャスはいった。「あなたは自分で、原子核化がこわくなったことはありますか？」

「少しだけ」レインジが認めた。

「なにがいちばんこわかったですか？　どんな悪いことが起こると思ったんですか？」

レインジは首を横に振った。「なにか悲惨な運命がわたしを待ちかまえている、とおそれたのではない。だがどれだけ回数を重ねても、それがじっさいにどんな風なのか、わたしには少しもわかるようにならない。そこにこわさを感じるのを、わかってもらえるかな？」

キャスは微笑んだ。「とてもよく」ふたりのあいだにそれほどの差があるわけではなく、装甲ロボットのあとについて噴火口に入っていくのとは違って、ここでキャスがレインジについて行くのは狂気の沙汰というわけではなかった。キャスに耐えられる限界を超えて奇妙だったり苦痛に満ちていたりすることはないはずだ。もしこれがキャスのほんとうに望むことなら、おそれるべきことはなにもない。

キャスは精神の堰をひらいた。

これまでと同様に実体のないレインジの手が、キャスの手を通りぬけた。キャスは体を震わせた。キャスはこれまでどおりのキャスのままで、ほかのなによりもそのことに価値を置くキャスの一部は、安堵感を隠せなかった。

「心配しないで」安心させるようにレインジがいった。「あなたはぐずぐずと待たされることはない。がっかりすることもない。フェムトマシンは静化障壁から特定の信号を受けたときだけ起動する。その信号が来なければ、フェムトマシンが走ることは決してない」

キャスはいい返した。「その話をするのは、相手が違うのでは？」レインジがいまの言葉を、キャスの分裂前にいってくれればよかったのに。

レインジは肩をすくめた。「クローンにとって、それは自明のことだ。もし少しでもなにかを考えるチャンスがあれば」

もし静化障壁中心部の真空が変化したら、その朗報がキャスのところに届きもしないうちに、彼女の別の自己が目ざめて、事象全体がスローモーションで展開していくのを観察し、百万回分岐してから、消滅するだろう。もはや代価も報酬も、キャス自身の未来の一部ではなかった。

それでも、分岐したキャスたちは全員がひとりの人間だ。目ざめても、眠ったままでも。

目ざめたときに覚えていない夢も、キャス自身の夢であるように。

だが、いまこの場では?

盗み見できる一瞬の眺めで我慢するほかない。

キャスはヤンのほうをむいた。「わたしを凍結して。もういちどだけ」

3

キャスはシミュレートされたディスプレイ室を見まわした。壁のディスプレイには新しいデータがぎっしりと表示されているが、ほかはなにひとつ変わったようすがなかった。〈ミモサ〉の人々はキャスの〈介在者〉が描いたいつもどおりのアイコンで、本人自身が認識している姿でキャスが彼らを認識することは、ここでもできそうにない。キャスの精神内構造で、感覚データが示される部分も変化はなかったが、ただしいまではほんものの感覚器とはつながっていなかった。レインジの非在の肌がキャス自身の肌に触れたこと——シミュレーションと相互作用する翻訳——だけが、キャスが自分の世界からレインジの世界へ踏みこんだことを示していた。

というより、レインジとキャスはともに、ふたりのどちらもがそこを出ることのかなわない新世界へと足を踏みいれたのだ。

キャスは不安をまったく感じず、新たに得た自由が意味したりしなかったりするあらゆるものへの、ほろ苦い気分だけがあった。もしキャスが一年か二年早く実体化を放棄していたら、もっといろいろなことができていたかもしれない。たとえば、〈ミモサ〉の人々の言葉を直接処理するといったような新しい能力につながる変化を、徐々に引きおこす方法を見つけるだとか。だが現実には、最小限の好き勝手をする時間さえない。シミュレーション空間での水泳、たっぷりした食事、コップ一杯の冷たい水。キャスが五年間、切望してきた快楽のすべてが、ついに手に入るようになったまさにその瞬間に、注意を乱すだけのわずらわしいものになっていた。

キャスはレインジの手から自分の手を引き抜くと、ディスプレイにむきあってチェックをはじめた。静化障壁の中心からかすかに粒子が飛散している。旧真空と新真空の不安定な境界面の徴候だ。

データが入ってきたのは数百分の一ピコ秒にすぎず、統計値はまだあいまいだった。キャスが見守っていると、何列もの数字が更新されて、半ダースの図表上に散在する点が密度を増していき、曲線がわずかに変形した。数という数、曲線という曲線がどこにむかっているか、キャスにはわかっていた。再会のときを千回も想像するほど待ちこがれていた友人の顔が、闇の中から実体化するのを見守るようなものだ。もし実体化した顔が見知らぬ人のものだったとしても、それでキャスの気持ちがどうこうすることはない。わずかな疑いをわざわざかきたててスリルを味わう必要がないほど、期待しながら待つのはじゅうぶんに楽しいことなのだから。

「わたしたちのしていることは、それほど尋常でないことではない」ダルソノが考えながらいった。「わたしが思うに、あらゆる人が少なくともふたつのタイム・スケールで生きている。その一方は速くて刹那的で、詳細をきわめているので概略を忘れずにいるのが精いっぱいだ。もう一方は、ゆっくりしていて完全に咀嚼できる。わたしたちは自分の記憶には途切れがなく、自分の頭の中には自分の過去が丸ごと入っていると思っているが、それは過去をふり返ったときに素描と最重要点だけが目に入るのを当たり前だと思っているからだ。だがわたしたちはみな、自分で覚えている以上のことを体験している」

「それはだれひとり例外なく当てはまることじゃない」バキムが反論した。「あらゆる思考を記録している人々もいる」

「確かにいるが、その記録のあらゆる部分がそのあとに続く思考や知覚によって自動的に誘発される潜在性を持つのでなければ——途切れない連想の連鎖は人を発狂させるから、そんなことはだれにも不可能だ——それは真の記憶ではない。その人たちが忘れていたことの全リストでしかない」

バキムが高笑いして、「〝真の記憶〟だって？　一瞬であらゆる細部にいたるまで同時に自覚的な注意をむけることができないような空間分解能でなにかを知覚したら、それは〝真の〟知覚とはいえない——それはわたしが知覚しそこねたすべてのものを痛感させる、容赦ない当てこすりにすぎないんじゃないかな？」

キャスは笑みを浮かべたが、議論には口を出さなかった。分岐したほかの自分たちも？たぶんそうだろう。だが、存在する可能性がある分岐という分岐について考察するのは無意味だ。もし直接なにか不愉快な体験をするか、自分でなにか愚行をすることがあったら、そのときはそれを遺憾に思えばいい。ほかの分岐について考えるのは無益であり、自虐的な重複計算だ。（そしてキャスは、ほかの分岐を気にしないというその決心が普遍的――分岐した歴史を通じて不変で、不可避な良識的行為――なのか、それともひとつの分岐だけのめぐりあわせにすぎないのかに、考えがおよぶことさえなかった）

リヴィアがいった。「エネルギー・スペクトルに理解不能なことが起きている」無重力を装ったこのディスプレイ室で、リヴィアは上下逆になり、キャスの視界の上のほうぎりぎりのところに顔が来ていた。「だれかこれを説明できる？」

キャスは異なるエネルギー範囲で検出された粒子の数を示すヒストグラムを調べた。それは理論上予想される曲線に収束しているようには見えなかった。そのことには先ほどから気づいていたが、単に集めたサンプルの量が少ないせいだと見なしていた。けれどヒストグラムの縁は非常になめらかで、全体としての形はあまり変動せず、従ってそれが曲線と一致しないのは、ノイズによる偶然とは思えない。なお悪いことに、図表下部に出ている高検定力の統計は、現時点のデータから表示される基調スペクトルが信頼できるものであることを示していた。

「境界面の幾何学を計算ミスしていたのか？」レインジがいった。彼らが見ている粒子は、新真空が崩壊するようすを反映している。キャスがそのプロセスを最初にモデル化したのは地球にいたときのことで、彼女の計算によれば、境界面の初期の形は純粋な偶然と、静化障壁の状態の制御不能な詳細の両方によって決まるが、崩壊するにつれて急速に球面に近づき、あらゆる気まぐれな変形や皺はなめらかになるはずだった。

少なくとも、いくつかの妥当と思われる仮定がなりたっていたら、それは正しかっただろう。キャスは答えた。「もし変換された領域が最初からじゅうぶんに異常な形になっていたら、縮小してもそれを保っていたでしょう。けれど、そもそもなにがそんなことを引きおこせるのか、わかりません」

「コヒーレンスをダメにするほどではまったくない、なんらかのごくわずかな汚染とか？」とイレーヌ。

キャスはとくに意味のない声をあげた。いくつかの異なる角度からの観察には、放射に非対称があればすべて拾いあげることができるという利点がある。だがキャスたちは、フェムトマシンにいちばん近い探知器群からのデータが到着したことで目をさましたのだ。二番目に近い探知器群からの情報は、同じ地点に到着するまでにもう一マイクロ秒余計にかかるはずで、そのときにはキャスたちはとっくに死んでいるだろう。実体を持ったキャスの古い自己は、たとえ分解能がもっと低いものであっても、全体像を見ることはできるだろう。ここにいるキャスの務め——存在理由《レゾンデートル》のすべて——は、目の前にある手がかりを可能なかぎり意味をなすものにすることだ。

エネルギー・スペクトルは複雑なギザギザではなく、ことさらに広がってさえいなかった。もし新真空の領域がソーセージとかパンケーキとかドーナツとかの形、ましてや入り組んだフラクタルな境界面といったもっとエキゾチックな構造をしていて、このエネルギー・スペクトルがそこから生じているなら、それはもっとまちがった形に見えただろう。だが、予測曲線と比べてこのエネルギー・スペクトルは、ピークの幅はほぼ同じで、同じ種類のなめらかな対称性を見せ、単にエネルギー・スケールに沿って上側に移動しており、ピークの両側の肩が入れかわっていた。それは予測された結果の文字どおりの鏡像ではなかったが、キャスはそれがある非常に単純な変換の結果であることは確実だと感じた。もし背後にある数式の奥深くで数式の符号をひとつプラスからマイナスにすれば、これがその結果となるだろう。

　ズルキフリはキャスの一歩先を行っていた。「もし境界面に作用する演算子を修正し、内側と外側の役割を入れかえれば、完全な一致が得られる」

　キャスは恐怖で体が震えるのを覚えた。地球にある体の内臓の幻さえもが反応して、不安がいっそう募る。もしズルキフリのいっていることが正しければ、新真空の領域は崩壊するのではなく、拡大していることになる。

　キャスはいった。「それでうまく行くのは確かですか？」

　ズルキフリは非公開でおこなっていた計算を可視化し、結果をヒストグラムに重ねあわせた。ズルキフリの曲線はすべての棒グラフの頂点をきれいにたどっていた。彼はマイナスに転じたプラスの符号を発見したのだ。ただし――。

「それが正しいということはありえません」キャスは断言した。ズルキフリが提案した単純な役割転換はエレガントだが、無意味だ。それは、自分たちに見えている光を発する火の中で、灰が燃えて材木になっているというようなものだ。エネルギー保存は、古典的な一般相対論においてさえ自明ではない概念だ。しかしQGTにおいて、それは平坦な真空状態は時間が経ってもまったく変化しないという事実に帰着する。物理学のすさまじく多くの部分が、その単純な要求から導かれ、そしてそれは日常における仕事、熱、エネルギーの概念からはほど遠いが、もし真実がまったく違っていてズルキフリの境界面演算子が正しい選択であるなら、キャスが人生で見てきた十億ものありふれた現象は不可能だったはずだ。

沈黙がおりた。だれもキャスに反対することはできなかったが、ズルキフリの曲線がデータと一致していることも否定できなかった。

やがてリヴィアが口をひらいた。「サルンペト則はわたしたち自身の真空を完璧に安定したものにしている。その点が、いちばんはじめからサルンペトが用いていた試金石だった。けれど、新真空はサルンペト則が予測しているようなかたちで崩壊してはいない。では、この矛盾を解決するもっとも単純な方法はなにか？」ひと呼吸置いてから、自案を提示する。「両方の種類の真空が、それ自身では完全に安定だと仮定する。もしその仮定が真になるような、より広範な法則があって、サルンペト則がその特殊なケースとして含まれるなら、段階的な実験ではそれに出くわすことはなかったでしょう。存続可能な別の真空を構成する仮想粒子が、完全にひとそろいすることはなかったのだから」

ヤンが賛意をこめてにやりとした。「潜在的に真空になる可能性があるすべての状態は同等に扱われねばならない？　それがどんなにエキゾチックに思えようと、それらはすべて永続的である？　なんて民主主義的なんだ！　でも、それだと膠着状態になるんじゃないか？

新真空を凍結して、境界面を固定させるのでは？」

イレーヌがいった。「いいえ。力学はそんな風に公平である必要はない。境界面で一方の真空がもう一方を変換することは、まだ可能でしょう。たぶん、粒子の種類が少ないほうの真空が」

どんな数えかたをしても、ふたつの真空のうちでより簡素化されているのは新真空のほうだ。だがキャスは恐怖よりは怒りを感じていた。真空変換の暴走の話をするのは耐えがたい。自分たちはそういうことが起こらないよう、五年を費やして関連するグラフというグラフについてサルンペト則を検証してきたのだ。慎重をきわめたはずだった。

レインジが冷静にいった。「新真空が成長していると仮定しよう。もしそれが汚染に遭遇したらどうなる？　それは完全な孤立状態で、宇宙でもっとも純粋な真空のまん中でのみ生成されるコヒーレントな状態だ。脆弱さの化身といっていい。二、三のさまようニュートリノに当たってデコヒーレンスすれば、それは四十八種類の風味の通常の真空になり、それぞれが別の来歴をもち、無害になるはずだ」

リヴィアが探るようにキャスを一瞥した。凶報をリヴィアから聞かされているばかりではなく、たまにはキャスに凶報の運び手になってほしがっているかのように。

キャスはその願いに応じた。「あなたが正しければいいとは思うのですが、レインジ、その議論は先入観にとらわれています。わたしたちの真空は異なる曲がりかたをしたバージョンの新真空の重ね合わせだというのも、同程度に正しい。もしここで新しい力学法則がほんとうに作用していて、もしそれが新真空を正確に保存するのなら、その法則によれば、デコヒーレンスされようとしている華奢な量子物体は、わたしたちの真空です」

レインジはそれを聞いて考えこんだが、「きみのいったことは正しい」と認めた。「けれど、それでさえ境界面についてはほとんどなにもわからない。どちらの側に適用できる特殊化された法則も、ここではなりたたない。一般的な法則を理解できないかぎり、境界面の運命は理解できないだろう」

キャスは辛辣に笑った。「わたしたちが理解できるかどうかで、なにか変化が生じますか？　わたしたちはだれにもそれを伝えられないのに！　外の人たちに警告することもできないのに！」境界面の移動速度は光速ではなかった——もし光速だったら、境界面がフェムトマシンを飲みこむ前にキャスたちが目ざめることは決してなかっただろう——が、境界面の接近をキャスたちのオリジナルが目撃したり、ましてやそれから避難したりするチャンスがあるほどゆっくり拡大しているということは、ありそうになかった。いずれにせよ、キャスと同僚のクローンたちがここで知ったことに、価値はない。その知識を外の世界と共有する手段はなにもないのだ。フェムトマシンはそこに宿った人を、当人のために計算するようにしか設計されていない。あとに残すのは残骸だけ。たとえキャスたちが崩壊生成物にメッセージをエンコードできても、それを探そうとする人はいないだろう。

仮想現実の危険から身を守るためにキャスが生涯を通じて口にしてきた言葉の数々が、頭の中で騒ぎたてはじめた。有毒で視力を奪う蜘蛛の巣のようなこの幻想すべてを顔から剥が

れただろう。

しとり、もういちど現実を目で見て、手で触れたかった。ほんものの皮膚をまとって、ほんいものの空気を吸っていたら、なにもかもが違っていただろう。世界を自分自身の目を通して見て、自分自身の体の本能のままに反応していたら、キャスはどんな危険からも自由でいられただろう。

　状況はねじくれすぎていて、笑いそうになるほどだった。キャスは実体を持っていたときに望めた十億倍は明確に、危険を知覚していた。自分のすべての反射作用を意のままにできたし、推理力のすべては通常の十億倍の速さで働いた。

　そうした利点がなにひとつまったく役に立たないのは、残念としかいいようがない。

　ズルキフリがいった。「輝度が増している」

　キャスはできるかぎり偏見なく証拠を精査した。粒子生成速度がゆっくりと、着実に上昇していることはいまや明白で、最初のうちそれを覆い隠していた背景変動とははっきり区別できた。それが意味するところは、境界面の拡大以外にありえない。とてつもなく都合のいい説明――フラクタルな皺によって境界面の面積は増加しているが、新真空自体の体積は減っている、とか――は論外として、キャスたちの見ている粒子がどちらの真空が削りとられて作られたものかに、ほとんど疑いの余地はなかった。キャスはずっとそれを、エレガントな工芸品のように考えてきた。神話上の獣をバイオエンジニアリングで生みだしても、手厚く保護されればつかの間だけ命を保つことはできるが、ガラスのケージの外では五分と生きることは絶対に不可能なように、魅力的だが現実味がない、と。だがそれはいま目の前で、太古から続く、野生のいとこをむさぼり食っていた。キャスがこの世に呼びだしたのは、決して存在できなかっただろう世界からの孤独で無防備な流浪者ではなく、世界そのものだった——そしてその世界はキャス自身の世界とまったく同じに、自律性があって存続可能であることを証明していた。

レインジがやんわりと、しかし単刀直入にキャスに声をかけた。「もしステーションが破壊された場合、わたしたちは全員、最近のバックアップがヴィロに送信されている途中だ。あなたは？」

キャスはいった。「地球には記憶を置いてあります。が、ここに来てからの分はなにもありません」〈ミモサ〉の人々とすごした五年間は失われることになるだろう。それでも、それは現実にあったことだ。キャスはそのすべてを現実に生きてきた。それを失うのは記憶喪失ではあっても、死ではない。だが、もしその理屈でいま自分がいる袋小路に進んで足を踏みいれる気になれたとしても、その延長線上でもっと大きな損失を自分に受けいれさせるところまで行ける自信は、キャスにはなかった。ステーションでキャスは、最後には新しいだれかになっていた——キャスがいまここにいるのは、〈ミモサ〉の人々とともにすごして、古い自分とは異なる何者かになったからだ。けれど、いちばん最初に太陽系を離れようと決意を固めたときのキャスは、なにも変わることなく凍結された眠りから目ざめて、自分がなろうとした大胆な旅人が死んだのを知ることになる。

「あなたがそのことで心の平和を見いだすお手伝いはできそうにない」レインジがいった。

「しかしわたし自身が、わたしたちが危険にさらすことになった人々のことを考えても心安らかでいられる方法なら、ひとつだけ考えられる」〈ミモサ〉は文明のほかの部分とは遠く隔たっているとはいえ、彼らが引き金を引いたプロセスは勝手に終息しそうにはなかったし、距離によって効果が薄まったり衰えたりすることもなさそうだ。真空を燃料として、野火は容赦なく拡大するだろう。ヴィロへ、マイダーへ、無数のほかの星系へ。そして地球へも。

キャスは呆然として訊いた。「どんな方法です？」

「もしわたしたちにこれを止める方法がわかったとしたら」レインジが答えた。「それをわたしたち自身で実行できないことも、ほかのだれにもそれを伝えられないことさえ、問題ではない。わたしたちが正しい方策を明らかにしたことが、慰めとなるのだ。わたしたちに有利な点があるのは確かだ――データを見る時間分解能や、この初期段階の唯一の目撃者であるといった点で――が、すべてを考えあわせると、銀河系の残りの住人たちの総計は、互角以上の存在になるはずだ。もしわたしたちに解決策を見いだせるなら、外にいるだれかもそれを見つけることだろう」

キャスはほかの人々を見まわした。どうしたらいいかわからず、疎外された気分だった。まだ罪悪感はない。自分が怪物になった気もしない。〈ミモサ〉の人々は全員が、数時間分の記憶を欠いている以外は無傷で、ヴィロで目ざめるだろう。キャスは〈ミモサ〉の人々から本拠地《ホーム》を奪うことになったが、彼らはキャスと同様に危険性を理解した上で、実験の実施を選択したのだ。だが、静化障壁やステーションを失うことをキャスが自分の中で受けとめられたとしても、彼女自身の数ピコ秒の無力感を、人類文明全体の流浪へと敷衍して考えるのは、現実離れしていた。キャスは真実とむきあう必要があったが、そのための正しい方法が、せいぜいでもっともらしい白昼夢にしかならないだろう解決策を探しもとめることだとは、とうてい思えなかった。

ダルソノがキャスと目を合わせた。「わたしはレインジに賛成だ」彼はまじめな口調でいった。「わたしたちはそうすべきだ。救済策を見つけなくてはならない」

「リヴィアは？」

「当然そうすべき」リヴィアはにこりとした。「というより、わたしの考えはレインジよりも積極的。わたしたち自身でこれを止められないなんて認める気には、まだなれない」

ズルキフリが皮肉っぽくいった。「それはどうかと思うけれど。だが、わたしの家族が無事でいられるかどうかは、知りたいと思う」

イレーヌがうなずいた。「あまり見こみはないけれど、あきらめるよりはいい。逃げだせば無力感を味わわずにすむけれど、そんなことをするつもりはない――データが流れこみつづけていて、わたしたちにまだ答えを探せるあいだは」

「危険に対して現実感が持てないんだ」ヤンが本音をいった。「ヴィロは十七光年離れているし、この現象が静化障壁の球殻を侵食さえしないうちに消え失せないと決まったわけじゃない。でも、サルンペト則に取ってかわる一般法則は知りたいと思う。二万年になるんだよ！　人類はそろそろ新しい物理学を手にしていいころだ」

キャスはバキムのほうをむいた。

バキムは肩をすくめた。「ほかになにをするというんだ？　ジェスチャーゲームか？」

キャスは多勢に無勢だったし、〈ミモサ〉の人々の意見になびいてしまいたかった。この災厄は抑制可能だというごくわずかな証拠でいいから手に入れたくてたまらなかった。そしてもし自分たちが失敗しても、ほんとうに希望的観測が持てるという理由を最後まで懸命に見つけようとしながら死ぬのは、陰気さとはもっとも縁遠い死にかたになるだろう。

だが、〈ミモサ〉の人々は自分たちをごまかしていた。彼らに残された数主観分で、そんなことを達成できる望みがあるとでもいうのか？

キャスは率直にいった。「やり遂げるのは絶対に不可能です。データに対してひとつの当て推量をテストして、それがまちがっていたことがわかって、それでおしまいでしょう」

レインジは、キャスが滑稽なほど純朴なことをいったかのような笑みを浮かべた。レインジが口をひらく前に、キャスは自分が失念していた事柄に思いあたった。

いまの自分がどんな存在になったかに。

レインジがいった。「分岐したわたしたちの大半は、そういう結果に終わるだろう。だからといって、気落ちする必要はない。わたしたちが失敗するたびに、別のバージョンのわたしたちが別のアイデアをテストするだろうとわかるからだ。その中のひとつが正解を出す可能性は、かならずある」

第二部

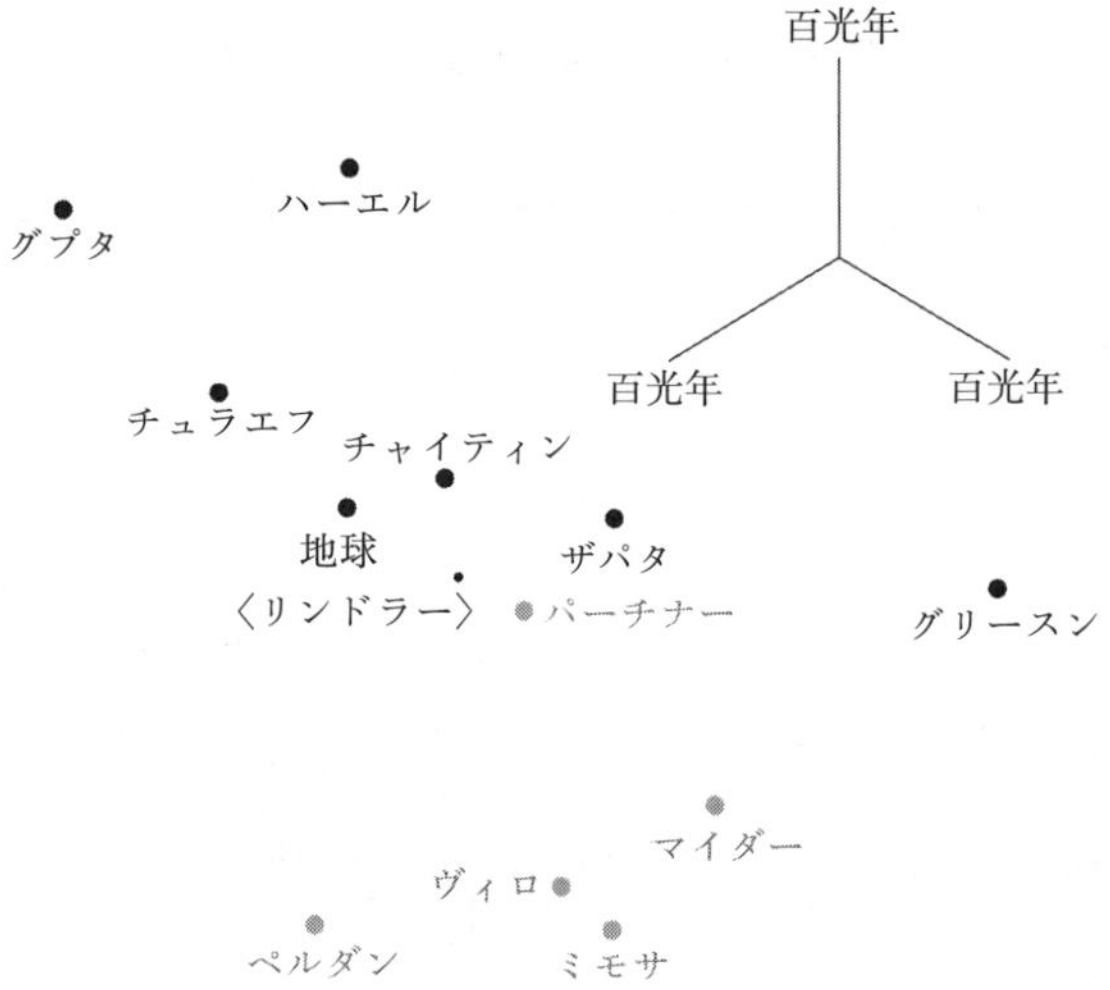

人類居住宙域

図示されているのは全星系のうちのごく一部。薄字の星系は、〈ミモサ〉事象の605年後にチカヤが〈リンドラー〉号に到着した時点で、境界面内に取りこまれている。

4

選択していたとおり、チカヤの精神は、彼の新しい体が請求どおりの改造処置《カスタマイズ》を完了するはるか前に走りはじめた。視覚がはっきりしてくると、チカヤは柔らかく照明された処置槽の蓋から、自分がいま宿っている青白いずんぐりした改造中の人体《テンプレート》へと視線を移した。動きまわる傷跡を思わせる形成器《オーガナイザー》の群れが、四肢や胴体の半透明な皮膚の下を波のように行き来して、不要な細胞を殺して食らい、ほかの細胞を刺激して移動させたり分裂させたりしている。そのプロセスに苦痛はない——最悪でもくすぐったいだけで、ところどころで性的興奮を感じることさえあった——だがチカヤは、拳でオーガナイザーを連打したいという奇妙な強迫衝動を感じた。オーガナイザーをぺちゃんこにつぶしたらとてつもなくすっきりするだろう、と確信を持っていえる。たぶんその衝動は地球の寄生虫に対する生得的反応で、彼の先祖たちが削除している暇のなかった本能がまちがった対象にむけられたものだ。あるいは先祖たちは、その本能がほかのどこかで役立つかもしれないと期待して、意図的にそれをなくさずにいたのかもしれない。

もっと視界をよくしようとチカヤが頭をあげると、直前の宿り手の体毛や筋肉組織がわずかに残る未処置のふくらはぎが目に映った。「ウガアッ」聞き覚えのない声が出て、喉になにかが絡んだ。処置槽がいった。「まだしゃべろうとしないでください」オーガナイザーが不愉快な残存物に押しよせて、それを分解した。

ゼロからの形態発生、正しくは細胞ひとつからのそれは、三カ月足らずでは不可能だった。いま借りている体は、チカヤが持って生まれたDNAを備えてさえいないかもしれないが、人間形態の先祖にそれなりに近い姿のままでいた人のある程度の似姿にすることなら、退行と整形によってたやすくできるように設計されていて、そのプロセスを完了するのは約三時間ですむ。この方法で旅をするとき、チカヤはいつも最終調整段階まで目をさまさないよう選択している。物理的に除去するのが面倒な細かい差異のいっさいに順応するよう、精神的な身体マップを微調整する段階だ。だがチカヤは、今回に限って早めに目ざめ、体験できることを全部体験すると決めていた。

チカヤが見ている前で、腕と指がわずかに長さを増し、いくつかの場所で育ちすぎた肉が死んでいった。オーガナイザーが口の中に流れこんで歯肉の形を修正し、歯を軽く押して新しい位置へ移動させ、舌の厚さを増してから、余分な組織の層を丸ごと廃棄した。チカヤはえずきそうになるのをこらえた。

「だえがだい」チカヤはぼやいた。

「あなたの脳も肉でできていたらと想像してみてください」処置槽が言葉を返してきた。「神経経路のすべてが、成長させられ、刈りこまれるものだったら――だれか他人の人生に沿ってさんざん手を入れられた活人画が、手を入れなおされてあなた自身の過去の肖像として使われるようなものです。あなたは、直前の使用者の記憶に由来する悪夢や幻覚やフラッシュバックを見ることになるでしょう」

処置槽は非知覚だが、その返答についてあれこれ考えていると、腹の底で感じはじめていた落ちつかなさから気をそらせるのに役立った。この返答のほうが、『目ざめてこれを体験したいといったまぬけはほかならぬあなたなのだから、おとなしくこれを満喫してはいかが？』とかいうのよりも、ずっと生産的だ。

舌から粘液物が取り除かれて使いものになる感じになると、チカヤはいった。「それと同種のことがデジタル的にも起こる、と考える人たちもいる。きみが新しいだれかを走らせるためにクァスプを再構成するたびに、プログラムをロードするというだけの行為によって体験が発生する。きみが正式にプログラムを走らせはじめるより、ずっと前に」

「ああ、そういうことが起きているのは、確かです」処置槽はあっさり認めた。「ですが、そのプロセスの性質からいって、あなたがそれについてなにひとつ覚えていることがないのも、確実です」

チカヤが立ちあがれるようになると、処置槽は蓋をひらいて、彼を回復室へ歩かせた。チカヤは両腕をのばし、首をぐるぐるまわし、体を前後に曲げ、その間に処置槽はチカヤのクァスプに、筋肉感覚フィードバックや反応時間に対するチカヤの予想を現実と一致させるために必要な変更点をアドバイスしていた。どのみち一、二週間もすれば、チカヤも違いに慣れるだろうが、早めに対処しておけばその分、チカヤが自分の肉体を寸法が合っていない服のようだといちいち気にすることがなくなるのも早いだろう。

チカヤ用に準備されていた衣類には、彼のサイズや、彼好みのスタイルや色や生地が通達ずみだった。仕上がってきた衣類は赤紫色と黄色でデザインされて、派手すぎることなく明るく見え、チカヤは修正を依頼したり、各種代替候補を見たいといったりする必要を感じなかった。

衣類を身につけながら、チカヤは壁の鏡で自分の姿を確かめた。頭皮に渦を巻く黒い剛毛から、右脚を縦貫する濡れたような傷跡まで、目につくあらゆる特徴は、母星を出立した日のマイクロメートル・レベルでの体の記述を忠実に再現していた。チカヤにいえる範囲で、この体はオリジナルといっても通りそうだった。体内の感覚も確かになじみ深い。パーチナーを発つ前の数週間で徐々に増していた肩の筋肉のかすかな張りは消えていたが、処置槽内でたまったもっとずっと不愉快な凝りからすっかり解放されたのを思えば、驚くようなことではなかった。また、この傷跡は子どものころの傷跡そのもの——十二歳の体の回復中の皮膚が作りだしたのと同一のコラーゲン——ではないかもしれないが、もしチカヤが母星を離れることがなかったとしても、成人したいまの体にある傷跡が、子どものころのものと同一ということはなかっただろう。一体の生命体に日々可能なことといえば、自らを前日とある程度類似した状態に保つのがせいぜいだ。それと同じことは、瞬間ごとの全宇宙の状態についても当てはまる。だれもがなんらかの意味で、前日の自分の不完全な模造品なのだ。

それでも、自分自身の過去を捨て去ったり、増える一方の残り物を置き去りにしていくことが必要になるのは、旅をするときだけだ。チカヤは処置槽に伝えた。「十体前の体《ナンバー・テン》をリサイクルしてくれ」自分が過去に宿った最後から十番目の体がいったいどこにあるのかよく覚えていなかったが、チカヤの承諾がその地に届いたら、その体のクァスプ内に不活性状態でとどまっていた記憶は消去されて、肉体のほうは、いまチカヤが自分自身のものと称している肉体と同様の青白い改造用人体《テンプレート》として再利用されることになるだろう。

処置槽が答えた。「数えてみましたが、ナンバー・テンは存在しません。ナンバー・ナインのリサイクルを希望しますか？」

チカヤは異議を唱えようと口をひらいたが、さっきの自分の言葉が習慣的に口をついたものだったことに気づいた。今回は自分がまだ送信されている最中に、体跡がひとつ分短くなること、そしてそれは自分が指一本動かさずとも、あるいはひとことも発せずとも起こることは、三十年前にパーチナーを発ったときに——主観時間では数時間前だ——よくよく承知していた。

チカヤはいった。「ナンバー・ナインはキープしておいてくれ」

回復室の外に出たチカヤは、再調整されたての平衡感覚に感謝した。足もとのデッキは不透明だが、幅百メートルの透明な泡の内部に据えられて、重力を生じさせるために長さ一キロメートルのつなぎ綱《テザー》の末端で振りまわされていた。回転軸が進行方向と一致しているので、チカヤの左側では、星々の背景幕との対比で船の回転がよりはっきりと視認できた。最小の円を描いてゆっくりと回転している星々は冷たい青みを帯び、一方、人工的な天の極から離れたところの星々はもっと通常の色合いだが、よくよく見るとわずかに赤みを帯びていた。天の右半分には星がなく、そのかわりにドップラーシフトの影響を受けない一様な輝きに満たされ、そこにはなんの特徴もなくて、内部にはなにひとつ動くものが見られない。星々の動きに合わせてデッキの上にのぼってくる、周囲よりさらに明るいか、やや明るさが劣るかする小点のひとつすらなかった。

パーチナーの地表から見た〈ミモサ〉真空の境界面は、これとは大いに異なっていた。それはゆらめく光球で、中心部は苛烈で冷酷に青く燃えあがっているが、縁にむかうにつれて変化していくドップラーシフトによって色温度が冷えていく。徐々に変化する色は境界面をはっきりと曲線的で三次元的に見せ、境界面が見る人から曲線を描いて遠ざかるように見えるという事実は、もともと距離感に生じている錯覚を増大させた。境界面は光速の半分の速さで拡大しているので、天のどれだけの割合が覆い隠されているかは、それがどれくらい近づいているかの信頼できる判断基準にはならなかった。境界面のいちばん近い地点から視線をそらすのは、それがはるかに小さかった時点をふり返るのと同じことで、数世紀前に球をかすめた星の光——危険をぎりぎりで避け、球の輪郭を描いているように見える光——も、じっさいには境界面の現在の大きさについてはなにも教えてくれない。チカヤが発ったとき、パーチナーは飲みこまれるまで二年そこそこの距離にあったが、チカヤがパーチナーですごした十年間、境界面の見た目はほとんど変化しなかったし、惑星が飲みこまれた瞬間にもまだ、境界面は視界のうち百二十度しか占めていなかっただろう。

チカヤがパーチナーに滞在したのは、惑星からいまにも脱出しようとしている人々と話をするためだった。チカヤ自身は、惑星を発つのは残りあと数秒になってからだと公言していた変人たちのはるか前に逃げなくてはならなかった。それでも、わかっているかぎりで、じっさいに惑星を発ったときよりも境界面の近くに最後までとどまるつもりでいた避難者は、チカヤだけだった。破滅する運命にある惑星は、観測所としては使えない。観測対象が接近してきたとたんに、光速でそれから後退する必要があるからだ。〈リンドラー〉は絶えず境界面から後退しつづけているが、絶対に必要とされる速度を上まわることはない。速度を一致させることで、境界面の見かけは変化した。観測デッキからだと、一万の文明世界にとって危険の象徴となった天の眺めは、どこにも見あたらない。境界面はついに、本来の姿で見えるようになっていた。比較のしようもないほど異なるふたつの世界のあいだの、巨大で、構造のない、非物質的な壁。

「チカヤ！」

名前を呼ばれてあたりを見まわす。近くには十数人がいたが、全員が眺めに夢中だった。そこでチカヤは、片手をまっすぐ上にあげて合図しながら近づいてくる、やせぎすな姿に気づいた。顔に見覚えはなかったが、〈介在者〉がなじみのあるシグネチャーを取得した。

「ヤンか？」ヤンもあちこちふらふらしながら〈リンドラー〉にむかっていることは、何世紀も前から知っていたが、観測デッキで出くわすことになるとだけは思っていなかった。ふたりが連絡を取りあい、数十年と数光年を隔ててメッセンジャーをやりとりしてきたあいだ、ヤンは一貫して完全に非実体主義だった。

半分だけの知人がチカヤの前に立っていた。「元気か？」

チカヤは笑顔を作った。「おかげさまで。きみは体重が増えたようだね」

ヤンは弁解するように肩をすくめた。「ここの慣習に合わせたんだよ。不合理だと思っていることに変わりはない。何百万トンもの設備をこんな軌道に押しあげるだなんて、数百キログラムの器機類とクァスプで同じことが達成できるというのに。だが、ともかくそれが実行されて実現し、ここにいる人々の大半が肉体をまとっている以上、ぼくもそれにならわなくてはならない。ぼくは事態の中心にいる必要があるからね、そうでなければここにいる意味は皆無だ」

「すじは通っている」チカヤは渋々認めた。人が好みでない様態《モード》を強要されるという考えには嫌悪を感じたが、政治的現実は拒めない。

もし楽観主義者が正しくて、境界面が現在の速度を今後上まわることがないとしたら、脅威を回避するもっとも単純な方法は、境界面から逃げることだ。その人の世界全体がすでに、恒星間空間でも機能するよう設計されたコンパクトで頑強なハードウェアから成っているとしたら、ガスや塵との相対論的速度での衝突に対する必要な防護を工学的に組みこみ、適切な速度——光速《c》の半分プラス任意の安全限界——まで加速して、あとは危険から逃れて進みつづけるという未来図は、少しも考慮の対象外ではない。一ダースの非実体主義者コミュニティと無数の組織化されていない個人が、すでにそうしている。

　けれど、惑星地表への居住に順応している人々にとっては、永久の飛行状態になるという考えは、どちらかというとぞっとするものだ。現在までに、〈ミモサ〉真空は二千以上の人類居住星系を飲みこんでいて、惑星を渡り移る難民の大半は自ら進んで星から星へ光速で送信される気になってはいるのだが、二千年紀もしないうちに、彼らの受け入れ先の歴史ある安定した植民世界のすべてもまた、消滅するだろう。原理的には、そのプロセスは無限に引きのばせる。高速の種子パッケージによって新たな居住可能惑星を先行して準備した直後に、人々を送信すればいい。送信速度は境界面より速いので、一時的な母星のそれぞれに住む期間はひとつ前の星よりも長くなるだろう。人々は自分が足をおろす世界という世界が、何十億年ではなく数千年で消え去るという事実にさえ慣れるかもしれない。銀河系全体が消滅するには、記録が残っている歴史の六倍の時間がかかるだろうが、そのころには人もいまほど、隣接する銀河系とのあいだの深淵に怯まなくなっているかもしれない。

　だが、境界面が前触れなしに加速して、そんなシナリオを丸ごと薔薇色のおとぎ話に変えてしまうことはない、という水も漏らさぬ証明を前提にしてさえ、流浪という運命はあっさり受けいれられるものではなかった。もし新真空を後退させることが物理的に可能だったら

――〈ミモサ〉の人々が新真空を創造するための種子をまいたように、それを破壊するための種子があるなら――だれよりもそれを実現させる最大の鍵となるのが、この実体化したチカヤの知人だ。そんな試みはすべきではないと彼らを説得するのは、容易なことではないだろう。

ヤンがいった。「きみはパーチナーから着いたばかりか？」

チカヤはうなずいた。ヤンとの出会いに喜んではいたが、視線を合わせつづけるのは困難だった。回転する天が視線を引き寄せる。「きみはいつここへ来たんだ？」最近はヤンの移動経路を見失っていた。従来も見通し線のタイムラグと、送信中は無知覚になることとが理由で、恒星間旅行家どうしが連絡を取るのは困難だったが、いまでは新真空という大きくなりつづける障害物を迂回する必要が加わったために、さらなるレベルで信号の遅延と断片化が生じていた。

「九年近く前だ」

「はっ！　そんなきみのほうが不本意な状態にある、と考えていたとは」

ヤンがその言葉を解釈するには少し時間がかかった。「きみはこれまで、いちども宇宙に出たことがなかったのか？」

「そうだ」

「惑星軌道でさえも？」ヤンの声は疑わしげだった。

チカヤはいらだった。肉体に宿っているときのチカヤがどこにいたか、あるいはいなかったかに元非実体主義者が関心を持つとは、なんとも馬鹿げている。「宇宙に出る理由がどこにある？　真空になにか魅力があったことなんて、過去いちどもない」

　ヤンは笑みを浮かべた。「この船を巡回見学しながら、ぼくから情報を聞くのはどうだい？」

「ぜひとも」〈リンドラー〉での議論の状況についてのチカヤの知識は、古いものだった――ただし、片道三十年の距離だとふつうなら六十年分古いと思うところだが、じっさいはそこまでは行っていない。すばやく暗算してから、結果を船と答え合わせする。チカヤがパーチナーで受けとった最後の公報が送信されてから、この船上では五十二年が経過していた。

　観測デッキから連絡通路に階段でおりる。船は円形に配置された十六の別個のモジュールで構成されていた。各モジュールを中央部《ハブ》につないでいるつなぎ綱《テザー》は横断不能だが、へその緒《アンビリカル》が隣接するモジュールどうしを結んでいた。保護されたデッキをあとにすると、ハブに据えられたエンジン群の黒い輪郭が天頂に密集しているのが見えた。この先しばらく、エンジンがふたたび使用されることはありそうにない。もし境界面が突然加速することがあるなら、おそらくその動きは速すぎて〈リンドラー〉は逃げることができず、乗船者はひとり残らず、到着したときと同じかたちで避難することになるだろう。データになって。けれど、たとえ船が警告なしに破壊されることがあっても、乗船者の大半はほんの数時間の記憶を失うだけだろう。チカヤは自分のクァスプに毎日のバックアップを送信するよう指示してあったし、ヤンも似たようなことをしているのはまちがいない。とくにヤンは、その方法ですでにいちど、〈ミモサ〉真空から逃れているのだ。

狭い連絡通路からの眺めは方向感覚を失わせるものだった。勝手に視覚的地平線の役を果たすデッキの広がりがないと、境界面の縁がもっとも強力な目印になる。チカヤは、白い霧に覆われた海のどれだけともわからない上を漂う、巨大な水平遠心分離器の内部を歩いている気分になりはじめていた。このいささか奇妙な推測を、自分がじっさいには幅六百光年の衝撃波と一致した速度で歩いているという知識に置きかえようといろいろ試してみたが、どれも安定感の改善にはつながらなかった。

「それぞれの派閥には、いまでは名前がついている」ヤンが話しはじめた。

チカヤはうめいた。「それはよくない徴候だ。レッテル以上に人々の忠誠心を固定してしまうものはない」

「そして、忠誠心以上にぼくたちが少数派のままであることを固定してしまうものもない。ぼくたちは譲渡派、相手は防御派だ」

「〝譲渡派〟？　だれの思いつきだ？」

「さあね。この手のことって真空から結晶化するように見えるものさ」

「その結晶の小さな種子は、スピン・ドクターたちだな。まあそれでも、変態自殺者や敗北主義的反逆者に比べれば、一段階マシだと思うよ」

「いや、そういう呼び名もまだ広く使われているんだ、非公式に」

なんの前触れもなく、チカヤの脚から力が抜けた。連絡通路にがくりと膝をついて、目をつむる。「だいじょうぶ。ちょっとだけ待ってくれ」

ヤンがやさしく声をかけた。「眺めのせいでそんなに混乱するなら、その上になにかを貼りつけ《ペーストし》たらどうだ？」

チカヤは顔をしかめた。内耳の前庭系は地面の上で体を丸め、矛盾する視覚信号をすべて遮断して、正常さが回復するのを待つのが望ましいといっている。チカヤは両腕を少しだけ広げて、自分が体勢を立て直すための行動にすぐさま取りかかれることを確認した。そして目をひらいて、立ちあがる。二、三回深呼吸してから、歩行を再開した。

「双方の主張は、純粋に理論的なもののままだ」ヤンが話を続けた。「ぼくたちの側が〈ミモサ〉真空に順応する準備ができていないのと同様、防御派もそれを消し去る準備はできていない。だが、プランク・ワームに取りくんでいる防御派のチームが新参者の一群を勧誘したばかりで、休みなしに実験をおこなっている。結局は技術開発競争ということになれば、接戦は確実だ」

チカヤはその見通しについて考えて暗い気持ちになった。「自分の側の意見を強制する力を先に手に入れた者が、問題に決着をつけるというのか？　それじゃあまるで未開時代じゃないか？」ふたりは次のモジュールのデッキにあがる階段に着いた。チカヤは手すりをつかんでよろよろとのぼりながら、見慣れた物体にごちゃごちゃ取り囲まれていることにほっとしていた。

階段をのぼると、チカヤがこれまで見たことのないスタイルで設計された庭園の端に出た。

茎が複雑な螺旋を描き、芽を出した葉は複眼のようにきらきら光る六角形の組織に覆われている。船の説明によると、ここの植物は不断の境界面光の中で繁茂するよう設計されているとのことだが、とくに奇抜な特徴のいくつかがなぜ必要なのかはよくわからなかった。それでも、ここに装飾過多な感じはなかった。恒星間空間のどまん中では、純粋種の薔薇や蘭はノスタルジックなだけで飽きが来てしまっただろう。

庭園には観測デッキよりもたくさんの人がいた。見知らぬ人と目が合うと、チカヤは微笑んで、〈介在者〉が通りすがりの挨拶として適切だと判断したとおりの動作をしてみせたが、正式な自己紹介をしてひとり残らず対立派閥に分類する準備はできていなかった。

「両派がいまも協力可能な局面はひとつもないのか？」チカヤは尋ねた。「最終的にどんな行動を取るにしろ、それを支えることになる理論について意見を一致させられなかったら、すべてを投げだしてアンドロメダ行きの幌馬車隊に加わったほうがマシだろう」

ヤンは弁解がましくいった。「いやいや。ぼくの愚痴をもとに、救いのなさすぎる状況を想像しないでくれ。両派は対立が対立を呼ぶという地点にはいたっていない。基礎科学のための資源はまだ共同管理されている。両派の関係が少し冷えこむのは、目的志向の実験についてだけだ。タレクが境界面に、存続可能な原プランク・ワームになる見こみがじゅうぶんにあると本人が信じているグラフを書きつけはじめたときには、両派とも彼をすべての理論討議グループとデータ共有協約から締めだした――彼が成功する危険が少しでもあるとは、だれひとり考えていなかったんだけれどね。それ以降、タレクは少しおとなしくなって、彼の直感をテストできて、たまたまその直感が正しくても暴走することのないグラフで我慢している」

抗議しかけたチカヤを、ヤンがさえぎった。「ああ、そんな取り決めが抜け穴だらけなのはわかっている。取りたてて不誠実でない人でも、実験に成功しておいてから、それが単なるひどいまちがいだったふりはできるしな。でも、予想すべきだった、あるいはすべきでなかった結果について、ぼくがご高説を垂れられる立場だと思うか？」

チカヤはつぶやくようにいった。「災厄が起きたあとでなら、だれでもそれについてもっともらしいことをいえる」チカヤは、現存するあらゆるバージョンのキャスと彼女の共犯者たちを喜んで消し去るつもりがあると口にする人々と会ったことがあるが、それは滅多にいない、過激主義者の意見だ。より一般的なのは、〈ミモサ〉の人々は慎重に行動したのであり、彼らが解き放った力の大きさを基準に裁かれるべきではない、と容認する意見だ。もし自分が〈ミモサ〉の人々の立場だったら、二万年ものあいだ神聖視されてきたサルンペト則を、抹消すべき対象としてはもちろん、真剣に疑うべき対象として扱っただろうと嘘偽りなくいえる人は、ほとんどいなかった。

チカヤが最後に耳にしたところでは、数十億人の難民のうち、十七人が母星に踏みとどまって死ぬことを選んでいた。その自殺者たちが――母星を追われて悲嘆に暮れる無数の人々と同様に――ヤンの良心を苦しめているのを、チカヤは知っていたが、それが現象に対するヤンの態度に影響することはなかった。〈ミモサ〉にいたほかの七人がそうしたように、議論から完全に身を引くのが如才ない態度なのかもしれないが、ヤンがそうするのを拒んだ理由を、チカヤはわかっていた。新真空を最終的にどうするかは、その結果を通じてその創造者たちを非難したり赦免したりできる代用物として扱うのではなく、新真空自体の価値に基づいて議論されるべきであり、ヤンはあえて一方の派閥を支持したという事実によって、その違いを強調しようとしているのだ。

「すると、わたしの送信中にはなにも理論上の進歩はなかったのか?」決定的なブレイクスルーがあったなら、ヤンの第一声はそのことについてだっただろうが、それでもまだ、有望な進展があった可能性はある。

ヤンは肩をすくめた。「左へ三歩進んで、四歩後退というところか。ぼくたちは精緻なプローブ・グラフを書きつけて、境界面からそれを投下し、グラフの崩壊から判明するなにかが、役立つことを教えてくれるのを期待した。だが、プローブの選択が当を得ていて、きれいなデータひと組が手に入った場合でさえ、競合するモデルの物証としてはすべてがおそろしく間接的だ」

災厄の直後、古い真空と新しい真空の両方をまとめて安定させるメタルールの候補を考案するのは容易なことだった。当時の理論家たちにとって最大の問題は、見こみのある理論が多すぎることだった。境界面光のスペクトルは選択肢をいくらか狭めるのに役立ったし、境界面の動きが光速より遅いという、唯一の喜ばしいニュースも、最終的に、この事故は単にある粒子の質量を変化させ、退屈で古くから知られたヒッグス場の崩壊を引きおこしたにすぎないという類の理論を除外することが判明した。その種の理論が正しければ、〈ミモサ〉真空は通常の真空の低エネルギー・バージョンにすぎず、その物理と折り合いをつけるには古い方程式の中のいくつかの数値を変えるだけでよかったはずだ。けれど注意深い分析によって、大多数の人の本能的直感の正しさがやがて確認された。どんな単一の種類の真空も――境界面で起きているような崩壊を起こしているものでも――その中を慣性で動いているどんな人が見てもまったく同じに見えなくてはならない。エーテルという概念の追放にまで遡る、ローレンツ不変性として知られるいにしえの原理だ。その基準を満たし、かつ変化が拡大することのできる唯一の速度は、光速だった。

〈リンドラー〉がそこから境界面を実験的に探査できる安定したプラットフォームになって、境界面がローレンツ不変でないという事実をまさに目に見えるかたちで納得させた結果、理論が多すぎて困るほどだなどというのは幻想であることがわかった。新しい理論をテストすることが可能になったあとで反証されていない理論は、まだあいまいなために明確な予測ができないような理論だけだった。しかし、そのような暫定的なあいまいさは欠点であるとは限らなかった。サルンペト則の正しい大統一は、安定な真空のひとつの例ともうひとつの真空のぼんやりした一瞥からでは突き止められないというのは、ありうる話だ。それにその事実を無理やり突きつけられるほうが、理論が正しいという偽りの安心感に再度陥ってしまうよりは、マシだった。

ヤンが考えこみながらいった。「ぼくたちはすぐにでも境界面の反対側を覗きこもうとする無駄な努力をやめて、静化障壁を再建すればいいんじゃないかと思う」熱をこめて両手を打ちつけあわせながら、「以前おこなわれた二、三の実験をじゅうぶんに検討した上で実行すれば、事態の核心にずばりと切りこめるんではなかろうか」

「ふむ、それはすばらしいアイデアだ。それならこの場で実行できる」第一の新真空から逃げているすべての人と同じ方向へすでに高速で移動している起点から、第二の新真空の種子をまいたら、それから逃げるのは二倍困難になるだろう。けれど、茶化すようなヤンの提案には、人をまじめにさせる力があった。その提案が災難を拡大させるかもしれない唯一の方法というわけでは、まったくないからだ。どんなに慎重であろうと、動機がなんであろうと、実験が単に事態を悪化させる可能性はかならずついてまわった。

「次のプローブは約十二時間後に投下される予定だ」ヤンがいった。「興味があれば、たぶん手配できるよ」

「手配ってなにを？」

「きみを同行させることをだ」

チカヤは喉を締めつけられる思いで、「きみはあそこへおりていく、といっているのか？ きみ本人が？」

「まさしく」

「な、な、なぜそんなことを？」

ヤンは笑った。「ぼくに訊かれても困る！ 肉体にこだわりがあるのは、きみのほうじゃないか。きみなら理解できると思っていたんだが。それがここでの流儀なんだ。ぼくはそれにつきあっているだけさ」

チカヤはヤンのむこうに広がる不透明な真珠色の光を覗きこんだ。これまでに出会ったどんな闇よりも特徴がない。目は闇を楽しむことができる。闇の中になにがあるかの手がかりを、想像で作りだすことで。けれどチカヤの視界にあふれる境界面光は、空白としかいいようがなかった。

ヤンはあの光の中で生きていられると信じているのか？　実体を持つ人々は恐怖や抵抗に終止符を打ってあの目をくらませる純白の中にまっすぐ進んでいくのが当然だ、と信じているのか？

境界面光は界面現象であり、心乱す完璧な覆いだった。その背後になにが存在するにせよ、それがチカヤの知る宇宙と同じくらいに豊かな構造を持ち、複雑だったとしても、まったく不思議はなかった。

チカヤはいった。「答えは寝てからにさせてくれ」


十六ある〈リンドラー〉のモジュールのうち半分は滞在用施設だった。チカヤに割りあてられたキャビンを船が教えてくれたが、ヤンが引きつづき案内役をしたがっているようなので、チカヤは細かい道順は聞かずにおいた。

「まず、ぼく自身のキャビンに案内するよ」ヤンがいった。「きみのキャビンへの通り道だから、いつでも立ち寄ってくれ」滞在用モジュールはすべてが複数の階層に分割されていた。縁の階層から遠ざかって、天がだんだん見えなくなってくると、高層ビル内にいるかのようだ。階段から回廊に出るとヤンはきびきびと進んでいって、チカヤに部屋を見せた。

　チカヤは沈んだ気持ちになった。キャビンは二列に分けられ、それぞれに幅一メートルで高さがその半分の細長い溝《スロット》がいくつもあった。多くのスロットには動かない人影がある。狭苦しいスロットのあいだに取っ手が並んでいるのは、居住者が移動しやすいようにしているのだろう。チカヤの視線をたどったヤンが、「そんなに難しくないよ、いちど慣れてしまえば」といって実演してみせた。棺サイズの自分の寝棚までよじのぼって、中にすべりこむ。八段目の手前から五つ目だ。

　チカヤは途方に暮れた声で、「わたしの実体化要請には基準に関する項目があった。もし標準サイズの個室がなかったら、船は最寄りの代替目的地にわたしの通信を転送することになっていたんだ。でもこれはどうやら、そうした用語のいくつかの意味をよく理解する必要があるのかもしれない」チカヤは惑星地表を四千年紀旅してきた中で、地元民が習慣上あるいは必要上、許容範囲としているじつにさまざまな生活条件に出会ってきた。ごくまれに、非快適さを意図した宿泊設備をあてがわれたことさえある。それでも、人がこんなにぎっしりと詰めこまれているのは、いちどたりとも見たことがなかった。

「うーん」ヤンはあいまいな反応しか返さなかった。あらためて考えるとその苦情も意外ではないが、新来者が〈リンドラー〉を狭苦しいと思うとは正直予想もしていなかった、というかのように。ヤンは寝棚に入りこむ動作を難なく逆転させて、デッキに立っているチカヤの隣に来た。

「この状況を緩和するために、庭園の解体を提案したいね」チカヤは考えを口にした。「でも、それは微々たる改善にしかならないだろうし、精神の健康のために庭園は残すべきなんだろう」

　ヤンがチカヤの脇をすり抜けて、回廊に戻った。チカヤは重い足取りでそのあとを追った。処置槽に閉じこめられた状態で目ざめたときにはまったくパニックにならなかったが、あのときはまもなくもっと小さい場所へ移ることになるとは知らずにいた。

　チカヤは視線をまっすぐ前に据えたまま最後の連絡通路を渡ったが、偽りの地平線は無視しようがなくて十から十五メートルごとによろめいた。こんな取るに足らない悩み事を苦にしている自分に腹が立つ。旅をすることにも、変化することにも慣れているチカヤは幸運であり、この種の些細な落胆にも慣れっこであるべきなのだ。パーチナーをまもなく出立しようとしていた避難民の大半は、あの星で人生のすべてを送ってきて、これから直面しようとしているような変化は、彼らにとって形而上学的異物というべきものだった。境界面光のあちら側《ファーサイド》になにがあるかなど気にしている場合ではない。そうした人々は、自分の家から半径千キロメートル以内にある岩という岩の形を知っているが、たとえあらゆる惑星学者の基準に照らして奇跡的に母星と類似している惑星を新たな住み処にできたとしても、なじめなさや追放されたという思いを拭えないだろう。

階段をのぼりながら、チカヤは冗談をいった。「庭園に引きかえそう。藪の中で眠るよ」

じっとしたまま動かずに眠らなければならないと考えただけで、両肩に痛みを感じた。睡眠中に何度も寝返りを打たずにいられない習慣をなくすように自分を改変することもできるが、いまからそんなことをする必要があるかと思うと、心のより深いところで閉所恐怖を感じるばかりだった。この手の百もの些細な事柄は、ひとつひとつは惜しいとも思わずに削除できるが、やがてある朝目ざめると、記憶の半分がもはや真実味を失い、あらゆるささやかな喜びや苦難が気の抜けたどうでもいいものになっているのに気づくことになる。

「D37、だったっけ？」ヤンが楽しげに尋ねた。「それなら、ここを左に曲がって、右側の四番目のドアだ」ヤンは立ち止まって、チカヤを先に行かせた。「プローブ投下については、きみとまたすぐに話をするけれど、反対する人はいないはずだよ」

「ああ。ありがとう」チカヤは別れの挨拶に手をあげた。

通りすぎたドアはすべて閉じていたが、四番目のドアは前に立ったチカヤを認識してひらいた。

チカヤの正面には机がひとつと椅子がふたつ、それにひと組の棚が見えた。部屋に足を踏みいれると、とても広々としたベッドがあった。パーティションの奥には、シャワーとトイレと洗面台がある。

チカヤは全力疾走でヤンのあとを追い、ヤンはわざとらしく逃げようとしてみせてから、降参して腹をかかえて笑った。

「この野郎！」チカヤはヤンに追いつくと、溜飲をさげられる程度の悲鳴があがる強さで腕を引っぱたいた。

「文化的思いやりを発揮してくれよ！」ヤンが泣き言をいった。「苦痛はぼくの伝統的ゲシュタルトに含まれていないんだ」だとしたら、ヤンが現に痛みを感じているのはおかしいことになる。実体を持った人々のあいだでさえ、構造損傷未満をほんものの苦痛として表現するのは、若干保守的なことだ。

「そこには空間も含まれていないと見えるな」

ヤンは首を横に振って、まじめそうに見せようとした。「それは逆だ。ぼくは常時、精巧な自己‐環境マップを認識している。ぼくたち元非実体主義者は、そのマップと物質界との相互関係にはこだわらないというだけだ。きみの目にはどんな風に映ったとしても、あのごみごみしたキャビンでぼくたちは、きみが知っているどんな享楽をも十桁は上まわる体験をしているんだ」そういうヤンに、自慢そうなところや尊大さはかけらもなかった。それは単純な真実なのだ。

「わたしはまわれ右して、船を去りかけたんだぞ？」

ヤンはにやにやするだけで、まったく本気にしていなかった。

別れ際のうまい脅し文句が出てこなかったので、チカヤは両腕をあげてもういいよという顔をしてから、自分のキャビンに戻った。

ささやかな数平方メートルをぐるりと眺めまわすと、馬鹿みたいに頬がゆるんだ。サイズはパーチナーで住んでいた家の千分の一だが、これこそがチカヤに必要なものだった。
「あの野郎」ベッドに寝転んで、どんな仕返しをしようかと考える。

5

シャトルが〈リンドラー〉から分離し、チカヤの胃を自由落下に送りこんだ。ドッキング・モジュールが遠ざかるのを見ていると、自分が接線方向に、後ろむきで離れていることは百も承知なのに、直感的にはまっすぐに落下しているとしか思えないせいで、回転して弧を描きつづけながらも、後頭部のほうに消えていくのではなく正面で天頂から落ちていくモジュールの眺めに、バランス感覚と方向感覚をすっかりかき乱された。最初、チカヤは自分が後ろむきに転げおちているような気分で、それは少なくとも目にしているものの説明にはなったが、内耳がその動きを裏づけられず、その錯覚は消えた——が、一瞬後に戻ってきて、同じことの繰りかえしになった。そのあとに断続的な突然の揺れが起きたとしたら、チカヤの吐き気を軽くしてくれただろう。重力が消えたことによる直接の身体的影響よりも、自分の知覚の意味を理解できないことのほうが、はるかに心をかき乱した。

船全体が真横から視野に入ると、自分のいる位置がわかってきた。一分後、船は縮んでまばらにつながったガラス玉の首飾りになり、天上に位置を定めた星々が、重視する価値のある手がかりとしてようやくチカヤの心の中で像を結んだ。チカヤの右側に広がる無限の白い平面は、薄目をあけて見た月明かりの砂漠のようでもあった。彼はいちどペルダンで夜の砂丘の上空をグライダーで飛んだことがあり、薄い大気の中でときどき自由落下同然になった。ペルダンにはもちろん月明かりはなかったが、星々の明るさがそれに近かった。

　隣にすわっているヤンが、目を合わせていった。「だいじょうぶ？」

　チカヤはうなずいて、尋ねた。「きみが育った観境《スケープ》には、垂直は存在するのか？」

「存在するというのは、どういう意味で？」

「前にきみは、観境《スケープ》内では重力を感じないといっていたよね……でもそれは、あらゆるものが地面の上にあるように配置されてつながれているということなのか？　それとも、すべてが等方的に三次元なのか——あらゆるものをどんな方向にでもつなげられる0《ゼロ》Gの宇宙居住環境みたいに？」

　ヤンは気さくに答えた。「ぼくのいちばん最初の記憶はCP^4——局所的には複素四次元のベクトル空間に見えるケーラー多様体だ。大局的なトポロジーはずいぶん違うけれど。でも、ぼくはそこで育ったわけじゃない。若いころは知覚の柔軟さを保つために、ずいぶんあちこちに行った。昔、ここと̶は」——ヤンは周囲の、ごくわずかに理想からズレたユークリッド的な空間を身ぶりで示した——「ほんの少しも似ていない場所で時間を送ったことはあるが、それは単に特別な種類の物理学的問題に取りくむためだ。ほとんどのニュートン力学でさえ、シンプレクティック多様体にいたほうがわかりやすい。すべての自由度についての位置と運動量が別々の目に見える座標としてあると、ひとつの三次元空間にすべてをいっしょにつめこむのよりも、物事を非常にクリアにする」

そして経験豊かな旅行家のできあがり。チカヤはヤンの遍歴をうらやましくは思わなかったが、きっとそれによってヤンは境界面光のあちら側《ファーサイド》の世界を、子どものころのチカヤにとって概念上の存在だったジャングルほどにも、異世界的に思わなくなったのだろう。数千年紀におよぶ自分の体験も、ある基準から見れば笑えるほど幅が狭いことを思いださせられると、チカヤの自信は揺らいだ。

けれど、両方ともをかなえることはできない。実体を持った人々にはこの新興宇宙の衝撃と不思議さが必要だと主張しておいて、同時にそれが、凡百の惑星地表に新たに足を踏みおろすのと同程度にしかおそろしいものではないことを望むのは、不可能だ。

カディールがふりむいて、つっけんどんに口をはさんだ。「おれはシンプレクティック多様体における流れを、その中に住むふりをせずとも完璧に解析できる。数学はそのためにある。物理学の問題の中にあらわれる抽象空間の内部をいちいち動きまわる必要があると考えるのは、想像力の欠如にすぎない」

ヤンは気分を害したようすもなく、にこりとした。「あなたと議論はしません。ここへ来たのは非実体主義の布教のためじゃないから」

チカヤの正面にすわっているザイフィートが、ぶつぶついった。「確かに不要でしょうね、新真空のおかげで実体を持っていても不毛なことに変わりはなくなるんだから」

チカヤは歯ぎしりした。どれほどとげとげしいやり取りを経験することになるかは、ここへ来る前に警告されていたし、〈リンドラー〉に乗っただれもが、対抗勢力の悪意に腰まで浸かりつつ解決にむけて進まざるをえないこともあるだろう。しかし、閉鎖空間での反射的な口論の応酬が生産的な不協和音だとは、チカヤは思わなかった。

シャトルの推進装置が駆動した。伝わってきた軽い圧力を、チカヤは天地が完全に逆転したのではなく、急降下として受けとることができた。眺めわたすだけで涙が湧いてくる純白の中に、自分たちの目的地点を探そうとしたが、輝きの彼方は見通せなかった。数百光年の天を埋めつくす物体のほんの数キロメートル上方を、黒焦げになることもなしに——恒星表面のこんなに近くにいたら、そうなっているだろう——かすめ飛んでいるのは、奇跡的なことに思えたが、境界面が遠くからでも視認可能なのは、ひとえにその大きさゆえだ。全体の光度が超新星よりも明るくなるには、一平方キロメートル単位のすべてがすさまじい光を放っている必要はない。光の力を増大させる定番の要素であるドップラーシフトなしだと、この位置から針穴を通してまっすぐに見た境界面は、チカヤが訪れたことのあるどの惑星を同じ条件で眺めたのよりも、三倍薄暗いだろう。目がくらむのは、境界面がチカヤの視野いっぱいに広がって、ほかのなにも入りこむ余地がないという事実のせいだ。パーチナーでは、一年の大半、境界面は日光に隠されていて、太陽からもっとも離れた角度になるときでさえ、地平線上のどこかに狭い帯状の色あせた闇がかならず残っていて、そこにある二、三の青白い星が目にとまった。

推進装置が逆転したとき、チカヤはようやく〈書機〉のシルエットを目にとめた。両手で周囲の輝きを覆い隠すと、構造を少しだけ識別できるようになった。機械の先端には球があって、かすめていく光の中で虹色に輝いている。チカヤの知るところでは、その球の表面にはマイクロジェット群が細密な浮き彫り模様を形作っていた。わずか一、二個の原子をどの方向にでも発射できる数兆のちっぽけな装置だ。〈リンドラー〉が単に巡航して境界面とうまく進度を合わせているのに対し、〈書機〉の入力針《スタイラス》は境界面のごく近くをホヴァリングしているので、星間ガスとの衝突、さらには境界面光そのものの圧力でさえもが、未補正のままにしておいたら照準を狂わせていただろう。訪問者たち自身の影響は、たぶん機械の修正能力の完全な範囲内だろうが、チカヤには、自分たちを収容できることが驚異的でもあり、滑稽でもあると思えた――それは四人の太った幼児が肩によじのぼって取っ組み合いをはじめる中で、書家が針の頭に『重力理論《Gravitation》』を一冊丸ごと書きこむようなものだ。

シャトルが接近していくと、〈書機〉の慎ましい大きさが明らかになった。差し渡し四十から五十メートルで、〈リンドラー〉のモジュールのひとつよりも小さく、球状になったマイクロジェット群が平らなデッキの上の張り出し棒に取りつけられている。シャトルの推進装置が最後の知覚可能な修正のあと、感じとれないほどかすかな一連の操船をおこなって、シャトルとデッキを接触させた。

カディールが安全ベルトを外して、シャトルの床にあるハッチに近づいた。チカヤもあとに続く。

「〈書機〉の内部は空気で満たされているのか？」

カディールがうなずいた。「人が出入りする際に、気圧を一定にしておくのがいちばん面倒がない」

　チカヤは顔をしかめた。「これの出番は絶対に来ないってことか?」手の甲をつまんで、全身の皮膚にスプレーしてきたほとんど目に見えない膜を強く引っぱる。その膜は真空中でも最大一週間、チカヤの体を生きのびさせると聞かされていて、新しい体を育てるには三カ月かかるから、それは価値ある予防措置に思えた。膜スーツにひとつ欠けているのは、反動質量だ。境界面にむかって漂っていることに気づいたら、最善の行動は最終バックアップを送信し、観念してほかに類のなさそうな特定実体死《ローカル・デス》を迎えることだろう。

　カディールがいった。「その機会を帰り道に用意できないか、考えておくよ」その言葉に明白な悪意はこめられていなかったが、解釈がむずかしいことに変わりはなかった。ふたりの防御派に紹介されたとき、親しい同志だとヤンがいったのをチカヤは否定せず、それ以来チカヤは緊張感が潮のように満ち引きするのを感じていた。いつ陽気にからかわれているのだと思えばよくて、いつ大義の敵として心底冷ややかに拒絶される覚悟をすべきなのか、さっぱりわからない。

　ザイフィートとヤンもそばに来ると、絞り状のハッチがひらき、柔らかく照明され、取っ手が列になったトンネルが見えた。自分がすくんで動けなくなってもだれの行く手をふさぐこともないよう、チカヤはしんがりにまわった。ほかの三人は、梯子をおりるようにして足から先にトンネルに入ったが、チカヤは腹這いで進んだほうが、自分が多少なりとも水平だと思えて安心できた。彼はチュラエフの遊び場にあった、パイプを連結した迷路を思いだした。ザイフィートがこちらをちらりと見あげて顔をしかめたので、チカヤは彼女にむかって舌を出してみせ、大人げない押韻詩を二、三行唱えた。ザイフィートは思わず顔をほころばせた。

〈書機〉の制御室は八角形で、壁のひとつでは八枚の傾いた窓が境界面を見おろしていた。光の外見には尺度を決める手がかりが皆無なので、目で見て距離を判断するのは困難だったが、チカヤはいま自分が新真空のわずか五、六メートル上に浮かんでいると推測した。突然、自分の心臓の鼓動に気づいたが、律動に異常を感じたわけではない。アドレナリンが急増したのではなく、チカヤの注意が移ったせいだ。恐怖はなかったが、自分の体をひしひしと意識していた。世界に存在するほかのものの大部分と比べて、柔らかくて脆弱な体を。それは、とある荒涼とした土地のまん中で立ち往生したことに気づいたときの気分と同じで、そこの過酷さに対しては準備不足だったが、その時点での化身を救助不能として見切りをつけるほどの危機感はなかったのだった。〈ミモサ〉をも凌駕する宇宙的災害でもなければ、チカヤから数分間の記憶以上のものを奪うことはできないだろうが、ある体に宿っているあいだは、チカヤはその体を完全に自分自身と見なしていた。いまチカヤがいるのは、ひとつまちがえば原子より小さく切り刻まれかねない場所で、そんな状況下では、生きるか死ぬかを決定づける本能を前面に立てて、全力で自分を守らせるのは大歓迎だった。

部屋の中央では列をなすディスプレイが、スタイラスのハウジングである八角形のドームを取り囲んでいた。チカヤが眺めている前で、カディールとザイフィートが長い一連の音声コマンドを発した。それが自動化されていないのは、ほとんど儀式めいていた。もの問いたげに視線を投げたチカヤに、ヤンがひそひそ声で、「作業の透明性というやつだ。たがいを監視できるもっと洗練された方法はあるが、実験ごとに両派閥の監視者に立ちあわせ、すべてを言葉で制御することで、進行状況をひとつのレベルでずっと公開しておける——同時に舞台裏では別々の千種類もの高性能ツールで、装置をチェックし、ソフトウェアを検査しているが」

「気が滅入るほどに地球時代の外交術とそっくりだな」

ヤンはにやりとした。「きみの特殊な知識も、ここでなら出番があると思っていたよ」

チカヤは鼻を鳴らした。「いくら見ていても、マキアベリをまくし立てたりはしないぞ。ああいうたわごとがお望みなら、古代人を掘りだしてこい」

「古代人といえば、今日この日にでも古代宇宙飛行士《アナクロノート》たちが——数メガトンの核融合副生成物を先触れにして——〈リンドラー〉に到着して、自分たちは宇宙を救いにやってきたと宣言するのを期待しているんだが」

「今日この日でなくとも、この千年紀にはあるかもな」それは考えるだに気味の悪い話だった。二万歳かそこらになる、いまも宇宙に散らばる前クァスプ文明の生き残りが、咳きこむような音を立てる珍妙な機械に乗って、使用ずみ燃料を噴出しながらひとつの旅程につき数千年がかりで、星々のあいだをのろのろと渡っているのだ。チカヤ自身はその古代人のだれともいちども会ったことはないが、彼の父が、チカヤの生まれるずっと前にチュラエフにやってきた古代人の一グループと遭遇していた。古代人グループはひとつとして、地球から八十光年以上まで旅したことがなく、なのでまだ新真空の危険にさらされたこともないが、防御派が勝利をおさめなければ、数十年以内にアナクロノートたちは、憎むべき新しいテクノロジーを受けいれるか、全滅するかの決断と対峙することになるだろう。

チカヤとヤンのおしゃべりは監視の仕事を軽んじている証拠だとでもいいたげに、カディールがふたりに非難の表情をむけた。チカヤは意識して注意しているかどうかにかかわりなく全知覚想起ができたし、ヤンが輪をかけて奇抜な能力を誇っているのは疑いなかった。それでもチカヤは自制して口をつぐんだ。

ザイフィートが口述で伝えた一連の粒子を、スタイラスが放出していく。〈ミモサ〉での災厄は、少なくともひとつの代償となる恩恵をもたらした。量子重力の実験がきわめてかんたんに実施できるようになったのだ。境界面の深さはわずか二、三プランク長であり、それと比較すれば原子ブレードが惑星系ひとつより幅広く見えるようなツールを、実験者たちにもたらした。〈書機〉が生成できる最高エネルギーの粒子でさえ、笑えるほどなまくらな工具でしかなかったが、境界面はそれ自体を、その無害な粒子のひと塊を彫り刻んではるかに効果的な鋭い破片を作るようにすることができる。スタイラスがコヒーレントな中間子のビームを境界面に当てたとき、分裂したグラフはレーザーワイヤーとなって、それ自身と同じくシュールなほど小さなサイズの断片を、中間子を構成する仮想クォークやグルーオンの絡み合いから切りだす。そしてコヒーレンス効果を利用して、破片のいくつかを協調させ、境界面自体を修正することが可能だった。自然のノイズ源が偶然に同じ効果を引きおこす可能性は皆無なので、静化障壁のような途方もない障壁は、ここでは不要だった。

カディールがふりむいて、ふたりを見た。ヤンは承認のしるしにうなずいた。「すべてが合意どおりだ。先を進めてくれ」

ザイフィートが〈書機〉に告げた。「実行」

それとわかるような遅れなしに、〈書機〉が結果を返しはじめた。チカヤは肌がぞわぞわした。危険と執行猶予の違いを再確認している暇はなかったが、彼らはたったいま、虎をくすぐったのだ。そのお返しとして、ここにいる四人を爪で幾何学的量子に引き裂き、その数分の一ミリ秒後には〈リンドラー〉を飲みこんで、さらに仕上げとして遠方のバックアップと、チカヤたちよりは用心深かった友人たちをも食いつくすかもしれないような、虎を。

カディールが毒づきはじめると、彼の〈介在者《キュー》〉は如才なくその言葉に、それを聞いて気を悪くしそうな相手への翻訳を遮断する合図をタグ付けした。そんなカディールを見つめるザイフィートは苦悩の表情だったが、無言だった。

長い罵詈雑言がやんで、チカヤは慎重に尋ねた。「あなたがたの望んでいた結果ではなかったとしても、そこからなにかわかったのか？」

カディールはスタイラスのハウジングを蹴りつけ、反動で背後の窓まで飛ばされて、どさっとぶつかった。チカヤは思わず顔をしかめた。いま衝突した精密機械と生物の体と恒星間の真空に面した窓は、どんなに頑強であろうとも、すべてがもっとやさしく扱われるに値するだろう。

ザイフィートがいった。「いまの一連の粒子は、前回の実験を確認するためのものだったのに、前回走らせたときと同じ結果を生じさせなかった。わたしたちのモデルは、統計的変動としても、あるいはなんらかの予想可能な新真空の変化としても、この不一致を説明できない」

カディールがふりむいて、口走った。「大量虐殺《ジェノサイド》を実行しようとしているおまえら裏切り者がこの機械を汚染したか、あるいは――」

ヤンが抗弁する。「あるいは、なんだというんだ？　もっと現実的な別の説明をしてくれ！」

カディールは口ごもってから、ぞっとするような笑みを浮かべた。「いまの仮説はだれにもいわないつもりだったんだが」

チカヤは動揺したが、カディールの暴言は本気の侮辱ではなく、焦燥感のせいだということにするつもりになっていた。両派閥はともにお手あげの状態だ。このままでは、自分の思うがままに物事を進めようとする人もいないだろうが、妥協案を作ろうとする人もいなくなるだろう。そして新真空が淡々と押し寄せてくるだろう。

〈リンドラー〉への帰途に、カディールが謝罪した。チカヤは相手の誠意を疑わなかったものの、言葉は友好的というよりは形式的なものだった。ヤンはカディールに冗談をいって、先ほどの口論を水に流そうとしたが、カディールは会話に乗ってこなかった。

ドックに着いてシャトルからおりると、四人はそこで解散した。ヤンは同じモジュールの上部にある作業場に搬入される新しい分光器を見にいきたがったが、チカヤはついて行く気になれなかったので、自分のキャビンに戻っていった。

チカヤは今回の航宙でブレイクスルーに立ちあえるとは期待していなかった。境界面に近づいただけで自分自身がなにかめざましい洞察を得ることなどなおさらで、なにもないところを覗きこんで通常の真空の秘密を知ることができると期待したほうがマシだっただろう。しかしながら、チカヤは痛いほどの失望を感じた。ここへやってくる前は、致死的な衝撃波の手をぎりぎり逃れるところを巡航し、さらに大胆にもくるりとむきを変えて境界面を研究することを考えると、否定しがたいスリルを感じた。危険を解剖して、裸にしてしまうのだ。それは母に聞かされた伝説に似ていた。人間が空から爆弾を降らせあっていた未開時代、戦《サ》闘工兵《ツパー》と呼ばれる人々が航空機から飛びおりて爆弾の脇に降下し、空中で信管を外していた。爆弾を恋人のようにかかえて、機械の心臓の中に手をのばしてたらしこみ、爆弾の敵意に満ちた造物主たちを裏切らせたのだった。だが、このロマンチックな伝説が空気力学的にありそうもないのはともかくとして、少なくともサッパーが降下の最中に核物理学を独学で一から理解し、それから核分裂物質のすべての原子に手をつっこんで、不安定化させる陽子をひとつずつ取り除ける、などと思う人は当時もいなかった。

連絡通路にむかう階段の途中でザイフィートがチカヤに追いついてきて、「カディールの母星は、境界面からこれくらいの距離なの」彼女が突きだした手の親指と人差し指は、触れあう寸前だった。「九千年の歴史を持つ世界。それが一年もしないうちに、消え去る」

「気の毒に」歴史は記憶の中で生きつづける云々の決まり文句を返さないくらいの分別はあった。チカヤはいった。「きみはわたしが、ザパタが滅ぶのを見たがっていると思っているのか？」ザイフィートがカディールの母星をいわずとも、おそるべき日程表はだれもが暗記していた。「もし新真空を丸ごと消滅させることなく境界面を停止させられるなら、わたしはそれを支援する。それを目標に懸命にやってきたのは、ほかの人たちと同じだ」

ザイフィートの目が怒りに燃えた。「なんとも公明正大なことで！　わたしたちの母星を存続させてくれるけれど、それもあなたの貴重な新しいおもちゃを失う危険がないかぎりってこと！」

「おもちゃだなんて思っていない」チカヤはいい返した。「境界《フロンティア》に位置していた九千年前のザパタは、〝おもちゃ〟だったのか？」

「その境界《フロンティア》は地球から広がってきたもので、その実体は自発的な植民者たちだった。それは、あえてとどまろうとする人を火葬したりはしなかった」ザイフィートは顔をしかめた。

「あなたはあそこでなにを見つけることになると思っているの？　大いなる超越の輝ける光？」

「まったく違う」超越は宗教方面から生き残った内実のない言葉だ。だがいくつかの消滅しかけの惑星文化においては、精神を再構成し、結果として途方もなく偉大な知性と、とどまるところを知らない、だが内容のはっきりしないスーパーパワーを――望ましくはほかのだれかによって、詳細を完璧に整えられさえすれば――もたらす神話的プロセスを指すようになっていた。それはきっと、怠惰すぎて自分が住んでいる宇宙について実質まったくなにも学べず、学ぶ努力をすることにも考えがおよばない人々にとっては、魅力的な概念だろう。いつかかならずやってきて、学ぶ必要を無用にしてくれる魔法の変身装置。

チカヤはいった。「わたしはすでに通常の知性は備えているのでね。これ以上は必要としていない」情報理論の厳密な帰結として、融通のきくかたちで学ぶことをいちど覚えたら――人類が青銅器時代に達成したことだ――そのあと直面する限界は、速度と記憶容量だけになる。それ以外の構造上の変化はすべて、様式の問題でしかない。「わたしはただ、この代物をきちんと調査したいだけだ。わたしたちの都合があるのでそれは消え去らなくてはならない、と頭から決めつけるのではなくて」

「都合？」ザイフィートは激しい怒りに顔をゆがめた。「この傲慢な糞野郎！」

チカヤはうんざり声でいった。「人々の母星を救いたいなら、あなたはわたしよりもずっと大きな障害を乗りこえなくてはならない。お友だちを慰めに行くか、あなたのモデルの研究をしに行くんだね。あなたと侮辱の応酬をする気はない」

「ここへやってきて、わたしたちが成功寸前に見えることがあったら邪魔をするつもりだと公言するだけで、じゅうぶん侮辱になっているとは思わない？」

チカヤは首を横に振った。「〈リンドラー〉は新真空の研究のみを課題とするという連合によって建造された。参加者個々人には各人それぞれの目標があるだろうが、〈リンドラー〉は中立的な観測をおこなうプラットフォームと決められていて、いかなる干渉の足がかりになることもない」

ふたりは連絡通路までおりた。チカヤは視線をさげたままだったが、それが恥じているように見えるのはわかっていた。

ザイフィートがいった。「あなたがもし非実体者だというなら、理解できる。彼らにとって自分のクァスプの外にあるものは、自分が同じアルゴリズムを刻みつづけられるかぎりはどうでもいい。でも、あなたは風を感じたことがある。土のにおいを嗅いだことがある。わたしたちが失ってしまうものをはっきりと知っている。自分を生みだしたものを、どうしてさげすむことができるの？」

偉ぶった言い草に腹が立って、チカヤはふりむいて相手と顔を合わせたが、礼儀は保とうと決心した。口をひらく。「わたしはなにもさげすんではいないし、もういったとおり、もし可能なら、あなたが守ろうとするものすべてのために奮闘するだろう。しかし、あなたのいう尊い実体化を通してなそうとすることが、いくつかの心温まるなじみの場所にこの先百億年しがみつくことでしかないのなら、それらの惑星の完全無欠な観境《スケープ》に自分たちを閉じこめて、鍵を外の世界に投げ捨てたほうがいい」

ザイフィートが冷ややかに答える。「ある結婚生活が刺激のなさすぎる、ぬるま湯のようなものになっていると思ったら、あなたは手を出して、パートナーのひとりの頭を粉々にするんでしょうね」

チカヤは足を止めて、両手をあげた。「いいたいことはよくわかった。わたしをそっとしておいてもらえないかな？」

ザイフィートは無言でチカヤと顔を合わせた。まるで毒舌の種が尽きたので、もしチカヤにいわれさえしなければ、ちょうどその瞬間に納得して立ち去るつもりでいたかのように。チカヤの言葉に従ったと勘違いされないだけの長い間を置いてから、ザイフィートは後ろをむいて、連絡通路を闊歩していった。チカヤは立ち止まったまま彼女を見送りながら、自分がとても動揺していることに驚いていた。彼は自分の見解を周囲の人々に決して隠さないできた――すっかり悲嘆に暮れている人の前で、そっと口をつぐんだままでいるのは別にして――そしてここ数十年間、面の皮を厚くしていく必要があった。けれど大変動の源に近づいていくほど、自分の目撃しているものが、昔の洪水や飢饉のような純然たる悲劇だと信じるのがむずかしくなっていった。悲哀と混乱が激しさをきわめているパーチナーでは、自分のその態度は正しかったのだともっとも強く感じた。悲痛と恐怖に覆いつくされた下に、興奮の底流が隠れていることは否定できなかったからだ。

だがザイフィートの非難がチカヤの心を痛ませたとしたら、それはほとんど、彼女のいわなかったことが理由だった。ここにいるだけで、ザイフィートはすでに自分自身の母星をあとにし、混ざりあった解放感と喪失感をすでに味わっていることになる。チカヤと同じく、ザイフィートも代償を支払いずみで、そしてだれも、その額がじゅうぶんではなかったと彼女にいったりはしないだろう。

チカヤはシャワーを浴びて膜スーツを洗い落とし、ベッドに寝転んで音楽を聴きながら、考えこんだ。〈リンドラー〉で目ざめている時間のすべてを、自分の立場を問うことに費やしたくはないが、疑いに対して鈍感になりたくもない。自分がまちがった派閥を選んだ可能性を忘れたくはなかった。

もし防御派が目的を達成したら、新真空がもたらす可能性が永遠に失われる必要はなくなる。新真空を破壊するプロセスでなにがわかるにせよ、それはもっと安全で制御されたかたちで新真空をふたたび作りだせる見こみをひらくかもしれない。二、三十千年紀のうちには、ひとつの新しい宇宙丸ごとが再度すぐそこまで迫ってくることもありうるが、今度のそれはだれの脅威になることもないだろう。だれも母星から立ち退かされることはない。だれも流浪か適応かを選択させられることはない。

そして二、三十千年紀のうちに、渦を巻くように繰りかえされて活気を奪うなじみ深さというお題目は、どこまで硬直化しているだろう。ザパタ九千年の歴史が、失うにはあまりに貴重だというなら、九万年後には人類居住惑星のあらゆる伝統、あらゆる砂粒が確実に神聖化されているはずだ。

それでも、息苦しくて死にそうな思いをしている人々はつねに逃げだすことができる。チカヤがチュラエフを逃げだしたように。永遠へと夢中歩行していくことが幸福である人々は、とどまっていい。チカヤにはこの先鋭的な生きかたを、だれにも押しつける権利はない。

　権利はないが、そうする権力もないし、それを熱望してもいなかった。チカヤがここにいるのは単に、支持者の少ない主張を述べたてて、それに影響される人がいはしないかと思ってのことだ。もしチカヤが、新真空は人類が地球を離れて以降に出会った最大級の豊かな機会をもたらしてくれると信じていたら、その破壊を論駁せずにいることは、臆病で不誠実だとしかいいようがなかっただろう。

　分単位で、キャビンは広さを感じられる場所ではなくなっていった。チカヤは部屋を出ると、船の中をぐるりと歩いて庭園にむかった。連絡通路ではまだ神経過敏になったが、徐々に自信もついてきた。

　庭園にはほとんど人けがなかった。境界面に背をむけたベンチがあり、そこからの眺めはじっと見ていてもめまいがしなかった。天の極周辺の青い星々の回転はゆっくりで心安らぎ、その完璧な弧が植物の葉にさえぎられて、光景全体の機械感を減じていた。

　ドップラーシフトはチカヤにとって目新しかったが、星々の動きには見覚えがある。ゆるい低速化のときのチュラエフの夜空は、これとそっくりに見えた。唯一ここにないのは、回転ごとにのぼったり沈んだりする太陽だ。

（チカヤは処置槽の脇に立っている。それはこれから彼の体に保管の、精神に送信の準備をさせる。この生まれつきの肉体をいずれリサイクルすることを希望するかどうか、処置槽が尋ねる。チカヤの父が穏やかに説きつける。「わたしたちはおまえを待っていてあげる。おまえにとってそれが必要な歳月なら、千年でも。合図をするだけでいい。おまえはなにも失う必要はない」」

通りすがりの人が見慣れぬ顔に好奇心をいだいて、チカヤにちらりと目をむけた。ふたりの〈介在者〉が情報交換し、相手が自己紹介を求めてきた。チカヤは非干渉要請をしていなかったので、情報交換の続行を許可した。プロトコルの確立、〈通訳〉の検証、相互に許容可能なふるまいの線引き。ここには従うべき現地の慣習というものがないので、ふたりの〈介在者〉は仮想的なコイントスをして、たがいに受けいれるべき作法を決めた。

「はじめてお会いすると思います。わたしはソファス」

チカヤは立ちあがって自分の名前を告げ、ふたりはたがいの左肩に軽く触れあった。「ここへ着いてまだ一日にしかなりません」チカヤはいった。「惑星外は初体験で、まだ順応中です」

「ごいっしょしてもいいですか？　人を待っているのですが、それにはここがいちばんいいので」

「ええ、どうぞ」

ふたりはベンチに腰をおろし、チカヤが尋ねた。「だれを待っているんですか？」

「最新の乗船者という現時点のあなたの立場を、奪うことになるだろう人です。事実上、技術的な意味では彼女はすでに奪っていると思いますが、まだ姿を見せて、自分でそう主張できる状態ではありません」

処置槽内での自分の姿を思いだして、チカヤは笑みを浮かべた。「二日間で新しい乗船者がふたり？」チカヤのあとに続いてパーチナーから来た人がいるなら、それも不思議なことではなかっただろうが、パーチナーでは自分と同じ旅行計画を予定している人とはひとりも出くわさなかった。「このペースが続いたら、体が不足するでしょう。元非実体主義者を船のプロセッサにうまく押しこむ必要が生じるかも」

ソファスが眉をひそめて、とがめるふりをしてみせた。「ねえ、差別は禁止ですよ、お願いですから！　それはあの人たちが自発的にすることであって、わたしたちがいい出すことではありません」

「新しい乗船者用に場所をあけるために、いまみたいにキャビンを共有することを彼らが申しでたように？」

ソファスはうなずいた。その仕草を面白がっているようだ。チカヤは刺すような不安を感じた。自分はいま、偏狭さのあらわれと受けとられるような発言をしたことでソファスに気に入られたのか、それとも自分が過敏になっているだけなのか、よくわからない。チカヤがどちら派なのかをソファスが問いつめてくるまでにどれくらいかかるだろう。その答えはすでに口伝えで広まっているのか、あるいはソファスは礼儀を重んじて、しばらく雑談をしてから、間接的にその情報を引きだせないか試してみるつもりなのか。

「実際問題としては、まもなく新しい体をいくつか育てはじめることになるでしょう」ソファスが説明してくれた。「いまくらいに乗船者が急増することは、予想していました——十年前後の幅で。人々はここに来たがるだろうと、モデルが予測したのです」

チカヤは困惑した。「どうして？　理由はザパタですか？」

ソファスは首を横に振った。「ザパタを救うにはもう手遅れにすぎます。文字どおりにではないかもしれませんが、ほとんどの人は現実的で、最後の最後の瞬間に流れを逆転させられるとは思っていません。目をむけているのは、道の少し先、一世紀か一世紀半後の、地球のことです」

「なるほど」親しい仲間内だったら、チカヤはいまソファスが口にした展望を冗談にしていたかもしれないが、それは初対面の人相手にいってみる気になるような軽い冒瀆ではなかった。それにじつのところ、チカヤは心底からの悲しみを感じていて、それはチュラエフもいつかは消滅することにいだく感情よりも、いろいろな意味で深いものだった。離ればなれの家族が連絡を取りあう要となっていた、大変に愛され、長く定住している先祖が住み慣れた土地から追いたてられるときのように、地球の人々が大脱出をおこない、その大地が滅亡したら、もっとも汎宇宙的視野を持つ旅行家たちの大半の心にさえ、傷を残すだろう。

「地球を移動させるという話がささやかれています」ソファスがさりげなくいった。「白色矮星を太陽系に押しこんで、地球を運び去らせるのです。衆目の一致する候補は、シリウスB」チカヤは信じがたい思いで、相手を見て目をぱちくりさせた。「不可能なことではないはずです」ソファスは断言した。「白色矮星に物質を落下させると、それは潮汐圧縮加熱を受けます。適切なかたちでおこなえば、著しい量の物質がジェットになって噴出する。複数のジェットを非対称に配置して、じゅうぶんな質量をいじりまわせば、ささやかな正味加速度を獲得できます。続いて地球を、白色矮星をめぐる軌道に持っていく。加速で軌道はズレますが、固定することはできます」

「でも、シリウスBを光速の半分まで加速するには――」

ソファスが片手をあげた。「はいはい、わかっています！　大量の反応質量を集めなくてはならないし、それをすべてそんなに迅速に所定の位置に移動させたら、損害は〈ミモサ〉に匹敵するものになるでしょう。岩でできた球全体を、まったく損じることのないまま流浪の旅に出すだけのために、その種の大混乱をもたらすのは、ニューヨークを洪水から救うために、はるばるイオまで吹き飛ばすようなものです。唯一の正気な対応は、有効な土嚢の設計に取りくむ一方、もしそれが不可能だということになったらいさぎよくあきらめて、街が沈むのを見守る覚悟をすることとです」

「そうですね」だが、チカヤがその物語を正しく覚えているとしたら、ニューヨークは結局イオに落ちつくことはなかったが、街が沈むのをいさぎよく見守るほうは慈悲深い解決を見た。なにか有名な彫像はパリに落ちついて、いくつかの橋やビルは各地のテーマパーク行きになったのでは？

ソファスが少しのあいだ、内部知覚に注意をむけた。「わたしの仲間がまもなく外に出てきます。彼女とお会いになりますか？」

「光栄です」ふたりはいっしょに立ちあがって、階段にむかった。連絡通路でチカヤは、ソファスにおくれを取らないように無理をした。文字どおりのいちばん経験の浅い新参者でなくなったいま、だれも彼の経験不足を斟酌してくれないだろうと思っているかのように。

「その人はどこにいたんですか？」

「ここに来る直前に、ということ？」

「ええ。わたしはパーチナーにいて、あそこではほかにだれも、〈リンドラー〉に旅するという話をしていませんでした。でももしかすると、わたしは彼女に出会いそこねていただけかも？」

ソファスは首を横に振った。「彼女は標準時間で一世紀近く、送信されていました」

それは長旅だ。遠まわりの道すじで旅をすれば、失われる歳月のトータルはもっと多くなるけれど、可能なかぎり多くの地点で中断をはさみつつ旅をすることで、疎外感をやわらげることができる。彼女がどの派閥を支持しているにせよ、大義に対して本気であるに違いない。

チカヤは宙域図を思い浮かべた。「彼女が前にいたのはチャイティンですか？」

「そのとおり」

「でも、そこの生まれではない？」

「そうです。でもあなたは、彼女の生い立ちについて本人に訊くことができるのですがね、一、二分のうちに」

「失礼しました」〈リンドラー〉のほかの乗客たちについて、まだなにも知らないも同然なのに、新来者にこれほど興味を持つのはおかしな話かもしれないが、ヤンの気の滅入るような概略説明と、自分自身の限られた経験から、チカヤは早くも、現状を揺さぶってくれるだれかを待望する気分になっていた。

ふたりが観測デッキを横切っていると、回復室のドアがひらいた。チカヤは身に覚えのある新来者のふるまいを見て、顔がほころんだ。手足に力は入らないが、運動感覚が回復して自信がついたところで、境界面の眺めに一瞬硬直する。

そこでチカヤは、ほかにも見覚えのある事柄に気づいて、今度は彼自身の体が昨日のように硬直した。

彼女のシグネチャーをチェックするまでもなかった。ふたりの人生が最後に交わって以来、彼女は外見を変えていなかった。それどころか、彼女はふたりが最初に別れた日から、四千年間変わっていなかった。

チカヤは思わず走りだしていた。周囲のなにも目に入らず、彼女の名前を叫ぶ。

「マリアマ！」

その声を聞いて彼女がふりむいた。愕然としてから、どう反応したものか迷っているのがわかる。相手にばつの悪い思いをさせたくなくて、チカヤは立ち止まった。たがいに相手の姿を最後に目にしてから千二百年になる。チカヤには、彼がここにいるのを見て彼女がどう思うか、まったくわからなかった。

マリアマが両手を伸ばし、チカヤは駆けていって、その手を堅く握った。ふたりは笑いながら、つやつやの床の上で転ぶことなくぐるぐるまわり、自分たちが生みだす遠心力に乗って背を反らせ、動きをどんどん速めていき、やがてチカヤの両腕が痛み、手首が燃えるように熱くなり、視界がにじんできた。それでもチカヤは、動きを止める側になるつもりはないし、手を離す側になるつもりもなかった。

6

見えないなにかがチカヤの手を刺した。音叉を骨に当てられたような振動。寝返りを打って、となりの空っぽのスペースを見つめていると、暗くぼやけていた視界がしだいにはっきりしてきた。

「急いで！〈外自己《エクソセルフ》〉にこのコードを入れて」

チカヤがそれをリジェクトしようとする間もなく、ふたりの〈介在者〉のあいだでデータが受け渡された。冤罪を仕組むためにこちらに放られたものをだまされてキャッチしたあとで、飛んでくる物体を見たときに反射的に反応したのは非常にまずかったとわかったような気分。

「そんなことはできない！」

マリアマがいった。「だれにもバレないって。みんな彫像みたいになってるんだから。透明人間になれるんだよ」

チカヤは心臓がドキドキした。ドアをちらりと見て、いつのまにか足音に耳をそばだてていたが、なにも聞こえないことはわかっていた。そんな言語道断な状態《ステート》で感知されずに家の中を歩いて、チカヤの両親のすぐ横を堂々と通りぬけることが、ほんとうに彼女にできたのだろうか？

「ぼくたちの〈外自己〉は危険をスキャンしている」チカヤは反論した。「もし平常速度でなにかが起きたらどうするんだ？」

「あなたの〈外自己〉はわたしを感知してる？」

「知らないよ。しているんじゃないか」

「〈外自己〉はそれを通知してきた？　あなたを低速化から脱けださせた？」

「いいや」だがチカヤは成人ではない。チカヤたちのプログラムには、成人のものとどんな違いがあるかもしれなかった。

「成人には近づかないようにする」マリアマがいった。「スリなんかをするために、こんなことをしたんじゃない。だれの脅威にもならなければ、わたしたちが警報の原因になることはないから」

チカヤは彼女をまじまじと見ながら、心かき乱されていた。両親をおそれたことはいちどもなかったが、チカヤがいろいろなことをやれるのは、彼らに認めてもらっているおかげだ。父の顔が失望でかすかに翳っただけで、チカヤの心は悲しみに痛んだ。チカヤの両親は善良な人々だった。両親から高く評価されることに価値を見いだすのは、単なる子どもじみたナルシシズムではない。両親の目に立派にやっていると映れば、チカヤはみんなから敬意を払われるのだった。マリアマはあくまでもマリアマだ。なんでも自分の思うとおりにする。

マリアマが頭をかしげた。「お願い、チカヤ。こうしてるのは楽しいけど、あなたがいなかったら、わたしはひとりぼっちなの」

「いつから低速化を脱しているんだ？」

マリアマは目をそらして、「一週間前」

そういわれて傷ついた。チカヤがいなくてさびしいと思うまでに一週間かかったとしたら、いまのマリアマの孤独感は大したことないのでは？

マリアマは手で口を覆って、もぐもぐといった。「か二週間前」

チカヤが手を伸ばしてマリアマの腕を握ると、彼女は飛びすさって視界から消えた。チカヤは一瞬ぎょっとしたが、ドアにむかって駆けだし、背中を押しつけてひらかないようにした。

チカヤは室内に視線を走らせたが、マリアマが見られたがっていないとしたら探しても無駄なのはわかっていた。影が壁や床を一定の時間間隔で横切って、眠気を誘う。夜になると天井の照明パネルが点り、夕暮れと夜明けの光の変化をやわらげたが、窓から目をそらしていても、概日周期はいたるところではっきりとわかった。

チカヤがドアの前に立ったままで一週間がすぎた。マリアマが彼といっしょに、まだこの室内にいることはありえない。たとえ彼女がそのあいだ、食べ物と水なしでいられたとしても、退屈のあまり発狂しているだろう。

マリアマがふたたびチカヤの正面に姿をあらわした。皿の中の水に映る像のように揺らぎ、激しく揺れて形が崩れることもあるが、すぐまた安定する。

「どうやって入ってきた？」チカヤは訊いた。

マリアマは親指で窓を指した。「出ていったときと同じようにして」

「ぼくの服を着ているじゃないか！」

マリアマがにやりとした。「わたしにとてもよく合うの。それに新しい芸当もたくさん教えたし」彼女が片方の袖を手でなでおろすと、そこにあった模様が消えて、黒地に金色の星形と入れかわった。

チカヤには、マリアマが自分をあおって、あとを追いかけてくるように仕むけようとしているのがわかった。すでに鍵は渡されている。彼女のあとを追うのに必要なものは、それで全部だ。ここで降参してマリアマの仲間になれば、少なくともややこしいかくれんぼはしないですむだろう。

チカヤはいった。「二週間だけだ」それは単に心の広さを示した以上のものに聞こえた。チカヤがいないことに両親が気づく危険は極微のはずだ。

「とりあえずはね」

チカヤは首を横に振った。「きちんと同意してほしい。二週間経ったら、ぼくたちはふたりとももとに戻る」

マリアマは下唇を噛んだ。「守れないかもしれない約束をするつもりはない」そこでチカヤの表情を読んだ彼女は、ほんの少し妥協した。「わかったよ！　例外的な事態を除いて、わたしたちは二週間経ったらもとに戻る」

チカヤは躊躇したが、これ以上に言質に近いものをマリアマから引きだせる望みがあるはずもなかった。

マリアマがかすかな笑みを浮かべて、チカヤに手をさしだした。そして無言の口の動きでいった。『いまだ』

ふたりの〈介在者〉は高性能で、いわれるまでもなくプロセスを同期させた。チカヤは自分の〈外自己〉にコードを送り、ふたりは低速化からそろって脱した。全身の細胞の代謝モードを切りかえ、姿勢、呼吸、循環、消化などの維持を担う高次レベルのシステムすべてを再構成するには、十五分近くかかった。だが、チカヤのクァスプが通常進度に戻ったのは、体が移行を完了してからだったので、移行のあいだの時間は気づかないうちにすぎていた。

チカヤの部屋の中の光は、晩冬の午後のものになっていったん止まった。家のそばの木立をそよ風が通りぬける音が聞こえ、それはチカヤが聞き慣れてきていた気圧変化にともなう鼓動とは、まったく異なる音だった。人々が低速化に入ってから六住民日にしかならないが、新しいリズムは、彼の〈外自己〉が妨害を怠ったなにかのプロセスにそそのかされたかのように、チカヤの心に限度を超えた速さでしみこんでいた。

マリアマがチカヤの手をつかんで、ドアのほうに引きずっていった。「さあ早く！」彼女の表情を見ていると真剣そうには聞こえなかったが、本気でいらついている声音はごまかせなかった。いまやふたりは稲妻のようで、ほとんど目的もなしにぶらぶらしていただけでも、ほかの人たちには目もくらむ離れ技に見えるが、それでもまだじゅうぶん速くはない。

「そっちじゃない」といってチカヤは、窓を手で示した。

マリアマが責めるようにいった。「両親の横を歩いていくのがこわいんだ」

「もちろん」チカヤは冷静にマリアマを見つめ返した。見つかりたくないと思うのは完璧にすじの通ったことだし、マリアマがチカヤを思いどおりにすることにどれほど長けていようとも、チカヤは自分自身の本能をことごとく恥じるようにされたりはしない。「窓から出たほうが安全だ。だからぼくたちは窓から出る」

マリアマは面白がっているようにも耐えているようにも見える表情をしてみせたが、いい返さなかった。チカヤが窓から外に出て、そのあとに続いたマリアマが、蝶番付きの窓ガラスを注意深く閉める。チカヤは一瞬とまどった。ふたりが姿を消している短い時間のあいだに、窓がひらいていることに気づく人はいないはずだ。だが二週間のうちには、夜の霜がチカヤの持ち物の中でも壊れやすい物に消えることのない跡を残すだろう。

庭を通っている途中で、チカヤはいった。「家に寝に戻らないのか？」

「戻らない。発電所にキャンプしてるの。食料は全部そこにある」マリアマがふりむいて面とむきあったので、チカヤは、家に戻って自分の分の食べ物をくすねてくるようといわれるに違いないと思ったが、マリアマはこういった。「あなたにも分けてあげる。たっぷり持ってきたから」

明るい午後は不気味なほど静かだったが、平常日に一分、あるいは一時間、他人の声を耳にしなかったら不安を覚えるだろうかとチカヤは思った。通りに出たチカヤは、ほかにふたりの歩行者が遠くにいるのを目にとめた。低速化のあいだ、彼の〈外自己〉は、チカヤ自身の歩調を再プログラムするだけでなく、ほかの人の見かけに対する心持ちも微調整する。そのあいだは、両足ともを絶えず地面につけて移動し、安定性を最大化する位置に両腕を持ってくるのは、正常なことに感じられたし、正常に見えていた。けれど身体力学に関する考えがもとに戻ると、歩行者たちは単に身動きしていないだけでなく、いまにも地震が来るとでもいうように、おびえておどおどしているように見えた。

チカヤは自分の家をふり返ると、すばやく窓から視線をさげて、庭を調べた。雨風が十年単位の時間をかけて、土や小石を好ましくない場所に移動させることもあるだろうが、植物はそうした野放図な自然の力を飼いならすよう設計されていた。チカヤは自分の目でそのプロセスを見守ってきた。外の畑では、作物は自分の世話をする。灌漑や排水に必要な変更を集団的に準備し、低速化で人間が収穫に来ない期間にも豊かに作物を実らせていた。

チカヤはいった。「あのコードはどうやって見つけたんだ？」チカヤにもマリアマにも、今回がはじめての低速化だった。前回の低速化のときにコードを記憶しておくことは、マリアマにはできない。

マリアマはなんでもなさそうに答えた。「別に重大な秘密じゃない。深いところに埋めこまれてるわけじゃないし、暗号化されてもいない。自分の〈外自己〉を調べたことはないの？　ソフトウェアを分析したことは？」

チカヤは肩をすくめた。そういうレベルでなにかをいじりまわすなど、思いもよらないことだった。自分の〈外自己〉も、〈介在者〉も。その次に来るのは、自分自身のクァスプの仕組みを探って、自分自身の精神を解剖することだろう。チカヤはいった。「ぼくはそれを組みたて直せなくても自分が生きていられるときだけしか、なにかを分解したりしない」

「わたしも馬鹿じゃない。バックアップは取ってある」

ふたりは公園に着いた。四体の巨大な六本脚《ヘクサポッド》が片隅に集まってじっとしていた。飾り物のロボットは六本のバネ状の脚だけでできている。それが二本ずつ組になり、中央で各々が直交するよう立体的に配置されている。もし最軽度でも知覚力をあたえられていたら、刺激のなさに発狂していただろうが、ロボットはバネの上にパターン認識装置がのったものにすぎなかった。

マリアマがロボットに駆け寄って、手を叩いた。いちばん近くの一体がのろのろと動いて重心を移動させ、地面に触れている脚が三本だけになってよろめいた。そのよろめきを増幅するようにマリアマがここからあそこへと跳びまわり、ついにロボットは彼女のほうに倒れそうになった。

チカヤは笑ってそれを眺めながら、警告の言葉を飲みこんだ。『ヘクサポッドが動いたことに気づく人が出てきて、だれかが低速化違反したことがわかってしまうぞ』ヘクサポッドに記憶があるとは思えなかったが、機械はいたるところにあって、街路を監視したり、万一の危険から街を守ったりしている。機械がだれの目もさまさせていないからといって、チカヤたちのしたことがバレずに終わるということにはならない。

マリアマはロボットのあいだを歩きまわった。「手伝ってくれる気はないの?」

「手伝うってなにを?」チカヤの助けなしで、マリアマは四体すべてを同時に動かすことに成功していた。チカヤがそのロボットで遊んだのは幼児のころだったが、どうやってもいちどに一体の注意を引きつけることしかできなかった。

「ぶつからせるの」

「それは無理だよ」

「脚を絡みあわさせたい。そんなことが起こるとロボットたちに理解できるとは思えない」

「きみは正真正銘のサディストだな」チカヤは決めつけた。「ロボットを混乱させてどうしたいんだ?」

マリアマは目を剝いて、「それがロボットに損害をあたえるわけじゃない。なにもそんなことはできないよ」

「ぼくが心配なのはロボットのことじゃない。きみがそれを楽しんでいるということだ」

マリアマはチカヤに視線を据えたまま、足運びを乱さなかった。「これはたんなる実験。悪意はない。あなたはいつも堅物すぎる」

チカヤは怒りが湧くのを感じたが、それを抑えこんで、愛想よく答えた。「わかった、手伝おう。なにをしたらいいんだ」笑みを浮かべて細かい指示を出しはじめる前に、マリアマの目に失望がちらつくのを、チカヤは見てとった。

ヘクサポッドはプリミティヴだが、マリアマの想像以上に信頼度の高い自己－環境モデルを持っていた。脚どうしで結び目を作らせようと十五分がんばってから、マリアマはあきらめた。チカヤは息を切らして草の上に倒れこみ、マリアマもそれにならった。

チカヤは空をじっと見あげた。すでに薄暗くなって、ほとんど色がない。低速化の開始は夏だった。冬の日の短さを、チカヤは失念していた。

マリアマがいった。「アーダルのことを聞いたことだけでもある人を、だれか知ってる？」

「いいや」

予想どおりの答えに、マリアマが鼻を鳴らした。「たぶんこの星の裏側の住人なんだろうね」

「だから？　この星の半分が低速化に入って、もう半分はそうじゃないほうがいいというの？」この惑星、チュラエフの住人は、だれもがなんらかのかたちでつながっている。アーダルが惑星外に旅に出ているあいだ、惑星全体がいっしょになって、彼の帰りを待つ。そうするか、でなければ千のかけらにばらばらになるかだ。

マリアマがふりむいて、チカヤとむきあった。「なぜそんなことをするのか、知ってるでしょ？」

それは修辞的疑問だった。人にはつねに隠れた動機があるものなのに、チカヤはいつも相手の説明にだまされる。チカヤは知りたがりの子どものように身をよじらせ、わざとらしく興奮しているふりをして尋ねた。「知らないよ、教えてくれ！」

　マリアマは毒のある目つきで鋭くチカヤを見たが、脇道にそれるのは拒否した。「罪の意識を持たせるため。宇宙的規模の遠隔操縦術。九百万人が自分のために息を潜めてるのに、かわいそうなアーダルは帰ってこなくても平気でいられると思う？」

　この主張に直接異議をさしはさまないほうがいいことくらいはわかっていたから、かわりにチカヤはこう反論した。「低速化のなにがそんなにいけないんだ？　だれも傷つけるわけじゃない」

　マリアマは毒舌だった。「ほかのあらゆる文明がなにか新しいものを開花させようとしてるときに、わたしたちはなにひとつしないし、どこへも行かずに、前より一万倍退屈になってる」

「ほかにも低速化をしている惑星はたくさんある」

「開化されていない惑星がね」

　チカヤは口をつぐんだ。太陽が沈みきらないうちに、かすかな星がひとつ、彼の頭上に姿を見せた。

　チカヤはいった。「じゃあ、きみはいつかこの星を出ていくのか？　永遠に？」その問いを発すると、奇妙なことに、チカヤはのど笛が堅く締まるのを感じた。チカヤはこれまで、だれとも同期を失ったことがない。橋渡しのできないそんな別離は想像することができなかった。

「いいえ」

チカヤは驚いて、マリアマのほうをむいた。彼女はいった。「そうじゃなくて、わたしはこの惑星全部に活を入れようと思ってるの。そこまでやらなかったら、ただのわがままでしかないでしょ？」


発電所内の機械類は、自衛し、どんな訪問者でも保護できるくらいに頑強でインテリジェントなので、高いフェンスや鍵のかかったドアを必要としなかった。チカヤが最後に探検に来たときの記憶では、そこはもっと騒々しい場所だったが、低速化によって街からの汚水の流れが減って、聞きとれない程度のしたたりになっていた。チカヤがまだくわしく勉強していない酵素駆動の電気化学的プロセスによって、汚水からエネルギーが取りだされる。ふたりにとって幸いなことに、エネルギーの幾分かは最終的に熱となり、その熱が目減りしたあとでも、建物はじゅうぶん夜間に暮らせるくらいに暖かかった。マリアマは屋根の上の放熱フィンにつながる数本の冷却パイプに直に接して、毛布のねぐらを作っていた。

チカヤは用心深く空気のにおいを嗅いだが、いつものような悪臭は少しもなかった。通過する下水が少ないからだけでなく、さらにそれを量の減っていない畑からの流去水が薄めているのだろう。そこはゆでた野菜のような奇妙なにおいがしたが、チカヤはまったく平気だった。

マリアマは食料の缶詰を備蓄していた。人々が未開発の氷結した南の土地へ持っていくような、自己加熱式糧食だ。疑いを招くことなくそれだけの量を集めるには、かなりの時間がかかったに違いなかった。マリアマに缶詰を一個手渡されたチカヤは、加熱開始のタブを押した。

「いつからこれを計画していたんだ？」チカヤは訊いた。

「一年ちょっと」

「そのころぼくはまだ、アーダルが旅に出ることとさえ知らなかった」

「わたしも。いつそういうことになってもいいように、備えておきたかっただけ」

チカヤは感心するとともに、少し気おくれがした。太陽や星が空を駆けめぐるのを見て、もし自分があれと同じくらい速くなったら、と考える人はいるだろうが、いちども体験しないうちに低速化から脱けだす算段をするには、まったく異なる思考の流れを必要とする。

「いままでなにをしていたんだ？　ぼくの家に来る前は？」

マリアマは肩をすくめた。「探検してただけ。とくになにをというわけじゃなく。ドローンを起こさないように気をつけながら」

この小馬鹿にしたような言い草にチカヤは顔がこわばるのを感じたが、マリアマがいつも彼を怒らせようとしてきたという事実を、自分がどれほど大目に見てきたことかと思った。その計算はときどき、気が狂いそうなほどむずかしくなる。チカヤはたがいに素直でいたかったのだが、それが彼女の流儀になることがあるとは思えない。そしてチカヤは、マリアマにはいまのような彼女でいてほしかったし、彼女に変わってほしくなかった。

缶詰の蓋をあけて、料理の上に身を乗りだしながら、チカヤは内心がどれくらい顔に出ているだろうと思った。

食事を終えて、ランプのスイッチを切ると、ふたりは毛布を掛けて寝そべり、体を寄せあった。チカヤは最初、温かなマリアマの体が押しつけられていることで感じる満ち足りたほてりが複雑ななにかに変わる危険があるかのように、自意識過剰になったが、ふたりのあいだではまだ性的ななにかは肉体的に起こりえなかった。その保証もいつかはなくなるのだと思うと心が乱れたが、ひと晩で消え去ることはないはずだ。

マリアマがいった。「二週間なんて大した長さじゃない。二週間後に自分の部屋から出ていくとき、もしあなたの背が一センチ伸びてたら、かろうじてあなたの両親はなにかがおかしいと感じるだろうけれど、それでも理由は指摘できないでしょう。だけど二週間じゃ一センチなんて伸びない」

「もう寝よう」

「でなければ、いままで知らなかったことを、二週間後のあなたは知っていて、その博識にあなたの両親は驚く」

「それはぼくを馬鹿にしているだけだろ」チカヤはマリアマの後頭部にキスした。すぐさまそんなことをしなければよかったと思い、責める類の言葉を待った。あるいは、もっと悪いことに、足を踏みいれるつもりは絶対になかった道の先へ進もうとする試みを。

だがマリアマは闇の中で身じろぎもせずに横たわり、しばらくしてチカヤは、彼女が気づきもしなかったのではないかと思った。マリアマの後頭部は髪が厚くて、自分の唇はかろうじて数本のほつれ毛をかすっただけだったのではと。

チカヤの目から見て、すっかり人けが消えても街は面白いものにはならなかった。それに冬のいまでは、いつでも街路や畑をうろつける自由も、どのみち親の権威で制限されることのほとんどない平常の夏と比べて、魅力的ではなかった。チカヤは、低速化に戻って、もっと暖かい季節になってから再度脱けだすことを提案しようかと考えたが、最初の取り決めを曲げることには不安があった。もし彼が取り決めの文言に固執しないとしたら、マリアマに彼女の言葉を厳守させることがどうでもよくなりかねない。

マリアマはハーディ行きの列車に乗りたがった。もし可能なら、さらに遠くまで行って、大陸全体を一周できればもっといい。運用上の問題へのおかしな妥協のひとつとして、列車は平常速度で運行し、通勤者は瞬きする間に目的地に送り届けられた。だが当然、列車の発着はほとんどなく、また、運行表を調べてみると、チカヤたちはどこへ旅しても十年以内に戻ってくることはできないのがわかった。

遊び場の備品どころではすまない破壊活動への渇望をマリアマが心にいだくのをおそれて、チカヤは最善を尽くして彼女の気を散らしつづけた。街のインフラのどれかに損害をあたえたいという願いがかなわないことはマリアマも知っているはずだが、それでもチカヤの頭には、サイレンが泣き叫び、自分のまわりで人々が身震いして動きはじめるのを見て、うれしそうにしているマリアマの姿が思い浮かんだ。このイメージは公正ではないかもしれないが、そんなことはしないよなと本人に訊いても意味はない。よくてもそれは彼女を怒らせるだけだろうし、最悪の場合、チカヤがおそれていることを実行に移す気にさせてしまうかもしれない。だからチカヤは、それが完全に常軌を逸していないかぎりはマリアマのあらゆる提案に乗るようにした。マリアマが退屈しすぎたり、チカヤの従順さに疑問を持ちすぎたりしない程度に、抵抗してみせてから。

低速化を脱してから十回目の夜、チカヤは生ぬるい液体が顔にしたたるのを感じて目ざめた。まっ暗闇の中で目をあけ、無分別に舌を突きだして液体を味見する。それは水だったが、言葉にしがたいかすかな金属味があった。天井にひび割れがあり、その上にある放熱フィンの排熱でまわりの霜が融けたのだろうか。

チカヤはマリアマを起こさないようにして毛布から抜けだし、ランプを手探りした。ランプを掲げると、太い冷却パイプの一本をほのかな光の輝きがくねるように這いおり、チカヤの頭が載っていたクッションの上にある直角の曲がり目で溜まって、水滴になっているのが見えた。

マリアマが身じろぎしてから、目の上に手をかざした。「どうしたの?」

「屋根から水が伝い落ちてきているだけだ。移動したほうがいいだろう」チカヤはほかのパイプの表面に水が流れていないか、ランプをあちこちにむけているうちに、別のことに目を引かれた。そもそもチカヤが目をさました原因と判明したパイプのいちばんてっぺんで、虹色に光が反射する。「オイルかな？」だが漏れてくるようなオイルが屋根の上にあるだろうか？　チカヤの知るかぎり、発電所のごくわずかな可動部品は全部が屋内にあり、その部品どうしが仮に接触することがあるとしても分子レベルのなめらかさで、オイルはまったく不要なはずだ。たぶん氷の薄片に光が当たってあんな風に見えるのだろう。だが、どうやったら氷がそこまで薄くて平らになるのか？

もっと単純な答えがあるのは確実で、謎がチカヤをとらえて放さなかった。建物内は寒く、心の一部は毛布の下でまた丸くなれればそれでいいと思っている——だが、せっかくだれからも、気にするのをやめて朝になってから考えろといわれずにすむ状況を手に入れたのに、好奇心のまま即座に行動する自由を活かさないとしたら、なんの意味がある？

チカヤはいった。「屋根の上に出てみる」

ランプの明かりの中で彼にむかってまばたきするマリアマは、あきれて言葉もないようだ。

チカヤは靴を履くと、ランプを持って建物の外に出た。

建物を二周して、頑丈そうな排水管を選ぶ。ランプには鎖がついていた。チカヤは背中にランプが来るようにして鎖を首にかけると、前腕と膝で排水管をしっかりはさんだ。管に取っ手はついていなかったし、霜のおりた表面はすべりやすかった。最初にすべり落ちていることに気づいたとき、チカヤはパニックになって手を離しかけたが、ポリマー製の表面の摩擦はほんとうに怪我を負わせるほどのものではまったくなかった。地面まで二回逆戻りしてから、すべり落ちはじめた瞬間に腕と脚できつく締めつければ、数分の一秒で落ちるのが止まって、かろうじて稼いだ高さを維持できることがわかった。

屋根に到着したときには、四肢は無感覚になり、胸は氷のような汗でびっしょりだった。チカヤは傾斜したタイルの上でうずくまり、血行を回復しようとして勢いよく両腕をバタバタさせていたが、それが自分をゆっくりと後ろにさがらせ、七メートルの転落に近づけていることに気づいた。生まれつきの肉体に深刻な損傷をあたえたら、それを両親に隠しておける見こみはない。そして十二歳で新しい体を使うことになったら、この先何世紀も笑いぐさにされるだろう。

しゃがんだまま、低速化に戻ったかのように重力に注意しながら、屋根の上をよちよちと進んでいく。自分が正しい方向に進んでいるかどうかは、まったくわからなかった。前方に立ちはだかる黒い影は、なんであっても不思議はない。いったん止まって、ランプを背中からもっと役に立つ位置にまわすと、右脚に血まみれの長い裂傷ができていることに気づいた。排水管をすべり落ちているときに、なにかが切り裂いたのだろう。だが痛みはないので、傷はそんなに深くないはずだ。

間近で見ると放熱器はどっしりしていて、ひとつひとつの放熱フィンの幅はチカヤが両腕を広げたくらいあった。チカヤは放熱器全体をゆっくりとまわりこんで、フィンとフィンのあいだの斜めになった隙間をランプで照らし、水漏れの原因を探した。

マリアマが呼びかけてきた。「なにか見つかった？」彼女は建物から出ていたが、地上にいた。

「まだなにも」

「わたしもそこにあがったほうがいい？」

「お好きなように」自分のいまのいいかたにちくりと罪悪感を覚えたが、マリアマ的基準では、それは見くだすような高慢さのあらわれにはまったくならない。いっしょに低速化を脱して以来、チカヤがマリアマを喜ばせたり困らせたりしようとする入り組んだ戦略の一部でないことをするのは、これがはじめてだった。このいちどくらいはマリアマに対して無頓着にならなければ、チカヤは発狂してしまう。

ついにランプの光が、チカヤが建物の中からちらりと目にした虹色の輝きを再現した。まちがいではない。不規則な形の、なにか薄膜状のきらめく物質が、ひとつのフィンの半分を覆っていた。チカヤは前に出て、指先でそれに触れた。物質はわずかに粘着性があって、チカヤが指を引き離そうとすると、膜は数分の一ミリメートルだけ指にくっついてきた。膜が指から離れたときに、それがねばねばした糖蜜状に剝がれるのではなく、しなやかに跳ねもどったようにチカヤは感じた。その指を目の前に持ってきて、じっくり観察する。肌によごれはなく、親指とこすり合わせても湿り気もすべすべしている感じもまったくなかった。これはチカヤが以前見たことがあるどんな種類のオイルでもなく、断じて氷でもなかった。

ランプを表面に近づけて、冷却水管が損傷しているようすがないかを探る。この膜は水漏れの残留物に違いなく、とはいえなぜ冷却液がねばねばした不純物を含んでいたかは、チカヤの理解の外だった。不凍液か？　チカヤは寒さに身震いしたが、不屈の精神に動かされていた。

ランプの光の中心で膜に小さな穴があき、チカヤの目の前で大きくなっていった。チカヤはなるべく動かさないようにしてランプをかざした。膜は、ランプの覆いが投げかける明暗の境より先には広がらなかった。

膜の別の場所にランプをむける。同じことが起こった。ランプの明かりが膜を融かしさっているようだ。だが光線はこれっぽっちも熱を伝達していない。なんらかの光化学反応を引きおこしているのだろうか？

膜にあいた最初の穴に目を戻す。穴は、ランプをよそにむけたときに広がっていた大きさの、半分に縮んでいた。膜のまた別の場所に穴を作ってから、ランプを再度二番目の穴にむけて調べる。それもふさがりかけていた。

チカヤはフィンの隙間から外に出て、歯をガチガチいわせながら屋根のタイルに腰をおろした。膜がどんな分子でできているにせよ、光がそれを分解し、そして光を除けると、最初に膜を形成した化学プロセスがそれをもとに戻すのではなかろうか。単純な化学作用の混ぜ合わせの中には、複雑なふるまいを生じさせるものがある。だから、生物学の授業で知った、たとえば背光性とかいった用語を引っぱってくるのは、まだ早計だった。

腕が震えていた。最後のやり取りのあと、マリアマの声はしなかった。たぶん寝床に戻ったのだろう。

チカヤは立ちあがって、几帳面に放熱器のほかの部分を調べてまわったが、目に見えるなんらかの膜の痕跡があるのは、ひとつのフィンの片側だけだった。

チカヤはポケットからナイフを取りだして刃を剝きだしにすると、膜の上をこすった。表面に変化はないように見えたが、ナイフを持ちあげると、刃の縁に蠟のような残りかすがついていた。

チカヤは星で方角を確かめながら放熱器を一周し、歩きながらフィンの数を数えた。目を閉じて、太陽が空を渡るときに描く弧を思い浮かべる。その作業は、自宅のおもて側の部屋にすわって、炎の帯が季節とともに移動するのを一年間眺めていたあとなので、たぶんそれ以前よりも容易になっていた。チカヤはふたつのフィンのあいだに入りこんで、ナイフに付着したなにかを、放熱器のよごれていない表面に移した。

チカヤはあらためて空を見あげた。百万の星々、百万の生命なき世界。なんらかの異なるものを持つ惑星は、これまでにわずか四つだった。チカヤの直感が誤りだと証明されることは確実だったが、そのことを考えると自然と笑みが浮かぶ。あまりにも話が大きすぎて突拍子もないので、願うとしても冗談半分になってしまうことというものがある。さらにそれが現実にならなかったからといって失望するのは、のぼれといっても太陽がのぼらなかったという理由でかんしゃくを起こし、世界を呪うようなものだろう。

チカヤは白い息を吐きながら、屋根の端のほうへ歩いた。

排水管を伝いおりていると、脚がずきずきしてきた。チカヤの体は皮膚の裂け目に織り渡したコラーゲンで間に合わせの封をして、傷口をなんとかふさぐことに成功していて、それを破らないよう警告しているのだ。傷口が圧迫されないよう脚の位置をズラしながら、チカヤは決心した。この夜のことは忘れたくない、なにかの跡を残しておきたい。チカヤは、皮膚の細胞が正常なパターンに戻るかたちで成長して傷を覆い隠すことが決してないよう、〈外自己〉に指示した。世界が彼に傷を残すことをチカヤが許したのは、これがはじめてだった。

「なぜあなたの両親の梯子を借りる必要があるの？」

チカヤは手を振って、マリアマを道具小屋からさがらせた。「警報を鳴らすようなことになるのはごめんだ。よその家のを借りようとしたら、盗もうとしているように見えるかもしれない」チカヤはマリアマにこの作業に加わってほしくなかった。チカヤの家は、マリアマが勝手に中へ入ることを、さらにはチカヤの許可なく彼の服を借りることさえ許容した。そのことは、チカヤの家がチカヤの友人たちにある程度寛容な対応をするようになっていることの証しだった。チカヤの両親は所有物を保護することにまったくこだわりがなく、だから家がパラノイアックで一触即発な対応をなにもプログラムされていないのは、驚くことではない。けれどチカヤは、調子に乗らずにいたかった。

道具小屋から出てきたチカヤに、マリアマがいった。「それはわかったけど、ないいい、なんのために梯子が必要なの？　屋根の上に、そんなに面白いものがあるの？」

チカヤはマリアマのほうにむかって梯子を振りまわし、彼女は飛びすさった。「おそらくは、なにもない」チカヤはその日の朝、マリアマが目ざめたら屋内の冷却パイプについた膜を見せるつもりでいたが、日中だとその見た目はくすんで興奮を呼ぶものではなかったので、考えなおした。マリアマはたぶんすでにそれを目にしているが、うっすらとした変色としか思わなかったのだろう。チカヤがついに前夜の実験の説明をしたときも、マリアマは彼を無邪気だといって笑ったが、チカヤは気にしなかった。「今夜になればわかる」

　マリアマが不思議そうに、「日が暮れる前に、わたしがあそこにあがってはいけない理由があるの？」

　チカヤは梯子をきつく握りしめたが、この梯子をマリアマから隠しても、彼女はそれを必要としないだろう。

　チカヤはいった。「なにもないよ。ぼくが待っていてくれと頼んでいるというだけだ」

　この答えはマリアマを喜ばせたようだ。彼女は輝くような笑顔をチカヤにむけた。

「じゃあ、待つことにする」


　梯子は屋根の高さまで届かず、チカヤは梯子が長さを延長する気になるまで、相手と議論しなくてはならなかった。

「安全ではありません」梯子が嘆願する。

「おまえの手伝いまったくなしで、すでにぼくはいちど、あそこにのぼっているんだ」チカヤはいい返した。梯子にピンク色の新しい傷跡を見せる。「必要なら、ぼくはもういちど排水管をのぼる。おまえはこれをできるだけ安全にするか、地面に置かれっぱなしでなんの役にも立たないかだ」

梯子はいうことを聞いた。チカヤが下側の端をしっかり握ると、変形の波動が器具の全長を走った。左右の支柱が伸び、物質が新しい踏み段に再分配される。紙のように薄い最終形態になっても、梯子はまだ屋根の端まで届くには一メートル足りなかったが、そこからなら手が届くだろう。

マリアマがいった。「あなたが先にのぼって」

チカヤは、もし彼女がすべり落ちたときに受けとめられるように、あとからのぼるつもりだったが、どのみち自分が先に行くとマリアマがいい出すに違いないと思っていたので、反論を準備していなかった。チカヤは梯子を据えつけて、のぼりはじめた。下を見るまでもなく、いつマリアマがのぼりはじめたかはわかった。第二の荷重で梯子が振動するのを感じたからだ。

もしマリアマが落下して怪我をしても、彼女がその気になれば、苦痛のないクァスプの世界に避難することができる。怪我をすれば、低速化違反がバレたり、恥をかいたりはするだろうが、苦痛は大したことがない。それでも怪我のことを考えるとチカヤは両腕が震えたし、怪我に対してほかの感じかたがあるとは思えなかった。チカヤの精神構造は、二、三の小さな修正が加わっている以外は、〈死の時代〉の進化によって形成されて、オリジナルの人間形態から受け継がれてきたものだ。チカヤには、その精神構造がもたらす反応を、その数々の不条理さ――もはや文字どおりの意味には、現在の人々のどんな行為ともなんの類似性もない比喩的表現のような――も含めて受けいれるか、あるいはそれに取ってかわる新しいボキャブラリーを丸ごと発明するか、の二者択一しか残されていなかった。気にかけている相手が災難に遭ったことを知ったときに感じるだろう、胸が痛くなるような苦しみに取ってかわれるものとは、なんだろう？　非実体者たちが彼ら独自の、多様な答えを見つけていることをチカヤは知っていたが、自分もいつか同じことをするかもしれないと考えると、めまいがした。

チカヤはじっと下を見おろした。

マリアマがいった。「なに？」

「なんでもない」

長いのぼりは前夜よりもはるかに楽だったが、梯子のいちばん上の踏み段に載っていると、排水管を両脚でしっかりはさんでいるときよりも、雨樋を握りしめるために体を反らすという動作を不安に感じた。体を引きあげて屋根の上に這いのぼると、すぐに縁から離れてマリアマの邪魔にならないようにする。数秒後、マリアマはチカヤの隣にいた。

「ロープと引っかけ鉤を使うべきだった」マリアマがいった。「登山でするように」

「それはまったく考えつかなかった」チカヤは認めた。

「いまのは冗談」

「でもそれは楽しかっただろうな」より安全でもあっただろう。

「これからわたしにも重大な秘密を教えてくれるの？」

チカヤは冷たい態度を装った。「いっておいたよね、もしかするとなにも見るものはないかもしれないって」屋根のむこうにランプの光線をむけたが、低い位置を保つように気をつける。「こっちだ」

ふたりは無言でタイルの上を進んだ。放熱器のところまで来ると、チカヤは昨晩発見した虹色の膜の広がりをマリアマに示した。

マリアマはそれをじっくり調べた。チカヤが半ば予期していたのは、彼女がたちまちその物質の正体を割りだして、非常に単純な説明で彼の空想をぺちゃんこにすることだったのだが、マリアマもチカヤと同様に面食らっていた。ランプの明かりに対する膜の反応を見せられると、マリアマはいった。「それで、ここにはなにもないだろうと思った、と？　日光がそれを破壊したはずだと？」

「いいや。表面のこの部分は、一日じゅう日陰になっているはずだ」

「それでも、空からの光が少しは届く」

「それはそうだ」チカヤは譲歩した。「でも、この膜が昨晩あそこにあったものなら、直射日光でなければある程度持ちこたえられるか、日没後に、少なくともこの一回、形成されたかだ。明日以降の夜、ここにまた膜がない理由がある？」

マリアマは辛抱強くうなずいた。「なるほど。それで、期待しないようにとあなたがいってたものは、なに？」

チカヤは喉が締まるのを感じた。「膜を少しこすり取って、別のフィンにつけたんだ。こと同程度に日陰になっているはずのフィンに。果たしてそれが……」次の単語を口にすることができない。

「それが育っているかを確かめる?」

チカヤは呆けたようにうなずいた。

マリアマが大喜びで歓声をあげた。「どこ!」マリアマはランプに手を伸ばしてきたが、チカヤが手放そうとしないのを見ると、無理に取ろうとはしなかった。かわりにマリアマはチカヤの腕をつかむと、「見せてくれる? お願い」

ふたりは転ばないよう助けあいながら、のろのろと放熱器をまわりこんだ。その先でなにを見ることになっても気にしないぞと、チカヤは自分にいい聞かせた。もしなにもなかったら、自分の仰々しい妄想をふたりで笑い飛ばせばいい。

「ここだ」チカヤはフィンのあいだのくさび形の空間を照らそうとしたが、ランプをじっとさせておけなかった。「なにか見える?」

マリアマがランプを固定するために、片腕をまわしてチカヤの全身がぐらつかないようにした。

ふたりの正面に小さな膜があった。チカヤの手くらいの大きさの楕円形で、昨晩ナイフからこすり落とした、ちょうどその高さだ。

マリアマがランプを手に取ると、膜をもっと近くで調べられるよう膝をついた。膜はたちまち縮みはじめ、マリアマは光をよそにむけた。「昨晩はここにこれはなかった？」

「なかった」

「だとすると、まちがいなくこれは新しい……」適切な言葉を探しあぐねていたが、「群《コロ》体《ニー》？　それがこれの正体だと思う？」

「わからない」

　マリアマがふり返ってチカヤを見た。「でも、これは生きてるでしょ？　そうに決まってる！」

　チカヤはしばらく口をひらかなかった。実験結果を見れば生物かどうかという問題は片がつくだろうと思っていたが、いまは考えを変えつつあった。並大抵のことではない結論の裏づけとしては、証拠がまだ薄弱すぎる。「いろいろと変なことをする化学物質がある」チカヤはいった。「ここにあるものがなにを証明しているのか、ぼくには自信が持てない」

　マリアマが立ちあがった。「だれかを起こして、これを見せなくては。いますぐに」

　チカヤはぞっとした。「そんなことをしたら、ぼくたちのしていたことがわかってしまう。低速化違反をしたことが」

「そんなことだれも気にしないって。これが滅多にないどころの騒ぎじゃないのをわかってる？」

　チカヤはうなずいた。「ほんとにそう思う？」

　マリアマは声をあげて笑った。「わたしたちは面倒なことになったりはしない！　こっちのほうが千倍は重要だもの！」

地球そのものを別にすると、現地の生物が発見された世界はわずかに三つだった。いずれも単純な微生物だが、どれもほかに類がない。三つの生物系はそれぞれが、異なる化学現象、異なるエネルギー収集法、異なる構造単位、異なる情報蓄積および伝達手段を用いていた。もっとも物質主義的で、もっとも実用主義的なレベルでは、この発見の情報はほとんど無意味かもしれない。テクノロジーはとうの昔に、自然がこうしたことすべてを効率的におこなう能力をしのいでいた。けれど、ばらばらな場所でごくまれに垣間見られる偶然の生物発生のそれぞれが、生命の性質と諸相に光を投げかける。この建物の屋根は、百光年内外で最大の話題のスポットになるだろう。

チカヤはいった。「もしこれが、ぼくたちが持ちこんできたものだったら？　それじゃ大した発見にはならない」

「なにと比べて？　わたしたちが持ちこんだものに、自在に突然変異できるものはない。あらゆる作物の中のあらゆる細胞も、わたしたちの体の中のあらゆる細胞も、最初の遺伝エラーの時点でその系統を絶滅させる五十の異なる自殺酵素を持ってる。これがわたしたちの関係したものではありえないのは、自分が作ったと認める人のいない不思議な機械が氷の中から発見されたりしないのと同じこと」

チカヤは傾斜した屋根の上でバランスを取りつづけようとするのがつらくなってきた。腰をおろして、背中をフィンにもたせかける。フィンは体温くらいの生温かさだった。低速化が終了したら、それは水の沸点よりも熱くなるだろう。では、この現地生物は極端な高温と、低温のどちらが好みだったのだろう？　それは低速化以前にここで育っていて、比較的低温の状態でもかろうじて生きのびることに成功したのか？　それとも、冷え切った汚水から吹き飛ばされてきて、低速化がこのちっぽけな隙間を暖かい場所に変えたあとで、放熱器を生息地にしたのか？

　マリアマが隣にすわった。「立ち去らなくてはならない」

「朝まで待てないのか？」

「わたしたちふたりのことをいってるんじゃないの。住人全部がチュラエフを立ち去らなくてはならない。この惑星から人類は立ち退かされる。住人全員がどこかよそへ行かなくてはならない」マリアマは微笑んで、おちょくるようにうらやましげな声で続けた。「わたしはずっと自分がこの星を揺さぶって、昏睡状態から叩きだしてやりたいと思ってた。でも、あなたに先を越されたらしい」

　チカヤはじっとすわったまま、わずかに嫌な顔をした。マリアマの言葉は、心に染みこもうとしなかった。マリアマのいったことが正しいのは知っている。それはあらゆる宇宙航行文化が受けいれている普遍的原則だ。ほかの三つのケースでは、問題の惑星はそれぞれが厳重に隔離されて、それ自身の運命にゆだねられている。ただしその三つの惑星のうち、植民されていたのはひとつだけだ。原住生物がいる世界は、植民者の最初の種子が発進するはるか前に、植民対象外とされることになっている。どんなに微少であっても、またどれほどまばらに撒こうとも、大気中に検出可能な化学的シグネチャーを残すに違いないからだ。

涙が目に沁みた。有頂天になっていたチカヤは、とてもありそうにないことだが自分自身の惑星に、自分自身の街に、既知の地球外生命の四番目の例が存在すると確認されたあとのことを、まったく考えていなかった。この思いがけない発見を中途半端な免罪符にして、子どもじみた無茶な冒険を恥じる気持ちを乗りこえることはできるだろう。だがチカヤのしたことは、チュラエフの人々をひとつに結びつけている風習に従わず、それを軽視したにとどまらなかった。彼はその人々の全世界を滅ぼしたのだ。

マリアマの前で涙を見せたくなかったので、チカヤはそうならないよう、口ごもりながらも支離滅裂な言葉を垂れ流した。自分が計画していたことすべてが、自分が未来について思い描いていたことすべてが、完全に無に帰した。いつかアーダルのように旅に出るかもしれないが、友人や家族を置き去りにすることも、同期を失うことも、決してないだろう。五十九世代がこの惑星を母星にしてきた。自分は決してほかのどこかの人間になることはできない。いまやそのすべてから自分は引き離された。そして九百万の人々が同じ運命に見舞われることになる。

息を整えるためにチカヤが言葉を途切れさせたとき、マリアマがなだめるようにいった。

「ここにあるものはみんな移動させることができる！　あらゆる建物も、あらゆる畑も。あなたは千光年離れたニュー・チュラエフで目ざめて、全然そうと気づかずにいられる、もし星空をチェックしなかったなら」

チカヤは険しい声で答えた。「絶対にそんな風にならないのは知っているくせに！　五分前、きみは得意げにその話をしていたじゃないか！」チカヤは目を拭って、なんとか自分の怒りをマリアマにぶつけまいとした。彼女の願いは前からよく知っている。そのことで彼女を責める権利は彼にはなかった。けれど、マリアマがさしだす気休めは、どれも無意味だった。

マリアマは黙りこんだ。チカヤは両手で頭をかかえた。チカヤに逃げ道はなかった。クァスプを停止させ、消滅を選択するのは、成人だけが持つ権利だ。もしチカヤが屋根から身を投げて脊柱を折ろうが、オイルを頭からかぶって火だるまになろうが、それは自分をいっそう情けない人間にするだけでしかない。

マリアマがチカヤの肩に腕をまわした。「生命が発見された世界が」マリアマがいった。「これまでいくつあったと思う？」

「答えは知っているだろ。三つだ、地球以外で」

「そうは思えない。もしかすると十あったのかもしれない。数百だったのかもしれない」

チカヤは鳥肌が立った。顔をあげて、マリアマに試されているのだろうかと思いながら、星明かりの中で相手の目を探る。マリアマがいまいおうとしているのは、ふたりがここまでにしてきたどんなこととも比べようがなく悪いことだった。

マリアマがいった。「それがとてもたくさんの人を、とてもひどく害することになるとあなたが本気で思うなら、わたしはあなたの言葉に従う」涙がふたたびチカヤの頬を伝った。

マリアマがそれを手の甲で拭った。「あなたにまかせる」

チカヤは目をそらした。マリアマには周囲のあらゆるものを焼きつくす力があった。ふたりが出会った日から彼女がののしっていた窮屈な不合理のすべてを、打ち破る力が。ふたりで未来の話をするとき、マリアマが口にするのはそのことばかりだった。世界を力ずくで変える方法を見つけること。いま彼女は、それ自身の馬鹿げた規則を使って惑星を根こそぎひっくり返すことができる。そのあとは、なにひとつ同じままでいることはないだろう。

ただしそれは、チカヤが彼女に、思いとどまってくれといわなければの話だ。

チカヤは〈アーダルの低速化〉の残りを眠りとおし、爽快だが混乱した気分で深い夢から目ざめた。ベッドに横たわって、風の音を聞きながら、この二百七十二年間に起こったことを考える。

アーダルは百三十六光年離れたグプタへ旅して、十日間滞在した。彼が生まれつきの肉体に戻って処置槽から起きあがるとき、彼はチュラエフでも十日間が経過したことを知るだろう。ニュースをもたらすのは彼で、自分の旅について家族や友人たちに熱心に語るだろう。家族や友人たちは彼がよく知っている人物のままで、彼が果てしない理解不能な変化に出迎えられることはないだろう。

惑星全体がアーダルを待っていた。ほかになにをすべきだったというのか？　チュラエフの太陽はあと四十億年は燃えつづける。とんでもなく強欲で短気でなければ、待ちつづけるその歳月を惜しんで、ほんの二、三世紀のためにだれかを見捨てる人はいないだろう。チカヤは罪の意識よりも誇りを感じた。逸脱した行為はしたものの、チカヤの心はまだ正しい道を歩んでいて、二度とふたたびあんなに心が弱くなることがないよう自分に誓っていた。

身じたくをしているとき、視線が脚の傷跡をなでた。両親がそれに気づいているのはまちがいないが、ふたりのどちらからもその原因を説明するようにはいわれなかった。だれに、いつそれを話すかを決めるのは、チカヤの権利だ。

傷の上の両脚の中間で、皮膚が新たに赤く腫れていた。チカヤはベッドの端に腰かけて、おそるおそる腫れを調べた。そこに触れると、自分をくすぐっているように感じた。そうしているとうっすらと笑みが浮かんだが、自分がほかのだれかにそこをくすぐられたがっているという事実をごまかすことはできなかった。

服を着終わったチカヤは、部屋の中をゆっくりと動きまわった。こんなに早くそのときが来るとは思っていなかった。それは人によって十四歳のときだったり、十五歳だったり、十六歳だったりする。チカヤは背が高かったが、十二歳にしては力が弱かった。チカヤは自分の母や父にはまだはるかにおよばない。まだ準備ができていなかった。それはなにかの病気、なにかのまちがいだ。

パニックを起こすまいとして、もういちどベッドに腰をおろす。もとに戻せないものはまだなにもない。彼の体が作りだしつつあるものは、完成までにあと一年かかるかもしれない。

最初のときはかならず長めの時間がかかる。それに彼はまだ、気分を変えることも、思いを変えることもできた。なにもかもが随意なのだと、父に説明されていた。おまえがだれかを深く愛することがなければ、そしておまえとその人がおまえに対して同じ感じかたをすることがなければ、おまえもその人も、愛の営みをともにするために必要なものを成長させることはできないのだ、と。

チカヤはあらためて生皮をあらわにして、不格好な突起をむっつりとにらむように見た。どのカップルも異なるなにかを成長させるが、それはどのカップルも異なる子どもを持つのと同様のことだ。空気を通してチカヤたちふたりのあいだですでにやり取りされた分子は、形成されるひと組の形状を決定することになるだろう。その時点でふたりは結びあわされ、文字どおりおたがいのために作りなおされる。ふたりに快感をもたらす化学信号でさえ、ふたりの連結した肉体と同様に唯一無二の相補的パターンで組みあわさる。

チカヤはささやき声でいった。「ぼくはきみを愛していない。きみはぼくにとってなんでもない。ぼくはきみを愛していない」彼は毎日、起床時にいちど、就寝前にいちど、彼女の顔を思い浮かべながら、いまの言葉を唱えることになるだろう。もし彼がじゅうぶんに強く、じゅうぶんに頑ななら、体はいうことを聞くはずだ。

7

頭の回転が速いソファスは、マリアマとはどういう知り合いなのかとチカヤに訊いたりはしなかった。答えが長く、複雑で、ソファスとはほとんど関係ないものであるのはわかりきっている。チカヤは自分から状況的に必要な最小限の説明をした。「チュラエフの同じ街で育ったんです。最後にたまたま出会ったのは、もうずいぶん前になります」〈リンドラー〉の現況を聞かせてほしいとマリアマがいい、チカヤはそれをソファスにまかせ、ソファスは約百七十年分の進展と足踏みをざっと説明する役割を引きうけた。チカヤは上の空で話を聞きながら、マリアマが自分よりも熱心に聞いていてくれればいいのだがと思った。チカヤの頭の中はマリアマが姿を見せたことのショックでとっちらかったままで、注意して話を聞く努力を放棄していた。あとで会話全体を再生すればいい。

三人で船の中を移動しながら、ソファスの話を聞いた。マリアマは連絡通路からの眺めに動じなかった。境界面のこれほど近くまで来たのはたぶんはじめてだろうが、マリアマは宇宙空間に慣れているようだった。しかし、もしマリアマが新しい環境で心の平静さを保つかどうかを意識的に選択できるようにしていて、これが彼女にとっての初の惑星外体験だったとしても、チカヤには驚きではなかった。

チカヤがほかのふたりの話に注意を戻すと、マリアマがしゃべっていた。「では、物理学的詳細を突きとめるまでは、普遍性クラスの議論を用いて一般的に有効なプランク・ワームを設計できる見こみはない、と？」

ソファスがいった。「タレクはその研究をしていて、いくつかの実験を試みもしましたが、わたしが思うに、それは袋小路です。第一に、わたしたちはまだ、この系のバルク対称性がなんであるかわかっていない。わたしはここまで、〝新真空〟についてはいっさい話さないようにしてきました。あまりにも誤解を招くからです。それはどんな真空でしょう？〈ミモサ〉の種子粒子のすべての消滅演算子について、その零空間にいるような状態が存在するのかどうかもわかっていません。そして仮にそのような状態が存在するとしても、それがローレンツ不変性にごくわずかでも類似したなにかに従うかどうかがわかっていない。境界面の反対側になにがあるにせよ、それはいかなる種類の時間並進対称性さえ持っていないかもしれません」

「冗談ですよね！」

「いいえ。それどころか、日々それは事実に思えてきています」ソファスは意味ありげに視線をチカヤに走らせた。防御派のあけっぴろげな態度に対する賞賛を、チカヤから得るのを待っているかのように。

チカヤはいった。「そうなんだよ。わたしもほんの数時間前、実験のひとつに立ちあった」わずかに先を行かれたけれどまだこれから、というようにマリアマがチカヤを見てにこりとした。

内心の混乱が顔に出ていませんようにと願いながら、チカヤはマリアマに笑みを返した。観測デッキに立っている彼女を見た瞬間、マリアマがどちらの派閥に加わろうとしているかについて、チカヤは意識的にはなにも考えていなかった。そんなつかの間の関心事は、チカヤの思考からすっかり追いはらわれていたのだ。だがいまマリアマはここへ来た理由を、彼女なら敵対する側にまわるはずだとチカヤが断言していただろう側に助力するためだ、と話の流れで結果的に明かしていた。そして、チカヤの心の中にはこの事実に共鳴している部分がひとつあり、それはチカヤが内心でいだくマリアマのモデルのうち、もっとも古くて、もっとも手の入っていないものだった。この世で唯一の役割が、チカヤを困惑させ動揺させることである人物。チカヤを困らせるためというより、彼には彼女の真の姿を突きとめられる見こみがないと証明するためならどんなことでもする、というのがチカヤが想像する本来のマリアマだ。

チカヤはソファスの言葉に頭を引きもどした。カディールとザイフィートの態度はお世辞にも腹蔵がないとはいえなかったが、あのときふたりは、最高に友好的な気分ではなかった。だがいまのチカヤには、カディールがあのとき見せた絶望がよりはっきりと理解できる。それはカディール自身の母星への募りゆく不安を上まわるものだった。そしてカディールは、境界面との接触がまたひとつ失敗に終わったことを残念がっているだけでもなかった。

新真空がどのようにふるまうかを予測できるという期待の鍵を一手に握るのが、時間並進対称性だ。通常の物理学では、ふたりの人が同じ実験をおこなうとして、ひとりが深夜から開始し、もうひとりが正午からはじめたとしても、その別々の実験を比較するのはごくかんたんだ。単に半日を足すか引くかすれば、すべてのデータを重ねあわせることができる。それは言及するまでもない明白なことに思えるが、それが可能であるという事実、そしてどんな物理法則もふたつの事象の進行をスライドさせるこのプロセスについて互換性がなくてはならないという事実は、そうした法則が取りうるかたちに強力な制約を課していた。

あるレベルでは、宇宙で起こるありとあらゆることが唯一無二《ユニーク》だ。もしそれが真でなかったら、記憶だの歴史だのといったものは存在しなかっただろう。少しでも意味のある年代学も同様だ。それと同時に、ある事象のいくつかの側面をその複雑な文脈のタペストリーからほどき取って、この現実の小さな断片が無数のほかと同じに見えると主張することも——比較するために、それらの断片をすべて一定の方向にむける方法がわかっているなら——可能だ。自分の十八歳の誕生日にチュラエフで北へ一歩踏み出すことは、四千年後にパーチナーで西へ一歩踏み出すことと決して同じことではありえないが、疑いの余地なく別個のそのふたつの行動を分析する際には、関連する関節と筋肉を、その周囲をびっしりと取りまく自伝的、惑星学的な細部から引きはがして、どちらのケースでも適用される力学の法則はまったく同一だと宣言してもさしつかえはない。

〈ミモサ〉の人々が静化障壁の中で作りだしたものがなんであるにせよ、通常の時空が持っている対称性――あらゆる物理系の特定の場所、時間、方向、速度を取り去って、その本質を明らかにすることを可能にしているもの――をそれが持っていないことは、災厄以来明白だった。まして〈ミモサ〉真空が、電子の位相やクォークの色荷を子午線の位置のように任意のものにする〝内部の〟対称性に従っている、と思っている人はいない。

だが、新真空の研究者はだれもが、そうしたおなじみの規則性はもっとエキゾチックなそれと置換されただけだ、という仮定を心のよりどころにしていた。数学者たちは、自然界で実現されている規則の数々が貧弱に見えるくらい多種多様な可能性の一覧を提供してきていた。より多いかより少ない次元、この宇宙と異なる不変な幾何構造、粒子を異なる粒子に変換する新奇なリー群。これらはすべて、じっさいに出会ったら奇妙なものだろうが、究極的には理論的に扱える。そして少なくとも、じゅうぶんに単純な実験の結果を用いて、そうした実験が繰りかえされたときになにが起こるかを推論できるというある程度の見こみがあるのは、当然のこととされてきた。その見こみが失われたら、伝統的な意味での予測は不可能になる。クワインの混雑した劇場でだれに会えるかを、アイスキュロス初日の夜の招待者リストを調べて推測しようとするほうがマシだろう。

チカヤはいった。「あなたのいうことが正しいとしたら、わたしたちはここで時間を無駄にしていることになります」

ソファスは笑った。「譲渡派がそういう風にやすやすとくじけてくれるとうれしいんですが」

ようやくマリアマの派閥分けを終えたチカヤは、彼女の態度に変化を認めた。マリアマは驚いているようすも、チカヤに冷淡になったようすもなかったが、ほかの可能性を自然に捨て去ったかのように、あきらめの表情が顔をよぎった。

チカヤは言葉を返した。「あなたを信じたとはいっていません。これであなたが誤情報を広めているだけだとわかりました」

ソファスがいった。「データはすべて公開されているのだから、あなたは自分で判断すべきだ。ただわたしは今日の後刻に、あなたにも興味があるかもしれない発表会をおこないます」

「わたしたち全員が匙を投げて、家に帰るべき理由について、ですか？　もちろん譲渡派が先に」

「いいえ。わたしたちがそうすべきではない理由についてです、たとえわたしが正しくても」

チカヤは関心を引かれた。「片方の手で絶望を皿に盛って、もう片方の手でそれを片づける。そんなやりかたでわたしたちを追いはらうことは、決してできませんよ」

「それどころかわたしはだれを追いはらうことにも興味はありません」ソファスが反論する。「これに取りくむ人が多ければ多いほど、わたしたちがそれを理解するのも早まるでしょう。わたしは自分の考えをだれとでも喜んで共有します――そしてその結果、わたしが出していたかもしれない結論を先に出す人が譲渡派の中にいて、その人がわたしに手柄を譲ってくれなかったとして、わたしはなにを失ったことになるでしょう？」

「わたしたち譲渡派が先に境界面を通りぬけるかもしれないと、心配しないんですか？　そしてあなたがた防御派が消滅させようとしているものを、逆に補強してしまうことを？」

ソファスは感じよく微笑んだ。「それが真の脅威になるときが、来るかもしれません。その時点にいたったとわたしが確信をいだくことがあったなら、わたしが戦略を変更することもあると思います。けれど現時点では、それは包み渡しゲームの量子版のようなものです。ゲームの参加者全員が同時に包みを剝ぎとり、参加者全員が景品を分かちあう。それを古典物理学版に変える必要がありますか？　量子版のほうが手っ取り早いし、ずっと楽しめるのに」

チカヤは議論をそこでひと段落させた。ここでわかりきったことを口にするのは、ぶしつけというものだろう。自分の洞察を共有することのリスクが大きくなりすぎたとソファスがついに判断するときには、その事実を告げるのはソファスにとって得にはならない。その時点でのもっとも論理的な戦略は、それまで見せていたのと同じ寛大さを示しつづけて、けれどもそれまでは対抗勢力に対して、やっとのことで手に入れたほんものの推論を明かしていたのを、同じくらいによくできたおとりと取りかえることだろう。

マリアマのキャビンまで来ると、ソファスはチカヤとマリアマを残して立ち去った。マリアマが残ってほしがっているのか去ってほしがっているのかわからずに、チカヤは回廊でぐずぐずしていた。

マリアマがいった。「入りたければ、好きにして」

マリアマがキャビンの中を歩きまわっているあいだ、チカヤはベッドの上にあぐらをかいてすわっていた。マリアマは物理的な装飾品——ひと握りの石の彫刻や吹き込みガラスのオブジェ——を送信に含めていた。いまマリアマは、〈リンドラー〉の受信ユニットは、予備物質を用いてそれを彼女のために再現してくれた。

「わたしはなにも持たずにここへ来た」チカヤはからかうようにいった。「わたしの小間物を用意するために、船を削りとってくれと頼むのは、正当なことには思えなかったからね」

マリアマは目を細めた。「あなたは厳格主義者じゃなかった？　持ってこなかったものの中に、記憶まで含まれてないといいんだけど」

チカヤは笑った。「最近はそこまでしていない」過去のチカヤは、滅多に使わない記憶を体跡のクァスプに置き去りにしていた。全知覚想起をしていると、データ総量が急速に積みあがっていき、やがて、グプタの川で泳いだあと頭を振って耳から水を出したり、ペルダンの砂漠でキャンプしながら寝返りを打っておならをしたりするのがどんな感じか細部まで正確に覚えていることが、自分のアイデンティティの決定的な一部だとは本気で思えなくなるときが訪れたのだった。

けれどその後チカヤは、クァスプがひとつも消去されないうちに、すべての些末な記憶をもういちどひとつにまとめた。そして、ずっと安全だと期待して記憶を保管しておける場所がどこにもなくなったいまでは——たとえ境界面から逃げつづける非実体主義者コミュニティでアーカイヴしてもらっても、その安全性はアクセシビリティと引きかえになる——すべての記憶が、永久に身にまとって持ち運ぶに値するものに思えていた。

マリアマはようやく、ベッド脇の棚を手のこんだ三つ編み紐版クラインの壷の置き場所に決めた。「自分の記憶を手放さずにいるのはいいとして」マリアマがいった。「それでもあなたが限界を超えるという問題は残る」

チカヤは鼻を鳴らして、「限界を超える？　わたしは四千九歳だ！　低速化の分と無知覚で旅していた期間を引けば、体験したのはかろうじてその半分」情報理論は、異なる時点における精神状態間にだれでもが保つことのできるある種の相関について、上限を課す。ただし細かいところは、各人の心の構造や、そのハードウェアの性質や、最終的には、昨今可塑性をあたえられた物理法則で決まる。けれど、もし不可避の限界があるとしても、それは何十億年も先のことだ。「わたしはいまも、これまで生きてきた歳月分について自分自身の物真似をすることに関しては、無作為に選ばれた赤の他人よりもはるかにうまいと自負していいと思う」

マリアマは腕を組んで、かすかに笑みを浮かべた。「厳密な意味では、確実にそうでしょう。でも、人は別の種類の限界を越えることがあるとは思わない？　厳密な定義は、あらゆることを考慮する。性格のあらゆる側面、取るに足らないあらゆる好み、ごく些細なあらゆる意見。標識はとてもたくさんあるから、人がそのすべてをすっかり失って、見分けがまったくつかないほどに変わってしまうには、永遠の時間が必要でも不思議はない。でも、わたしたちを定義しているのはそういうことじゃない。若かったときのわたしたちに、いまのわたしたちを正当な後継者として認めさせるのも、ぞっとしてあとずさりさせるのも、そういうことじゃない」

チカヤは警告するような表情をマリアママにむけて、これで話題をそらしてくれればいいのだがと思った。見ず知らずの相手と話しているなら、チカヤは自分の〈介在者〉に言外の意味に対処してくれというだろうが、マリアママと自分のどちらにせよ、たがいの表情が読めないほどに変わってしまったとはとても思えなかった。

チカヤはいった。「前に会ってから子どもは増えた？」

マリアママはうなずいた。「ひとり。エミネという子。彼女は六百十二歳になる」

チカヤは微笑んだ。「すごく控えめだったんだな。わたしは六人だ」

「六人！　その中にいっしょにここに来ている子はいる？」

「いいや」マリアママがそれを尋ねた理由にチカヤが気づくまでに、少し時間がかかった。昔のチカヤは、生後一世紀にならない子どもを残して旅に出ることは絶対にしない、とつねにいい張っていたのだ。「六人ともグリースンにいる。あそこでは大家族がふつうなんだ。いちばん若い子は四百九十歳になる」

「六人の中に旅行家はいないの？」

「ああ。エミネは？」

　マリアマは幸せそうにうなずきながら、「彼女はハーエル生まれ。わたしといっしょにあの星を発って、しばらくいっしょに旅をした」

「いまはどこにいるの？」

「それは知らない」そう認める声に不本意そうな響きは少しもなかったけれど、それでもチカヤはそこに悲しみを感じさせるものがあるように思った。

　チカヤはいった。「惑星に根をおろすことについてひとついえるのは、ある土地に関わりを持ったら、それでおしまいということだ。たとえそこを離れて惑星の裏側に移っても、残ることを選んだほかの人たちは、ほんの二、三時間のところにいる」

「でも、旅行家がふたりいたら？　その場合、確実にいえることはなに？」マリアマは肩をすくめた。「二、三百年ごとの偶然の出会い。その気になれば、もっと頻繁に。わたしはエミネを失ったとは感じていない」

「それは当然だ。それにほかの人たちも失われてはいない。同じ土地にとどまっている人たちをきみが訪ねていくのを、なにが止めるというんだ？」

　マリアマは頭《かぶり》を振った。「その答えは知っているでしょ。おとぎ話の登場人物と、ある種の……滅多にない気候関連の災害を掛けあわせたようなものになった、あなた自身」

「おい、勘弁してくれ！　そこまでひどくはないよ」マリアマの言葉に一片の真実が混ざっているのはわかっていたが、そこに異議を唱えるのは意固地な態度に思えた。どこかの土地でチカヤが歓迎されている気分になるのは、訪問者としてそこへ行き、一時的な珍客として扱われるときだ。自分の子どもが彼ら自身の子孫三、四世代と数世紀にわたって暮らしている土地では、チカヤはもはやパズルの欠けていたピースではない。だがチカヤはどんな土地でも、自分がおさまる場所があるのを期待したことはいちどもなかった。チュラエフの処置槽に、自分の生まれつきの肉体がリサイクルされることがあってもかまわないと告げて以来、チカヤは自分を待っているあいた場所がつねにどこかにあるはずだという考えを捨て去っていた。

　チカヤはいった。「エミネのもうひとりの親はどうしている？」

　マリアマは微笑んで、「グリースンにいるあなたのパートナーは？　あなたが六人の子どもをいっしょに育てた相手は、どうしているの？」

「先に訊いたのはわたしだ」

「なにをいえばいいの？　彼女はハーエルにとどまっている。エミネでさえ、あの人を引っぱりだすことはできなかった」マリアマは目を伏せて、抽象彫刻のひとつの縁を指先でなぞった。

　チカヤはいった。「人を片っぱしからいっしょに引きつれていけるとしたら、その土地を発つ意味があるか？　かつて地球には、拡大家族が全部いっしょに大陸横断の旅をする文化がいくつもあった——そういう人々は、もとの土地に残った人々や離散《ディアスポラ》を引きおこした人々と比べて、つねにより保守的だった」

　マリアマは顔をしかめた。「もしふたりの旅行家に子どもができたとしたら、それは部族が形成されたことになるの？」

「いいや。だが旅とは、風景を変えることではない。結びつきを断つことだ」チカヤは突然の既視感に襲われ、それから自分がマリアマ自身の言葉を、本人相手に引用したことに気づいた。もうずいぶん前から、チカヤはその言葉を決まり文句のように使っていた。「根をおろしていた土地から六世代丸ごとがいっしょに離れることに、なにか問題があるなんていうつもりはない。人と人との結びつきはそのまま持っていくことになるけれども。しかし、その人々がいっしょにいられるのは、長いことではないだろう——少なくとも、惑星に根をおろしていたときに必要だったのよりも、千倍は制約がきついルールを自分たちに課すのでなければ」

　マリアマがいらだたしげにいった。「あなたはときどきそんな風に、どうしようもなくひとつの考えに凝り固まることがあるよね！　あなたに偽善者と呼ばれる前にいっておくと、どっちがたちが悪いかといえば、転向者のほうだと決まっている」

「そうか？　その原則はきみにとってあまり都合がよくないんじゃないか。それが両刃の剣だとわかっているかい」といって、謝罪のしるしに両手をあげる。チカヤはまだ本気で怒ったり気分を害したりはしていなかったが、このまま話が進むとどうなるかは予想がついた。

「いや……わたしのいったことは忘れてくれ。話題を変えないか？　いいだろ？」

「グリースンでなにがあったか、聞かせなさい」

　チカヤはしばらく考えてから返事をした。「彼女の名前はレーシュヤー。わたしはあの星に百六十年いた。そのあいだずっと、わたしたちは恋に落ちていた。たがいがたがいの存在を支えていた。わたしはいつもと変わらず幸せだった」チカヤは両腕を広げた。「おしまい。これがグリースンでの出来事だ」

マリアマは疑わしげな目でチカヤを見た。「不愉快になるようなことはなにもなかったと？」

「なかった」

「そしてあなたは、まだあそこにいればよかったとは思っていない？」

「いない」

「なら、あなたは恋をしていなかったの。あなたは幸せだったかもしれないけれど、恋はしていなかった」

チカヤは頭を横に振りながら、面白がっていた。「だれがある考えに凝り固まっているって？」

「あなたは単にある朝目ざめて、その星を発つと決めたの？　悩みも憎しみもなかったのに？」

「いいや、レーシュヤーとわたしがある朝目ざめると、ふたりともが一年以内にわたしが立ち去るとわかったんだ。彼女が旅行家でないからといって、すべてがわたしの決めたことということじゃない。きみの意見は？　わたしが最初から彼女に嘘をついていたと思う？」チカヤの動きが激しくなって、ベッドが乱れてきた。チカヤがシートをなでると、それはピンと張った。「境界面がグリースンに到達したら彼女がどう感じるとわたしが思っているか、わかるかい？」

罠にはまりつつあることに気づいて、マリアマは答えを拒んだ。だが結局数秒後に、マリアマは折れた。

「おびえる？」

「違う。彼女は感謝すると思う」嫌悪の表情を浮かべたマリアマに、チカヤは微笑んでみせた。奇妙な話ではあるが、ふたりがいつまでもたがいを支えあうつもりの味方どうしであるよりは、対抗勢力であるとわかったいまのほうが、マリアマの存在はチカヤの立場に強い自信をあたえてくれるようだ。

チカヤは言葉を続けた。「世界がつねに同じままであってほしいと願う人は、旅行家をパートナーには選ばない。旅行家をパートナーに選ぶのは、自分は決して住んでいる土地を離れられないが、変化の保証がいつでもすぐそこになければ生きていけないからだ。

それが多くの人々にとっての、境界面の意味だ。ほかのどんな手段でも決して達成できない変化を保証するもの」

ソファスの発表会は、船が滞在用モジュールのひとつの中央に間に合わせで作った講堂でおこなわれた。作業時点で中に人のいなかったキャビンをすべて折り畳んで、ひとつの大きなスペースを作りだしたのだ。会場に入ってから、その中に自分のキャビンも含まれていたと気づいたマリアマは、愉快そうではなかった。

「あそこにガラスのオブジェを置いたのに！」マリアマは講堂のむこう側を指さした。「ちょうどあの人がすわってる場所に」

「ちゃんと保護されているよ」チカヤは折り畳み方式に精通しているかのように、マリアマに請けあった。「それにだいたい、失うものなんてないだろう？　なにが壊れたって再現できる」

「あのオブジェはひとつも壊れたことなんてなかった」マリアマがグチグチいう。

チカヤはいった。「こういうことを指摘する役は嫌なんだけど――」手を顔の高さにあげて、親指と人差し指のあいだの距離を原子サイズまで縮める。

チカヤが手をおろすまで、マリアマは彼をにらんでいた。「それは同じ物じゃない。あなたに理解してもらえるとは思っていなかったけど」

チカヤは辟易して、「いまやわたしは、全方位的にきみの宿敵ということか？」

マリアマの表情がゆるんだ。手を伸ばしてきて、短い剛毛の生えたチカヤの頭皮をなでる。

「違う。あなたの欠点は、それよりずっと範囲が限定されている」

チカヤは、入口から入ってきた小人数のグループの中にヤンがいるのを目にとめた。ためらい気味に手をあげて合図したのに対して、ヤンはほかの四人の仲間全員を引きつれて、チカヤたちの隣に席を占めた。

ラスマー、ハヤシ、バイラゴ、スルジャンは、新しい分光器の設計の関係者だった。聞きとれた会話の末尾から、バイラゴ以外の全員が譲渡派だとわかった。ほかの三人は、まだプランク・ワームが成功もしていないうちから、それが境界面をむさぼり食っていることが分光データで丸わかりになる可能性をおそれてフィルターをそっと分光器に挿しこもうと計画しているバイラゴを、冗談の種にしていた。バイラゴはからかわれても平気そうに見えたが、チカヤには彼の穏やかさが、数で負けているので意見をいっても無意味だと判断した人のそれに思えた。

たぶんマリアマも人数的に不利なのは感じているだろうが、自己紹介のあいだは譲渡派たちに対して心から友好的に見えた。それが人づきあいとして礼儀正しくふるまっているだけでないのは確かだ。ふたりの友情ゆえに、マリアマはチカヤの立場に対する嫌悪感を全開にするのを控えているのだろうか、とチカヤは考えていたが、マリアマがチカヤのためにどれだけ我慢しているとしても、カディールやザイフィートがいだくにいたった嫌悪感にはほど遠かった。

ヤンがいった。「新しい分光器はとてもよさそうだ。いままで測定できなかったガンマ線の帯域まるごとを、しかも従来の装置の二倍の精度で分解することが可能になるだろう」

それがどんな違いをもたらすかよくわからないままに、チカヤはうなずいた。「これがいったいなんのためか、知っている？」彼らの目の前で成長をはじめた演壇を手振りで示す。チカヤの〈介在者〉が、このタイミングは聴衆におしゃべりをやめるよう促すためのものだ——照明が変化したり、幕があがったりするような——と説明したが、これはじっさいにはいちども実行されることのないまま文書に記載されていた〈リンドラー〉独自の文化の一面らしい。

「じつは知らない」ヤンは認めた。「こういう講演についてはなにかしらの噂が数週間前から流れるものだが、これは突然だった。とはいえソファスは興味深いやつだ。聞く価値のある話をするのはまちがいない」

「数時間前、ソファスはわたしに、時間非対称性のことをいっていた」

「なに、時間反転非対称性だって？　じゃあこれは、新真空内の時の矢についての話なのか？」

「そうじゃなくて、時間並進非対称性だ」

ヤンは目を丸くした。「〝興味深い〟どころじゃないかもしれないな」

ソファスが姿を見せて演壇にむかったが、その手前で立ち止まった。講堂への入場者はまだ途切れず、会場が埋めつくされるまでその流れは続くかに見えた。

マリアマが遅れてきた人々をいらだたしげに眺めながら、「あの人たち、自分の頭の中で見るんじゃダメなの？」

「こういうことは肉体で体験するのが肝心なんだ」ヤンが秘密を明かすようにいった。「ぼくも理解はできないけれど」

チカヤはちらりと顔を上にむけた。天井から吊りさげられた椅子にすわっている人々がいて、ここより上の階層にある本来なら行き止まりになっていただろう回廊を使うとそこに行ける。乗客をひとり残らず詰めこめる見こみはそもそもなかったが、船は利用できる表面を一平方メートルたりとも余さずに利用していた。ラスマーがチカヤの視線に気づいて、冗談をいった。「人が屋根の垂木からぶらさがる演し物を見たいと、ずっと思っていたんだ」

　ソファスが咳払いすると、聴衆はほとんど間髪を入れずに静まりかえった。チカヤは感心した。自分だったらたとえ船の乗員全員を個人的に知っていても、聴衆たちの〈介在者〉に呼びかけて注意をむけさせるよう、自分の〈介在者〉に頼んでいただろう。

　ソファスが話をはじめた。「わたしたちは二百五十年以上、プローブを表面に書きつけてデータを集め、あの壁のあちら側《ファーサイド》でなにが起きているかを理解しようとしてきました」握り拳を掲げて、境界面を連打するような仕草をする。「結果はあのとおり、だれもが目にしています。理論が提案されては否定され、わたしたちの手に入ったものは、新しい実験をひとつもおこなうことなしに新しいモデルの九十九パーセントを除外する能力だけです。わたしたちは、生まれでた瞬間にアイデアの大半を叩きつぶせるほどのじゅうぶんなデータを、手に入れているのです。

　希望がなくなったように思いはじめている人々もいます。わたしたちが理解できずにいる法則が、これほど把握困難なことがありうるのか？　ニュートンからサルンペトにいたるまでは、三世紀半しかかかりませんでした。わたしたちのなにがまちがっているというのでしょう？　わたしたちが持つ数学的ツールは、自然が現にこれまで投げつけてきたどんなものよりもはるかに不可解な系をモデル化できます。非実体主義者たちは一万年前に物理学に退屈してしまいました。彼らにそんな貧弱な知的刺激で我慢することを期待するのは、成人に子どもの数字ブロックで遊んで永遠をすごせと要求するようなものです。けれど、その非実体主義者たちの限りなく柔軟な知性をもってしても、彼らがここへ賞賛すべくやってきた新しいおもちゃを、意味をなすものにすることはできませんでした」

チカヤがヤンに視線を投げると、ヤンは悲しげにささやいた。「たぶんぼくは、静化障壁を走らせていたのが非実体主義者の集団だったことをだれかが失念するたびに、ありがたく思うべきなんだろうね」

「サルンペト則は二万年間の精査に耐えてきたのです！」ソファスは感に堪えないようにいった。「そのサルンペト則にどれほどの欠陥がありうるでしょうか、どれほど見当違いなことがありうるでしょうか？　そこでまずわたしたちは、分別ある伝統的なアプローチから着手しました。古い規則をごくわずかだけ拡張する、ひと組の新しい規則を見つけようとしたのです。わたしたちにたぶん可能な最小の変化、極微の修正あるいは拡大を加えて、古い規則がなし遂げたことすべてを含み——そして同時に、〈ミモサ〉で起きたことを説明できる新しい規則を。

ここまでは問題ありません。それはいかにも単純な数学の課題でした。人々は知らせを耳にしてから数日のうちに、いくつもの方程式を解いていました。それから〈リンドラー〉が建造され……その最小限の拡張は、わたしたちがここで発見したものにまったく適合しませんでした。そこで規則をもう少しいじりました。さらにもう少し。

本質においてーーこういういいかたをするのが不当な方々もこの中においでなのはわかっていますが、それでもいわざるをえませんーーここでなされてきたことの大半は、そのプロセスを繰りかえすことでした。四分の一千年紀にわたって、幾度となく。わたしたちは入り組んでいく一方の理論の塔を何本も、同じ基礎の上に築いてきたのです。そしてその塔の大半は、いちばん最初に出した予測によって崩壊しました」

ソファスは言葉を切って、わずかに顔をしかめた。弁解がましいといえそうな表情で、自分自身のレトリックが醸しだす雰囲気に驚いているかのようだ。先刻チカヤと話をしたときのソファスは気負わずに楽天的なようすだったが、いまは焦燥感がおもてにあらわれている。その心情は理解できるものだったが、ソファスの次の発言を聴衆に受けいれがたくする危険があった。多くの先人たちが苦労の果てに失敗を重ねてきたいま、どんな種類のものでも根本的に新しい洞察を発表したら、傲慢な響きを帯びるだろう。そしてもしソファスが、先人たちはみな見当違いの方向へ導かれていたのであって、進歩は彼らの肩の上に乗るのではなく、正反対の方向を掘ることで訪れると嘘偽りなく信じているなら、その意見を表明するに際して、先人たちに配慮するのにも限界があるだろう。

ソファスは気を取りなおして話を続けた。態度をやわらげ、たとえどれほど多くの世界が、どれほど多くの人の自尊心がかかっているとしても、話の内容を軽いものに見せようとしているのがはっきりとわかる。

「〈ミモサ〉以前のあらゆる出来事について、サルンペトは正しかった。わたしたちはその事実を手放さずにいなくてはなりません！　そしてある意味では、わたしたちも正しかった。サルンペトの研究を極力いじりまわさないようにしてきたという点で。けれどわたしたちは、装飾過多で入り組んでいく一方の〝改良〟をもともとの規則に積み重ねつづけるしかない状態に、自らを追いこむべきではなかった。

サルンペト則がじっさいにいっていることはなにか？」ソファスは進んで返答してくれる人を待つように講堂を見まわしたが、その問いはだれもの意表を突きすぎていて、反応する人はいなかった。「わたしたちはそれを半ダースの方法で書き記すことができ、そのすべてが等しくエレガントかつ説得力があります。量子グラフ間の遷移振幅を計算する組み合わせ論的レシピ。状態ベクトルの時間発展を計算するために指数の肩に乗せるハミルトニアン。ラグランジアン定式化、圏論的定式化、量子《キュー》ビット処理の定式化。そして多方面の情熱的研究者たちが重要視するバージョンが、おそらくさらに百はある。その人たちは自分のお気に入りのバージョンをここであげなかったことで、わたしを決して許そうとはしないでしょう。

しかしそうした書き記しかたのすべては、つまるところなにをいっているのか？　それは、わたしたちの真空は安定しているということです。では、なぜそのすべてがそういっているのか？　なぜなら、サルンペトがそうすることを要求したからです！　もしそれらがほかのなにかを示唆していたら、サルンペトはそれらを失敗作だと見なしたでしょう。真空の安定性は、なんとしても満たされる必要があるなんらかの根源的な原理から生じる予測ではありません。それは理論全体の第一設計基準でした。サルンペトが自分の目標に合致する単純で美しい原理を発見したのは確かですが、数学は同様に美しいけれど、宇宙で起こるあらゆることを統べることはできない原理で満ちています」

ソファスはふたたび話を中断し、両腕を組んで頭をさげた。チカヤの目に、それは辛抱を訴えているように見えた。いまソファスが述べたことはごくわかりきったことで、議論になるような点もない。聴衆は千回目にはなる説明を聞かされて時間を浪費させられていることで、ストレートに反感をいだかないとしても、当惑していた。

「わたしたちの真空は安定している。その引っかけ鉤に、サルンペトはあらゆるものをぶらさげました。それなのになぜ彼は、あのような空前の成功をおさめたのでしょうか、わたしたちがいまでは誤りだと知っているものを基盤として、自分の理論全体を構築したというのに？」

ソファスはその問いをしばらく宙に浮かせておいてから、話の方向を一変させた。

「〝超選択則〟についてお聞きおよびの方は、どれくらいおいででしょうか？」チカヤ自身はその用語をひと月前、ちょっとした歴史の調査をしている最中に知ったばかりだった。それは量子力学黎明期の不可解な概念で、言葉として存続していたのは、物事が明確になるまでの最初の二世紀のことにすぎなかった。

「だれもが知っているとおり、量子力学の原理として、どんなふたつの状態ベクトルも重ねあわせることができます。もしVとWが物理状態なら、二乗した絶対値の和が一になるようなあらゆるふたつの複素数a、bについて、aV＋bWも物理状態です。けれど、もしそれが真なら、五十パーセントの確率で負の電荷を持ち、五十パーセントの確率で正の電荷を持つ量子状態をわたしたちが見ることが決してないのは、なぜでしょう？　電荷保存はここでの論点ではありません。大陸の両端の場所に同様に確からしく存在する光子をごくふつうに準備できるようになったはるかあとでも、同様に確からしくこちらでは電子であり、こちらでは陽電子であるような系」と左手をあげ、次に右手をあげてみせて、「またはその逆の系を、準備することができなかったのは、なぜでしょう？

百年くらいのあいだ、ほとんどの人はその問いにこう答えていたでしょう。『ああ、それは電荷の超選択則というものがあるからだよ！　ふつうは状態ベクトルを結合させることができる……でも、もしヒルベルト空間の中の異なる超選択領域から選んだら、そうはならないんだ！』どうやら、たがいに封鎖されている奇妙な特殊領域があって、その居住者は混じりあうのを許されていないということのようです。でも、封鎖するとは、どうやって？　そんな仕組みも、そんな系もありはしません。それは突飛な専門用語で粉飾された、説明のつかない事実にすぎないのです。けれど人々はさらに先へ進んで、そうした恣意的な境界を放りこんだかたちで量子力学する方法を開発し、地図上の境界線はあまり吟味されることなしに記憶されるべきものになりました。もし無垢な新入生がくたびれた上級生に、『異なる電荷の重ね合わせはなぜ存在しないの？』と尋ねたら、『なぜなら、超選択則がそれを禁じているからだよ、このまぬけ！』という答えが返ってきたでしょう」

ソファスはわずかに視線をさげてから、辛辣につけ加えた。「いまのわたしたちは、もちろんそれよりはるかに洗練されています。いま話したような神秘化を容認する人はいないでしょう——そればかりか、どの子どもでもほんとうの理由を知っています。同じ場所にいる電子と陽電子は、大きく異なる周囲の電場の状態とそれぞれ相関している。その場の詳細を完全に追って、それを観測に取りこまないかぎり、その状態を重ね合わせと認識することは望めない。そのかわり、ふたつの異なる電荷状態はデコヒーレンスを起こして、あなたはふたつのバージョンに分裂する。その一方のあなたは電子を検知したと思っていて、もう一方は陽電子を検知したと思っている。というわけで、超選択則などというものはどこにも存在しないけれど、それでも世界はなおも、もし超選択則が存在した場合にそう見えるだろう世界とてもよく似たものに見えるので、その用語をめぐって展開した数学のすべては、さまざまな姿で生きのびているのです」

　チカヤは周囲の空気が突然変わったのを感じた。それまでは人々のようすをちらちら見たときには、ほとんどの人があまりにありふれた意見を聞かされて困惑しているように見えた。ソファスの世評のおかげで、もうしばらく辛抱して聞きつづけてみようと思ってはいるが、各人の専門分野の基本的想定をおさらいするというさらなる責め苦から多くを期待していないのは明らかだった。だがいま、人々は椅子をきしらせながらすわりなおし、冷淡だったり軽く失望したりしていた態度を、概してもっと油断のないなにかに変えざるをえないと感じていた。

　この雰囲気が会場を席巻するのに合わせて、チカヤはぞくぞくする感じが背骨をのぼるのを感じた。次に自分が聞くことになる言葉の予想がついていたと主張することはできないが、その言葉は彼の体の反応に完全に見合うものだった。

「サルンペト則などというものはどこにも存在しない、とわたしは確信しています」ソファスは高らかにいった。「最初のかたちのものも、より決定的で、より完璧で、〈ミモサ〉で起きたことの説明になるだろうバージョンも。けれど、それでも世界はなおも、もしサルンペト則が存在する場合にそう見えるだろう世界ととてもよく似たものに見えるので、わたしたちはそのような規則が存在すると考えずにはいられないのです」

それに続く沈黙の中で、チカヤはマリアマのほうをむいた。先刻のソファスの言葉からマリアマは自分より多くのことに気づいていたのではないかと思ったのだが、彼女も同じように衝撃を受けているようだった。チカヤはソファスの主張の大胆さに喜んで、顔がほころんでいた。マリアマは狼狽して、おびえているようにさえ見えた。

ソファスが話を続ける。「サルンペト則が真であるように見えたのはなぜでしょう、じっさいには偽であるのに？　わたしたちの真空が安定しているように見えたのはなぜでしょう、じっさいにはそうではないのに？　そうした問いに答える正しい方法は、別のパラドックスの解答と事実上同一であるとわたしは確信しています。それはほぼ二万年前に論じられていたパラドックスです。宇宙が古典力学に従っているように見えるのはなぜなのか、じっさいには量子力学に従っているのに？

量子系のあらゆる側面を把握することがわたしたちには不可能なために、古典力学の幻想が作りだされているのです。もしわたしたちが系全体を観測することができなかったら——もしそれ自体があまりに大きくて複雑すぎるか、あるいは環境と結合して、環境をも系の一部としていたら——複数の選択肢が共存し相互作用しているほんとうの重ね合わせと、たがいに排他的な可能性の古典的な混合とを区別する情報を、わたしたちは失います。

同様のことがサルンペト則にも当てはまる、とわたしは確信しています。いかにして？　サルンペト則は量子の規則です。それは、まだデコヒーレンスによって古典的になっていない系に適用されます。環境との相互作用がある場合、完全に量子力学的な現象は、どのように説明されるのか？」

ソファスは疲れたように微笑んだ。「それは二万年のあいだ、わたしたちの顔を見つめてきました。電子——電荷を持った粒子で、周辺の通常の真空をまったく違う状態に変化させます——は、それでもほかのすべての自由度においては量子力学に従う。その位置は量子力学的であり、その電荷は古典的です。電子一個を環境から隔離しようと最善を尽くした場合でさえ、わたしたちは現に課題の半分についてはみじめに失敗し、ほかの半分については成功しています。ですから、デコヒーレンスは異なる電荷状態の重ね合わせをわたしたちから隠していますが、異なる位置状態についてはそうではないのです。失敗した場合は古典的に見え、成功すると量子力学的になります。

わたしたちはサルンペト則を純粋な量子力学だと考えていました。究極の理論、最低レベル、完全に隔離された系に当てはまる規則だと。もちろん、じっさいにはなにかを完全に環境から隔離することはわたしたちにはできないという事実は認めていましたが、それは重要な点ではありません。系の総体である宇宙そのものはサルンペト則に従うと仮定されていました――なぜなら、わたしたちが精いっぱいがんばって宇宙のどこか小さな一部を、可能なかぎり入念に隔離して調べたときには、サルンペト則がつねに当てはまったからです。

そのように結論するのはまちがいでした。電子は量子的性質と古典的性質がどう共存しうるかを示しています。ある系でなんらかの量子的ふるまいを立証できたという事実は、そこで発見されるべきすべてを明らかにしたことを意味しません。

わたしはサルンペト則は古典的規則であると確信しています。あらゆる系の全体状態ベクトルの一部はサルンペト則に従っていますが、すべてがではありません。サルンペト則にじっさいに従う部分は、周囲の環境とあるやりかたで相互作用し、周囲の環境をわたしたちがわたしたち自身の真空と考えるものに変化させます。しかし違うやりかたで相互作用する部分もあり、それは別の状態を作りだす。わたしたちにはプランク・スケールでじっさいになにが環境に起こっているかを突きとめる糸口さえないので、単一の、確実な、古典的結果だけを、わたしたちは目にすることになる。サルンペト則は無条件に当てはまり、わたしたちの真空は絶対的に安定であるという結果を」

聴衆のひとりが立ちあがり、ソファスはそれに応じることにした。「タレク？」

「あなたの主張は、真空は量子ゼノン効果に似たなにかによって安定させられているということか？」

チカヤは質問者をもっとよく見ようと首を伸ばした。タレクは防御派で、新真空の正体も、その内部になにがあるかも解明されるのを待たずに、プランク・ワームを書きつけて新真空をむさぼり食わせようとした人物だ。けれど、この質問者の物腰に狂信的なところはいっさいなかった。彼からはいらだちが発散されているだけで、それは聴衆のだれもが共有しているものだった。

「だいたいそのとおりです」ソファスは認めた。「量子ゼノン効果は、継続的な観測によって系を安定化します。すべてが埋めこまれた全体グラフの一部は、わたしたちが真空と見る部分を〝観測〟し、さらに真空中を動く物質を支配する動力学法則を決定します。霧箱の中の蒸気が、原子以下の粒子の軌跡に沿って水滴へと凝固するように。粒子は一定の軌跡をたどるだけに見えます。なぜなら、各軌跡は特定の水滴のパターンと相関していて、水滴はあまりに多くの隠れた自由度を持ち、それ自身は量子的ふるまいを示せないから。しかしわたしたちは、粒子が水滴の異なる道すじに取りまかれて、異なる軌跡をたどる分岐があるのを知っています」

タレクが顔をしかめた。「では、なぜわれわれは、境界面のあちら側《ファーサイド》を支配している軌跡を、規則を発見できないのか？」

ソファスが答える。「なぜなら、境界面のあちら側にあるものは、もうひとつの真空――もうひと組の規則――ではないからです。それは発見すべきそのような古典的特性を持っていません。だからといって、それを各々がサルンペト則の別々の類似物に従う構成要素の和に分割できない――形式的に、数学的に――というわけではない。けれど、わたしたちはどの特定の要素とも、わたしたち自身の真空との関係と同じようには相関することができないので、どの特定の規則の組を明らかにできる期待も持てないのです」

チカヤは心が浮きたった。ソファスのアイデアを真剣に受けとるのはまだ早すぎるが、その概念の単純さには深く引きつけられるものがあった。境界面のあちら側には、ありとあらゆる動力学法則の重ね合わせがある。

タレクが問う。「われわれはそうした特性を観測できないのか？　観測によって確定させ、われわれ自身が別々の分岐になってしまうにしても？　われわれが新真空と――いや、あなたがこれからそれをどう呼ぼうとかまわないのだが――相互作用したときには、われわれは各人が明確な法則を発見した観測者の重ね合わせになるのではないか？」

ソファスは断固として首を横に振った。「二、三のプランク・スケールのプローブ・グラフを、幅六百光年の系に投下しても、そうはなりません。境界面のあちら側にあらかじめ存在する法則がもしあるなら、その方法で発見できる望みがあるかもしれませんが、わたしたちが相手にしているものはそれとは違います。境界面のこちら側《ニアサイド》では、全時空にわたる強い相関があります。異なる時間と空間において従われている動力学は、相互依存のもつれとなっている。境界面のあちら側にあるものは、場所と場所で、また瞬間と瞬間で、たがいに相関がありません。わたしたちがプローブ・グラフでサンプリングしたものは、レベルごとのランダムノイズがいいところでしょう」

ほかの一ダースの人々にわずかに先んじて、ラスマーが立ちあがった。ほかの人々は彼女に順番を譲って腰をおろし、タレクも不承不承それにならった。

ラスマーがいった。「すばらしい考察だったけれど、ソファス、どうやってそれをテストする計画なんだ？　なにか確かな予測がある？」

ソファスが背後の空間に手を振ると、ひと組のグラフがあらわれた。

「ごらんのように、わたしは境界面光のスペクトルを再現できます。これは誇大表現ではありません。難易度はわずかに高いですが、境界面の速度である光速の半分を出すこともできます。さらに、これまでにここでおこなわれてきたすべての実験が蓄積してきた結果を、再現することができます。つまり、なんでもいいから動力学法則に類似したものを特定しようとして、完全に失敗したことを。

過去の再現の話はここまでです。わたしは次のような予測をしています。以前おこなった実験を繰りかえし、以前試したプローブ・グラフを再度書きつけて、結果を新しい分光器で観測したら……またしてもまったく同じものを、そこに見ることになるでしょう。なんのパターンも、なんの対称性も、なんの不変性も、なんの法則もあらわれてこない。

わたしたちはすでに発見しているのです、そこには発見されるべきものがなにひとつないということを。わたしに予測できるのは、どれだけ懸命になって見ようが、そこになにもないのは確定しているということだけです」

8

ベッドから転げおちたヤンは、床の上で笑いつづけていた。

チカヤはベッドの端から覗きこんで、「だいじょうぶか？」

ヤンはうなずきながら、片手で口を覆ったが、笑いを止められなかった。

チカヤは腹を立てればいいのか、心配すべきなのかわからなかった。非実体主義者は身体をまとうとき、ふつうでないかたちで自分をマップすることがよくある。もしかすると笑いはヤンにとって、チカヤが知らぬ間に加えた精神的辱めに対して取ることのできる唯一の反応なのかもしれない。

「わたしがきみを傷つけたわけじゃないよな？」

ヤンはまだどうにも笑いを止められないまま、首を横に振った。

チカヤはベッドの端にすわって、なんとか自分もユーモアで対応できるようになろうとした。「こういう反応をされたのははじめてだ。拒絶か大はしゃぎなら反応として問題なく受けいれられるけれど、それはもっと早い段階で起こる」

ヤンはなんとか少し落ち着きを取りもどした。「すまない。きみを不愉快にさせるつもりはなかった」

「きみは自分ではじめたことを最後までやる気がないんだな？」

「うーん」ヤンは顔をしかめた。「きみにとって重要なことなら、やろうとすることはできる。でも、本気になるのはとてもむずかしいと思う」

チカヤは片足をヤンの胸に載せた。「次にほんものの実体化体験を望むときには……シミュレーションですませろ」チカヤはまだ肌と肌の接触で情欲がうずくのを感じたが、それは一種の荒々しい愛情へと溶けこんでいった。

チカヤはこれでおしまいというしるしのつもりで、しゃがんでヤンの口にキスをした。ヤンはとまどいの笑みを浮かべた。「とてもよかった」

「こんなのどうってことない」チカヤは立ちあがって、服を着はじめた。

ヤンは床に横たわったまま、チカヤを見ていた。「話に聞いていた神経信号は、すべて受けとっていると思う」ヤンは考えこんだ。「だがそれはどれも露骨すぎる。いまもそう感じる。さっきまでは、ただひとつのメッセージが果てしなく繰りかえされていた。『幸せになれ、幸せになれ、幸せになれ！』この体になにか欠陥があるんだろうか？」

「そんなことはないと思うよ」チカヤはヤンの隣の床の上であぐらを組んだ。「それ以上のものを期待していたのか？」

「ぼくはいつも幸せだから、それはちょっと不要というか」

「その幸せはどのくらい？」

「特定の理由がない場合には、この上ないくらいの幸せさだ」

「なにをいっているのかわからないぞ。特定の理由というのは、たとえばなにを指すんだ？」

ヤンは肩をすくめた。「自分の体から、〝幸せになれ〟といわれる以上のこと。幸せになれって……なぜ？」

「なぜなら、きみが好きなだれかといっしょにいるからだ。そしてきみがそのだれかも幸せにするからだ」

「なるほど、でもそれはそのだれかも同じ理屈を受けいれる場合に限った話だ。循環論法になってしまう」

チカヤはうめいた。「なあ、ほんとはわかっているんだろ。それは生殖生物学的に伝えられてきた慣習だ。そして慣習に従うかどうかはつねにその人しだいだ。だからといって、慣習が無意味だということにはならない」

「それに異論はない。それでも、もっと繊細ななにかを期待していたんだ」

「そこまで行くには時間がかかる」

「たとえば、何時間も？」

「何世紀もだ」

ヤンは疑わしげに目を細めた。

チカヤは声をあげて笑ったが、しかめ面をして、まじめにいっていることを示した。「チュラエフでは、六カ月間惹かれあってから、身体的な行為が可能になる」大半の非特定身体《ジェネリック》がそうであるように、〈リンドラー〉で用意されているそれも性交無制限だった。ジェネリック身体のどのふたつでも、適合性のある性器をほぼ随意に発育させることができる。自分が宿っているあいだだけ、自分で選んだ制限をその体に結線することは可能だが、母星を出立して以来、チカヤは処置槽にその作業を依頼する必要を感じたことは、いちどもなかった。

「待っている期間も、それはそれでいいものだよ」チカヤはいった。「ついに迎えた本番がしょぼくてどうしようもなかったというおそれがあると思うかもしれないが、性器形成は期待を高めるのと同じくらい、性行為そのものも向上させる。衝動に駆られて行為におよんだほうが、失望する可能性は高いだろう」

ヤンが反論した。「ぼくはこのことを六カ月近く考えてきたぞ」

「わたしが到着して以来か？　うれしいね。とはいえ、ほかに頼む気を起こせる相手がいるのか？」

ヤンは決まり悪そうな笑顔を作った。「好奇心を持たずにいられるわけがないだろう？　肉体といえば、まっ先に出てくるのがそれなんだから。たとえ過大評価でも」ヤンはつかの間まじめな顔で、心配げにチカヤを見つめた。「いまきみにひどいことをいった？」

チカヤは頭《かぶり》を振った。「ふつうは六カ月以上かかるんだよ」口ごもってから、「じゃあ、非実体主義者はかわりにどうしているんだ？　子どものころは、きみたちはみんなシミュレーション身体を持っているんだろうと想像していた。性行為そのものは体を使う場合と変わりがなくて、まわりが色つきの光で満ちていたり、宇宙的至福を感じたりするんだろうって」

ヤンは哄笑した。「たぶん二万年前にはそういう無意味なことをした人もいただろうけれど、そういう人たちはぼくが生まれる前にみんな崩壊して熱雑音になっているはずだ」そして急いでつけ加える。「きみたちが伝統的なやりかたを守っているのを、まちがいだといっているんじゃないよ。きみたちはゆるぐことのない哺乳類の神経生物学的特性のある部分をマップしていて、それは原型の段階では病的すぎるということはない。それはいまでも軽い実存的偽薬の役割とともに、有用な社会的機能を果たしているんだろう。だが、影響されやすい精神構造を持っているときには、快楽を得るために快楽を増強するのは、とても退屈な袋小路だ。ぼくたちはずっと昔にそれを取り除いている」

「そこに異論はない。で、きみたちはかわりになにをしているんだ？」

ヤンは上体を起こして、ベッドの側面にもたれた。「実体を持った人々がしているほかのことすべてを。贈り物をしたり。親愛の情を示したり。思いやりを見せたり。ぼくたちも子どもをいっしょに育てることもある」

「贈り物ってどんな？」

「美術。音楽。定理」

「定理というのはオリジナルの？」

「本気の場合は」

チカヤは感心した。数学は広大な領域で、物理的空間よりもはるかに挑戦のしがいがあるし複雑だ。これまでだれも証明していない定理に到達するのは、非凡な偉業といえる。「それはいい意味で……騎士道的だ」チカヤはいった。「世界の果てまで馬を駆って、竜の卵を持ち帰るような。きみも定理を贈り物にしたことがあるのか？」

「ああ」

「どれくらい？」

「九回」仰天しているチカヤの顔を見てヤンは笑い、言葉を続けた。「毎回本気の本気だったわけじゃない。もしそうだったら、中世の王族と結婚するくらいの難題で、だれもそんなことをする気にならなかっただろう」

「じゃあ、最初にしたことはもっとかんたんだったのか？」

ヤンはうなずいた。「十歳のとき、ぼくがわが愛しの人に捧げたのは、四次元空間の回転群を三次元球面の主束に変換する射影の対だった。大昔からある構成だが、ぼくはそれを自力で再発見した」

「相手の反応は？」

「彼女はとても気にいって、それをより大きな空間に拡張したものをぼくに送りかえしてきた」

「見せてもらえる？」

ヤンは両手でダイアグラムと方程式をスケッチした。たがいの〈介在者〉を経由して、チカヤは中空に描きだされたそれを見た。四次元の回転群を理解するには、各回転をそれがX軸を移動させる先の方向へマップし、それを四次元中で方向をあらわす三次元球面に射影して落とすことができる。X軸を同じように移動させるすべての回転は、それぞれほかの三つの方向をどう回転させるかで異なっている。これは実効的にもとの群を薄切りにして三次元の回転群の集まりに分解する。三次元の回転群は単に中身の詰まった球と同じで、反対側の点どうしを貼りあわせたものだ。なぜなら反対むきの軸のまわりの回転は百八十度に達したら同じになるから。絵画の深層にある技巧的な透視図のように、そうした線条はもっと大きな群の位相《トポロジー》をより鮮明にしていた。

「もう一方の射影はすべての回転をまず反転させるので、全体の構造のおもて裏を逆にする」ヤンは懐かしそうな笑みを浮かべながら、それをやってみせた。「感傷なのはわかっているが、初体験というのは忘れられるものじゃない」

「そうだな」それは数学的には単純だが、実体を持つ子どもの手作りの贈り物が持つ魅力を持っていると、チカヤは強く感じた。

「きみはどうだったんだ？」

「わたしは花を贈った場合がたいていはとくにうまく行った」

ヤンは目を丸くした。「きみの初恋。聞かせてくれよ」

チカヤは嘘をつくことを考えたが、いつも失敗に終わっていた。それに嘘をつくとしても、いったいどんな？　ほかのだれかを代理に立てて、自分の人生からマリアマを消し去るつもりはなかった。

チカヤはいった。「その話はできない」

「なぜダメなんだ？」ヤンはかえって、倍の熱心さでくわしいことを知りたがった。「四千年も経ってから、なにをそんなに照れることがある？」

「聞いたら驚くよ」ヤンの好奇心をこれ以上刺激することなく詮索をかわす方法を、チカヤは必死で考えた。「もっと面白い話を聞かせてあげられるんだが」チカヤはいった。「わたしの父の初恋話だ。かわりにそっちを話すというのはどうだ？」

ヤンは不承不承同意した。

「父は十四歳のとき」チカヤは話しはじめた。「ラヨシュと恋に落ちた。はじまりは冬のことで、ふたりは夜、たがいの家に忍びこんで、いっしょに眠った」

ヤンが口をはさんだ。「なぜ忍びこまなくてはならなかったんだ？　たがいの親に禁止されたのか？」

チカヤは一瞬、答えに詰まった。これまでそんなことを説明するハメになったことはない。

「いいや。両方の親も知っていただろう。でも、秘密だというふりをしたほうが、もっと楽しくなる」

ヤンはこの説明に若干困惑したようだが、チカヤの言葉で納得することにした。「続けてくれ」

「夏になるころには、ふたりの頭はそのことでいっぱいだった。触れあったりキスしたり止まりで、それ以上のことはできなかったが、それもその先そんなに長いことではないのはわかっていた。いっしょに泳ぎに行ったり、いっしょに散歩したりしながら、そのときが来るのを待ったんだろう。このすばらしいうずきにうずうずしながら」チカヤは微笑んだが、それは不意に湧きあがってきた悲しみを隠すためだった。自分が今後チュラエフに戻って、かつて自分の父だった見知らぬ人と話をすることがあるとは思えなかったからだ。

「夏の盛りに、ふたりは街外れを散歩していた。そして父は、その千年間でチュラエフに起きた、もっとも異様で、もっともおそろしい出来事を目撃した。一隻の宇宙船が空からおりてくるところを。旧式のエンジンが炎を吐きだして、作物を焼きつくし、岩を融かしていく」

ヤンは憤慨した。「そしてラヨシュも？」ヤンはかろうじて感情を抑えていた。「きみのお父さんはラヨシュもそんなことになるところを――」

「違う、違う！」チカヤはヤンがとんでもないことをいおうとしたのを面白く思ったが、ヤンの反応に温かい気持ちになった。非実体主義者は、初恋の人が目の前で特定実体死《ローカル・デス》するのはとてつもなく大きなことだという考えを一笑に付すだろう、と決めつけていそうな偏狭な人々をチカヤは知っている。

「いくら古代宇宙飛行士《アナクロノート》でも、人の上に宇宙船をおろしたりはしないよ」チカヤは説明した。

「ちゃんと計器はついている」

ヤンはほっとしたようすで、「では、きみのお父さんとラヨシュはアナクロノートたちと会うことになったんだな。連中はどんなだった？」

「彼らは一万四千年前に地球を旅立った。前クァスプ時代だ。さまざまな生物学的手段を用いて肉体を生存可能にしていたが、多くの時間は極低温仮死状態で送っていた」

「極低温仮死状態と来たか！」ヤンはうっとりしたようにいった。「彼らが宇宙のどこかにいるのは知っていたが、生身の彼らを見た人と話をした人には、これまでひとりとして会っていない」ヤンは別世界性の擬似体験にぞくぞくしていた。「彼らはなにを要求した？」

「地球を旅立ったとき、彼らは自分たちがその後の新しいテクノロジーに追い越されるだろうとわかっていた。未来へむかって旅することになるのを知っていたということだ。自分たちの行く先々に、安定した社会ができているだろうこともわかっていた。だからこそ彼らは旅立ったんだ。人類の未来の姿を、その目で見たくて」

「なるほど」ヤンは口をはさみたくて仕方なさそうだったが、とりあえずこらえた。

「だが彼らには、格別に関心を持っていることがひとつあった」チカヤは話を続けた。「彼らはわたしの父に、女と男のあいだの永遠の闘いが、この星ではどの段階に入っているかを知りたい、といった。戦争や休戦の話を聞きたがった。勝利、和解、敗北の話を」

「待ってくれ。きみのお父さんは、いまいくつだ？」

「だいたい六千年紀だ」

「じゃあ……」ヤンは首をこすりながら当惑していた。「チュラエフはアナクロノートたちが訪れたはじめての惑星だったのか？　旅立って一万四千年経ってから？」

「いいや、彼らはそれまでに六回、惑星に降下している」

ヤンは降参のしるしに両腕を広げた。「これで話について行けなくなった」

「だれも彼らに教えてやる勇気がなかったのさ」チカヤは説明した。「アナクロノートが現代社会とはじめて接触したのはクレインでのことで、そのとき彼らは、安心して自分たちの目的を明らかにする気になるまで、しばらくかかった。だが彼らがとうとう、のちに父に訊いたような質問をはじめるころまでには、現地の人々はすでに、この旅人たちがどんな先入観を持っているか、はっきりと理解していた。何千年紀も冷凍保存されていたアナクロノートたちはいまついに、自らの旅の中の、自分たちが支払った莫大な犠牲を正当化する段階に取りかかろうとしていた。そんなアナクロノートたちに凶報を伝える役を買って出よう、という気になる人はいなかった——唯一残存する人間の性的二形性の痕跡は、固有名詞が違うとさまざまな部分が異なる屈折をする話し言葉が、いくつかの言語に残っていることだ、などという凶報を。さらに、そうした文法上の化石が、ある人の身体構造のなんらかの特徴と相関関係があると期待することは、無生命の物体にも同様の文法が当てはめられているからといって、雲には男根が生えていて、テーブルには子宮があると思いこむようなものだ（フランス語では雲は男性名詞、テーブルは女性名詞に分類される）、などということを」

「そこで、アナクロノートたちに嘘をついたのか？」ヤンはひどくショックを受けていた。

「クレインの人々は？　そしてその先の、すべてのほかの惑星でも？」

「それがいちばん思いやりのある対応だと思えたに違いないよ」チカヤは弁護にまわった。

「それに最初は、アナクロノートがほかの惑星にたどり着くと本気で予想した人はいなかった。でも、それが現実になったとき、その情報はアナクロノートたちに先行して伝わって、人々はもっとうまく準備しておけるようになった」

「そしてそういうことが六回あったって？　たとえアナクロノートたちが惑星に着くたびに同じ作り話を聞かされたとしても、そのころには、聞かされた話を現実とつき合わせる機会が二、三度はあっただろう？」

チカヤは首を横に振った。「惑星に着くたびに同じ作り話を聞かされたわけじゃないんだ。もしそうだったら、肝心の目的を果たせなかっただろう。アナクロノートたちが未来へむかって旅していたのは、ある非常に特定されたかたちで自分たちを満足させてほしいと期待してのことだ。クレインで彼らは、どんな歴史や慣習に旅路で出会うことを期待しているかについて、多くのことを明かした。そこで人々は、彼らの期待に調子を合わせた。クレインの人々は彼らに、すべての〝男〟は植民後まもなくウイルスで一掃されたという話を聞かせ、その状況に順応するための苦闘を大げさに語った。失われた性を再発明しようとした一派もいたが、別の一派が勇敢にも単一性別を追求し、最終的に勝利をおさめた、と。アナクロノートたちはその話を真に受けて、それがジェンダーについて彼らに語る深遠な事柄すべてに、おーとかあーとか声をあげた。彼らはメモを取り、映像を録画し、でっちあげられたいくつかの儀式や歴史的事件の再現劇を観察し……そしてほかの惑星にむかった」

ヤンは両手で顔を覆った。「これは許されざることだ！」

チカヤはいった。「だれひとりほかのことではなにひとつ、彼らに嘘をつかなかった。アナクロノートたちは物理学の未来についても同様に異様な考えをいろいろと持っていたが、クレインの人々は最新の研究についてなにひとつ隠すことなく説明した」

ヤンはわずかに機嫌を直して顔をあげた。「それからどうなった？」

「クレインのあとということか？　一種の競争になったんだ、どの惑星が彼らをいちばんうまくミードできるか、つまりいちばん突拍子もない作り話をでっちあげて、アナクロノートたちにそれを鵜呑みにさせられるかの（文化人類学者マーガレット・ミードは、南太平洋・東南アジアの伝統文化における性についての研究で一九六〇年代の社会に影響をあたえたが、のちにサモアでの研究では被験者の作り話にだまされていたとする説が有力になった）。疫病程度では野蛮さが足りなかった。両性間に闘いがなくてはならなかった。抑圧がなくてはならなかった。奴隷制がなくてはならなかった」

「奴隷制だと？」

「ああ、そうだ。さらにもっとひどいものも。クラスノフの人々は、五千年のあいだ、母乳に含まれる寿命を延ばす分泌物を手に入れるために、男が自らの第一子を虐殺してきたという話をした。その慣行が終わったのはほんの一世紀前だと」

ヤンはベッドにもたれたまま体を揺すった。「それはいろんなレベルで現実離れしすぎていて、もうどこから突っこんだらいいのか」チカヤをじっと見つめて、すがるようにいう。「それがほんとうに、アナクロノートたちの期待していたことなのか？　進歩もなく、幸せもなく、成功もなく、調和もないことが？　彼ら自身の下劣な歴史の最悪に極端な部分が、何千年紀もひたすら繰りかえされつづけることが？」

チカヤはいった。「マケラの人々は断固として、この惑星は植民以来ずっと平和だったといった。アナクロノートたちはひどく懐疑的になって、だれも明かそうとしないおそろしい秘密を探りまわりつづけた。やがてマケラの人々は、アナクロノートとのファースト・コンタクトのようすを語ったクレインからの通信を再検討して、なにが求められているかに気づいた。そしてアナクロノートたちにこう説明した、自分たちの社会が安定しているのは、〈聖なる五〉が発案されたからだと。それはすべての世帯単位が、ふたりの男性と、ふたりの女性と、ひとりの中性を基本構造とすることを意味する」チカヤは眉をひそめた。「世帯構成員間の性的関係にはルールがあって、異性愛と同性愛の組み合わせが同数でどうとかいうものだけれど、わたしにははっきり説明できるほど理解できたためしがない。だがアナクロノートたちは、ようやく突きとめたすばらしい〝文化的豊かさ〟に興奮した。彼らの定義する〝文化的豊かさ〟とやらは、自分たちがあとに残してきたのと比べてさえ異様で恣意的ななんらかの社会的あるいは性的習俗が、広範に強要されていることをいうらしい」

ヤンがいった。「そして、チュラエフではなにがあった？」

「当然だが、船は数世紀にわたって現在位置を特定されつづけていて、それが到着するという事実だけで驚く人はいなかった。わたしの父もごく幼いころから、いつかそういうよそ者たちが、この星のどこかに、いまこの瞬間にもやってくることを知っていた。種々多様な嘘設定を別々のグループが提唱していて、その中に惑星規模の支持を集めているものはひとつもなかったけれど、アナクロノートがひとつの惑星で一カ所以上を訪れることはほとんどなかったので、ひとつの街の住人がどれかの案についてみんなで口裏を合わせれば、それですむことだった。

だが、わたしの父はなんの準備もできていなかった。船が到着する正確なタイミングについてのニュースを随時追いかけてはいなかったし、たとえそれがまもなくのことだと気づいていたとしても、自分が住む街の外に船が降下する確率は小さすぎて案じる必要もなかった。はるかに気がかりなことはいろいろあった」

ヤンはわれ知らず、期待するような笑みを浮かべた。「そこで炎が消え、埃がおさまると、きみのお父さんの〈介在者〉は訪問者たちが使う太古の言語をファイルから発掘して……お父さんのすべきことは、そこに突っ立ったまま、尋ねられたことについてはまったくなにひとつ知らないと真顔でいい張ることだった」

「そのとおり。父もラヨシュも、目の前のよそ者たちにどんな話をすることになっているのか、これっぽっちも知らなかった。もしふたりがアナクロノートに関する報告書を読んでいたら、複雑なタブーがありまくりなので尋ねられた件については口にできないといえばいいのだと理解していただろうが、ふたりはそんなことは知らなかったし、架空の沈黙の掟を持ちだすこともできなかった。だからふたりに残されている手段は、なにも知らないといい張ることだけだった。まだそういうことには若すぎる上に無知なのだと」チカヤは笑った。

「六カ月間もたがいを切望してきたあとでだよ？　数日か、ひょっとすると数時間のうちには願望が成就しようというときに？　こういうのを、きみになじみのある用語に訳すとどうなるのかわからないが――」

ヤンはむっとして、「馬鹿にしないでくれ。お父さんたちがどれほどのプライドを飲みこまなくてはならなかったかは、ちゃんとわかる。わかりやすくたとえてもらう必要はない」

チカヤは頭をさげてあやまったが、正確さにこだわった。「プライドというのはまちがいではないが、それだけじゃない。真実だけは口にできないという状況は、父たちにはたがいを否定しているように感じられただろう。たとえ自分たちのいうべきセリフを知っていたとしても、ふたりが茶番を演じ切れたかどうか、わたしにはなんともいえない」チカヤは胸の上で拳を握った。「そういうことで嘘をいうのは、つらいことだ。ほかの人々は、策謀の興奮に飲みこまれていたかもしれない。だがラヨシュとわたしの父にとって、それはただの雑音だった。ふたりが宇宙の中心で、ほかのことはなにも問題じゃなかった」

「じゃあ、ふたりはアナクロノートたちに真実を話したのか？」

チカヤは答えた。「そうだ」

「自分たちについて？」

チカヤはうなずいた。「そしてそれ以上のことも」

「惑星全体について？　それがチュラエフ全土での習俗だと？」

「それ以上だ」

ヤンは苦しげなうめき声を漏らした。「彼らになにもかもを話したのか？」

チカヤはいった。「わたしの父は正面切って、それまでの情報提供者がアナクロノートたちに嘘をついていたといったわけじゃない。でも、次のことは説明した――ほんの数人生き残っている旅人たち自身の同時代人を別にすると、もう一万九千年以上、いかなる場所でも、人類の子孫の中には性的二形性と類似したものは存在していないことを。性的二形性は、太陽系外世界が最初に植民されるはるか以前に、戦争や、奴隷制や、寄生虫や、疾病や、量子決断不確定性と同じ道をたどったことを。そして、何歳で性的に成熟したと見なされ、惹かれあってから性的能力が備わるまでの潜伏期間がどれくらいかといった、その土地特有の些細な事柄を別にすれば、自分と恋人とは、普遍的なありさまを体現していることを。自分たちはただ単に人であって、属すことのできるほかの分類項目は残っていないのだ、と」

ヤンはこれを聞いてしばらく考えていた。「で、勇猛なジェンダー調査隊はお父さんのいったことを信じたのか？」

チカヤは片手を前に出して、もう少しの辛抱を求めた。「彼らは面とむかってわたしの父を嘘つき呼ばわりするような礼儀知らずではなかった。そのあと彼らは街へ入っていって、ほかの人たちと話をした」

「その人たちは例外なしに、事前公認バージョンの話を聞かせたんだな？」

「そうだ」

「そしてアナクロノートたちは、相変わらずなにも知ることなくチュラエフを去った。ふたりのいたずら好きな若者に聞かされた眉唾ものの話を、性の神話コレクションに追加して」

チカヤはいった。「たぶんね。ただ、チュラエフのあと、彼らはどこの惑星にも降下していない。現在位置は特定されつづけていて、船はちゃんと飛んでいるし、人類居住星系に入りこんだことも四、五回ある。だがいずれの場合も、通りすぎるだけだった」

ヤンは身震いした。「幽霊船だっていうのか？」

チカヤは答えた。「いいや。冷凍睡眠しているんだと思う。体を凍らせて、脳内にわずかな電流をめぐらせて。彼らが地球を旅立つ前でさえ、彼らの眼前で滅びつつあったに違いない、なにかの粗暴でマゾヒスティックな人類観の名のもとに、わたしたちの身にあらゆる恐怖がふりかかることを夢見ながら」


チカヤがヤンより先にシャトルに乗りこむと、マリアマがふり返って一瞬微笑んでみせた。それが意味するところはまちがえようがなかったが、チカヤは気がつかなかったふりをした。自分とヤンがしようとしたことを、さらにはその顚末をさえマリアマが知っていても、チカヤは気にしなかったが、自分とヤンがいっしょにいるのを見ただけでマリアマが事態の少なくとも半分を推測できたことには、動揺を覚えた。

自分の〈外自己〉に指示して、細かい仕草が伝えてくるものをいっさい締めだすこともできたが、チカヤはそんな風に、外界からぴったり閉ざされて、岩のように無表情になることは望んでいなかった。一瞬、マリアマの観察力を無意味にするだけのために、腕を伸ばしてヤンの肩を抱こうかとも思った。だがよくよく考えて見れば、そんなことをするのはいじましい話だし、ヤンをいろいろと混乱させることになるだろう。

マリアマはタレクの隣にすわっていた。ありそうもないことだが、万一このふたりが恋人どうしだったとしたら、チカヤは最後までそれを知らずにいるだろう。五人目の乗員であるブランコが、チカヤの後ろの所定の席で安全ベルトを締めた。チカヤは彼のほうをむいて、冗談をいった。「派閥的にあなただけがひとりきりなのは、正しいことに思えません。少なくとも監視者をひとり同伴されるべきでした」

ブランコは愛想よく答えた。「ふざけるな。おまえたちの妄想ゲームの真似だけは絶対にしたくない」

ブランコは、〈リンドラー〉や〈書機〉を設計・建造したもともとの連合に参加していた。その後の数十年で譲渡派と防御派の両派閥がやってきて、〈リンドラー〉に官僚主義的な見通しの悪さがじわじわと広まり、いまのブランコはその中を前進することを余儀なくされている。だが、いわば不法占拠者である両派閥と、彼らが権利の名のもとにおこなう要求にはもう慣れたと、ブランコは以前チカヤにいっていた。〈書機〉はいまも、時折だが製作者たちが利用することができ、辛抱さえしていればブランコは自分の実験をすることができる。両派閥は多くの騒ぎを引きおこしたが、ブランコに関するかぎり、どちらも結局は、かつて地球で聖地をめぐってごちゃごちゃと争った硬直した宗教信仰集団と同程度の意義しかなかった。「そしてかわいそうに頭が空っぽなおまえたちは、大量虐殺しあうことさえできない」ブランコは愉快そうにいったものだ。「さぞ欲求不満がたまることだろうな」

一行が〈リンドラー〉から離れていくあいだ、チカヤは無重力も、遠くへ縮んでいくモジュールの不思議なドールハウス／白蟻の巣的眺めも、ほとんど意識しなかった。チカヤにとってこの航宙は、惑星大気圏の飛行機旅行のようなありふれたものになっているわけではまったくないが、惑星上では、同じ航路を何度飛んでも、これほどなにひとつ変化がないことは絶対になかった。

タレクがいった。「じっさいには、われわれが数で負けている、三対二で。もしあなたが〝中立〟なら、あなたは譲渡派だ。両者に違いはない」

「さあ、面白くなってきた！」ブランコは含み笑いをして、カウチにもたれた。「時間はあまりないが、せいぜいわたしたちを楽しませてくれ」

「あなたのいうことを真に受ける人などいない」タレクが興奮気味にいい募る。

「そんなのは重要なことじゃない」マリアマがいった。タレクと視線を交わすだろうかと思いながら、チカヤは彼女をじっと見ていた。しゃべりながらタレクと視線を交わすこともなかった。

ここには両方の派閥の監視者がいる。人数は問題にならない」マリアマの口調は穏やかで、議論しようとしているのでも、議論はやめてと頼みこんでいるのでもなかった。

タレクはその話題を引っこめた。チカヤは感心した。マリアマは、タレクと気まずくなることも、彼になんの負い目を感じさせることもなしに、この場をおさめた。マリアマは人を操るのが下手になったのではなく、より巧妙になっていたのだ。子ども時代のチカヤが心張り裂けるほど夢中になってマリアマのあとをついてまわっていたころ、チカヤ相手ではそれ以上自分の腕を磨けないことに気づいたマリアマは、困惑し、欲求不満になったに違いない。

単なるホルモンの影響の少しでも先には、彼女の手が届かなかった。ぬいぐるみ人形相手に練習して格闘技を習得しようとしたほうがマシだったかもしれない。

ブランコはがっかりしてため息をつくと、目を閉じて居眠りをはじめたようだ。

〈リンドラー〉の乗客のほとんどが拒絶と狼狽の交錯した思いで見守る中で、新しい分光器によってソファスの予測が実証され、彼らの独創的なモデルは再度、粉々に打ち砕かれていた。けれどもブランコは、〈無規則理論〉を心の底から受けいれて、ソファスの希望なき評決をはるかに超えた予測を導きだすことに成功していた。境界面のあちら側《ファーサイド》の動力学間にあらかじめ存在する相関関係がないというだけで、なんの相関関係も作りだせないということにはならない。ブランコは従来にない実験を立案し、それは境界面のこちら側《ニアサイド》を一種の媒介として用いることで、あちら側の異なる領域をたがいにもつれさせることを狙いとしていた。結果としてあらわれる動力学は、やはりすべての可能性からランダムに選ばれたものになるだろう――厳密にいえば、こちら側の宇宙がデコヒーレントに分岐し、その各々で異なる結果が観測される――が、少なくともその結果は数平方プランク長以上の範囲に適用されるだろう。

シャトルが〈書機〉とドッキングすると、ヤンがつぶやいた。「少しでも失望する可能性をいだいてここへやってきたのは、はじめての気がする」

チカヤはあっけに取られた。「従来のモデルのどれかに期待をかけたことが、いちどもなかったというのか？　気に入ったものさえ、ひとつもなかったのか？」

「美学的にいいなと思ったものはいくつかある」ヤンは認めた。「それがテストに耐えたら、まちがいなくうれしく思っただろう。だが、それを期待できるだけのちゃんとした理由があったことは、いちどもなかった。今回までは」

「非常に感動的な話だ」ブランコが皮肉っぽくいった。「だが、きみがこれまでのスタンスを手放すほどの理由が、わたしには見あたらない」

チカヤは疑ってかかるように訊いた。「この実験の結果に、なんの感情もかきたてられないのですか？」

ブランコは面白がっている目でチカヤを見つめた。「きみはどれくらい前からここにいる？」

タレクが最初にトンネルを抜け、マリアマが続いた。チカヤは彼女の次だった。「街の遊び場を覚えている？」チカヤはささやいた。「あのパイプの迷路を？」マリアマは怪訝そうにチカヤをちらりとふり返り、首を横に振った。この光景はマリアマにも同じ記憶を呼びおこすだろうと思いこんでいたチカヤは、がっくり来て心を刺されたような痛みを感じた。

制御室に入ると、ブランコが入力針《スタイラス》に指示をあたえた。しゃがれ声と、意図した単調なイントネーションで、ブランコは単語という単語から嘲笑的な詩の類のように侮蔑をしたたらせるということをやってのけた。「十二テラ電子ボルトと十五テラ電子ボルトのビームのあいだの位相関係は次のとおり」これは声に出して読まずにはいられないんだよ。

チカヤは窓の外の変わることなき光の平原を見おろした。チカヤは境界面をまざまざと夢

に見ることがある。眠りながら自分のキャビンの壁が境界面そのものだと想像するのだ。そ
れに耳をくっつけて、あちら側からの音を聞きとろうと全身を緊張させ、信号に境界面を越
えるよう急きたてる。

ときどき、目ざめる前の瞬間、壁の上に虹色に輝く薄膜が花ひらくように育つのが見え、
喜びと恐怖に心臓の鼓動が高まることがある。（ここにあの膜があらわれたことは、自分が
チュラエフでおかした罪が知られたことを意味するのだろうか？　それとも、じっさいには
膜を絶滅させてなどいなかったということだろうか？）

ブランコが顔をあげて、わざとらしく驚いたような声で告げた。「もうわたしは作業を終
えたのか？　なすべきことはたったのこれだけ？」

タレクがいった。「とりあえずは。だがわたしは、機能監査の権利を行使する」

「がんばれー」とブランコはいって、制御パネルから体を押し離すと、両手を頭の上にのせ
て窓の脇に浮かんだ。

タレクは所定の位置につくと、スタイラスに境界面からの上昇を指示した。チカヤは機能
監査について耳にしたことはあったが、その場に立ち会ったことはこれまでなかった。監査
を求めた側の派閥によって確認ずみの探知器の入った容器が、スタイラスの先端の下に置か
れ、放出された粒子が直接精査されて、協定どおりのシーケンスに準拠していることを確認
した。

チカヤは小馬鹿にするようなセリフをいいたくなったが、口をつぐんでいた。いったいな

にがタレクに監査が必要だと確信させたにせよ、この手順に文句をつけたところで、タレクのいだく疑いが軽くなるわけではない。

チカヤは窓の下の取っ手を使って、マリアマの近くに体を寄せた。「どこに隠れていたんだ？　何週間も姿を見なかった」

「出席する会議がたくさんあったの」

「わたしもいろんな会議に行ったんだが」

「それとは違うやつだった」マリアマがいった。

くわしい説明は必要なかった。マリアマが〈リンドラー〉に来たのは、タレクといっしょにプランク・ワームを設計したいと望んだからで、その考えはまだ無効になっていないようだ。

新真空はすでに銀河系で最大の物体であり、成長が非常に急速なので、光速でそれを一周するあいだに表面積が四十倍になる。たとえ防御派がそれを処理できる可能性のある手段を発見したとしても、それを実施するために通常の機械類で新真空全体を包囲できる見通しなどあるはずもなかった。ただひとつ実際的なツールがあるとすれば、新真空を〝食べて〟、それよりは良性のなにかを排出することのできる、量子グラフ・レベルに埋めこまれた自己複製するパターンだろう。

まだ仮説上の存在であるこのプランク・ワームというアイデアの支持者たちにとって、それは単に〈ミモサ〉の災厄を逆転させるだけのものだった。チカヤにとって、その対称性は偽りだった。〈ミモサ〉真空の中に失われた土地——それぞれが唯一無二の、平凡な惑星——は、その時点までに完全に知りつくされていた。新真空について、菌による腐敗病のようなものにそれを感染させるのにじゅうぶんなだけの知識を得て、それでおしまいにすることは、知性を価値あるものにしている衝動という衝動を堕落させるものだ、としかチカヤには思えなかった。その種の臆病さを見せた子どもを大目に見てやるとき、チカヤはいつも大変に苦労する。

「で、見こみはどうだと思う？」チカヤはブランコの実験が成功するかどうかという意味でいったのだが、もしマリアマがそのさらに先のことについてまで自分の考えを明かす気になったとしたら、願ってもないことだ。

マリアマは慎重に考えてから答えた。「わたしはソファスが正しいと納得させられかけていたのだけれど、ブランコのアイデアがそこから導かれるものなのかはよくわからない。あちら側の特定の動力学のどれにも近づけないのに、ランダムな相関状態を引っぱりだすことさえ、過大な要求に思える」

ヤンは節度ある距離を保って浮かんでいたが、部屋は本気でプライバシーを求めるには小さすぎて、ついにふたりの会話が聞こえないふりをするのをあきらめた。「そんなに悲観的になるべきじゃないよ」ヤンがふたりに近づきながらいった。「〈無規則理論〉は無規則を意味しない。そこにもやはり、保たれるべきなんらかの生《なま》のトポロジーや量子理論がある。キュービット・ネットワーク理論を使ってブランコの研究を再分析してみたら、それはぼくにとって意味をなすものだった。それは完全に観念上の量子コンピュータでもつれあい生成実験を走らせるのと、とても似ている。それはソファスが境界面の反対側に存在すると主張しているものに、非常に近い。広義の量子物理の記述に該当するどんな演算でもおこなえる巨大な量子コンピュータ——それが、じつはすべての計算をおこなっているような重ね合わせ状態にある」

マリアマは目を丸くしたが、そのあと反論した。「ソファスはそんなことはなにもいっていない」

「うん、もちろんそうだ」ヤンは認めた。「彼はとても慎重だから、そんな先走ったいいかたをすることはない。『宇宙はドイッチュ－ベネット－チューリング・マシンである』という主張は、ほとんどの物理学者にとって受けいれやすいものじゃない。そこには実験で反証をあげられる内容がなにもないからだ」ヤンはいたずらっぽくにやりとした。「けれどそれは、ぼくにあることを思いださせる。もし大笑いしたくなったときには、前クァスプ時代の反ＡＩプロパガンダを少し見てみるといい。ぼくが昔読んだ愉快なパンフレットは、こう断言していたよ。『もし体を持たない知性が出現したら、たちまちそれは〝処理能力に対する抑えようのない渇望〟によって地球全体を、そのあとは宇宙全体を、完璧に効率的なプランク・スケールのコンピュータに転換させる。自制というものがあるだろうって？　いいや、ＡＩは決してそんなものを見せないだろう。倫理性というものが——おいおい、肝臓も性腺もないのに？　そんなことをしたがるには、なにか現実的な理由が必要なはずだって？　ええと……これまで過剰な処理能力を持てたやつがいたか?』このパンフレットには、こう応じるしかない。なぜきみたち怠惰な肉体人は、銀河系全体をチョコレートに変えていないんだ、と」

マリアマがいった。「時間が足りなかったから」

「装置は検査に合格したようだ」タレクは探知器の容器をポケットにしまうと、スタイラスをおろしはじめた。

ブランコは両腕を組んで、いまの宣言について考えていた。「〝ようだ〟? それはデカルト的懐疑主義の一般的言明と受けとっていいのかな?」

タレクはぶっきらぼうに答えた。「再度スタイラスに指示をあたえたければご自由に」

ブランコはその過程を繰りかえしはじめた。今回はさっさと終わらせるのかとチカヤは思ったが、ブランコは苦心して、最初のときと同じ速さとイントネーションを再現した。

チカヤはタレクの視線をとらえて、いった。「ねえ、あなたもこの実験からほかのみんなと同様に多くを得られるんですよ」

その含意が単に不当なだけでなく、完全に現実離れしているといいたげに、タレクは顔をしかめた。「きみのいうとおりだ。だからわたしは、真剣に取りくんでいる」口ごもってから、いいわけがましくつけ加える。「だれもが誠意を持って行動している、とわたしが信じたがっているとは思わないかね? できればそう信じたいんだよ。だが無理だ。あまりに多くがそこにかかっている。そのせいでわたしを狭量だと思うなら、それはそれでいい。わたしは子孫たちに責任があるのだ」

ブランコが二度目の朗唱を完了した。ヤンがいった。「認可された」

タレクがいった。「ああ、先に進んでくれ」

ブランコが〈書機〉に告げた。「実行」

〈書機〉は沈黙していたが、一心拍後、床の下から甲高いシュ－ッという音がした。なにが起きている可能性があるのか、チカヤには見当もつかなかったが、やがてブランコの顔に理解が兆すのが見えた。

窓のひとつに細いひびがあらわれ、別の窓にもあらわれた。チカヤはマリアマのほうをむいた。「バックアップは取った？」

マリアマはうなずいた。「寝ているあいだに。あなたは？」

「ご同様」チカヤはあいまいに微笑んで、自分はなにが起ころうとも備えができているから、マリアマが落胆のあまり本心をさらけ出すようなことにはならない、と伝えようとした。ふたりは多くのことをいっしょに経験してきたが、どちらも相手の特定実体死《ローカル・デス》を目撃したことはなかった。

「ヤンは？」

「ぼくは保護されている。心配無用だ」

ブランコとタレクも同じ状態で、だれも一日以上の記憶を失う危険はない。四回目の特定《ローカル》・実体死《デス》以降、チカヤは自分の運命を考えて腹の中をかきまわされるようなほんものの不安を感じることがなくなっていた。毎回の死の瞬間につながる記憶もいくらかあるが、そのときほかの人々がいっしょだと、その人々がどれほど恐怖を感じているだろうか、用心深く備えをしているだろうかと考えて、ストレスが大きくなるのが常だった。

足もとのシューッという音が激しくなり、部屋がきしみはじめた。窓は自己修復を終え、構造物全体も一定量の自動修理は可能だが、境界面が〈書機〉を包みこむように近づいてきたら、それによってできる損傷は、修理される端からまた傷口をひらくだろう。マイクロジェットは星間ガスとの衝突を補正できるように設計されているが、想定可能な最大の移動でも、ミクロン単位で計測されるレベルだ。〈書機〉にいたのでは、チカヤたちは安全なところまでさっと運んでもらえそうになかった。

タレクがいらいらと周囲を見まわして、「シャトルにむかうべきではないか？」

ブランコがいった。「賛成」

チカヤの背後の壁が苦悶のうめきを漏らした。ふりむくと、八枚の窓のある壁が蛇腹のように曲がっているのがはっきりとわかり、隣りあう窓の角度が極端な鋭角になっていた。チカヤはその光景に驚嘆した。〈書機〉から漏れる空気では、そんな大きさの剪断力は出ない。境界面がチカヤたちの下の構造物を引っぱっているに違いない。こんな事態は、これまでに報告されたことがなかった。さまざまな物質で構成されたビームはつねに、境界面を突き抜けると、あちら側に入った部分は単に存在するのをやめたかのようにふるまい、こちら側に残った部分にはなんの力も働かなかった。ブランコがなにを引きおこしたにせよ、境界面を

二、三センチメートル移動させたにとどまるものではない。
壁がまたたわんで、ひとつに押しつけられていた窓どうしが引き離された。窓は押しつけられたときの動きを逆にたどるのではなく、両びらきのドアがあけ放たれるときのように、境目で分かれた。

チカヤは恐怖に叫び、なにかにつかまって体を固定しようと手を伸ばした。だがつかむことができたのはヤンの肩で、ふたりはいっしょに、ひらいた窓を転がるように通りぬけた。

数秒間、チカヤは体を硬くしたまま、本能レベルのどこかで激痛と速やかな終幕に備えていた。だがどちらも訪れず、安堵して全身が震えはじめた。膜スーツが守ってくれるのは知っていたが、その知識は深く浸透していなかった。酸素供給が必要な高度からスカイダイビングしたり、水面での次回の息継ぎが数時間後になるような深みを泳いだりしたことはあるが、闇に星がちりばめられた空間は美しき危険の典型でありつづけた。太古から変わらず、チカヤが必要とするものに関心を持たず、あらゆる生命形態に先行した存在。真空は希望をもたらす言葉ではなかった。ほんとうならチカヤは、瞬きする間に命を落としているところだった。

チカヤはまわりを見た。流出した空気はチカヤをしっかりと押したが、それは短いあいだのことだったので、チカヤたちが非常に速く移動しているということはありそうにないが、チカヤのむいている方向は、目印として唯一意味のある〈書機〉を視界に入れるには不適切だった。境界面自体は、どの方向についても、チカヤたちの速度の手がかりをなにもあたえてくれない。

水に潜ったかのように、チカヤは意識的に息を止めていたが、膜スーツが口と鼻を密封したとたんに息を吸いたいという衝動が消え失せていたことに、ふと気づいた。体が肺の機能を停止させていたのだ。〈リンドラー〉が提供する人体は、無気性の代謝経路で数日間活動することができる。皮膚にうっすらと寒さを感じたが、剝きだしになっている手の甲を見ると、熱を保持するために膜スーツが銀色に変化しているのがわかった。片腕をそろそろと伸ばして、ヤンのようすを確かめる。ヤンの顔は、瞳孔用のふたつの穴以外はすっかり金属状に変化していた。

「ブリキ男よ、素知らぬ顔で人間に混ざろうとしても無駄なのはわかっていたはずだ。ロボットとしての真の姿が、いつも透けて見えているぞ」チカヤは歯をガチガチ鳴らしていたが、ヤンと話す支障にはならなかった。〈介在者〉が話の趣旨を把握して、役立たずな声帯を避けた経路で無線チャンネルに流しこんでいるからだ。

ヤンがいった。「あのなあ、結果的にきみのほうがよっぽど変な姿になっているんだが」

ふたりはいっしょになってゆっくりと回転し、その回転軸は境界面におおよそ垂直だった。ふたりが回転するにつれ、ヤンの肩越しに〈書機〉が視界に入ってきた。構造物の下半分はひん曲がってねじり取られているが、制御室と境界面にはいまも安全な距離があった。チカヤに判断できるかぎりで、彼とヤンは境界面そのものからまだ四、五メートル離れていて、どちらの軌道は境界面に対して平行といってよかった。だがこの奇跡的な位置関係は、どちら方向にせよ厳密でないことが判明するのは確実だった。

〈書機〉の壁の裂け目に、輝くマリアマの姿があって、チカヤを見ているのが目にとまった。

「わたしたちはだいじょうぶだ」チカヤはいった。「シャトルに乗ってくれ」

返事をしてもチカヤには聞くことができないかのように、マリアマはうなずいて手を振った。それから彼女の声がした。「わかった。あとであなたたちを拾いあげに行く」そして姿が見えなくなった。

チカヤは〈介在者〉に指示して、次の発言をプライベート・モードにした。「わたしたちは助かるのか？　わたしの技能では、自分たちの速度をそこまで精密に確定できないんだ」

「ぼくたちは境界面にむかっているが、接触するまで数時間ある」

「それはよかった」チカヤは身震いした。右手はヤンの肩を握ったままで、それが生命のよりどころであるかのように指がしっかり食いこんでいる。そんなはずがないのはわかっていても、握る力をゆるめられなかった。

「痛いか？」チカヤは尋ねた。

「いいや」

ヤンの金属状の顔が奇妙な輝きを帯び、チカヤはちらりと下を見た。境界面光に周囲よりも明るい斑点があって、それがゆっくりと漂いすぎていった。

「いまのはなんだと思う？」チカヤは訊いた。急に、〈書機〉から放りだされたショックによるもの以上に頭がくらくらした。ドップラーシフトによって色を帯びるのは別にして、チカヤは何世紀ものあいだ、境界面を特徴のない壁として認識していた。さっきのごく小さな斑点は、世界がひっくり返ったに等しい。チカヤは、だれかが手を伸ばして青い夏空にひっかき傷をつけるのを目にしたばかりの子どものような気分だった。

「ブランコはなにかをこちら側に固定することに成功したようだな」

「これであちら側に物理学があるとわかったということか？　これからは規則があるといっていいのか？」

「そのようだ」

マリアマの声がした。「三人ともシャトルに乗った。こちらは全員無事」

「よかった。急がなくていいよ。ここの眺めはすばらしい」

「その邪魔をすることになるけれど、二、三分でそこに着くから」

奇妙な明るい斑点は移動して見えなくなったが、数秒後に別の同じような斑点が視界に入ってきた。どちらも輪郭のぼやけた楕円形で、〈書機〉のある方向から移動してきていた。

「珊瑚礁に潜ったときに見る魚の影を思わせるな」チカヤはいった。「日光を背に、わたしたちの上を泳いでいくんだ」

ヤンがいった。「自分が少々不安定になっているという自覚はあるか？」

ヤンのまわりをぐるぐるまわって不本意なダンスを踊っていたチカヤは、めちゃくちゃになった〈書機〉からシャトルが上昇するところを見た。チカヤを助けると約束したマリアマの声を思いだすと、顔がほころぶ。チュラエフでは、もし自分たちの感情のままに行動していたら、一年か二年で気持ちが冷めて、ひどい結末を迎えていただろう。だが、これが片づいたら――。

ヤンがいった。「不吉な兆しだ」

「なんだって？」

「後ろの〈書機〉のほうに顔をむけられるか？　言葉で説明しようとするより、そうしてもらったほうが手っ取り早い」

チカヤは首をひねった。境界面が四、五十メートルの高さがある鐘形の小山を形作って、〈書機〉を完全に飲みこんでいた。体の回転によって首をもっとひねらないとその光景が見えなくなると、チカヤは無理をせずに首を反対側にひねった。そのようすが見えなくなるのを遅らせようとするのではなく、ふたたび見えるようになるのを早めたのだ。

小山はいまやつぶれつつあったが、それと同時に、その周囲に輪が浮かびあがってきた。チカヤは不意に、最初に見えた輪を取りまくもっと低い一連の輪に気づいた。水面にできる同心円状のさざ波に似ている。輪は中心から外へ猛烈な速度で波打っていた。ある種の表面波の最速の成分である前縁だ。波の大部分はもっとゆっくりと拡大していた。それでもその動きは、チカヤたちよりも速かった。

チカヤはシャトルを探し、星々を背景に薄青の尾を引く排気を見つけた。イオンエンジンによる推力はとても低い。時間をかければ増大してそれなりの速度になるだろうが、宇宙機の機動性は氷の上の浴槽並みだ。シャトルは波の直前にチカヤたちのところに到着するかもしれないし、そのあと再加速して境界面から遠ざかるのに間にあいさえするかもしれないが、ブランコの干渉の結果としてさらに予想外のことが起きたら、それに対処する余地はまったく残されていないだろう。

ヤンがチカヤの考えを読んで、きっぱりと断言した。「シャトルは離れているべきだ」

チカヤはうなずいた。「マリアマ？」

「それはダメ！」マリアマが金切り声をあげた。「なにをいうつもりかはお見通しだから」

「なにも問題はないんだ。ふたりともバックアップは取ってあるし、気分は落ちついている。きみはそんなことをしようなんて思う必要もない」

「これはただの波なの。予測可能な現象なの！　すべての拘束条件に合致する軌道を計算ずみ――」

「予測可能だって？」

「やれるんだってば！」

「そちらではこれについてもう決を採ったんですよね？　タレク？　ブランコ？」

ブランコが簡潔に答えた。「わたしもマリアマにまったく同意見だ」

タレクは無言で、チカヤは彼に強く同情した。対立派閥のふたりが交換可能な体と数時間分の記憶を失わずにすむよう、タレクが自らを危険にさらす行動を取るのを期待することは、合理的にはだれにもできない。だが、もしタレクがそういう行動を取ったら、多くの人がそのことで彼に敬意をいだくだろう。芯まで功利主義のドグマにおかされた狂信者でなければ、自分自身の安楽と連続性を危うくしてまで他人のそれを守ろうとする気になった人を、賞賛せずにはいられないはずだ。その行為が勇気を必要とするかしないかはともかく、少なくともそれは度量の大きな行為だった。

チカヤはいった。「ここに近づかないで！　シャトルを失うわけにはいかない！」それは意味をなさない主張だった――〈リンドラー〉が貯蔵する原料は尽きていないし、それにどうせ、必要になれば船そのものに削りとれる部分がある――だがチカヤは、利己的に聞こえないようないいわけを三人にあたえたかった。「あなたがたは集められるかぎりのデータを集めなくてはなりません」チカヤはもう少し説得力のある言葉を続けた。「〈書機〉が失われたいま、あなたがたがおこなうあらゆる観測には計り知れない価値がある」〈リンドラー〉本体も高性能な器機類を境界面にむけているが、非常に重要な細部の中には、いまのシャトルくらいに近くからでないとわからないものがあるかもしれない。

マリアマはすぐには返事をしなかったが、それに続く沈黙によって、チカヤは自分が彼女の考えを揺さぶったことを知った。

「わかった」マリアマの声はなおも張りつめていたが、そこにチカヤは、ふたりがチュラエフにいたころに聞き覚えのある口調を聞きとった。負けを認めたのではないが、ふたりしてまちがった問題について争っていたことに気づいたのだといって、滅多にないことだがマリアマが譲歩するときの口調。彼女は代償を理解し、チカヤとヤンが覚悟を固めたとわかったのだ。「ピース、チカヤ」

「ピース」とチカヤは答えた。

ヤンがいった。「うまくさばいたな」

「どうも」ヤンの肩越しに、波がふたりに迫りつつあるのが見えた。〈書機〉のあった地点から波が広がるにつれて、高さは減じつつあったが、ふたりに届かないほど遠くで消えることはなさそうだ。ヤンは気をそらしたいのだろうか、それともこれから起こることにまっすぐ直面したいのだろうか、とチカヤは思った。

「好きでこんなことをするわけじゃないんだがな。脚力に自信はあるか？」

「え？」相手がなにをいおうとしているかチカヤが気づくまでに、少しかかった。「おい、冗談じゃない。やめてくれ──」

「ぼく相手にいい子ぶるな。そんな話をしている時間はない。ふたりが同じ様態《モード》の出身だったら、どちらを救うかは困難な選択だっただろうが、ぼくはバックアップをもとに即刻起動可能だ。だがきみは数カ月間、世の中から消えることになる」

それはそのとおりだ。〈リンドラー〉では体の在庫が尽きて、現時点で約二十人の新たな到着者が順番待ちをしている。この体が消えたら、チカヤもその待機列に並ぶことになるだろう。ふつうならその程度の遅滞は、無知覚で送信されるあいだに失われる数世紀に比べればなにほどでもないが、ブランコの実験によってこれから先は毎日が特別な日になることは確実だった。

「わたしはこれまでだれも殺したことはない」チカヤはいった。そのことを考えると、腹がよじれるほど不快だった。

ヤンは誇張表現をいちいち相手にしたりはしなかった。「そしてぼくも、体に入った状態で死んだことはいちどもない。性行為と死をまとめて一日で体験する。非実体主義者がそれ以上のなにを望めるというんだ？」

波がふたたび視界に入ってきた。ふたりに残された時間は一分あるかないかだ。チカヤは頭をはっきりさせようと必死だった。ヤンがチカヤに求めていることは、チカヤがマリアマに求めたこととなんら変わりがない。ヤンを犠牲にして生きのびるという本能的な衝動に身をまかすことを考えたときに、チカヤが後ろめたさや利己的な気分を感じることはまちがっていないが、だからといって、その感情をほかに考慮すべきあらゆる事柄より上に置かなくてはならないということにはならない。けれど、その感情に逆らって行動するために、それを完全に無視しなくてはならないということにもならない。チカヤがこれから取る行動は、状況の要求によるものだ。ふたりともが体を失うのは、馬鹿げた浪費なのだから。だがチカヤは、自分の行動に満足しているふりも、無頓着なふりもすることはない。

チカヤは自分の左手でヤンの左手をつかんでから、ヤンの肩をがっしりと握っていた手を離して、右手どうしもつないだ。膝を胸まで持ちあげて、そこで動きを止める。波頭は三十メートルまで迫っていた。ふたりがしようとしていることは複雑すぎる。時間がまったく足りない。

ヤンが落ちついた声でいった。「きみの体をぼくにあずけてくれ。手順は考えてある」

チカヤが運動制御を放棄すると、ふたりは完璧に対称なバレエを踊るようにいっしょに動きはじめた。一ダースの見えない手がチカヤの四肢をぎゅっと握って、無抵抗で彼を操っているかのよう。チカヤの背中が弓なりに反り、両腕が痛いほどに広げられたが、ふたりは馬鹿みたいにしっかりと手の指を絡みあわせたまま、両足の裏どうしがくっつくまで、脚でたがいの体を無理やり引き離した。

チカヤがいった。「きみはわたしをアイソトピーしたな（トポロジー的に同一であるコーヒーカップをドーナツに変えるような変形の手順）」

ヤンは笑い声をあげた。「残念ながら、たぶん史上初じゃないよ」

「わたしたちがそう思っていれば、それでいいのさ」

チカヤは方向がわからなくなってきたが、ふたりでいっしょに回転していると、星々のほうをむいていたチカヤの視野方向は接近する波へと落ちていった。脚の筋肉が張りつめ、足裏の圧力が高まって、両腕が肩からちぎれるかと思うほどになった。

ヤンがいった。「またあとで」

ふたりの指が離れた。

チカヤはふたりのあいだの虚無につかみかかろうとしたが、思いとどまって、両腕を胸に巻きつけた。浅い角度で上昇して、〈書機〉があった場所にむかって戻っていく。波頭が近づいてくると、チカヤは球状に体を丸め、波はその下を勢いよく通りすぎていった。宙返りするチカヤの踵を銀色の閃光がなめた。

入り組んだ格子状になった色のついた線が、去っていく波の内側に刻まれていた。複雑きわまる迷路の類の地図を思わせる。チカヤが眺めているあいだにも、パターンは移り変わっていた。その変化にはたまらなく興味をかきたてられる論理があった――線はランダムに跳ねまわっているのではなかった――が、それをその場で解読するのは、チカヤの能力を超えていた。見えたものを記録するのが精いっぱいだ。

ほかのあらゆる事柄をしばらくのあいだ脇に置いて、チカヤは去っていく謎に視線をひたと据えていた。

いまやすべてが変化していた。ブランコが明らかにしたものが、あるいは作りだしたものがなんであるにせよ、ふたつの世界のあいだの壁は、ついに破られたのだ。

9

「だれもが物理法則に文句をつけるが、だれもそれをどうにかしようとはしない」

チカヤは制御パネルからふり返った。ラスマーがブルー・ルームに入ってくる音は耳にしていなかった。

「マイダーの人たちがね、よく口にしていた古い冗談なんだ」ラスマーは説明しながら、幅の広い、だれもいないフロアをチカヤのほうへやってきた。「まちがったミームに天然痘の運命をたどらせるにはどれほど苦労するか、如実に語っているよね」

「まちがったミームの撲滅が達成されたとは思わないほうがいい」チカヤは彼女に忠告した。「その冗談の原型は、『だれもが人間性に文句をつけるが』だったはずだ。冗談の後ろ半分が明らかにまちがいになったとき、ミームはあっさり別の文脈に移動した。その手の気の利いた寸言をまったくの無意味にすることはできるが、そのあともミームは広がりつづける手段を見つける」

「ちぇっ」ラスマーはチカヤの隣にすわった。「で、現時点の物理法則はどうなっているの？」

「わたしにいえるかぎりで、巨視的にはSO（2，2）対称性があり、ゲージ群はE7だ」チカヤはディスプレイを手で示した。「これまでに包括的に把握できていなかったことはなにもないが、ラグランジアンの詳細は独自のものだ」チカヤは笑った。「信じられるか。わたしは本気で、これに関心を失いかけているんだ」

「宇宙をひとつ見たら、全部の宇宙を見たも同然」ラスマーは身を乗りだして、いくつかの部分的な結果からソフトウェアが推測し、さらなるテストを〈左手〉で続行中の対称性ダイアグラムをしげしげと見た。

ラスマーは持続時間を示す計器に目をやった。「十三分？　新記録寸前じゃないか。これがもしかすると――」チカヤににらみつけられて、ラスマーは笑った。「ごめん。新記録かもといったとたんにダメになるのはお約束だよね」

「ちっとも。じつは、自分たちはあちら側《ファーサイド》の動力学を、何度も何度もつかみ取りかけつづけていると考えるのが、ちょっと耐えがたくなりかけていたんだ。そのうちのひとつが永続性のあるものだと判明することを期待するのが。そんなことが起こることは、決してない」

「そう思うんだ？」ラスマーは唇をゆがめた。「オーケー。でも、文句をつけるだけじゃなんにもならない。きみはそれをどうしたいの？」

チカヤはお手あげの身ぶりをした。

ラスマーは失望の目でチカヤを見た。「きみはいつもこんな怠け者なの？」

彼女はからかっているだけだったが、その非難は胸に刺さった。ラスマーはチカヤよりも六カ月長く〈リンドラー〉にいるだけだが、すでにいくつかのプロジェクトに重要な貢献をしている。〈書機〉とともに失われてしまった分光器の設計を手伝った彼女は、設計のさらなる改良に取りくんで、その成果は〈左手〉と〈右手〉のそれぞれで使われている新型分光器になった。〈書機〉の代替は一機だけという計画だったが、両派閥がともに使用するためのプロトコルを再交渉する試みが七回目の決裂を見たとき、派閥的な偏りがもっとも少ない研究に従事している人々も忍耐の限界に達して、二機の建造に同意したのだった。

チカヤは伸びをした。「これだけじっと見ていたら、一日の仕事としてはもうじゅうぶんだ。ここへ来たのは次の番だから？」

「そう」ラスマーはにこりとしてつけ加えた。「でも早く来すぎたから、きみがまだ使うかと思っていた」

〈書機〉が破壊され、派閥間の協力関係が終わりを迎えたことで、ブランコの実験の追試はなかなかおこなわれなかったが、ふたつの〈手〉が設置されてデータ収集を開始すると、〈リンドラー〉乗員はひとり残らず結果に釘づけになった。何カ月ものあいだ、ブルー・ルーム――いまでは境界面への航宙は無分別だと考えられているので、譲渡派が使う〈左手〉のデータが表示されている〈リンドラー〉の一室――は一日二十四時間、人でぎっしりになった。防御派側でも同様の動きがあったことは秘密でもなんでもない。

ブランコの手法は、ソファスのもともとの主張を裏づけているように思えた。新真空はサルンペト則の類似物や拡張のどれひとつにも従わない。境界面のこちら側《ニアサイド》の巨視的な部分を、特定の規則に従っているあちら側の全体状態の一部と相関させることは可能だが、実験が繰りかえされるたびに、その規則は異なっていた。量子グラフのどの節点パターンが粒子として存続できるかというサルンペトの慎重な議論は、完全に偏狭なものと判明した。より広範な真実は、こちら側を支配している通常の真空は、その特定のふるまいをする特定の一連のグラフと相関している、というものだった。なので、その事実はそのグラフがじっさいには無数の可能性の重ね合わせのごく一部でしかないという事実を隠していた。重ね合わせの全体像を原理的には目に見えるものにする微妙な量子的性質は、それを観測するために追わなければならない非常に多くの詳細に埋もれてしまう。

境界面のあちら側は量子的性質を同様のかたちで隠す手段を持っていなかったが、新真空の見えかたがより誤解を招かないものだったとしても、混乱することに変わりはなかった。新しい実験を解釈するのは、エキゾチックな動物が果てしなく次から次へと乗り物の窓にちょっとのあいだだけしがみつくのを眺めることで、ジャングルについて解明しようとするのに似ていた。その動物たちは照明にびっくりしたり、好奇心を持ったり、怒ったりするけれど、つねに一瞬後には逃げ去って二度と戻ってこない。

最初のうちは、あらゆる新しいひと組の法則が十五分の名声を得ていたが、そのどれひとつとしてこちら側にそれ以上長く固定しておくことができなかったので、ものめずらしさは薄れてしまった。豊饒の角での高揚感は、フラストレーションに場所を譲った。各種の実験は続けられているが、象徴的な意味合いとして、知覚を持つ観察者をひとり、絶え間なく張りつけておくことさえ困難になっていた。それも無理はないとチカヤは思う。理論家は全員が、すでにデータに没頭していて、さらなるデータが流れこんでくるのをすわって眺めているのよりもほかに、もっとすることをかかえていた。一、二週間のあいだ、チカヤ自身も、忍耐強い観察がその分の価値はある発見に彼を導いてくれることを願っていたが、それもほかのどれかのランダムな量子的結果の組の中にパターンを探すのと同じくらい狂っていることに思えはじめていた。

「ああ、消えてしまう！」そうならないことを本気で期待していたかのように、ラスマーが嘆いた。最新の法則の組に固定していた境界面の斑点が、謎めいた輝きに戻ったところだった。「なにが起こると思う」ラスマーがつぶやいた。「もし、あちら側の動力学のもとで機能できるなんらかの装置を、相関関係を失う前に書きつけたとしたら？」

チカヤは答えた。「たとえその装置が機能しつづけたとしても、それがわたしたちにとってなんになる？　同じ動力学を二回つかまえられたことは、これまでいちどもないのに」

「もし、書きつける存在を書きつけたら？」

「はっ！　エッシャーのだまし絵みたいに？」

「そう」ラスマーは不意を突かれたようなしかめ面をした。「でも、あの絵は左手が右手を描いていて、その逆でもあった。わたしたちにはそんなことはできないよね？」

「それ、まじめにいっているのか？　こちら側へなんらかのかたちで信号を送りかえすことのできる機械を、あちら側へ挿入できると？」

ラスマーの答えはすぐには返ってこなかった。「それはわからない。反対側からだと境界面はどんな風に見えるんだろう？　それを越えたところでは、つねにわたしたちの物理学がなりたっているように見えているのかな？　それとも、あちら側とこちら側ではもっと対称なことが起こっていて、わたしたちが見ているのと同じような雑多で長続きしない断片的な現象を、あちら側のだれかが境界面に見てとっているのか？」

「見当もつかないね」チカヤは認めた。「どうやったらその問いかけをソファスのモデルの枠組みの中で提起できるのかさえわからない。きみはあちら側の特定の観測者を記述する必要があるだろう。きみがその立場でものを見ようとする観測者を。でも、異なるあちら側の動力学がデコヒーレントな分岐を形成しないとしたら——わたしたちが無理やり分岐させている小さな斑点の上以外では——いったいどんな法則に観測者は従うはずなのか？」窓の前で仰天して羽ばたくジャングルの鳥や蝶は、現実でさえない。その鳥や蝶がこちら側を見返したとき、なにが見えているかを問うても無駄だ。境界面に固定されていた異なる〝宇宙〟の薄片は、窓にぶつかって飛び散った昆虫が形作るパターンのようなものだ。もしその昆虫たちが死んでいなかったら、横並びになってまったく同じパターンを描くことは決してなかっただろう。

恣意的に設定された〈リンドラー〉時刻で、真夜中になった。公共スペースの照明は周期的に変化する。昼間寝て、夜通し働くのを好む人も多かったが、チカヤの生活時間は照明と同期したものになっていた。

た。

チカヤは立ちあがって、「時間だ。今日はもう疲れたよ」

「もうちょっとここにいて、わたしの相手をしていかない？」ラスマーが誘った。

「きみの邪魔になるといけないから」チカヤは微笑んであとずさりしながら、手を振ってお休みの挨拶をした。ふたりは数週間のあいだ、たがいにやや距離を置いて接し、チカヤの体がラスマーに合わせて変化をはじめたが、チカヤはふたりのあいだでなにかが起こるのを許さないと決めた。ヤンとの試みのように結末がたちまち、あるいは滑稽なかたちで訪れることはあまりなさそうだったが、チカヤは自分の人生をこみいったものにしないでおきたかった。

チカヤは周囲のあらゆるものから切り離されたような気分を少し感じながら、船の中を歩きまわった。回廊にはほとんど人けがなかった。もしかすると防御派がなにかの集会をひらいているのかもしれない。ゴーストタウンさながらの雰囲気に、旅の途中で夜中に通りぬけたたくさんの都市を思いだす。無人の連絡通路で見る星々の輝きは、いちばん明るい街路を離れたとたんに夜空が真の姿を見せるときの眺めと似ていた。

クワインの小さな町ですごした一夜の記憶がよみがえる。チュラエフを出立して三十六主観年後のこと。そこは三十六歳で出立したときを境目にした、彼が生まれた瞬間の鏡像だった。現実時間では出立から三世紀がすぎていた。チカヤは小道にすわりこんで、捨て子のように数時間泣いた。その翌日、チカヤは見ず知らずだった半ダースの現地の人々と友だちになって、その友情のいくつかは母星ですごした歳月のすべてよりも三倍長く続いた。

いまもその人々が懐かしかった。いまもグリースンのレーシュャーや子どもたちや孫たちが恋しかった。けれどもチカヤは、彼らとともにいて感じた喜びには、それが彼を流浪状態から救ってくれたからだという面がある、という自覚を完全に捨て去れたことはなかった。彼らは決して、あとに残してきた母星や家族の代用品だったことはない。そんなひどいことは絶対にない。けれど、あらゆるかたちの幸せには、それがやわらげる痛みと同じ形をした部分がある。

後ろからチカヤよりも歩調の速い足音が聞こえた。チカヤは立ち止まってふりむくと、眺めに感じ入っているかのように壁とむきあい、前腕で両目を拭って、涙そのものよりもなぜ泣いているかを説明しようとしたら途方に暮れるだろう、という事実にまごついた。もしチカヤが四千年経ったいまでもチュラエフにいたら、頭がおかしくなっていただろう。あるいは社会公認のかたちでチュラエフを離れてからまた戻ってきて、自分がいないあいだになにも変わらなかったのを知ったとしたら、もっと早く頭がおかしくなっていただろう。チカヤは母星を去ったことを悔やんではいなかった。

マリアマがいった。「いまにも橋から飛びおりようとしているみたいに見えるんだけど」

「きみがわたしのあとをつけているとは気づかなかったな」

マリアマは声をあげて笑った。「あなたのあとをつけてなんかいないって。どうすればよかったの？　船の中を歩くときはかならず反対まわりにする？　防御派は全員が時計まわりでないといけないとか？　遠まわりが増えるでしょうね」

「忘れてくれ」チカヤはふりむいてマリアマを見た。信じがたいほど不公平なことだが、まさにこの瞬間――自分は正しい決断をしてきたのだと千回目の判断をくだしつつ――チカヤはマリアマの影響を受けて自分が支払うことになった代価について、面とむかってわめきたてたくなった。子どものころは反抗的なことをあれこれいいまくり、自ら先頭に立って実例を演じ、四千年を旅行家として送ってきておきながら、いまになってマリアマは、惑星に根をおろした文化を――かつて解放すると誓ったすべての奴隷たちを、無気力状態から叩きだすと約束したすべての怠け者たちを――守って闘い、もうあと二万年間、彼らを現状にどっぷり浸からせておくのが自分の生涯の役割だ、といいだしたのだ。

チカヤはいった。「どこへ行こうとしていたんだ？」

マリアマは躊躇してから、「カディールは知っている？」

「少しだけ。そりが合うとはいえない」さらに辛辣な言葉をつけ加えかけたところで、チカヤは今日が、カディールの母星であるザパタが消え去るはずの日であることに気づいた。それは局部恒星系に固定された座標系から見た場合についてのみいえることで、〈リンドラー〉における同時性の概念においては当てはまらず、またいずれにせよ、事象を確認する知らせは数十年経たなければ〈リンドラー〉に届かないが、境界面の遠く離れた部分が魔法のように速度を変えていないかぎり、惑星が失われたことに疑いの余地はなかった。

「彼はお通夜のようなことをしている。そこへ行こうとしていたの」

「それくらいきみと彼は親しいのか？」

マリアマはいった。「とくにそんなことはない。彼は全員を招待しているから、友人だけじゃなしに」

チカヤは透明な壁に臆することなくもたれかかった。「なぜ〈リンドラー〉に来たんだ？」

マリアマは手をかざして境界面光をさえぎった。「わたしたちはそのことでは決して話をしない、とあなたは決めたと思っていたんだけど」

「わたしのせいでその話ができないと思っているなら、いまがチャンスだ」

「ここに来た理由は知ってのとおり」マリアマがいった。「それが謎だというふりはしないで」境界面の輝きはまぶしすぎた。マリアマは体のむきを変えて、チカヤと並んだ。「わたしといっしょに、カディールのところに行きたい？」

「冗談だろ。わたしが工作員か、ただのマゾヒストだと思っているのか？」

「この集まりは派閥と無関係。全員が招待されている」マリアマは顔をしかめた。「自分と意見を異にするだろう人たちとは、十分間いっしょにいるのも嫌なの？」

「パーチナーには十年、いたよ」

「口をつぐんだままで」

「いいや。会う人、会う人に正直に話をした」

「会って、尋ねてきた人に限ってでしょ。問題点が話題にあがることがあったときにのみ」

チカヤは腹を立てて、マリアマから離れた。「パーチナーに着いたばかりのときには、自分の計画がまだはっきりしていなかった。どうするか決めてからは、『できるだけ多くのほかの惑星に同じ運命が確実にふりかかるようにするために、〈リンドラー〉に発ちます』と書いたのぼりを持って歩きまわったりはしなかった。だからわたしは不正直だということになるのか？　臆病者だというのか？」

マリアマは頭を横に振った。「わかったから、パーチナーの話はやめて。でも、いまは自分の立場をはっきり決めているのなら、どうしてわたしといっしょに来ないの？　だれもあなたをリンチにしたりしないのに」

「わたしが行ったら、敵意をかきたてるだろう。カディールが、自分と意見を異にする人といっしょにいたがるだろう、なんてどうして思うんだ？」

「招待状は全体公開されている」マリアマが反論する。「わたしの言葉が信じられないなら、船に確かめて」

マリアマのいうとおりだった。チカヤの〈介在者〉がその招待状を自動的に弾《はじ》いていたのだった。前にチカヤは〈介在者〉に命じて、譲渡派が歓迎されるとは思えない催しのニュースにチカヤがわずらわされたり、憂鬱になったりすることがないよう、派閥に忠実なことが判明している人による全体告知を選りわけさせていた。

「疲れているんだ」チカヤはいった。「長い一日だったから」

「見苦しい人」それ以上はなにもいわずに、マリアマは歩き去った。

ちずカヤは彼女の背中に叫んだ。「わかったよ！　いっしょに行く！」マリアマは立ち止まらず、チカヤは走って追いついた。

ふたりはしばらく無言で歩いていたが、やがてチカヤが口をひらいた。「現在のこの鉄のカーテン状態は馬鹿げている。十年以内にわたしたちの派閥が、境界面の位置を凍結するようななんらかの状態をそこに固定する方法を見つけるだろう。ふたつの派閥がいっしょに取りくめば、半分の時間で終わるはずだ」

マリアマは冷たい目でチカヤを見た。「凍結させたら、それでじゅうぶんだと思うの？」

「じゅうぶんって、なにに？」

「どちらかの派閥を満足させるのに」

「理想をいえば、わたしはいまも境界面を通りぬけたい」チカヤは本音をいった。「わたしたちは新真空から逃げる必要があるべきではないし、それを消滅させる必要もあるべきではない。わたしたちはきっと適応できるはずだ。もし海が陸地に数メートル入りこんだら、人は海岸から退く。数キロメートルになったら、防壁を築く。数千キロメートル……そのときは暮らしの場を船に移すだろう。だが、もし境界面の凍結が可能になったとき、それが探査を不可能にするなら、わたしはそれを受けいれるほかはない」

マリアマは疑わしげだった。「その瞬間から先、あなたはまったくなんの危険もおかさないというの？　まったくなにひとつ、凍結を解く可能性のあることには手も出さない？　凍結した境界面を何十万年も、邪魔が入ることなくそこに居すわらせておきながら、これっぽっちもその気にさせられることはない、と？」

「ああ、なるほど。そういう論理でプランク・ワームの使用を決定しているんだな？　隅から隅まで消し去るのでなければ、譲渡派の中にもいずれはそんなやつがあらわれて、防壁を取り除くだろう、と」

マリアマから答えはなかった。ふたりは通夜が営まれているモジュールに入り、階段をあがった。

チカヤが参照したマップによると、カディールのキャビンは隣接する一ダースのキャビンと合体して、おおよそ円形の部屋が作りだされていた。チカヤの前方で入口が大きくひらかれ、音楽が回廊に漂いでている。

入口に近づくとマリアマの衣服が変化し、素朴な色あいの何本もの帯を織りあわせて楕円をちりばめた模様になった。「とても似合うよ」チカヤはいった。その言葉を聞いたマリアマの目に、不本意そうではあるが温かいものがちらりと浮かんだ。チカヤをよく知っているマリアマは、その言葉を口先だけのお世辞だと誤解したりはしなかったが、なにもいわずに部屋の中へ進んだ。チカヤは覚悟を決めて、あとに続いた。

部屋の中は大変な人混みで、人々が会話し、ものを食べ、踊っている人も数人いた。チカヤは自分以外の譲渡派の姿を見つけられなかったが、〈介在者〉に友好的なシグネチャーを探すように指図したい衝動をこらえた。

ザパタの画像があちこちの壁で輝いていた。宇宙空間から見た惑星。空中からの街や山や川の眺め。チカヤはザパタで四十年間を送ったことがあるが、大陸から大陸へ移動し、親しい友人を作るほど長くはどこにも定住しなかった。

ザパタは不毛な惑星で、植民者たちがそこに解き放った生物は、突きつめれば自然のままの地球生物のゲノム由来ではあったが、大半よりも少し荒々しく、異様だった。いくつかの森にはしなやかな翼を持つ猫がいて、人の喉を引き裂いた。チカヤのザパタ滞在が終わりにむかうころ、ひとつの孤立した小さな街で、そうした生物による危害に自ら身をさらすことが、成人への〝通過儀礼〟とされている――青年期そのものがトラウマとしては不じゅうぶんであるかのように――ことが露見した。体の一部が食べられても、たいていは治療可能だし、最悪でもクァスプはかならず位置を突きとめられて動物の腹の中から回収されるので、この儀式は記憶の空白期間を生じさせることさえないのだが、そのせいで儀式はいっそう野蛮なものになっているとチカヤには思えた。頸部を嚙みちぎられるのよりも、記憶の損失と断絶を被るほうがマシだ――そして、これを成熟の定義だと判断する人々とつきあうのに比べたら、なんだってマシだ。

儀式への参加を拒んだ子どもは街の社会から排斥されたが、この慣習が明るみに出るや、ザパタ全体のもっと大きな社会が介入をおこない、一致協力した努力で輸送機関と通信リンクを改善した。街や、街の文化の守護者を自称する人々の前からあっさり立ち去っても平気であることが、二、三年のうちに繰りかえし示されると、脅されて慣行に従おうという気になる人は、もはやだれもいなくなった。

この風習のようなことが発生するのは、人々が何千年ものあいだひとつところにとらわれて、同じ景色を眺め、周囲のあらゆるものをただひたすらに崇め、完全に狂気じみた信仰にむかって渦巻きに飲みこまれるように落ちこんでいく場合に限られる。監獄を作るのに門や有刺鉄線は必要ない。なじみ深さのほうがはるかに効率的に、人をがんじがらめにする。

マリアマが囓りかけの小さな黄色い果物をチカヤに振ってみせた。「ひとつ食べてみてよ。すごくおいしいから」

「おやおや。カディールはこれをどこで栽培したんだ？」

「庭園でしょ。あそこに小さな菜園みたいなものを作っている人は大勢いる。ゲノムをいじって境界面光で光合成するようにしなくてはならないけれど、それはみんなやっていることで、面倒な部分はもともとの建造者たちが挿入したものをコピーすればすむ」

「これまで気づきもしないで横を通りすぎていたに違いないな」

「植えられているのは通路からずっと引っこんだ場所だから。ひとつ食べてみない？」

チカヤは首を横に振った。「前に味見したよ。たくさんは作られてないんじゃないか。たらふく食べたいとは思わない」

カディールがふたりの前に姿を見せ、マリアマがふりむいて挨拶した。カディールは完璧なホストに見えた。マリアマがいった。「いまチカヤが、前にケツァル・フルーツを味見したという話をしていたところ」

カディールがいった。「ザパタを訪れたことがあるのか？」カディールはふたりに礼儀として挨拶だけしてその場を離れるつもりでいたのだろうが、この話を確かめずにおくことはできなかった。

「ああ」旅行家そのほかの社会の寄生虫についての侮辱が止めどなく飛んでくるものと思って、チカヤは身構えた。

「いつごろ？」

「九百年ほど前だ」

「どこへ行った？」

「いたるところへ」カディールが期待して待ちうけていたので、チカヤは街の名前を並べたてた。

チカヤが名前をあげ終わると、カディールがいった。「おれはスアレスの生まれだが、二十歳のときによその街に移った。その後はいちども戻る機会を作れなかった。スアレスにはどれくらいいた？」

チカヤは会話のあいだに記憶を再編成して、その時期を連想序列の上のほうに引っぱりあげていた。「一年はいなかった」

カディールは笑みを浮かべた。「たいていの訪問者の滞在期間よりは長い。なにに惹かれたんだ？」

「とくには。閑静な街だった。わたしはあちこち動きまわるのに飽きていた。風景はパッとしなかったが、わたしが泊まっていた家からは遠くの山脈の頂上が見えた」

「朝空に浮かびあがる明るい灰色の稜線？」

「そう。だが日没時にはまったく違うものになる。ピンク色に近い。どうしてそうなるのか、結局突きとめられなかった」当時の記憶を上のほうに持ってきすぎて、昨日のことのように思えた。埃や花粉のにおいを嗅ぎ、夕暮れ時の暑さを感じた。

カディールがいった。「その家は知っている場所だと思う。家そのものじゃない、それはおれが街にいたころにはまだ建っていなかったから――本街道の北の小川は記憶にあるか？」

「ああ、泊まっていたのはその近くだ。歩いて二、三分のところ」

カディールの顔がパッと明るくなった。「驚いたな！　まだ残っていたとは。おれたちはその小川によく泳ぎに行っていた。一家みんなで。夏のあいだじゅう、日が沈むころに。そこで泳いだか？」

「泳いだよ」同じ季節の同じ頃合いに。冷たい水にあおむけに浮かんで、星々が姿をあらわすのを眺めていた。

「大きな樹がなかったか？　深みの上まで枝が張りだした樹が？」

チカヤは眉間に皺を寄せて直観像を呼びおこし、心の目に景色全体を映しだして、カディールの説明に一致するなにかがないか探した。「なかったようだ」

「そうか、まあそのころにはなくなっていたんだろうな」カディールはマリアマのほうをむいた。「おれたちは四メートルくらいの高さのこの枝を伝って歩いて、後ろむきに飛びこんだんだ」両手を広げて体を揺する。「はじめて飛びこんだときは、日没から一時間は経っていたに違いない。なにも見えなくて、背中が水面を打ったあともまっ暗闇の中に沈んでいくばかりだった。九歳のときだ。心底ぞっとした！」

チカヤはいった。「わたしがいたころには、深みはなかった。沈泥で埋まったんだろう」

「あるいは、土手の位置が動いたか」カディールがいった。「おれがあそこにいたのは、あなたの三百年前だ。上流になにかが造られたのかもしれない」

ザイフィートがやってきて、カディールの腰に腕をまわした。ザイフィートは警戒気味の視線をチカヤにむけたが、彼がなんの問題も起こしていないのは明白だった。

ザイフィートから人混みのほうへ視線をそらしたチカヤは、ソファスとタレク、バイラゴの姿を目にした。チカヤはここでは人目を引いていた。そんなことはないとはとてもいえない。

チカヤはいった。「もう行かないと」

カディールは気を悪くしたようすもなくうなずいた。手をさしだして、チカヤと握手する。

「スアレスに来てくれてありがとう」カディールがいった。

マリアマが部屋の外までチカヤを追いかけてきた。

「友人たちのところへ戻れよ」チカヤはいった。

マリアマはそれを無視した。「そんなに耐えがたかった？」

「いいや。耐えがたいだろうなんて思っていなかったし、そんなことはいちどもいっていない。わたしの姿を見て動揺する人がいるかもしれないとは思った。だがそんな人がいなくて、よかった」

「なにもかもが病的だと思ったんじゃなしに？　音楽、画像、食べ物？」

チカヤはしかめ面をした。「わたしの心を読むのはやめにしてくれ。あれはありふれたノスタルジーだ。わたしもいろいろな場所について、同じような気分になる。それは病的でも、執着でもなんでもない。そしてだからこそ、そこへ戻ることができないからといって、カディールの心が壊れることはありえない。彼のお気に入りの水泳スポットだった川の深みは、いまごろは沈泥のたまった池になっていただろう、今回のこととと関係なく。カディールは失望を味わわずにすんだということだよ」

「あなた、ほんとうに石でできているんじゃないの」マリアマの声には失望が感じられた。カディールと数分間追憶にふけったことで、チカヤの考えかたがなにもかも変わると、本気で期待していたかのように。

「ザパタを発ったからといって、死ぬ人はいない。岩の塊が消え去った。樹々も消え去った。そうしたものに生涯を捧げていた人たちがいるなら、その人たちはそれらを再現する手段を見つけるだろう」

「それは絶対に同じものにはならない」

「それはそうだが」チカヤは立ち止まって、マリアマとむきあった。「いったいカディールがなにに心苦しんでいると、きみは思っているんだ？　彼が考えているのは、自分が体験した事柄と、失った事柄についてだ。それはだれもが考える。彼は臓器を抜きとられたわけじゃない。九千年の歴史は確かに長いけれど、心身が完成したかたちでザパタの大地から生まれてきた人はいない」

「それでもザパタの人たちが母星を奪いさられたことに違いはない」マリアマは譲らなかった。

「岩の塊をだ。ほかはなにも奪われていない」

「記憶を、意味を、奪われた」

「それが真実じゃないのはわかっているくせに！　わたしたちは地球での植民地時代に戻ったとでもいう気か？　かつては、誠実で知性ある人でも、死んだ先祖たちは山の中で生きていて、泉の精霊を怒らせたらその後十年は収穫が減る、という宇宙観を支持することのありえた時代があった。その宇宙観では、土地は生命を持っていて、特別で、神聖だった。そして、もし野蛮人の群れが押し寄せてきて、そいつらがもっと非現実的な信仰をたてまつり、目に入る範囲のあらゆるものは、粉を振ったカツラをかぶって近親交配している澄まし顔のやつのものだといいだしたら、自分の土地のために闘い、自分の信念にしがみつくほかに、どうしようがある？

　そんな立場の人はいまはもういない。だれも風景と、その中にある譲渡不能なものを混同することはありえない」

　マリアマの返事は辛辣だった。「いまの話で、あなたが境界面のあちら側になにがあるかにまったく関心がない理由も、非実体主義者といっしょにどこかの抽象的な観境《スケープ》で喜んで暮らせるだろう理由も、わかった気がする」

チカヤは言葉に詰まった。彼女が風景と中身の違いを完全に理解していることに疑いはない。だがチカヤは、自分がいまの話をもう一回説明し直したら、みっともなくて自己矛盾しているように聞こえるとわかっていた。

チカヤはいった。「ザパタは何千年、なんの変わりもないままでいればよかったというんだ？　それとも何百万年？」

マリアマは頭《かぶり》を振った。「そういうことが問題なんじゃない。変わるときには自分から変わったでしょう」

「いつになったら？　そしてその変化までのあいだに、どれだけの子どもたちが息苦しくて死ぬ思いをすることになるんだ？」

「あなたはチュラエフで息苦しくて死んだりしなかった。間にあうように逃げだせたでしょ」

「だれもがそうできるわけじゃない」

「だれもがそうする必要があるわけじゃない」

ふたりはチカヤのキャビンにあがる階段まで来た。

「わたしを偽善者だと思っている？」マリアマが問いただした。「わたしが旅行家なのに、人々が同じところにとどまる権利を擁護しているから？」

「きみを偽善者だとは思わない」

「わたしは変化を見てきた」マリアマがいった。「強制されたものではなく、内側から駆りたてられたもので、いまとは違う道を選ぶことを余儀なくする危機への対応としてではない変化を。それはそれで苦しいことだけれど、それを耐え抜くことのほうが、まったく無関係で無意味な災難に生きかたのすべてを決定されるよりはずっといい。

わたしがハーエルに着いたとき、正真正銘のルネサンスが進行中だった。人々は伝統のよって立つところをよその出来事によって掘り崩されるのではなく、自ら再検討していた。なにもかもが流動的で、なにもかもに疑問が持たれていた。これまで住んだ中で、いちばん刺激的な場所だった」

「すごいな。で、それはどれくらい続いたんだ？」

マリアマは肩をすくめた。「なにも永遠には続かない。ひとつの世界全体を、永久に大変革させつづけるのは無理」

「それはそうだが、変革が終わったとき、当然その結果は、きみがそこに住もうと思っていた世界ではない」

「わたしの結婚生活は破綻した」とマリアマ。「そしてエミネが旅することを望んだ。もし彼女がハーエルにとどまっていたら、わたしはいまもあそこにいたでしょう。でもそれは私的な、わたし個人の理由。わたしの決断を、ひとつの社会全体が存在に値するかどうかの基準みたいに扱おうなんてしないで」

「もちろんだ」チカヤは同意した。打ちのめされると同時に鼓舞されている気分になりはじめていた。チカヤに立ち直る暇をあたえず、敗北寸前まで追いやらないと気がすまないのが、マリアマの常だった。チュラエフにいたころ、たがいが対立する側に立った際に、マリアマと議論するのがどんなに楽しかったか、チカヤは忘れていた。ただ一点、チカヤが嫌だったのは、議論をそれほどまでに高揚感のあるものにしている、まさにその点だった。そこに賭けられているものが、つねにあまりにも大きすぎたことだ。

チカヤはいった。「だが、たとえ仮にハーエルやその他の世界すべてが、波風ひとつ立たないままにしておくに値するとしても、その権利は絶対的なものじゃない」境界面を手で示して、「ザパタの喪失を嘆いておいて、一転、千倍は美しいものを破壊するなんて、よくできるな？」

「わたしはザパタのことを嘆いてはいない」マリアマが返答した。「あそこへはいちどもいったことがないから、わたしにはとくに意味はない」

「すると境界面を通りぬけた人がだれもいないから、あちら側になにがあっても、それは無価値だと？」

マリアマはしばらく考えた。「そのいいかたは乱暴すぎる。でも、たとえどんなに美しく、取り組み甲斐があって、魅力的でも、わたしたちがすでに持ってるものを失うに値するものじゃない」

「じゃあ、だれかが境界面を通りぬけて、あちら側で一日暮らしたとしたら？　あるいは一週間？　一世紀？　魔法はいつ発動するんだ？　その人たちの故郷についての権利が、ほかのみんなのそれと同等になるのはいつなんだ？」

「そこまで行くと詭弁でしかない」

「きみにいわれた言葉の中で、いまのがいちばんこたえたよ」チカヤはにこりとしたが、マリアマは態度をやわらげなかった。

「境界面を凍結しよう」チカヤは頼みこむようにいった。

マリアマがいった。「あなたがたは境界面を凍結すればいい、もしそれを望むなら。あなたがたが近いうちにそれを、適切なかたちでやったなら、もしかしてわたしたちも、それをそのままにしておこうという気になるかもしれない」マリアマがうつむいたので、そのアイデアを許容範囲ぎりぎりのところまで検討していることがチカヤにはわかった。「わたしたちがこの先なにもしないうちに境界面を凍結したら、あなたがたはなんであれあちら側にあるものを救うことはできるかもしれない」

マリアマは後ろをむいて、歩み去った。

チカヤは去っていくマリアマを見つめながら、いま期せずして危なっかしくも切りぬけた折衝を細かく思いかえした。マリアマはなにひとつ秘密を明かすことなしに、タレクのプランク・ワームが実現に近づいていると宣言したも同然だった。空想上の概念はついに現実化しつつあり、それを踏まえてマリアマは、チカヤに彼の側の状況を話させ、彼女の側の状況を聞かせる最後のチャンスをチカヤにあたえたのだった。マリアマの考えを揺さぶる最後のチャンス、あるいは彼自身の意見を揺さぶられる最後のチャンスを。

マリアマは可能なかぎりの譲歩をしたのだった。チカヤもマリアマも、自分の側の派閥の特命全権公使ではない。ふたりの決断は、ほかのだれにもなんの意味も持たない。だがふたりのあいだでは、今後これ以上の論戦や協議がおこなわれることはないだろう。

マリアマの最後の言葉は最後通告だった。最終条件の提示だった。

この競争の。

10

「きみのお探しの乗り物なら、ぼくがもう設計してある」ヤンが断言した。「あと必要なのは、それをほかの人たちに説得できるように、だれかに手伝ってもらってもっと口当たりのいい言葉で説明することだけだ」

ラスマーがいった。「それは乗り物じゃない。ソフトウェアだ。そして、非実在コンピュータ用のソフトウェアだ」

ヤンは首を横に振った。「ぼくはこれまで、数学的形式主義の言葉しか使ってこなかった。説明するにはベストのやりかただ――もっともエレガントだし、もっとも平明だし。でもこれからはほかの人たちむけに、エレガントじゃない醜悪ないいかたをする必要がある」さりげなくいい足す。「醜悪にするのはきみのお得意だろ？　物理学者は何世紀も、単純な数学的発想を取りあげては、それを醜悪にしてきた。それって物理学者としての訓練のうちなんだろう？」

ラスマーがヤンに殴りかかり、ヤンはたじろいで彼女から離れた。それはきっと実体化していたあいだのヤンが、日常的にいろいろな人から同じような反応を引きだすことに成功するうちに癖になったことなのだろう。

新たな到着者が殺到して体の待機列が長くなる一方なので、ヤンは非実体のままでいることに決めていた。この知らせに対してタレクが、週一回の派閥間会議で、ヤンの意図がこの新しい立場を利用して〈リンドラー〉のプロセッサ・ネットワークを〝堕落〟させ、防御派の通信やデータストレージのシステムに侵入して、スパイ行為や全面的な妨害活動をおこなうことにあるのは自明である、という長時間の誇大妄想的論述をおこなうという反応を見せた。幸いなことに、次の発言者はソファスで、タレクが現実との接触を取りもどすまでやさしく導いてやった。宇宙には難解で謎めいたままのことがたくさんあるが、コンピュータ・ネットワークの因果構造はそのひとつではない。タレクがおそれているような不正使用がどれかひとつでも物理的に可能になるには、〈リンドラー〉の設計者たちがネットワークを作る際に、戯画的なまでに無能ななにかをやらかす必要があっただろう。

チカヤはいった。「きみは境界面を抜けたら動力学のあいだを移りかわるのか？　それらのあいだを進路を定めて進んでいけるのか？」チカヤが自分のキャビンにこの三人で集まるようにしたのは、ヤンが譲渡派の全員集会に提案を持ちだす前に、ラスマー相手に試してみて磨きをかけられるようにするためだった。「動力学法則は、きみが使うあいだだけ保《も》ってくれればいい飛び石のようなものなのか？」

ヤンは渋面になった。「飛び石という表現はとても醜悪だけれど、真実にはほど遠い。アルゴリズムが、明確に定義された動力学法則に従うことは、決してない。もしそんなことをしようとしたら、最初の時点から破綻することは決まりだろう」少し考えてから、「ガウス型波束がどのように調和振動子ポテンシャルの中で形状を保つかは、知っている？」

「ああ」チカヤは自信がほとばしるのを感じた。そんなのは量子力学の初歩だ。なにもない空間では、粒子の波束はつねに拡散し、際限なく広がる。しかし、粒子が古典力学のバネの引っぱりに類似した引力を受ける場合、特定の形状——特定のガウス型の形状、統計学の釣鐘曲線のような形状——は安定である。それよりも狭く鋭い波束はすべて、必然的に運動量の値が一定の幅を持ち、それにより広がることになる。それは不確定性原理そのものだ。正しいガウス型波束は、しかし、正しい環境においては位置と運動量の不確定性が完全な妥協を示し、波が動いてもその形が変わらないことを可能にする。

「これはじっさいには同じことじゃない」ヤンは認めた。「だがそういういいかたをすれば、説得力があるように聞こえるかもしれない」

ラスマーがいらだってチカヤをちらりと見た。チカヤは子犬のような視線を返し、こらえてくれとヤンにかわって頼みこんだ。

ラスマーは軟化して笑い声をあげた。「あなたが書きつけたいと思っているグラフの記述をくれさえすれば、ソファスのモデルのわたしなりの描像を用いた計算をこなしてあげるよ。境界面を通してなんらかの情報を——投入した以上のなにかを——持ちかえれることを示せたら、人々を納得させるにはじゅうぶんだろう。結果を最高に醜悪な言葉で表現するのも忘れないから」

ヤンがいった。「すばらしい。ありがとう！」

ヤンはなにかをラスマーに送ると──チカヤの〈介在者〉にはやりとりがあった事実はわかったが、内容は不明だった──姿を消した。

ラスマーがため息をついた。「彼が成果をあげそうだと、ほんとに思う？　量子コンピュータはどんな量子プロセスでもシミュレートできる。そんなのは昔からわかっていたこと。だからといって、どんなものでも根底に量子コンピュータがあるということにはならない」

「そのとおりだ」チカヤは同意した。「だが、キュービット・ネットワーク理論がいっているのはそんなことじゃない。それはこういっているだけだ。じゅうぶんに低いレベルでは、系をソフトウェアであるかのように扱ってもなにも損なわれない。想像上のチューリング・マシンに基づいた応用アルゴリズム理論における、あらゆる証明のようなものだ。現実の宇宙にチューリング・マシンの紙テープがないのは明白だ、なんて文句をつけるやつはいない」

「古い習慣はしぶといんだよね」ラスマーが打ちあける。「わたしはいまだにサルンペト則の喪に服していて、でもそのまちがいが〈ミモサ〉で明らかになったのは、わたしが生まれる前のことだ。わたしはサルンペト則のもとで育てられ、人生を通じてそれを物理学理論のテンプレートとして考えてきた。ソファスのモデルにさえ、適応するのは楽なことじゃない」

「うん。これを試してくれることで、きみにはほんとうに感謝している」チカヤはいった。派閥間の亀裂が広がっているいま、譲渡派の全員がたがいの新しいアイデアに心をひらきつづけることは前にも増して重要で、彼自身が直接貢献する能力のない方面についても、チカヤは少なくとも仲介役に類する務めを果たし、適切な専門家の注意を喚起して行動を促すことはできた。

わたしへの感謝を示すならもっとわかりやすい方法があるよ、とラスマーはいまにも言いだしそうに見えたが、結局、笑顔を見せて、チカヤの言葉を額面どおりに受けとった。

「オーケー。じゃあ、はじめるよ」

ラスマーは、チカヤには見えないなにかに注意をむけた。数分間、彼女はすわったままひとことも発しなかった。

それから突然、大声をあげた。「ああ、なるほど！　これはほんとうにすごくナイスだ！」

チカヤはわくわくし、少しだけ羨望を感じた。「説明してもらえる？」

ラスマーはもう少し待ってというかわりに片手をあげ、個人観境《スケープ》に再度引っこんだ。しばらくしてから、ラスマーがふたたび口をひらいた。「グラフに埋めこまれたパターンとして定義されるさまざまな種類の粒子の伝播を考えるとき、トポロジー的に意味をなすあらゆる異なる動力学の法則を考えて。おそろしく漠然としているのはわかっているけれど、きみがもっとジャーゴンだらけのバージョンをお望みだとは思えないから」

チカヤはいった。「オーケー。考えてみる」過去数ヵ月に境界面に固定されたたくさんの例を見ていたので、ラスマーのいったことの意味をそれなりに察することができた。

「では、そのそれぞれをとんでもなく大きいヒルベルト空間における量子状態のベクトルだと想像して。それぞれが直交しているような」

「わかった」チカヤはこれまでに自分の心を、三次元以上の明確なイメージをいだくことを可能にするようなかたちで再構成したことはまったくなかったが、ラスマーのヒルベルト空間は無限次元なので、ほかのあらゆる数字と同様に、三次元で考えて問題はなかった。「できた。続けて」

「次に、それらすべての動力学法則ベクトルと同じ数で作られる、新しいベクトルの集合を考えて。すべてがたがいに直交するような。それらのベクトルは、動力学法則ベクトルに相補的な変数の特定の値をあらわしている。ブランコはこれを、法則‐運動量と呼んでいる——ちょっといいかげんな呼び名だけど。なぜならそれはほんとうのラグランジュ共役ではないから……でも、気にしないで」

「気にしないように努力する」チカヤはマップ上の方向を考えた。もし動力学法則ベクトルが北と東なら、新たな、偏りのない、法則‐運動量ベクトルは、北西と北東になるだろう。どちらももとの方向を——西を東の負方向と見なし、それらの符号ではなく大きさにのみ注目するなら——同じ割合で含み、たがいに対して直角になる。三次元以上では、同じようにバランスを取るには複素数を導入する必要があるが、その先は次元の数をいくらでも増やしていける。組みあわせるもとのベクトルの量は単に複素平面の円周上を動く複素数の連なりだ。たがいにすべて直交する異なるベクトルを得るには、異なる速さで円周上を動かせばいい。

「では、ベクトルの組の重ね合わせとして書きあらわしたとき、その成分が古いベクトルの組でも新しいほうでも同じになるような状態を考えて」

二次元でなら、それはかんたんだった。北々東は、北に対しても北東に対しても同じ角度を持つ。さらに、東と北西に対しても。ラスマーが説明している量子力学では、この状態はふたつの相補的な変数について同じ不確定性を持っている。それは精密な動力学法則には従わないし、精密な法則‐運動量も持たない。もっとも対称的な方法で差異を分割して、妥協させている。

ラスマーが続ける。「それらが、ヤンが書きこもうとしている状態だ。なぜなら、もしそのひとつを境界面上に作りだしてから、同じ種類の状態が戻ってくるのを測定できるようにしたなら、達成できる最高の確率で境界面の内部に関する情報を持って戻ってくるだろうから」

「〝達成できる最高の確率〟？　それは完全に自信があるという宣言じゃないか」チカヤが望んでいたのは、もっと信頼性のあるなにかだった。量子力学がどういうものかは知っているが、チカヤ自身のクァスプがかすみの中から確実性をつかみだすことが可能で、唯一無二《ユニーク》の決断をくだす能力をチカヤにあたえているとしたら、境界面のあちら側《ファーサイド》にあるはるかに強力な抽象的機械に対して、ヤンが同様の芸当を仕掛けることができても、不思議はあるまい？

ラスマーが視覚化を終了した。「そういう風に思われても無理はないけど、それはじっさい、わたしたちが望めるベストなんだ。わたしたちはあちら側と同じようにはなっていない。動力学法則の固有状態に縛られている。そしてそれがつねに、物事をむずかしくする」

「まったくだ」境界面に広がる明確な法則という、現状の人為的なものの見方を超えたところに自分たちを連れていってくれるあらゆるものに、チカヤは感謝していたが、その進展の代価として物事がどれだけ奇妙になったかを実感すると、気分が冷めた。「失望すべきではないんだろうが、わたしは頭の中で問題を過小評価しつづけてきた。むずかしい部分は全部一方に押しやって、そこを見なくてすむようにして。困難とまともにむきあったら、きっと即座に後ろをむいて逃げていただろう」

ラスマーがチカヤを見るまなざしには、好奇心と親愛の情が混ざりあっていた。「きみは本気で境界面を通りぬけたいんだね？」

「そのつもりだ。きみは？」

「なにがなんでも。そのためにここへ来たんだから」口ごもってから、言葉を続ける。「そうした話の中でわたしがひどすぎることをいって、それできみに避けられているのだろうとしばらくは思っていた。でも、思いあたるフシはない。いったいわたしのなにがそんなに嫌なんだ」

チカヤは激しく頭を横に振った。「嫌なことなんてなにもないよ」

「でも、わたしたちは途中までいったのに」ラスマーがいう。「そこできみの気が変わった」そこに疑問の余地はなかった。ふたりの体は静かなフェロモン交換を中止していて、そのこと自体がチカヤに対するラスマーの気持ちを鈍らせた面はあるだろうが、そのプロセスを中断させたのがチカヤの側であることは、彼女にとってまちがいのないことだった。

「きみといっしょにいるのはとても楽しい」チカヤはいった。「でもきみはほかのだれかを思いださせすぎて、それはいいことだとは思えない。きみを彼女と混同したくないんだ。それはわたしたちどちらにとっても、公正じゃないと思う」チカヤは気まずそうに顔をしかめた。「いっていること、少しでも通じる？」

ラスマーはあいまいにうなずいた。「もうひとつ考えていたのは、もしかしてきみとヤンが、いまはまだだけれど――」

「違う！」チカヤは面食らっていた。「そんな話をどこで聞いたんだ？」

ラスマーはあきれたように片手を振った。「みんな知っているよ」

「じっさいには、ヤンはもう忘れているかもしれないくらいだ」

「でもいまは、ほかにだれもいないんだろ？　この過去からの名もなき競争相手以外には？」

（競争相手とはちょっと違うんだ。それに完全に過去の存在でもない）だがチカヤは、それ以上説明する気がなかった。「そうだよ」

「オーケー」ラスマーが席を立ち、チカヤも隣で立ちあがった。ラスマーが誤解を解いてくれて、チカヤはありがたく思う面もあったが、同時に、理由を無理やり言葉にさせられたことへの憤りが高まってもいた。彼とマリアマがいっしょになることは絶対にないだろう。そのマリアマにチカヤはなぜ、自分の決断に少しでも影響をあたえさせているのか？

「この件でヤンを支持してもらえるか？」チカヤは尋ねた。

ラスマーは微笑んだ。「当然。これはわたしたちの最良の希望だし、ほかの人たちに説得できるのもまちがいない。適切に醜悪な言葉にできれば」


ブルー・ルームは壁から壁まで人でぎっしりだった。これほど混みあったのは、〈左手〉の最初の試運転のとき以来だ。部屋はそのモジュールの底近くにあり、水平方向のすべてで最大限に拡張ずみだった。天井を接する上階に好意的でない住人が何人かいるため、上への拡張は妨げられていた。両派閥の関係が悪化する中、周囲が同じ派閥の人たちになるよう譲渡派と防御派とでキャビンを交換する人たちもいたが、〈リンドラー〉はまだ各モジュールすべてがひとつの派閥に〝占有〟されている状態にはいたっていなかった。

ヤンが天井を歩きまわっていた。長身の人たちの頭や肩はよけている。そうやって自分の存在を目立たせつつ、実体のある肘で人を押しのけて確保しておけるわけでもないのに自分用の空間を要求することは、賢明にも思いとどまっていた。ほかの非実体主義者たちがヤンの脇に立ち寄り、さらにヤンが、わざわざアイコンを表示しない非実体主義者たちとも会話しているのはまちがいない。いまでは生まれながらの非実体主義者のほとんど全員が、自分が〈リンドラー〉であたえられた体を新たな到着者に寄贈していて、それはある意味では派閥そのもの以上に、譲渡派をふたつの明確な集団に事実上分裂させていた。そのことに対するチカヤの感情は複雑だった。非実体主義者の寛大さのおかげで、より多くの人々が、勝手のわかっている唯一のかたちで船上の出来事に参加する機会をあたえられていた。だが非実体主義者が様態《モード》を変えることにはじめから抵抗がないなら、非実体主義者ではない新来者だって、ソフトウェアの体で間にあわせることができるはずではないのか？　たぶん、最初のそうした犠牲的行為を承諾しようとした当人であるチカヤには、そんな考えかたをする権利はないのだろうが、それでも生まれによって生じる隔絶はチカヤの気を重くした。非実体主義者たちがどんなに自分たちの境遇に適応していようとも。

〈左手〉は一時間近く前にヤンの状態を書きつけていて、人々はいまもその反響を希望を持って待ちうけていた。ヤンの純粋にアルゴリズム的な記述を、ラスマーは一種の洗練された散乱実験に落としこんでいた。比較的大きな距離に伝播可能な精緻に構造化されたパルスを送りこむことで、あちら側に探りを入れるのだ。少なくともこのパルスのある部分は、その行く手にあるなんらかの構造に跳ねかえり、それが遭遇したなにものかの痕跡を帯びてこちら《ニアサイド》側へ戻ってくる見こみがじゅうぶんにある。

それはとても親しみ深い話を思わせた。レーダーと、素粒子物理学と、地形学の混合物。しかし、パルスが旅する〝距離〟や、それが相互作用するかもしれないし、しないかもしれない〝構造〟は、量子グラフの知られざる重ね合わせの生のトポロジー的詳細であって、ユークリッド幾何学に従う真空や、光なりマイクロ波なりを反射する類の物質のような、こちら側の精緻な構造の特性ではない。パルスそれ自体さえ、通常の世界にはほんとうの類似物がなかった。それは粒子でも、重力波でも、いかなる種類の電磁信号でもなく、それらすべてのありふれたものを織りなしている糸のパターンにおける転位の新たな形態だ。

ラスマーが叫んだ。「なにかを受信した！」

人々はスクリーンがよく見える位置に押し寄せたが、映像は部屋の中のだれでも直接入手可能になっていた。チカヤは数秒間、頑固にラスマーの後ろに踏みとどまってからあきらめて、群衆に押しだされて後ろにさがった。

チカヤは目を閉じて、さえぎられることなしに、戻ってきたパルスの最初の生の映像を見た。それは小斑点の散った、単色の、あばたのような穴のあいたパターンで、クレーターのある風景を、個々の光子を数えられるくらいの微光で撮影した不鮮明なショットに似ていた。見守っていると、映像の小斑点が揺らめいた。チカヤはある種の異様なレーザー効果を連想した。

「干渉だ！」ヤンが天井からうれしそうに声をあげた。「ちょっと、待って、まずぼくに──」映像の中にはめこみ画面が広がった。ループや結節がちりばめられた、もつれ、分岐する巨大なポリマーが、あらゆる価数の節点から形成されている。パルスの異なる部分は、同じトポロジーによって異なる変更を受ける。ヤンはそれら変更された構成要素どうしの干渉を使って、信号が通過したであろう特定の種類のグラフのうち、一定の部分を再構成していた。

ラスマーがいった。「あれは偏りのない重ね合わせからはほど遠い。あちら側のランダムな干し草すべての総和じゃない。あちら側には真空はないけれど、それでも秩序はある」

チカヤはポリマーをじっと見つめた。彼は子どものころから、古い規則のもとで安定を維持できる量子グラフであるサルンペト・パターンについて学んできた。そしてこの数カ月間、別の選択肢を見てきた。彼らが境界面でとらえた物理学から導きだした、まったく異なる存在可能な粒子の族を。

これはそうした体験を総括するために、がらくたを材料にする彫刻家が、そのすべての特徴を結合して作った混合物《アマルガム》といったところだった。統一された一様な幾何学を築かなくてはならないとか、時間が経っても不変でありつづける単純なひと組の規則を守らなくてはいけないとかいう機微を考慮することなしに、通常の、真空を基礎とするあらゆる種類の物理学の断片を引っつかんできて、溶接したような。

ハヤシがチカヤの後ろから声をあげた。「これはフラクタルなの？　次元はいくつになる？」

ラスマーがさらにいくつかの処理をおこなった。「フラクタルじゃないし、整数でも非整数でも、次元はない。分岐はまったく自己相似的じゃない。冗長な情報はない」

「プローブのパルスを修正して、もういちど送ってみろ。詳細はこれだ」ブランコの声が中空から響いた。まるで非実体主義者の仲間入りをしたかのようだが、彼は自分のキャビンから出て人混みに混じるのを拒んでいた。譲渡派の中には、自分が従う派閥の表明を拒んでいる人に結果へのアクセスを許可するのを渋るむきもあったが、正気が最後には打ち勝った。

ラスマーがいった。「ご提案には感謝しますが、しばらくお待ちいただくことになります」ヤンの実験を承認した集会では、実験後に新たな行動を起こす前に、一週間かけて結果を解釈することも決めていた。

ブランコはため息をついた。「提案を実行しようがしまいが、わたしにはどうでもいい」

ラスマーはブランコの提案を表示して、だれもが見られるようにした。それはヤンのオリジナルの状態のわかりやすい修正で、それに付随するいくつかの計算は、たがい違いの順番で構成要素が跳ねかえってきて、グラフの経時変化をよりかんたんに推測できることを示唆していた。これがうまくいけば、あちら側の一枚の静止画のかわりに動画が得られるだろう。

スルジャンが大声でいった。「われわれはこれを試してみるべきだ、いますぐに！」部屋の反対側の隅にいたバンダーリが反対意見を口にした。人々が四方八方で、賛成の声をあげたり、また別の提案を叫んだりしはじめた。チカヤは耳を覆いたかったが、腕をあげる隙間がなかった。部屋は狂乱状態で、人々は浮かれていた。この場はチカヤに、ペルダンで友人の一団といっしょに、リモートコントロールの機体を通りすがりの小惑星に着陸させたときのことを思いださせた。だれもがジョイスティックを自分で握りたがったのだ。

ラスマーが金切り声をあげた。「黙れっ！」

沈黙に近いなにかがおりた。

「ブランコの提案を読んで」ラスマーは頼みこむようにいった。「それについて考えて。十五分後に投票をおこなう。そのあいだに外へ出て、脚をほぐしたい人がいたら……あわてて戻ってこなくていい。投票はどこからでもできる」

部屋はふたたび騒がしくなったが、本格的な口論の気配はなかった。ラスマーは制御パネルにぐったりと寄りかかった。

ヤンがチカヤの正面に上から頭を突きだした。「きみたちはみんな完全にイカレている。これじゃなにかが壊されちゃうよ」

「人によっては、場所を取るのはどうしようもないんだよ」

「上のここには場所がたくさんあるぞ」ヤンが役に立とうとして提案した。

「ああ、そうだな、そこにあがるのに手を貸してくれ」船はたぶん一層分の吊りさげられた椅子を形成することもできただろうが、そうしていたら、天井が低すぎて頭を蹴られる危険がつきまとうことになっただろう。

「人によっては、ほんとうに融通が利かないことがある。キャスが〈ミモサ〉に来たとき、彼女は体が必要だといって譲らなかった。ぼくたちは願いをかなえたが、その体はステーションにおさまるくらいに小さなものにした」

それはチカヤには初耳の枝葉末節だった。

「どれくらい小さく?」チカヤは尋ねた。

ヤンは手を伸ばし、親指と人差し指を二ミリメートル離した。

「邪悪なサディスト野郎どもめ」

チカヤは人混みをすり抜けて、制御パネルのところに戻った。ラスマーはくたくたに見えたが、幸せそうだった。

「これをどう思う？」ポリマーを手で示しながらチカヤは訊いた。

「解釈を加えるには早すぎるよ」ラスマーがいった。

「でも、これは構造化されているよね？」とチカヤ。「きみもそんなことをいっていた」

ラスマーは慎重さを増した。「それはあらゆる可能性を等しく重ね合わせたものではない。これは最大エントロピーの量子ブラマンジェではない。しかしそこまで乱雑でないとしても、もっと控えめなやりかたでまだ乱雑になる余地はじゅうぶんにある」

チカヤはその点は追求しなかったが、ヤンのパルスが情報を持って戻ってきたという事実そのものが、因果関係を設定するなんらかの潜在性があちら側に存在することを証明していた。伝統的な意味では法則を持たないが、あちら側も一種の機械類を維持することができるのだ。もっと洗練された探査用の乗り物の組み立てを試みる価値はあった。たぶん、いずれは、体やクァスプさえも。

もっと重要なのは、もしそれに成功することがあったとして、彼らが入りこんでいくことになる場所が、単調な砂漠だとはますます思えなくなっていることだ。チカヤが〈リンドラー〉に着いたときには、境界面のあちら側の世界は異なる形態の虚空にすぎず、こちら側を活気づけている物質の小さな染みの等価物さえ含んでいる理由は取りたててない、と考えることがまだ可能だった。いまもあちら側の構造をかろうじて一瞥できただけだが、〈ミモサ〉によって奪われた数億立方光年の真空は、数桁上の複雑さを持つなにかに織りあげなおされた、というのがチカヤの第一印象だった。

「対抗陣営にこれを見せるべきだと思う？」チカヤは問いかけた。「自分たちが侵食性の虚無を相手にしているだけではないことを、もし彼らが最終的に理解したとしたら、再考を促せるかもしれない」

ラスマーは笑った。「彼らが気にかけるなんて、本気で思っている？」

「人によっては。それにこれを見せても、わたしたちに失うものがあるとは思えない」

「それには同意するけれど、わたしたちが公式に知らせようが知らせまいが、防御派もまったく同じ詳細に行きつくに違いないと思っているから、というのが理由だ」

チカヤはあっけに取られた。「防御派のスパイがいるというのか？」

「当然」

「なぜそんなに自信を持っていえるんだ？　こちらもスパイを送りこんでいるからか？」

「わたしの知るかぎりでは、それはない」ラスマーは認めた。「だが、それは公平な比較じゃない。もっとも気がゆるんでいる防御派でさえ、わたしたちのもっとも勤勉な支持者に比べたら、保安に対する意識は桁違いに強い」

投票がおこなわれ、ブランコの提案は九十二パーセントの支持を集めた。ラスマーが修正されたパルスを書きつけ、人々はふたたび待ちうけた。

人々がまわりで話をする中、チカヤはコンソールに腰かけた。「これほどの成果をあげられるとは、ほんとうはまったく思っていなかった」チカヤはラスマーに打ちあけた。「この船に来ることを決心してからでさえ、成果があがると考えるのは馬鹿げていて、現実的ではないと思えた」チカヤは降下戦闘工兵《サッパー》の伝説を説明した。

「その話は気に入ったよ」ラスマーがいった。「でも、ここの状況のいいメタファーじゃない。爆弾が地面に落ちたら、そこで話は終わりになる。わたしたちがむきあっているデッドラインは、たったひとつの決定的なものじゃない。何千もの惑星が消え去ったが、すべてが勝利か敗北かに決まる瞬間はやってこない。境界面が加速しないかぎりは、わたしたちはさらに数千年はここにとどまって、なんであろうと必要なことを学べる」

「わたしたちが防御派に全面的に先を越されなければね」

それはいうまでもないという風にラスマーは肩をすくめた。チカヤはラスマーに、マリアマの最後通告の話はしていなかった。じっさいにいわれた言葉はあいまいすぎて、ほとんどの人に伝わるのは、プランク・ワームが防御派の計画表に含まれているというわかりきった事実がせいぜいだろう。チカヤは境界面を凍結する方法を発見するという望みを捨ててはいなかったが、その結果につながるはっきりした道すじは見えていなかった。ランダムに動力学を固定しても、決して達成できることではない。より深いところを探る必要があった。より多くを知る必要があった。

チカヤはいった。「きみはいずれこの瞬間が来ると、いちども疑ったことがなかったの？」

「いちども。一秒たりとも」ラスマーは笑った。「なんて顔するんだ、チカヤ。わたしは境界面とともに育ってきたんだよ？　両親は夜になるとわたしを外に連れだして、前には空でいちばん明るい星があった場所にある、この小さな小さな光の円盤を見せたものだった。六十年後、それはわたしたちの真上にあった。惑星から避難せざるをえなかった日ほどの怒りを感じたことは、生涯でいちどもない。それは、マイダーで知っていた場所のすべてを失いかけているからだけじゃなかった。この代物から逃げるのは絶対に嫌だと思ったんだ」

「とどまって、闘いたかった？」

「とどまって、それを理解したかった。もし建造当時に〈リンドラー〉のことを耳にしていたら、わたしは最初から〈リンドラー〉に乗っていただろう。じっさいは、ほかのプロジェクトの噂を追いかけていた。それが不首尾に終わって、わたしがここへむかうまでに数世紀かかった。けれど、境界面を通りぬける方法が見つかることは、ずっと疑っていなかった。マイダー出立の前夜、わたしは自宅の屋根にあがって、自分に誓った。次にこれを目にするときには、腕を伸ばしてあちら側に手を突っこめそうに見えるだけでなく、じっさいにそうできるようにするんだと。それが可能になろうとしている。それが事実になろうとしている」

そのときの彼女の姿を、チカヤは苦労なく思い描けた。「それを聞いて、自分がものすごい年寄りで、優柔不断に思えてきた」チカヤはぼやいた。

ラスマーは笑って、「ごめん、でもそれはじっさいにきみがそうだから」

コンソールがいった。「尻をどけてください」チカヤはコンソールからすべりおりた。データが入ってきはじめた。

今回チカヤは、かなりがんばってラスマーの脇にとどまり、パルスがあらわれ、その干渉縞が解析されるのを彼女の肩越しに凝視していた。

ブランコの改良点は正鵠を射ていた。新しい一連の映像が示しているのは、なめらかに変化するグラフだった。これもまた、境界面を横断した経路すべての平均にすぎず、あちら側のいかなる特定の断片でもなかったが、それでもそれが有益な情報をあたえてくれることは、たとえば、異なる年齢の地球サイズの惑星百万個の地形映像のサンプルと同様だった。物事がどのように変化するかという質的感覚をつかむには、特定の一世界の全歴史を知る必要はない。

ラスマーが映像をループ状態にすると、ブルー・ルームの群衆は沈黙した。もつれた辺の塊が入り組んだ波になってグラフを貫流するさまは、魅力的だった。一般に標準的素粒子物理学の動画は簡素で美しいものになる。たとえば親光子から形成されて真空の中を進んでいく電子と陽電子の鏡像パターンをともなう、対生成のようなものを眺めていると、そのプロセスのエレガントな対称性に感嘆せずにはいられない。これはその千倍も複雑で、かつランダムでもカオス的でもなかった。静止映像はチカヤに、つたない彫刻のコラージュを思わせたが、それはチカヤが、ばらばらの部分のすべてが、真空を基礎とする従来の役割をまだ演じていると思っているからにすぎない。一体化した全体が作動しているのを見れば、そんな印象は完全に打ち壊された。むしろ、古いサルンペト様式のパターンや相互作用が、これの各部を模倣しようとしてくどくど繰りかえされる試みに見えはじめてくる――既存の作品を下敷きにすることしかできないダメなアーティストが、だれか他人が作った壁サイズのこみ入った構成の映像からごく小さなかけらを持ってきて、それを長方形の格子の装飾用タイルとして千回貼りつけた作品さながらの。

こちら側の物理学も、同じ種類の複雑な美を生みだしてはいるものの、陽子より二十桁小さいこのスケールのものはない。少なくとも原子サイズまであがった場合の話になるが、化学の豊かさでさえ、これと比較したら粗雑で野暮ったく見える。原子が結合を変化させるとき、それは一般に熱衝突でランダムに引きおこされる無計画な荒々しいプロセスで、最良の場合でも、酵素かナノマシンに導いてもらっている。分割不能な節点と辺からなるこれらのポリマーは、もっとも洗練された分子工場が雪玉を投げる子どもに思えるような速度と正確さで、それ自身を織りあげなおしていた。

だれかが咳払いするのが聞こえたが、神経質そうでおずおずとして、呪縛を破りたくなさそうな感じだった。チカヤは好奇心とかすかないらだちをいだいてコンソールからふりむきながら、この並外れた光景に言葉でつけ足せることがあると考えている人がいることに驚いていた。だが群衆は話そうとしている人を尊重して体を引き、励ますようにその人のまわりをあけた。

話そうとしているのはウムラオだった。ナンブからの最近の到着者で、チカヤはいちどだけ会ったことがある。彼は気おくれしたように周囲を見まわし、全員に注目されていっそう神経質になっていた。

ウムラオが口をひらいた。「それは粒子伝播ではありませんが、以前、シミュレーションで見たことがあります。それは存続性があって、複製し、相互依存している。それは十億の異なる真空の重ね合わせではありません――もしそうだとしても、それは説明の仕方のひとつにすぎず、しかもベストのものだとはまったく思いません。

それは生物圏《バイオスフィア》です。生態系なんです。プランク・スケールまでおりていくと、あちら側には生命がひしめいているんです」

11

チカヤはいった。「いますぐ防御派に話すべきだ！　証拠を全部渡して。いや、それより——ヤンとブランコの方法を教えてやって、自分たちであちら側《ファーサイド》を調べさせたほうがいい。それなら、精巧なシミュレーションみたいなものにだまされているわけじゃないのが、わかるだろうから」

ハヤシがうめいた。「それからどうなるの？　防御派は自分たちが相手にしているのが、〈時空を食べるウイルス〉だと確信する。一方でこちらは、唯一のアドバンテージを手放すことになる」

眠れずに船の中を歩きまわっていたチカヤは、スルジャンとハヤシに鉢合わせしたのだった。回廊で軽く意見交換をしているうちに、最新の発見のすべてを危うく漏らしかねなくなってきて、チカヤはふたりといっしょに譲渡派のカフェテリアに来た。ここなら盗聴器の心配はないはずだ。通りすがったほかの人たちも、議論に口を出してきた。

ラスマーがいった。「わたしも同意見だな。そんなことをしても、だれの考えも揺さぶれない。たとえ防御派がこれをプランク・スケール生物相の証拠だと解釈する気になって、さらにそれが〝〈ミモサ〉真空〟に関する彼らの先入観をすべて叩きつぶしたとしても……あちら側の物理学をほとんど気にかけない人が、あちら側の微生物学を気にかけたりすると思う？」

ヤンのアイコンがあらわれて、ラスマーの隣にすわった。「微生物学《マイクロバイオロジー》？　あの生物体の大きさは二、三百プランク長だ。約十のマイナス三十三乗《ヴェンデコ》メートル。これはヴェンデコバイオロジーだよ」

スルジャンがマグを手にして、脅すようにそれを振りあげた。「おまえがなんでここにいる？　ここはほんものの人間がやってきて、心安らかに新陳代謝する場所だ」

ヤンがいった。「ぼくが勘違いしていたようだ。きみたちはこうして集まって、あちら側をちら見するという成果をあげるのに手を貸したあの人この人をほめちぎっているんだろうと思っていた。だが、貴重なげっぷやおならをするほうがきみたちにとっては大事だということがわかった」

ハヤシが手を伸ばして、スルジャンの後頭部を叩いた。「この無骨者。あやまりなさい」

「痛っ。さっきのは冗談だよ」スルジャンはヤンのほうをむいた。「すまなかった。おまえさんの偉業には畏怖さえ覚える。聖なるおまえさんに捧げる頌詩を作っているところだ」

ウムラオはまわりじゅうで起きているいさかいに困惑しているようだが、口をひらいた。

「懐疑的な人たちを納得させるには、もっと証拠が必要だと思いますが、これがなんになるかはともかく、いくつかシミュレーションをしてみました」ウムラオの呼びだした図表がテーブルの上に浮かんだ。「複製子の混合は、おそらくあちら側全体で同一ではないでしょう。多かれ少なかれ安定しているように見えるほかの平衡、ほかの集団混合比がありえます――そして、それはわたしたちがすでに目にした種《しゅ》の相対的な数が違うだけで、まったく違う種は考慮に入っていません」映像は、うようよいるそれら生物体の群集のグラフ・レベルでの眺めと、隣接する領域が取りうる別の状態を高レベルでマップ化した一覧を示していた。

「遷移領域はとてもはっきりしていて、ときどき境界面そのものと同様に、一定の速度で一方向にひたすら前進します。けれど、種の中間的混合がもっと狭い層で形成され、どちらの側も他方を侵食するのをやめるというシチュエーションも存在します」

チカヤはこの話に飛びついた。「ある意味、境界面を内部から凍結するということ？」

ウムラオはうなずいた。「これをそういう風に考えてもいいと思います、ただし、境界面のわたしたちの側は完全に不毛なので、じっさいには同じ効果の影響を受けることはありませんが」

「片側には集団が存在しない場合にもそういう働きをする層集団を、作りだすことができるとは思わないか？」

ウムラオはしばらく考えた。「なんともいえません。まず、これはシミュレーションで、こうしたことが少しでも現実に起こるかどうかさえ、確信が持てません。さらに、特定の性質を持つ層集団の設計に着手するには、たくさんのことをはるかに徹底的に理解する必要があります」

スルジャンがいった。「失敗しても、境界面の移動速度があがるかもってだけのことだ」

チカヤはシミュレーションをじっと見つめた。境界面のわたしたちの側は完全に不毛だ。何千年紀も生命を探しもとめて、まれにしか存在しない土の球《惑星》をさらにまれな生化学の実例がないかと引っかきまわした結果わかったのは、目に見える宇宙の基質まるごとが一種のやせた荒れ地だということだけだった。長さスケールで三十桁上のここでも、凍った山頂の耐寒性植物のように気高く奇跡的に生命は発生してきたが、そのあいだじゅう、生命なき真空が隠していた重ね合わせを通して、無限に豊かな可能性がざわめいていたのだった。

チカヤはいった。「これを秘密にしておくのは正気じゃない。あちら側の原子サイズの斑点ひとつにいるのよりもわずかな微生物のために、惑星丸ごとの立ち退きがおこなわれてきた」

「かならずしも積極的にではなしにね」ラスマーが皮肉っぽくいった。

一瞬チカヤは、彼の過去の行為をラスマーは知っているに違いないと思った。マリアマがチカヤの偽善を罰するために、慎重に選んだ相手の耳にふたりの秘密をささやいたのだと。

だがそれは馬鹿げていた。保護的隔離の理念がすんなりとは守られてこなかったことは周知の事実だし、証拠が黙殺されたり、抹消されたりしたケースもあるはずだと疑わない人はいなかった。

「これで異種生物の存在を願っている防御派の穏健派をこちらの味方にできるかもしれない」チカヤはいい張った。「その人たちがひと目これを見れば、全員がいっせいに転向する」防御派の全員が、〈ミモサ〉の最悪の影響は文化的大変動だという見方を共有している わけではない。少数派ながらかなりの人々が、こちら側《ニアサイド》の未だ知られざる豊かな異種族生命を〈ミモサ〉が消し去るかもしれないことのほうが、大きな問題だと考えている。微生物がまばらに生きている四つの既知の惑星——この先二、三億年でその微生物がどんな進化的驚異を見せてくれる潜在性を持つにせよ——を〈ミモサ〉から守るために闘う価値はないかもしれないし、銀河系にはほかの有知覚存在がいるという希望をほとんどの人が捨てていたが、それでも未探査の領域が地球に匹敵する異星生態系の故郷である可能性はある。だがいまや防御派の鼻先で、その不確実な可能性は十の二十四乗単位の数の生命形態と張りあわなくてはならなくなっていた。

「あれは高度な生物じゃない」ハヤシが指摘した。「異なる基質における生命の定義について屁理屈でごまかすことはできるけれど、たとえそれを防御派が受けいれたところで、あちら側のあれはじつのところ、初期地球の化学シミュレーションの中で見つかるようなRNAの断片と、複雑さでは大差ない」

「それはそのとおり」とスルジャン。「だが、わたしたちがあちら側の見るべき生命すべてを見たといえるか？」ウムラオのほうをむいて、「あれが食物連鎖の底辺にすぎない、ということはありうると思うか？」

ウムラオは途方に暮れたように両手を広げた。「意見を求められるのはまんざらでもありませんが、わたしに神託を告げる力があるかのように思いはじめている方もおいでのようです。生物を目にすれば、わたしにはそうとわかります。シミュレーションを使って、多少の推論もできます。でも、わたしたちの目にしているのがRNA時代の地球に相当するものなのか、それともこれは鯨に飲みこまれる寸前のプランクトンなのかを知る手立ては、わたしにはありません」

ヤンがいった。「ぼくたちはゼンノ生物学《バイオロジー》の話をしているわけか」チカヤはとっさにうんざりした目でヤンを見たが、よく考えると、この最低なダジャレは避けがたいものだった。チカヤたちが目にした原始的なプロセスと同様のプロセスに基づく複雑な生命体は、おそらく約十のマイナス二十七乗メートルの大きさになるだろうから（地球外生物学（ゼノバイオロジー）xenobiology と、十のマイナス二十七乗（ゼンノ）の接頭辞 xenno- のダジャレ）。

スルジャンはウムラオの控えめな否定に満足しなかった。「それでも、根拠のある推測をする助けにはなる。わたしたちが目にしたものを底辺として出発する。進化プロセスを想像しようとすべきではないと思う。あちら側のあれが原始時代に相当するものかどうかはわからず、わかるのは遍在していることだけだ。だからわたしたちが問うべきは、同じ絵の中に調和できるものが、ほかになにかあるかだ。十のマイナス三十三乗メートル生物《ヴェンデク》はたがいを餌にしてはいない、だろ？」

「いませんね」ウムラオは同意した。「あの生物たちが安定したかたちで共存しているところでは、むしろ外部共生的といえます。全体としてヴェンデクたちは、グラフの中に自分たちすべてが存続できる環境を作りあげ、節点を固定されたかたちで分けあっている。グラフの任意の場所の任意のヴェンデクが存続するかしないかは、周囲の環境しだい。少なくともわたしたちが目にしたサンプルにおいては、特定のほかの種が周囲にいる場合に存続率が高いケースが大半です――自身と同じ種ばかりがいる中では繁栄しないけれど、周囲にいるのがどんな種でもかまわないわけでもない。微生物学では、ひとつの種がほかの種の排泄物を食料として利用可能な場合に同様の結果が見られますが、ここではそうしたことはまったく起こりません――ここでは食料がなく、排泄物がなく、エネルギーもないのですから」

「うーむ」スルジャンが考えこんでから、「真空なし、時間並進対称性なし、エネルギーの概念なし。ということは、たとえ仮にこれとはまた別のレベルの生命体がいるとしても、それがヴェンデクを食べねばならない特別な理由はないわけだ」

「けれど、その生命体はヴェンデクを包含しているかもしれない」ハヤシがいった。「あちら側での多細胞性に相当するものを想像して。もっと大きな生命体は、分化した役割を果たす異なるヴェンデクを持っているかもしれない。ゼンノ微生物《ゼンノーブ》の異なる〝組織〟は、わたしたちがすでに目にした種のいくつかで構成されている――あるいは、いくつかに由来している――のかもしれない」

「それはいえていると思います」ウムラオは慎重にいった。「けれど忘れてはならないのは、そうしたことは単細胞生命体よりもずっと、はるかに単純だということです。ヴェンデクはわずかでもゲノムに類似したものを持ちません。ほとんどの多細胞生物では、すべての組織のすべての細胞が完全なゲノムを共有し、その異なる部分のスイッチがオンになったりオフになったりします。ヴェンデクが必要な正確さで統制されている仕組みは、ちょっと思いつきません」

ラスマーが顔をしかめた。「もしかすると多細胞性は正しいアナロジーじゃないのかもしれない。もっと大きな長さスケールで、それらの異なるヴェンデク集団に浸かっているというのは、じっさいにどんな感じなんだ？」

ウムラオが肩をすくめて、「浸かるって、なにが浸かるんです？ ヴェンデク自体は別にして、どんな種類の秩序立った情報パターンが存続可能なのか、わたしにはわかりません。ある物体のふるまいをモデル化しようとしたら、それがなにでできているかを知る必要があります」

チカヤは推測してみた。「あいだに安定した層がある、異なるヴェンデク集団？ 蜂の巣的な構造をした異なる不均質な群集の一種？」

スルジャンがいった。「なあ、きっとそれが細胞なんだ！ ヴェンデクそのものは小さすぎて組織型の役を果たせないが、ヴェンデクのしかるべき群集は無傷な〝膜〟の中で存続でき、われらがゼンノーブは集団混合比を調節して細胞分化の代用にしているのかもしれない」ウムラオをふり返って、「どう思う？ まわりに壁を持つ群集の中に運動性のあるやつを探すことはできるか？」

「運動性？」ウムラオはしばらく考えた。「それと似たものを作りあげることはできると思います」ウムラオはシミュレーションをいじりはじめ、数分もすると、自由ヴェンデクの海の中を動きまわるアメーバに似た塊を作りだしていた。「内部の集団混合はひとつで、その周囲の層は、先へ進んでいく前方の表面から、引きずられていく後方の表面へと移るにつれて変わっていきます。前方の表面は侵食の最前線のようにふるまいますが、移動するうちに崩壊して内部混合へと変わります。後方の表面がするのはその逆のことで、じっさいにはそれ自身の内部を〝侵食〟し、自らのあとを外部集団に引きつがせる。ただし永久運動あるのみで、この細胞は決して停止することができません。さらにこれは人為的な機構です。けれど、これと似たようなものが生みだされる機会は大いにあると考えます」

チカヤはシミュレーションから視線を外して、カフェテリアの日常的な光景を眺めた。ここへ来て以来なかったほど楽天的な気分になりかけていたが、このすべてはまだ空論だ。この〝細胞〟の類から機械や体を組みたてるのは、気の遠くなる複雑な難業になるだろう。

チカヤはいった。「わたしたちは防御派から時間を勝ちとらなくてはならない。休戦協定を結ぶとか猶予期間を設定するとかしないと、なにも学べないうちにこのすべてが消し去られることになりかねない」

ラスマーがいった。「相手にしているものをよく知ることなしに、防御派が有効なプランク・ワームを作れるとでも？」

「彼らのスパイがいると断言したのはきみだぞ」

「スパイがいるとして、どうしてそいつらになにかを話すのが時間を稼ぐことになるんだ？」

「スパイが入手した情報を、大衆に広く伝えたことなんてあったか？」チカヤは反論した。「仮にタレクがいまこの瞬間、わたしたちのしていることを覗きこんでいるとしても、ほかにはだれひとり、なにも知らされないままでいるとしたら？」ウムラオのほうをむいて、「プランク・ワームの可能性を考えたことはあるか？　ヴェンデクを殺して、そのあとに不毛な真空を残す害虫の群れを？」

ウムラオはテーブルを囲む人々を用心深く一瞥した。「あなたがたがいま話していたことが少しでもまじめな話なら、その質問に答えるべきではないと思います」

スルジャンがうめき声をあげた。「駆け引きなんかどうでもいい。わたしたちに必要なのは、さらなるデータだ！」スルジャンはテーブルに突っ伏して、拳で表面をドンドン叩いた。「小腹がすいて部屋を出て、この議論に巻きこまれるハメになったんだが、その前に昨夜、いろいろ考えたことがある。わたしはヤンとブランコの手法を拡張して、到達距離を約一万倍にする方法を見つけたのかもしれない」顔をあげてヤンを見ると、ずる賢そうににやりとして、「おまえさんの業績をわたしが進展させられる方法があるとすれば、それはすべてをわたし自身の数学的形式に翻訳することだけだ。適切な言語で表現しさえすれば、それはより明確になる。おまえさんがわたしたちに残したゴミの山と取りくんで、それをスケールアップする方法を見つけるには二、三時間しかかからなかった」

ラスマーがにこやかに尋ねた。「それで、その大いなる概念的ブレイクスルーってなんなんだ、スルジャン？　アウゲイアス王の牛舎をきれいに掃除する方法って？」

スルジャンはすわったまま姿勢を正し、その場の全員に誇らしげな笑顔を見せた。「キュービット・ネットワーク理論だ。わたしはすべてを観念上の量子コンピュータ用のアルゴリズムに書き直した。それができてしまえば、それを改良するのは雑作もないことだ」

ブルー・ルームへむかう途中で観測デッキを通っていたチカヤは、星が見える側の壁際にバイラゴが立っているのを目にとめた。最初に考えたのは、そのまま通りすぎることだった。違う派閥との接触を最小限にすることで摩擦を最小限にするのは、船上生活の不文律と化していた。だが、両派の隔絶が大きくなる前には、チカヤとバイラゴのふたりはかなり仲良くしていたし、チカヤは派閥間会議でしか防御派と話ができないことに嫌気がさしていた。会議では、手続き上の問題とたがいに対するパラノイアの混ざりあった議論ばかりが展開されるものと決まっている。

チカヤが近寄っていくと、バイラゴが気づいて、にこりとした。バイラゴはなにかに気を取られていたようすだが、邪魔されてむっとしてはいなかった。

チカヤはいった。「なにをしていたんだ？」

「母星のことを考えていただけだ」バイラゴは漠然と青方偏移の方向に顎をしゃくったが、どの星のことをいっているのか、チカヤは知っていた。それはヴィロの人々が散り散りになる前に選んだ星で、チカヤは半ダースの世界で出会った避難者たちから教えられていた。種子パッケージはグプタから発進ずみで、避難民たちも——受け入れ先の現地の人々に無理がかからないよう、多くの異なる中間目的地に散らばっていた——二世紀以内に続く予定だった。「今度の母星は失うわけにはいかない」バイラゴがいった。「太陽が燃えつきるまでは」

チカヤはそのスローガンをこれまで何度も耳にしてきた。いちばん古い避難民コミュニティだからなのか、もともと文化的にほかの要因があるからなのかはともかく、ヴィロ出身者は一様に、古い母星が失われたことよりも、新しい母星に意識をむけているように見えた。バイラゴ自身には、ヴィロの明確な記憶がない——惑星を発ったのは幼児期で、そのあと世界から世界へ十回以上移り住んでいる——が、もし家族が彼を永続性という考えや帰属意識のとりこにしていたとしたら、それらがつなぎとめられているのは、彼らの過去ではなく、未来だった。

チカヤがいった。「いまでは希望を持てる理由が立派にある」このいいかたなら、なにかを漏らしてしまうことはない。防御派は最低限、チカヤの側で一連のブレイクスルーがあったことは知っているだろう。チカヤたちの知識は、雪ダルマ式に膨れあがりつつあった。確固とした妥協案をなんらかのかたちで具体的な計画にできるのも、時間の問題のはずだ。

バイラゴが笑った。「希望ってのは、ほかになにもない場合に使う言葉だ。わたしが子どものころ、まわりの人はだれひとり、境界面を見あげて、『あれは大きすぎる。もう手遅れだ。あれは止められない』なんていいはしなかったはずだ。わたしたちにはなんの計画もなかったし、なんの救済策もなかった。わたしたちが力を奮いおこせたのは、ひとえにあきらめることを拒絶したからだ。それはきわめて賞賛に値することで……しかしいつまでもそのままでいることはできない。いつかは希望がもっと具体的ななにかに変わるときが来なくてはいけないんだ」

「蜜か灰に変わるときが」

「ああ、旅行家はなんでもよくご存じだ」バイラゴはにやりとしたが、声には棘があった。行きずりに二、三の慣用句を覚えたからといって、なにもかもを理解していることにはならない。

「どちらの派閥も、まもなく確かな見こみを手に入れることになる」チカヤは引きさがらなかった。「いまやそんなに長くかかるはずがないと確信を持てる」

「い、い、どちらの派閥も？　そっちにとっての確かな見こみってなんなんだ？」

「あちら側を保護することだ」

バイラゴは面白そうに、「それがわたしたちの側にとっても確かな見こみの一部になりうる、と思っているのか？」

チカヤはがっかりして興奮が冷めたが、なおもいった。「ならない理由がわからない。これを完全に理解できたら、なにが安全でなにがそうでないかもわかる。超新星になるかもしれないとおそれて、星々の火を消してまわろうと奔走する人はいない」

バイラゴは右手を振って、「それについては何百億もの星々が教えてくれたが」——今度は左手を境界面にむけて——「〈ミモサ〉はこれひとつしかない」

「だからといって、それがいつまでも謎のままでいることにはならない」

「ああ。だが、いつまでも忍耐が続く人もいない。そして、疑わしきは罰せずを当てはめる場合かどうかの判断が、わたしにはできる」

チカヤはブルー・ルームに着くのが遅くなって、スルジャンの実験が開始されるところを見逃した。かなりの人々が雑踏を避けて、自分のキャビンから見守る選択をしたので、部屋は前回に比べてはるかに閑散としていて、テーブル等を置く余裕があるほどだった。

コンソールから遠くないテーブルにいるラスマーとヤンとウムラオにチカヤが合流したとき、ラスマーがしゃべっていた。「わたしはこんなわずかな距離だけ中に入ったからといって、新しいなにかが見られるなんていう楽観視はしていない。もし最外部のヴェンデクの混合が、わたしたちの真空を可能な最速の速さで変換しているなら、境界面の反対側には何光年ものヴェンデクが存在しうる」

「光年？」ヤンが面白がってラスマーを見つめた。なんらかのカテゴリー・エラーをやらかしたといいたげだ。エネルギー一リットルとか、空間一キログラムとかいうような。量子グラフの通常の幾何学的な意味は、素粒子の存在ときわめて密接なつながりがあり、チカヤたちはまだ、あちら側における距離について、単純な概念のひとつすら解明していなかった。

「なにがいいたいかはわかるだろ」ラスマーがいい返した。「十の五十乗節点相当の、だ」

ウムラオがいった。「わたしがいちばん納得しがたいのは、ローレンツ不変性の完全な欠如です。グラフの来歴を泡として――辺がすべて面に拡張し、節点がすべて線に拡張したかたちで――イメージして、その泡を異なるかたちでスライスしたら、さっきとは異なるヴェンデクの集団を見ることになるでしょう」

チカヤは顔をゆがめた。「それはある特別な基準座標があることを示唆しないか？　どんなヴェンデクで構成されているかを見ることで、絶対速度を割りあてることが可能になるのでは？」

チカヤの〈介在者〉の翻訳によると、ウムラオの両手の動きは否定の仕草だった。「外部からの合図による導きがなければ、あなたはつねにあなた自身の世界泡を同じかたちでスライスし、同じヴェンデクから作られているあなた自身を見るでしょう。あなたの脇を通りすぎるほかの人々は、あなたとの相対速度しだいで、あなたの組成が変化しているのを見るかもしれませんが、あなたもその人々が同じかたちで変化しているのを見ることになります。そしてどちらのあなたにも、あなた自身の構成をもっともよく判断できるのは自分だと主張する資格があるでしょう」

チカヤはそれを聞いて考えこんだ。「すると、なにもかもが静止質量と同じような判断材料になってしまうということか？　電子のそばをじゅうぶん速く通りすぎたら電子がまったく別の粒子に見えてしまうが、電子自身の座標系では、それは電子のままだと？」

「そのとおりです」

スルジャンが得意げに叫んだ。「反響が来た！」

　チカヤはふりむいてスクリーンに顔をむけた。そこに映っているのは、戻ってきたパルスをプロットした単純な輝点だった。スルジャンの方法はヤンやブランコのものより解像度が粗かったが、それによってより遠くまで入りこむことが可能になった。彼の信号は、同じ集団混合が反復される広大なヴェンデクの海のまん中からは反射して戻ってこないだろうから、とにかく戻ってきたものがあったということは、それがより大きなスケールの変化に遭遇したことを意味していた。

　ハヤシがコンソールのスルジャンの隣にいた。「ウムラオが予測したように、層集団があるに違いない」彼女はいった。「境界面から十の四十乗節点くらいのところに」

　ラスマーがチカヤのほうに身を乗りだして、ささやいた。「古き良き反動的言語でいえば、百キロメートルというところかね」

　ウムラオは喜んでいた。「でも、境界面の混合がどう変化したか、正確にわかるといいんですが」テーブルを見まわして、「さあ、みなさんが取りくむべき課題ですよ。到達距離と解像度の両立。どうやって実現します？」

　ラスマーが冗談でいった。「〈右手〉もいっしょに使ったら、奇跡が起きるだろうさ」

　チカヤがいった。「防御派も反響を受信しているはずじゃないか、たったいま？」ふたつの〈手〉どうしの距離は約百キロメートルだから、散乱が両方に届くことはありえた。

「それはなにを探すか、防御派が正確に知っていさえすればの話だな」ラスマーは身を守るように両手をあげた。「わかっているよ。スパイがいると信じているのは、わたしのほうだ」

部屋には竜頭蛇尾感が漂っていた。この結果は重要なものだが、あちら側のプランク・スケールの構造をはじめて一瞥したときとは比較にならない。あちら側には巨視的な構造も存在するというのは励みになることだが、それ以上の細部を引きだすのは困難と思われた。百キロメートルの固体の岩は調査の障害にならないが、ヴェンデクの変化は、地震波を単純で予測可能なかたちで屈折・散乱させる地殻からマントルへの変化とは違う。それはむしろ、ふたつの別個の生態系の境目と似ている。あるいは、探検隊の生き残りが広大なサヴァンナを横断してなんとか無事に戻ってきたからといって、隣接するジャングルの探査がごくたやすいということにはならない、という事実とも似ていた。

スルジャンがいった。「層集団は移動しているようだ」連続するパルスが戻ってくる際の遅延は、わずかに異なっていた。反射層は拡大する境界面と多かれ少なかれペースを合わせているが、その層が行きつ戻りつ漂っていることを、信号は示していた。「もしかして、振動している？」

ラスマーが応じた。「それはたぶん、境界面領域で変化しているなにかで、伝播速度と関わりがある」その説明のほうがチカヤには意味をなした。信号は状態が変動する可能性のある広大な地域を横断するので、あらゆる遅延はその途中で遭遇したヴェンデクのせいだということにしたほうが手っ取り早い。

スルジャンがラスマーに、威圧的な表情をむけた。「三流批評家から大変に専門的なご指摘をいただいた。戻ってきた信号はとてもきれいだし、とても鋭い。伝播速度がそんなに変動するようなら、戻ってきた信号は探知可能なほど広くなっているだろう」

「ふうむ」ラスマーは反論しなかったが、目はどんより曇っていた。なにかをチェックしているのだ。それを終えると、ラスマーはいった。「オーケー、あなたのいうとおりだ。そして変化は速すぎるし、規則的すぎる。変動の原因は非常に局所的なはずだから、それは媒体ではなく、反射体に違いない」

チカヤはウムラオのほうを見た。「どう思う？」

「シミュレーションではこんなものはなにも見ませんでした」ウムラオがいった。「けれどわたしは、境界面領域のヴェンデクをリミックスしただけです。この層はまったく違うものを含んでいるかもしれません」

振動が止まった。

ヤンはスクリーン上のプロットを見つめた。「これだけ？　崩壊曲線なし？」

振動が再開した。

チカヤは部屋を見まわした。数人が退室していた。あちら側における惑星の電離層と同等のものが生みだす響きに、なんの興味もない人たちなのだろう。けれど、信号伝播に影響するあらゆるものは、決定的な重要性を持ち、もしこの層が移動可能なら、その層は破れて、もっと深いところのなにかを明るみに出すかもしれなかった。

振動がふたたび停止したが、あっさりと二、三秒後に再開した。「百三十一振動」ヤンがいった。

ラスマーが、「そこからなにがわかるんだ?」

ヤンはテーブルを指で叩いた。片手は戻ってくるパルスに合わせ、もう一方は反射層自体のリズムを刻んでいる。チカヤは、自分の〈介在者〉にヤンのアイコンの描出をやめるよう命じたくなる衝動をこらえた。休みなくテーブルを叩く音はうっとうしいが、チカヤはこれまで自分の感覚マップからだれかを削除したことはいちどもなかったし、いまその道に踏みだす気もなかった。

「百三十七」ヤンがいった。

チカヤはいった。「もっと長周期の循環プロセスがあって、もっと速いプロセスを変調していると考えているのか?」

ヤンは謎めいた笑みを浮かべた。「ぼくはなにも考えていないよ」

突然、ラスマーがうめき声をあげた。「あなたはそんなことを考えているのか!」

「どうした?」チカヤは彼女のほうを見たが、それだけではなにもわからなかった。

ラスマーがいった。「あなたがまちがっていることに、なにを賭けてもいい」

ヤンはきっぱりと首を横に振った。「ぼくは絶対にギャンブルはしない」

「臆病者」

「ぼくたちには相互利益資産がない」

「あなたが自分の分を放棄したからね」

ウムラオがいった。「さっぱりわかりません。あなたがたはなんの話をしているんですか？」

「百三十七」ヤンが数えつづける。「百三十八、百三十九」

ヤンが黙った。振動が止まっていた。

チカヤがいった。「遅い周期は少しだけ変動する。たぶん長くなっている。そこからなにがわかる？」

ラスマーは青ざめた。コンソールでは、テーブルでの会話になんの注意も払っていなかったスルジャンが、不意にハヤシといっしょに身を乗りだしていた。チカヤにはふたりがなにを小声で話しているのか聞きとれなかったが、そのうちスルジャンの口からみだらな言葉が大声でとうとうと流れだした。チカヤたちのほうをむいたスルジャンは、愕然としながらも得意満面に見えた。

「これがどういうことだかわかるか？」スルジャンがいった。

ウムラオが笑顔で、「いまわかりました。けれど、結論に飛びつくべきではないと思います」

チカヤは訴えるようにいった。「どんな結論なんだ？」

「停止前の振動数が、三つの連続する素数だった」スルジャンが説明する。

振動が再開し、ヤンもまた淡々とそれに合わせてテーブルを叩いた。その並びで次に来る数をチカヤは計算し、そんな偶然が連続する確率を量化しようとしたが、パターンが崩れるか確定されるかするのをただ待つほうが早かった。

「百四十七、百四十八、百四十九」

それを合図とするかのように、振動が止まった。

ヤンがいった。「非知覚のプロセスを除外するつもりはない。このシステムの中でどんな種類の秩序が生じうるかについて、ぼくたちはまだよく知らないからね」

ウムラオが同意した。「あちら側の環境において、素数が有用であるような状況に進化が出くわすことはない、という理由はありません。わたしたちの知る範囲で、いわゆる素数蟬の異世界版にすぎないということもありえます」

「どんな可能性も除外できない」スルジャンが渋々認めた。「だがそれは逆方向にも当てはまる。何者かがわたしたちの注意を引こうとしている可能性も、そこには含まれるということだ」

12

「古代ローマの闘技場《コロセウム》に迎えいれられんとするところ、という感じだな」ラスマーがいった。

「お先にどうぞ」

「とてもそんな気分になれない」チカヤは手を掲げてみせた。震えている。防御派が集会をひらいている即席の階段式大講堂の外の回廊で、二時間近くすわって待っていたあと、いまふたりの正面でまっさらな防音壁にドアが形作られはじめていた。

「アドレナリンを減らすんだ」ラスマーがアドバイスする。

「それはしたくない」チカヤは答えた。「こうなるのが正しいんだ。こう感じるのが正しいんだ」

ラスマーは鼻を鳴らした。「伝統主義のことは聞いているけれど、それは馬鹿げている」

チカヤはかちんと来ていい返しそうになったが、言葉を飲みこんだ。体が自然に動揺したままでも、それに手綱をつけられれば、洗練された態度は保てる。「平静な気分でいたくはない」チカヤはいった。「これはあまりにも重要なことだ」

「そこでわたしが理性的な役で、きみが情熱的な役をやる?」ラスマーは笑みを浮かべた。

「別に悪い戦略じゃないね」

チカヤは六日間の論議の末に、譲渡派の複雑きわまる意思決定プロセスに提案を通して、最新のいくつかの発見を対立派閥に開示することを認めさせ、これでうまく行くことを願った。防御派が実験を再現し、同じ結果を得て、同じ結論に達することを。チカヤは一連の出来事にきっかけをあたえ、あとのことは止めようもなく勝手に進んでいくだろう、と。

そして追試をおこなった防御派から、猶予期間について決定をくだす前に、譲渡派がふたり、自分たちの前で話をすることを許可する、と発表があり、チカヤは思わず名乗りをあげていた。防御派に事実を伝え、耳を貸してもらえる状況を作りだすためにこれだけ骨を折っておきながら、ここで引きさがって、この最終段階をほかのだれかに譲るのは、偽善的というものだ。

ドアがひらいて、タレクが出てきた。いまのチカヤよりも気分が悪そうだ。ストレス下での体の具合は意志の力ですべて改善できるはずだが、タレクの目は、意識的に睡眠を抑制しているにとどまらない人のそれだった。

「話を聞く準備はできた」タレクがいった。「どっちが先だ？」

ラスマーがいった。「チカヤは山羊の脂肪まみれになった経験がないから、わたしということになるね」

チカヤはラスマーのあとについて大講堂に入ったが途中で立ち止まり、ラスマーは演壇にむかった。チカヤはほとんどモジュールいっぱいに広がる、階段状に層になった座席を見あげた。最上列後方の透明な壁のむこうに星々が見える。ここにはチカヤがよく知っている人々もいたが、何百人ものまったく見ず知らずの人々もいた。新たな到着者によって防御派の人数は膨れあがっていた。

聴衆はしんと静まりかえっていた。何人かはぞっとするような憤慨の表情を浮かべていて、明白な敵意をこめてにらんでいる人もいたが、ほとんどの人は疲れて気が立っているだけに——その人たちがいちばん嫌なのは、受けいれがたい新事実を伝えに来た譲渡派の存在ではなく、腹立たしい選択をしなくてはならないという精神的負担そのものであるかのように——見えた。それにはチカヤも共感できた。チカヤの中には、これ以上の努力がなんにせよ無意味になり、丸まって一週間寝ていられるようななりゆきだけをひたすら望んでいる部分があった。

ラスマーが話しはじめた。「みなさんは当派の新しい実験の結果をごらんになった。わたしはみなさんがその追試に成功ずみだという前提で話を進めます。それがまちがいで、まだ生データが争点になっているなら、どなたかが訂正してくださるでしょう」

ラスマーが間を置くと、ソファスが大声で言った。「それはもう争点ではありません」チカヤは重圧が少し軽くなるのを感じた。もし、実験装置に故障があったり、あるいは防御派が念入りにはったりをかけて、追試をしたが自分たちはなにも見なかったと主張したりしたら、たちまちこの場の議論はすべてが非難の応酬に堕していただろう。

ラスマーがいった。「どうも。みなさんはウムラオのシミュレーションもごらんになり、ご自分たちでもいくつかを独自にやってみたことと思います。この場でこれから一週間、当派が〝ヴェンデク〟と呼んでいる構造が生物として扱うに値するものかどうか、討論することもできます。しかし、ヴェンデクの群集——もっと中立的な用語がよければ、混合——が、わたしたちのよく知る真空や、ほかのなんであれ、わたしたちの大半がここへ旅してくるときに、境界面のあちら側《ファーサイド》で見つけることになるだろうと考えていたものとは、まったく異なる背景幕を形作っていることは、明白です。

　わたしたちは両派とも、エキゾチックな動力学法則を持つ状態を境界面に固定してきました。真空を基礎とする物理学の膨大な全一覧にある何万というサンプルを目にしてきました。しかし、あちら側の自然な状態、つまり空白と均質性に近づけるだけ近づいた状態は、それらの可能性すべてに、同時にアクセスできるのです。

　わたしが〈リンドラー〉へ来たとき期待していたのは、異なるアルファベットで書かれ、異なる文法に従うけれど、わたしたちの物理学と同種の単純な規則に従う物理学を目にすることでした。そんな期待がいかに近視眼的であるかに、最初に気づいたのはソファスです。わたしたちの真空は、単に物質を欠いているのではない。わたしたちの宇宙は、物質的な意味で、単純に希薄なのではない。境界面のあちら側に存在するのも、異なる言語による物理学でも、可能性という可能性をごたまぜにしたランダムな混乱《バベル》状態、無構造でもない。それは統合です。その世界はあまりに豊かな色あいで描かれているので、わたしたちが可能な宇宙としてこれまでに考えてきたなにもかもが、端から端までたったひとつの原色で満たされたカンバスに見えてくる。

わたしたちはすでに、ヴェンデクよりもはるかに高度な生命体が、境界面を越えたすぐのところに存在するかもしれない、という徴候を目にしています。おそらくわたしがなにをいっても、みなさんがその証拠をどう解釈するかに影響はあたえられないでしょう。それがなにを意味するものか、わたし自身確信はありません。それはいかなるものでもありえます。接触を望んでいる有知覚生物。動物どうしが交わす交尾の歌。わたしたちの本能がありうると判断する以上に秩序立った状態にある、あちら側の物理学に束縛された無生命のシステム。答えはわたしにはわからないし、みなさんの中にもわかる人はいないでしょう。

もしかすると、語るに値するあちら側の生命など存在しないかもしれません。異なるヴェンデクのプールがずっと底まで続いているだけなのかも。いまはまだなんともいえません。しかし、ちょっと想像してみてください、わたしたちが目にした信号が、昆虫程度にでも複雑な生物から送られてきたものだと。もしそれほど高度な生物が、わずか六百年であらわれるとすれば、あちら側は、構造や、秩序や、複雑さにとてもよくなじんでいて、それゆえ、わたしたちがあちら側に適応することも、あちら側の一部を好適な環境に変えることも不可能だなどとは、思いつくこともできないに違いありません。

わたしたちが、銀河系ひとつに含まれる数の惑星を手渡された、としましょう。その惑星すべてが非常に地球に似ているために、たやすくテラフォームできるか、わたしたちの遺伝子を二、三いじれば、そこで繁殖できる、と。さらに重要なのは、それらの惑星は密集していて、惑星間を旅するのに要する時間がごくわずか、数日や数週間で、数十年や数世紀ではないということです。もしわたしたちがそうした世界に移住したら、それはわたしたちの分裂に終止符が打たれることを意味するでしょう。こんなことを主張する規則の終わりをです——ああ、おまえはほかの文化がどんな風なものかを見にいける、ただし、おまえ自身の文化から疎外されるという代償を支払ってだ。

さらに加えて、地球に似た惑星間に、銀河系もうひとつ分の数の惑星が散在していて、そのすべてが百花繚乱の異種族生命に満ちていると想像してみてください。さらに加えて、それらの世界が新しい物理学に浸っていると想像してみてください。その物理学はとても豊かで奇妙なので、一万年は続く科学のルネサンスを引きおこし、テクノロジーを変容させ、芸術に新たな活気を吹きこむのです。

あちら側はほんとうにそんなものを、わたしたちにもたらすのでしょうか？　わたしにはわからないし、みなさんにもわかりません。もしかすると、みなさんの中には、それがなんの違いももたらさないという方もいるでしょう。境界面のあちら側になにが存在しようとも、さらにひとつの惑星が失われ、その住人たちが散り散りになるのと引きかえにする価値はない、と。それでもわたしは、多くのみなさんが少し考える時間を取って、こういう気になってくださることを期待しています。〈ミモサ〉は悲劇と混乱をもたらしたし、それは止められるべきだが、ただしいかなる代償を払ってでもではない、と。もしあちら側に、新しい謎を、新しい知識を、そして最終的に何十億もの人々に新しい帰属意識をもたらすことのできる世界が――わたしたちにとっての母星が意味するのと同じものを、わたしたちの子孫にとって意味するものになりうる場所が――存在したら、天秤がそちらに傾くことも、想像不能なことではなくなるでしょう。

人々は家族や国を地球に置き去りにしました。かつて泳いだ川や歩いた山を、彼らは二度と見ることがないでしょう。その人々はみな、裏切り者であり愚か者なのでしょうか？　彼らはそのあと、地球を破壊したりはしなかったし、ほかのだれにも同じ犠牲を強いたりもしませんでしたが、かつての世界の姿に、人類がひとつに結びついていた時代に――光速が瞬時の接触、文化や価値観の瞬時の衝突を意味する言葉であり、そうした接触や衝突をなし遂げようとしたときにあなたが失うものを計る単位ではなかった時代に――終止符を打ちました。

境界面のあちら側になにが存在するのか、わたしは知りませんが、一年前には空中楼閣に思えた可能性が、いまでは千分の一も非現実的ではありません。わたしがしゃべってきたなにもかもは、いまなお蜃気楼だったことになるかもしれませんが、そうだとしても、その蜃気楼が陽炎の中にぼんやりと浮かんでいるのを、いまわたしたち全員が自分自身のふたつの目で見ているのです。あと二、三歩近づけば、それが現実なのかそうでないのかが、きっぱりとわかるでしょう。

それが、この猶予期間をお願いする理由です。わたしが描いた未来図《ヴィジョン》にみなさんがしりごみするにせよ、その確実さを疑うだけにせよ、無知なまま決断をくださないでください。当派にもう一年をあたえ、肩を並べて研究し、答えを見つけるのを手伝ってください——そのあと、あなたがたの選択をなさってください。ご清聴に感謝します」

ラスマーは演壇から半歩後ろにさがった。聴衆のだれかが咳をした。礼儀としての拍手はなかったが、野次もなかった。この冷淡な沈黙をどう解釈したらいいか、チカヤにはわからなかった。ラスマーは妥協点を探るより、転向者を求めていたのだが、もしラスマーの訴えに心が揺らいだ人がいたとしても、たぶんその反応を外に漏らしたくはないだろう。

タレクがいった。「質問はチカヤが話したあとで受けつける」

ラスマーはうなずいて、演壇を離れた。チカヤの脇を通るとき、ラスマーは励ますように微笑んで、チカヤの腕に触れた。自分が先だったらよかったのにとチカヤが思いはじめていたのは、ラスマーのあとだとやりにくいからだけではなかった。譲渡派の集会以前だったら、彼女がいましたような演説はチカヤを興奮させ、自信で満たしただろう。その演説が、目標とする人々になにひとつ目に見える影響をあたえたようすがないのを見せつけられるのは、泣きたくなるような体験だった。

チカヤは演壇の前に立つと、とくにだれの顔にも目をとめることなく聴衆を見あげた。マリアマがこの中のどこかにいるはずだが、彼女の姿が目に入らず、ほんとうにいるかどうかがあいまいなままなのはラッキーだとチカヤは思った。

「境界面のあちら側に」チカヤは話しはじめた。「有知覚生命が存在する可能性があるのです。わたしたちはそれについてなんの証明も手にしていません。確率の数値化に着手するのに必要な深さの理解さえ欠いています。けれど、確かにわかっているのは、真空の中では――あるいは、わたしたち自身の宇宙で誕生してから六百年経った熱いプラズマ存在の類の中でも――思いもよらないだろう複雑なプロセスが、あちら側ではたったいま起きていることです。みなさんがヴェンデクを生物と見なすにせよそうでないにせよ、ヴェンデクは、この領域の基本構造が虚空とは似ても似つかぬものであることを、あらわにしています。

わたしたちのだれひとり、〈リンドラー〉到着時には、その知識を携えていませんでした。何世紀ものあいだ、わたしたちはみな、〝新真空〟をなにかのおそろしい爆発で生じた火球のように思い描いてきました。わたし自身、その火球の内部で生きのびる方法を学ぶという挑戦からなにかが得られるかもしれないと期待して、ここへ旅してきましたが、あちら側が独自の生命を隠していようとは、夢にも思っていませんでした。

生命は真空の宇宙では容易には発生しません。地球を除くと、探査ずみの百万近い惑星のうち、いまは隔離されているたったの四つだけに、単細胞生物が散在しています。二万年間、地球は唯一無二の有知覚生命のゆりかごではないというかすかな希望に、わたしたちはしがみついてきました。その希望を捨て去るべきではないとわたしは確信しています。けれど、わたしたちはいま境界線上に立っています。ごくわずかなオアシスがある砂漠の側と、溶岩の湖がある側との境界ではなく、おなじみの砂漠と、とても奇妙な海との境界です。

この海もまた砂漠なのかもしれません。波風が荒れ狂っているかもしれないし、有毒かもしれない。確実にわかっているのは、それがわたしたちの知っている宇宙のようなところで

はないということだけです。けれどいまわたしたちが見て
いるのを目にしました。わたしには、それは知性の合図、知性の宣言のように見えます。こ
の解釈がまったくのまちがいかもしれないことは認めましょう。ですが、もし惑星上で、こ
れの十分の一でも有望そうななにかを見かけることがあったなら、わたしたちは歓喜に叫ん
で、調査に殺到するのではないでしょうか？

ここには何十億という人々の母星と社会の命運がかかっています。丸一年の遅れは、確実
に世界がもうひとつ失われることを意味するでしょう」これをどういう言葉で表現するのが
ベストかは、チカヤが悩み抜いたところだった。真正直にひとつの惑星全部の犠牲を求める
のはなしとして、防御派がプランク・ワームの製作にいったいどれくらい迫っているのかと
いう問題を、チカヤは慎重に避ける必要があった。「しかし、これまでに発見された希有な
生命をそっとしておいて、邪魔されずに進化するチャンスをあたえるために、世界全体の立
ち退きが複数回実施されてきました。それよりもはるかに高度な生物を試験管内で作ること
はできますが、それでもわたしたちは単純きわまる異星の微生物に、わたしたちの起源を科
学的によりよく理解する機会と、それらの生物がいずれなるかもしれないなにものかとの遠
い血縁関係とを見てとったのです。わたしはヴェンデクをプランク・スケールの化学現象に
すぎないと見なすことにやぶさかではありませんが、あと一歩わたしたちの理解がおよばな
いだけのところにあちら側の有知覚生命が存在する、というわずかな可能性でさえ、少なく
とも、わたしたちが手出ししないで自由にやらせることにした微生物が繁栄して、地球の生

命と同じくらい豊かななにかになる、という可能性と同等のものと見なされるべきです。

わたしはこの場にいるだれにも、その人をここへ旅させてきた価値観を捨てるよう頼みはしません。けれど、ほかの文明ひとつを消し去ることを目標として、ここへ旅してきた人はひとりもいません。そんな考えをいだいていた人さえいないでしょう。もしあなたが、あちら側に有知覚生命が存在することはありえないと信じているなら、この機会にそれが正しいとご自分で証明してください。もしごくわずかでもそれに疑問をいだいたなら、この機会にもっと情報を集めてください。

確実なことがわかるまで待ってほしいとはいいません。あちら側はあまりにも広大です。調査手法がどれだけ進歩しても、未調査の部分が残る可能性は避けられない。それでも、境界面が完全に不透明だった六世紀と、あちら側をごく短い距離でも見通すことのできた数週間に続いて、もうあと一年の探査をお願いしたいのです。その結果、ここで問われているものはなにひとつ見つからないかもしれませんが、推測以上のことができる最初のほんとうのチャンスを手にしているいま、もっとじっくり見ることを拒んで目を閉じる権利はわたしたちにはない、と信じます。

ご清聴ありがとうございました」

チカヤは演壇から後ろにさがった。しゃべっているあいだはそんなに悪くない気分だったが、そのあとの沈黙には気持ちをくじかれて、先行きが暗くなったように感じた。譲渡派は対立派閥に可能なかぎりなにくわぬ顔で対応することにしただけのつもりだったが、結果はやはり敵意すれすれの無関心だった。チカヤは自分の〈外自己〉に命じて、体の動揺を鎮めさせた。切迫感を伝えようとして、チカヤは先ほどまでストレス・ホルモンを解放していたのだが、その結果が成功だったか失敗だったかの結論は、すでに出ていた。

タレクがいった。「質問や意見のある方」

バイラゴが立ちあがって、かつての分光器設計での同僚に質問した。「わたしにはヴェンデクはほんものに見えるし、きみたちがこちらに気づかれることなく、それを人為的に生みだせたかは疑わしいと思う。だが、この信号送信層なるものについては、ほとんど確信が持てない。きみたちがそれを作りだしたのではないと、どうしてわかる？」

ラスマーが演壇に立った。「どういう答えを期待されているのかよくわかりませんが、みなさんが〈右手〉を境界面沿いに遠くへ移動させて、その層に縁があるかどうかを調べたら、層全体が〈左手〉を中心にして存在しているかどうかがわかるのではないでしょうか。ですが、とにもかくにも層を作りだせるような技術が当派にあると、あなたが本気で信じているとしたら、その発生地点をごまかすこともできるはずだとも信じるでしょうね」ラスマーは両腕を広げた。「どうかもっとよく見て、もっと証拠を集めてください。それがまさに、ここでお願いしていることであり、もしみなさんが疑いをいだいているなら、治療法はほかにありません」

バイラゴは心を動かされたようすもなく、無愛想な笑い声をあげたが、腰をおろした。

チカヤはデータが捏造だと非難されることには準備をしていたが、境界面のあちら側に議論の余地なく存在するものが偽造物だと受けとられる可能性は、一瞬たりとも心に浮かんだことがなかった。もし防御派がほんとうにスパイを送りこんでいるなら、それがいかに冷笑ものかはわかっているはずでは？　だが、スパイがその知識を共有している相手は、そんなことに考えを左右されない人々だけなのかもしれない。

ソファスが立ちあがった。「わたしはいま質問された事柄について調べてきましたが、〈左手〉がこちらに気づかれることなくその層を作りだせたと信じることはできません。ヴェンデクを作りだすことについてもまったく同様です。この層なるものはほんものであり、調査の必要があります。わたしがここへ旅してきたのは、文明を保護するためであって、破壊するためではない。わたしたちがここで目にしているものが知性である可能性がほんのわずかだとしても、これは重要性最高度の問題です。

わたしは猶予期間という提案を支持します。その時間はこちらにとっても損失にはなりません。考えるのをやめる必要はないし、計画の立案を中止する必要もないのですから。一年間、こちらの次の一手を非常に注意深く考えるのを余儀なくされることは——調査結果の一部として入手できるかもしれない、あちら側のより深いところの構造に関する情報と組みあわせれば——その代価となる以上の世界を、難なく救うでしょう。境界面は光速の半分の速さで拡大しています。それを停止あるいは逆転させようとするどんな試みも、その成功は、最終的に採用する作用物の伝播速度にきわめて大きく左右されるはずです。それをはるかに効果的ななにかに改良できるというのに、いちばん最初に見つけたと思っている解決策に飛びつくのは、皮相な勝利にしかならないでしょう。もし、この脅威に対する武器を研ぎすましつづける一方で、自分たちは残虐行為をおかそうとしているのかもしれないという疑念が良心にまとわりつくのを完全に振りはらうことができたなら、わたしたちは傲慢と小心の中間を針路として、誇りを持って進めるでしょう――自分たちの前に横たわるものを、それがなんであろうと蹂躙することと、影にさえおびえて跳びあがることとの、中間の針路を」

ソファスは着席した。チカヤはラスマーとちらりと視線を交わした。ふたりにとって、これ以上は望めない味方だった。チカヤは、防御派に大義をあたえるこの論点を自分が持ちださなくてよかった、と思った。ソファスから聞かされたほうがはるかに信頼性を感じられるだろうし、対立派閥から最初にいわれていたら、人々は嫌悪感を持っただろう。

次にしゃべったのは、最近の到着者のひとりだった。チカヤは彼女に紹介されたことはなかったが、シグネチャーにはムラサキと名前があった。

「ここには有知覚生物がいるのかもしれないし、いないのかもしれません」ムラサキがいった。「それによってわれわれの行動が違ってくるべきなのですか？　われわれの側に責任が発生するのは、相互に利益が得られる期待が持てる場合だけです――そして多くの偉大な思想家が論じてきたように、われわれとなんの類似点もない有知覚生物が、われわれ自身の道徳律に従うと期待することはできません。純粋な感情レベルにおいてさえ、それらの生物が生まれてくるのは、われわれには理解不能と思われる世界です。そんな生物に、どんな共感をいだけるというのですか？　どんな目標を共有することが可能だというのですか？」

チカヤはぞっとして寒けを感じた。ムラサキは軽く困惑している口調だった。異種族生命にほんのわずかな価値でもあたえることのできる人がいるとは、心底理解できないかのように。

「進化は競争を通じて作用します」彼女の話は続いた。「もしわれわれが自分たちの領土を取りかえし、そこを確保できないとしたら、それらのあちら側生物《ファー・サイダー》がわれわれの存在を知るが早いか、かならずや境界面の拡大を光速にまで引きあげる方法を発見するでしょう。われわれは不意打ちという切り札を持っているあいだに、それを使わなくてはなりません。もしここに生命が存在するとしたら、もしあちら側を快適な故郷とする生物がいるのなら、違ってくるのは、われわれはこちらがそうされる前にそいつらを一掃すべく、努力を倍加すべきだということです」

ムラサキがすわると、聴衆のあいだにかすかなざわめきが湧きあがった。請願者への反応としてはなにもおもてに出さないよう防御派が申しあわせていたとしても、防御派の一員なら反応してもらうことができた。〈リンドラー〉に来てからのすべての時間の中でも、世界のあいだを旅していたときでも、こんな胸の悪くなるような見解が表明されるのを、チカヤは金輪際耳にしたことがなかった。転向をしつこく説いてくる文化は数多くあり、対抗勢力の選択を大っぴらに嘲笑する文化も多いが、非実体主義の急先鋒であろうが実体を持つことのそれであろうが、惑星に根をおろすことを唱道する人であろうが旅の自由を主張する人であろうが、ほかの様態《モード》での生などまともなものではないので、良心の呵責なしに全滅させてよい、などと主張した人は、かつてひとりとしていなかった。

ムラサキのいったことが問題にならずにすむことは、あるはずがなかった。現在では大量虐殺《ジェノサイド》という発想自体が、現実離れした比喩的表現でしかないものと化していたし、利益という言葉をもっとも狂ったかたちで解釈してさえ、大量殺戮をおかすために必要な努力が少しでも割に合うような状況はまったく存在しない。未開時代からの恐怖を目ざめさせるものがいまだになにかありうるとすれば、六百年間の混乱と、真に異質ななにかを根絶する好機は、有知覚存在がほかの同じ存在の手で死を迎えることのなかった一万九千年におよぶ時代を終わらせるのに、じゅうぶんなのかもしれなかった。

チカヤが必死で自分なりの返答を組みたてようとしていると、タレクの声がした。「この質問にはわたしが答えたいのだが、かまわないかな」

チカヤは驚きを感じながら、タレクのほうをむいた。「ええ、もちろんです」

タレクは演壇まで進んで、演台に両手を置いた。顔をあげて、ムラサキを相手に話しはじめる。

「あなたのいったことは正しい。もし境界面のあちら側に有知覚生命が存在するなら、それはおそらくわれわれの目標を共有はしないだろう。生きていく上でわたしとまったく同じものを必要とし、食べ物、美術、音楽、性行為でまったく同じ嗜好を持つ、この場にいるすべての人々とは違って、だ。シュールやカルタンやザパタの人々とも違う——わたしは自分の母星を失ったあと、その人々を守りたいと願ってここへやってきたのであり、その人々は疑いもなく、わたしがあとに残してきた人々と、同じ祭典を祝い、同じ歌や物語を楽しみ、四十夜ごとに集まって、同じ確定された聖典に基づく同じ言語の同じ劇を役者が演じるのを鑑賞する。

もし境界面のあちら側に有知覚生命が存在するなら、もちろんわれわれはそれと共感することはできない。それらの生物が、かわいらしい哺乳類の新生児の顔をしていたり、われわれが人間の顔立ちとまちがうかもしれないほかのなにかを持っていたりするというのは、ありそうにないことだ。そのような克服できない障壁を乗りこえられる想像力や、一般知性定理のような難解な抽象概念を応用することのできる理解力を持つことは、われわれのだれひとりできなかったかもしれない——だがわたしの母星では、だれもが十二歳になったらそうした想像力や理解力を身につけることが義務づけられていたので、それは境界面のこちら側《ニアサイド》では周知のことであるに違いないが。

あなたのいったことは正しい。われわれはむずかしい道徳的判断をくだす責任を放棄して、自然淘汰の指図に身をゆだねるべきだろう。進化はわれわれの幸せを大変に気にかけているので、遺伝された衝動に服従した人が一瞬でもそれを後悔して悩んだことは、これまでまったくなかった。生まれながらの本能に機会あるごとに従った人々の喜びにあふれた事例で——ファックできる相手は誰彼かまわずファックし、盗めるものはなんでもいいから盗み、邪魔になるものは片っぱしから破壊する——歴史は満ちている。そして評決はつねに同じ。だれかが遺伝子をばらまく助けになる行為は、純粋な満足感を得る秘訣だ。行為の実践者と、その周囲のあらゆる人の両方にとって」

タレクは力をこめて演壇を握りしめたが、穏やかな声のまま話を続けた。「あなたのいったことは、輝かしいほどに、議論の余地なく正しい。もし境界面のあちら側に有知覚生命が存在するなら、われわれはそれらの生物を跡形もなく一掃すべきだろう。そいつらがわれわれに対して同じことをするかもしれないという、単なる可能性を根拠として。そのあとは、同じ前提のもとに、われわれはやることとなすことを正当化できる。生命には、断固として永久に存続しつづけることと、その目的を邪魔するあらゆるもの――われわれの外部のものだろうと、内部のものだろうと――を系統的に消滅させることのほかにはなんの目的もない、という前提のもとに」

タレクはそれから数秒間、その場に立っていた。大講堂はふたたび静まりかえっていた。チカヤは鼓舞されるとともに、タレクがこのような立場を取るとはまったく思ってもいなかったことを恥じていた。だがふり返ってみれば、これが一貫性のあるふるまいであって、背信ではないことがわかる。たぶんタレクは、家族や友人の未来の母星の安全を手にすることを唯一の目的として、彼らをあとに残してきたのだろう。だが、ここへ旅してきたというまさにそのことによって、彼はその文化の一員から、普遍的ななにかの支持者に変貌した。タレクは狂信者ではあるかもしれないが、もしそうだとしても、理想主義者であって、偽善者ではなかった。境界面のあちら側に有知覚生物が存在するとしたら、それが彼にとってどれほど異質なものであったとしても、タレクはほかのどんな人にでも当てはめるのと同じ原則を、それに対しても当てはめるだろう。

タレクは演壇から後ろにさがった。サントスというまた別の新来者が立ちあがり、熱をこめてムラサキの見解を、同じようにぞっとする言葉で擁護した。彼が話しおわると、半ダースの人が同時に立ちあがり、たがいを圧倒しようとして大声で叫んだ。

タレクがどうにかこうにか秩序を回復させた。「ほかにラスマーとチカヤへの質問はあるか？　なければ、われわれだけでの討議に進むことになる」

それ以上の質問はなかった。タレクがチカヤたちのほうをむいて、「ここでご退場願わなければならない」

チカヤはいった。「どうかご健闘を」

タレクが渋々浮かべた笑みは、とうとう自分とチカヤがその言葉で同じことを意味できたと認めているかのようだった。タレクがいった。「どれだけ長くかかるかはわからないが、結論が出るまで続けることになる」


回廊に出ると、ラスマーがチカヤをふり返った。「あいつらはどこから来たんだ？　ムラサキとサントスは？」

「知らないな。それは彼らのシグネチャーになかった」チカヤは船に確認してみた。「ふたりともパッフ経由で来ているが、出身地は公表していない」

「それがどこであっても、訪問はしたくないね」ラスマーは身震いして、両腕を体に巻きつけた。「評決が出るまでここで待つ必要はあるか？　かなりかかるかもしれない。それに、評決が出れば公表されるだろう」

「なにか考えがある？　わたしはブルー・ルームに顔を出せる気がしない」

「わたしのキャビンはどうだ？」

チカヤは笑った。「いまこのとき、それがどれほど魅惑的に聞こえるか、想像もつかないだろうね」

「そう聞こえるようにいったんだよ」ラスマーがチカヤの手を取った。彼女は冗談をいっているのではなかった。「ここの体は覚えが早いんだ、とくに、以前惹かれあったときの記憶がある場合は」

チカヤはいった。「その件には完全に終止符が打たれたと思っていた」

「これは存続性として知られているものだよ」ラスマーはチカヤと正面からむきあった。「きみがいまだにこだわっているのがだれであっても、その競争相手の思い出を全部消し去るような印象をあたえることは請けあう」ラスマーは自分の大言壮語にくすりとした。「少なくともそう努力する、もしきみが同じ努力をする気になるなら」

チカヤは舌がもつれた。ラスマーのなにもかもが好きだったが、ここで身をかわすのが自分の主義であるかのように感じている部分が、チカヤの中に深く染みこんでいた。

チカヤはいった。「わたしはきみの七倍の年齢だ。子どもが三十一人いる。子孫の六世代目でもまだ、きみよりも年寄りだ」

「はい、はい。きみはやつれた年寄りの生きもので、いまにも知覚のしっかりした状態からするっと耄碌状態に移行してしまいそうになっている。でもわたしにはきみをその瀬戸際から引っぱり戻すことができると思う」ラスマーは身を寄せてきた。彼女の体のにおいが、チカヤにとっての意味を回復しはじめていた。「傷跡があるなら、キスで拭い去ってあげる」

「傷跡は残しておきたいんだ」

「それならそれでかまわない。じっさいにキスで拭いとれるわけじゃないし」

「きみはほんとうに魅惑的だけれど、わたしのことをほとんど知らない」

ラスマーが不満そうにうなった。「あらゆるものを四千年単位で区切るのをやめて。きみの年齢は、それを基準にほかのすべてが計られねばならない、自然な時間単位じゃない」ラスマーは身を乗りだして、チカヤの口にキスした。チカヤは顔を引き離さなかった。

ラスマーがいった。「いまのはどうだった？」

チカヤは精いっぱい、クワインのワイン判定士が眉をひそめるときの顔をしてみせた。

「ヤンよりはうまい。前にも経験があるんだね」

「そうだったらよかったんだけど。きみはヴァージンを失うまで一千年紀待ったんじゃないか？」

「いいや、そんな風に感じられたというだけだ」

ラスマーがあとずさって、腕を伸ばすと、チカヤの両手を取った。「いっしょに投票がおこなわれるのを待とう。きみがしたくないことは、わたしたちにはなにひとつできないんだ。

生物学的に不可能なんだから」

「子どもにはそう教えているね。だが、現実はもっと複雑だ」

「それは当事者が複雑にした場合の話だ」ラスマーはチカヤの両腕を引っぱった。「わたしにだってプライドはある。きみに懇願まですするつもりはない。これがきみにとって最後のチャンスだなどといって脅す気さえない。だが、わたしたちがたがいにふさわしくないとは絶対思わないし、きみがそう確信しているとも絶対思わない」

「そんな確信は持っていないよ」チカヤは仕方なく認めた。

「それにきみはついさっき、じゅうぶんな情報なしに決定をくだすことのおろかさについて演説していなかったか？」

「していた」

ラスマーは勝ち誇ったような笑顔になった。チカヤはこの場を議論で切りぬけるつもりはなかった。ここは論理の出番ではない。チカヤは単に、自分がなにをしたいかを決めなくてはならないだけだった。片方の本能は、ラスマーを拒絶すべきだと告げていて、そうしないのは自分自身を裏切ることに思えるからというのがその理由だった。そしてもう片方の本能は、もし変化しないままでいるなら、もうあと一世紀でさえ生きていても無意味だと告げていた。

チカヤはいった。「きみのいうとおりだ。わたしたちの無知に終止符を打とう」

ふたりはラスマーの部屋に行って、いっしょにベッドに寝そべり、服を着たままで話をし、折に触れてキスをした。投票がおこなわれたら自分の〈介在者〉が即刻知らせてくれるのはわかっていたが、チカヤはどうにも気になりつづけていた。チカヤは防御派があちら側についてのすべての情報を得るよう、力の限りのことをしたが、防御派が説得されたかどうかがわかるまでは、落ちつくことはできなかった。

集会で話をしてから二時間近く経って、知らせが届いた。猶予期間は承認された。得票率は公表されず、多数決が最終結論となる討論に入る前に、防御派は全員一致で賛成したのだった。

情報が届いたときのラスマーの顔を、チカヤは見ていた。「わたしたちの手柄だ」ラスマーがいった。

チカヤはうなずいた。「そしてタレクの。それからソファスの」

「そう。わたしたちだけの力ではない。でも、わたしたちはわたしたちでお祝いができる」彼女はチカヤにキスした。

「できるのか？」チカヤははにかんでいるのではなかった。単なる内観では判断がつかなかったのだ。

「わたしはできる気になっている《ポジティヴ》」

たがいの服を脱がせあいながら、性行為を超え、ラスマーへの愛情を超えたところで幸せな気持ちが湧きあがるのを、チカヤは感じた。これまでマリアマが自分に対してどんな支配力を持っていたとチカヤが思っていたにせよ、それはついに溶け去っていった。発電所でのふたりの謀議は、マリアマといっしょにいるときにチカヤが心からくつろげる機会をいっさい奪ったかもしれないが、だからといって、マリアマについて賞賛していたなにもかもをチカヤが嫌うようになったわけではない。チカヤは、かつてマリアマが持っていたのと同じ力、同じ理想を持つだれかといっしょにいる権利を奪われてはいなかった。

ラスマーがチカヤの脚の傷跡をさすった。「これについてわたしに話す気はあるか？」

「いまはまだ。その話は長すぎるから」

ラスマーは微笑んだ。「よかった。ほんとうはいまここでは聞きたくなかったんだ」彼女は上のほうへ手を動かした。「うわ、わたしたちが作ったものを見てごらん！ きれいなものになるだろうとは思っていたけれど。わたしにできたものは、ここにフィットするだろうと思うよ、ほぼぴったり。それからここにも。それからきっと……こんなところにも」

チカヤは歯を食いしばったが、ラスマーが彼の体沿いに、あるいは内側に、指を走らせるのを止めなかった。さっきまでは存在せず、自分自身がいちども見たことも触れたこともない箇所に触れられることほど、無防備に感じることはない。チカヤはじっと横になって、ラスマーがそれぞれの表面の形を、敏感さを、反応を、彼に気づかせるがままにした。

チカヤはラスマーの両肩をつかんでキスをしてから、彼女にも同じことをして、ふたりの体が作りだした幾何学の片割れをマッピングした。四千歳になっても、チカヤはこの作業に飽きることも、倦むことも、決してなかった。自然が大した想像力を発揮した例はひとつもないが、人はつねに新しいつながりかたを発見してきた。

13

チカヤは〈介在者〉に起こされた。たったいまブランコからのメッセンジャーを受けとった〈介在者〉は、それがチカヤを叩き起こす緊急性を有すると判断したのだ。

チカヤはメッセンジャーを走らせた。目を閉じて見ていると眠りに引きもどされる危険があったので、チカヤは薄暗い部屋のベッドの脇に立つブランコの幻像を見ることになった。

「よほど重要なことなんでしょうね」チカヤはいった。

「起こして申しわけない」メッセンジャーは小声でいった。ブランコ本人よりよほど礼儀をわきまえている。「だが、これは耳に入れておきたいはずだ。伝える相手は少数の人々だけだ。わたしが信頼する人々」

「うれしく存じます」

チカヤにむけた表情からすると、メッセンジャーには皮肉を理解できるようだ。「船の制御を手中におさめようと試みた者がいる。だれかはわかっていない。攻撃の物理的起点は外部器具の予備通信リンクと思われ、それは数百人が出入りする貯蔵エリアのひとつに設置されている。

攻撃が成功する可能性はなかった。実行者がだれであれ、自分たちが相手にしているテクノロジーのさまざまな面におそろしく疎いことはまちがいない」チカヤはあることに気づいて身震いを感じた。ヤンが船のネットワークに接続されたクァスプのひとつの上で走りつづけているだけで、船のネットワークを〝堕落〟させられる、とタレクは思っていなかったか？ 「だがそれが暗示するのは、この失敗でやめようとはしないかもしれない、愚かさと自暴自棄の結合だ。だからわたしは、両方の派閥の適度に分別ある数人のメンバーに伝えることにした。この大馬鹿者たちがだれかを突きとめ、連中がさらにことを起こすのを阻止しないと、大変なことになる。きみたちがそれぞれの仲間をきちんと管理できなかったら、気づいたときには全員がエアロックを歩いていることになるだろう」

メッセンジャーはお辞儀をすると消え去った。チカヤは闇を見つめたまま瞬きした。〝エアロックを歩いている〟とはまた奇異な表現だが、ブランコがはったりをかましているとは思えなかった。もし党派間の小競り合いが〈リンドラー〉自体を危険にさらす地点にいたったら、船の建造者たちはどうにかして不法占拠者たちを追いだすだろう。

チカヤはラスマーを起こして、知らせを伝えた。

「なぜブランコはわたしには伝えなかったんだ？」ラスマーは不平をいった。「わたしのどこが信頼できないっていうんだ？」

「個人的な問題だと思わないで。全員に直接届くのではなく、だんだんと広まったほうが伝言が重みを増す、とブランコは考えただけなんじゃないの」

ラスマーは身を乗りだしてチカヤにキスした。「冗談をいっただけだよ、ほんとに、でも元気づけようとしてくれてありがとう」ラスマーがうめいた。「おや、さっそくか」

「どうしたの？」

「ヤンがわたしたちと話したがっている」それから気が進まなそうに、「スルジャンとも。それからウムラオとも」

「どこかに集まる必要がある。会合を手配する必要が」チカヤは枕を手に取って、自分の顔に押しつけた。「馬鹿なことといった」

ラスマーは笑って、チカヤの腕を軽く叩いた。「話しあう必要があるのはほんとうだ。だが、ベッドから出る必要はない」

ラスマーは自分の〈介在者〉にプロトコルを準備させてから、チカヤを仮想ブルー・ルームに招きいれた。チカヤの視点が流れるようにフロアを進んでいく先のテーブルには、ラスマー、ヤン、スルジャン、ハヤシ、ウムラオが席に着いていた。チカヤは自分がほかの人たちにはアイコンとして見えていて、意のままに目つきを変えたり、身ぶりをしたりできることを承知していたが、その観境《スケープ》内に実体化しているという実感はなく、自分がベッドの上でじっと横になっているのをいまも感じていた。

スルジャンがいった。「なにか考えはあるか、チカヤ？」

「こんなことをしようとするような愚か者といえばだれか。タレクかと思ったが、それはつじつまが合わない。彼がなんらかの手のこんだはったりに加わっているのでなければだが」

ハヤシが首を横に振った。「タレクじゃない。防御派は投票結果をめぐって分裂したそうだけれど、彼は完全に猶予期間側にいたそうだから」

「投票は接戦だったっていうことか？」

「わたしが予想していたよりは」ハヤシが答えた。「反対が四十パーセント近く。そのほとんどが新来者」

「四十パーセント」ムラサキとサントスがごくわずかな過激派であることを、チカヤは切に願っていた。そうである可能性は、いまもある。ジェノサイドを軽く見ていなくても、あちら側《ファー・サイド》を破壊することがかならずその種のなにかを招くかどうかは疑わしいと思っていれば、猶予期間への反対票を投じることはできる。たぶん新来者の中には、未知の物理学を前に途方に暮れるあまり、自派側の専門家のお墨付きがあってさえ、信号送信層の実在を示す証拠を単に信用しないことに決めた人もいるだろう。

ヤンがいった。「こっち側陣営の短気な連中も除外すべきじゃない。猶予期間を手に入れたからというだけで、ぼくたちは人々の望むほかのすべても手に入れられると保証されたわけじゃない」

スルジャンがため息をついた。「おまえさんのいうことはとても公平だが、タイミングを考えると、ありそうなことには思えない」

「けれど、これが計略の一部ということはありえます」ウムラオが示唆する。「自分たちの仕掛けが感知されて、わたしたち全員が〈リンドラー〉から放りだされることを何者かが望んだ――そうなれば、防御派がプランク・ワームを解き放つような事態を、何世紀も遅らせられるだろうから」

　ラスマーがいった。「両派閥間にわずかにあった善意と協力関係を最後のひとかけらまで犠牲にしてね。そして猶予期間の一年にわたしたちが学べただろうあらゆることも犠牲になる」

「それでも中立派は研究を続けられるでしょう」ウムラオが応じた。

　チカヤはいった。「船から放りだされるのは、どちらの派閥にとってもなんの得にもならない。攻撃は、本気で自分たちが成功すると思っていた何者かによるものでまちがいない」

「成功するって、具体的になにに？」ハヤシが質問する。「船の制御を手中にして、なにをしようとしたの？」

　バンダーリが不意にあらわれて、テーブルの脇に立った。「割りこんで悪いのだが、現実に関心のある人がここにだれかいるなら……」彼は枠入りの映像を掲げ、そこには〈リンドラー〉のつなぎ綱《テザー》の一本が映っていた。六人の人間がモジュールのひとつの先端近くのケーブルにしがみついて、ゆっくりと中央部《ハブ》にむかってのぼっている。そのうちふたりの背中に縛りつけられたかさばる箱形の物体は、境界面用実験器具のパッケージと同じ基準寸法で組みたてられたもののように見えた。銀色の膜スーツを着た連中がだれなのか、チカヤにはわからなかったが、船に六人の顔面幾何学と乗員名簿の突き合わせを依頼した。六人はムラサキとサントス、ほか四人の新来者で、その全員がパッフからおおむねいっしょにやってきていた。

ラスマーが観境《スケープ》から姿を消し、チカヤは彼女に両肩を揺さぶられるのを感じた。「起きて！」

「どうしたの？」チカヤは尋ねた。

「それはわからないが、最悪の事態に備えなくてはならない」ラスマーは膜スーツのスプレー缶を鷲づかみにすると、慌ただしくチカヤの全身に吹きつけた。「さあ、わたしにスプレーして。急ぐんだ！」

チカヤはその言葉に従い、一瞬、自分がどこにいるのか混乱した。「連中はなにをしているんだと思う？」

チカヤはいわれたとおりにした。「最悪の事態？　なにを予想している？」

「連中はエンジンにむかっているじゃないか。害意がなくてそんなことをするとでも？　きみにはシャトルに直行してほしい」

「どうして？　わたしを守りたくなったとかいうなよ？　バックアップは昨晩取った。もしわたしたちがここで死んでも、わたしがきみを忘れることはない」

ラスマーは笑顔で首を横に振った。「無粋で悪いんだけど、わたしたちだけのことを考えているんじゃないんだ。もしあの連中が〈リンドラー〉を消し去ることに成功したら、だれかがあちら側を守るためにそばにいなくちゃならない。シャトルの近くにいて、信頼できる人がほかにいないんだよ」

チカヤは服を着はじめた。「なら、わたしといっしょに来ればいい」

「いいや。なにが起こるかはっきりするまで、別行動を取ったほうがいい。もし連中がシャトルに細工をしていたら、そっちへ行くのは無駄骨になる。どちらかひとりがシャトルに行って、もうひとりがハブで連中がなにかするのを阻止したほうがいい」

チカヤは激しい憤りを感じたが、その意見は意味をなしたし、ラスマーは別にチカヤをこき使うことが目的ではなかった。ふたりは迅速に行動する必要があり、だれがなにをするかでいい争うのは無意味だった。

チカヤは船に、シャトルを見せてくれるよう頼んだ。シャトルは所定の場所にドッキングしていて、無傷に見えたが、それだけでは破壊活動を考慮から外すことはとてもできなかった。

「きみは連中のあとを追って上へ行くのか？」チカヤはいった。

「建造者たちがわたしを信じて、あそこに行かせてくれたらね」

「あの六人はどうやって外に出たんだ？　ブランコが連中を外に追放したのでないとしてだが」

ラスマーが服を着終えた。「連中がいるのは、器具類の作業場があるモジュールを支えているテザーだ。真空中で作動させる必要があるなにかのセンサーの作業をしているふりをしたに違いない」ラスマーはこれが最後という雰囲気で、ここでの記憶にケリをつけるかのように、キャビンをさっと見まわした。

チカヤは彼女を抱きしめたくてたまらなかったが、別れをいまよりつらくしたくなかった。

ふたりで回廊に出るときに、チカヤはいった。「もしすべてがうまく行かなかったら、どこで顔を合わせる?」

「わたしの最寄りのバックアップはパッフにある。ここからの確認信号の受信が止まったら、目ざめるのはそこのバックアップのはず」

「わたしのもだ」

「じゃあ、そこで顔を合わせよう」ラスマーは微笑んだ。「でもまず、もっと早くに再結合できないか試してみよう」

ふたりは階段のところまで来た。チカヤはいった。「気をつけて」

「ここへやってきた理由はたくさんあるけれど、気をつけるためっていうのはそこに入っていなかったな」ラスマーはチカヤの顔を両手で包むと、額を触れあわせた。彼女の息づかいがチカヤの耳に届いた。ラスマーは奮いたち、不安で、アドレナリンについて以前自分がいったアドバイスに従っていなかった。これに関して平静でいたくなかったのだ。

そしてラスマーはチカヤから手を離すと、それ以上なにもいわずに、後ろをむいて階段を駆けあがっていった。

連絡通路にむかって階段をおりながら、チカヤは船に器具類の作業場を見せてくれるよう頼んだ。メイン・プラットフォームには組みたて途中のなにかのセンサーが置いてあったが、ムラサキやほかの連中が計画していることの明白な手がかりがないのはわかった。連中はハブでなにをしようと考えているのか？　エンジンの点火装置をショートさせて、〈リンドラー〉を立ち去らせる？　そんなことは決して起こらない。それは船全体の制御を手に入れるよりはかんたんな課題だろうが、あくまでも比較の問題だ。だが、連中が極端に楽観的だとしても、仮に狙いが成功した場合、それが彼らの目標にとってなんの役に立つのか？　だれひとり残さず境界面から追いやったのでは、両派閥の作業をともに遅らせるだけだ。

映像越しに作業場を見まわしていたチカヤは、エアロック脇の床に黒っぽい粉状のよごれを見つけた。

「あれはなんだ？」チカヤは船に尋ねた。

「血です」

作業場全体がつねに真空なので、ちょっとした不注意程度のことでは、膜スーツを着ていながら傷を負うことはない。

「あの血がこぼれたときのようすを見せてもらえるか？」

船は十五分前の録画映像を提示した。サントスがエアロックから入ってきて、彼の指から床に血が滴った。サントスの膜スーツは、ようやく寒さを防ぐために銀色になりはじめたばかりで、チカヤは彼の顔を見ることができた。片方の鼻孔をふさいだ赤黒い凝血は、スーツの膜のおかげであふれ出さずにすんでいた。半閉じになった片目のまぶたにも血が固まっている。サントスは鉄の棒で顔を殴られたように見えた。ほかの五人と争いになったのだろうか？　だとしたら予想外のことだ。

連絡通路で、チカヤはこちらへやってくるカディールの姿を目にした。ふたりは双方警戒気味に近づいた。カディールは身の潔白を主張するかのように両腕を広げた。「おれはあの狂人どもの味方じゃない。おれたちはやつらと縁を切ったんだ！」

「連中の目的がなにか、知っているのか？」

「やつらが猶予期間に反対したことは知っているが、こんなことをしてなんになると思っているのかは、さっぱりわからない。バイラゴもいまではやつらに加わっているが、おれが面識があるのは彼だけだ。ほかのやつらは、ちっとも人と話をしようとしなかった。あなたと同じで、旅行家だと称していたが、やつらどうしでいるとき以外は、まったくつろげないようすだった。旅行家というものにどんな短所があるにしろ、だれかが聞き慣れない意見を表明しても、会話を途中で中断して、相手が急に翼を生やしでもしたかのようにまじまじと見つめたりはしないものだろう」

「バイラゴはどこ？」チカヤは訊いた。

「最後に聞いたところでは、作業場の入口で見張りをして、だれかが中に入ってやつらのあとを追えないようにしている」

「だが連中の狙いがなにか、バイラゴはいおうとしないんだな？　脅迫も、交渉の条件提示もない？」

カディールがいった。「もう交渉とかいう段階ではないと思うがね」

「〈右手〉は無事か？　連中はきみたちの派のほかのだれにも気づかれずに、あれを使ってなにかできたんじゃないのか?」

カディールは肩をすくめた。「記録によれば、〈右手〉はここ数日まったく稼働していない。だがバイラゴはあれの建造に手を貸している。彼になにが可能かはわからん」

ふたりはそこで別れた。チカヤが連絡通路の端まで来たとき、頭の中でラスマーの声がした。「建造者たちはわたしを外に出してくれた。いまケーブルをのぼっている」非音声化無線チャンネル経由でも、ラスマーの〈介在者〉は彼女の声をいつもどおり表情豊かに響かせた。ラスマーはこの追跡劇を望むところと思っているかのように、いらだつとともに浮きたった気分でいた。「反逆者たちにずいぶん遅れを取っているが、追いつけると思う」

「きみは数で負けているんだし、連中は完全に錯乱している」チカヤは映像で見たサントスのようすをラスマーに聞かせた。

「スルジャンとハヤシが別のテザーにむかっている。ふたりはさっき、外に出る許可をブランコに求めたけれど、その必要はないといって却下された。そのあと建造者たちは考えを変えたのだと思う」

チカヤは自分が滞在しているモジュールの底を速足で駆けぬけた。シャトルはまだ三モジュール先だ。「建造者たちは状況に対処できると思っていたけれど、そのあとで無理だと気づいたということ?」チカヤはそこに意味を通そうとあれこれ考えた。テザーが反逆者を妨害したり、直に始末したりできるような知性《スマート》ある素材でできていないのは明らかだった。モジュールの内部は無限に変形可能だが、ケーブルに引っぱり強度以外の特性が必要になるとは、建造者たちは考えもしなかったのだろう。「建造者たちはなにに望みを託していたんだろう？」チカヤはつぶやいた。「連中をデブリ除去レーザーで狙い撃ちする気だったのか？そんなことが技術的に可能だと思う？」

「もしかして、土壇場で道徳的呵責に悩んでいるんじゃないか」

「この反逆者たちは、船を乗っ取るか破壊するかしようとしていて、バックアップをどこでも好きなところへ送り放題だ。連中の記憶は連中自身の掌中にある。もし可能だとしたら、ブランコが連中を蒸発させるのを少しでもためらうとは思えない」

ラスマーがいった。「ブランコは多数決で負けたのかもしれない」

チカヤはラスマーの映像を見せるよう船に頼んだ。人影がぽつんとひとつ、長さ一キロメートルのケーブルをほんの五、六メートルのぼったところだったが、ラスマーはすばやく上へ進んでいた。単繊維を撚りあわせた細いケーブルを両膝ではさんで、手を上に伸ばし、腕一本分高くへ体を引きあげる。少なくとも、ハブに着いたときのラスマーの回転速度はごくわずかなものになっているだろう。もしラスマーがケーブルから漂いだしても、チカヤにはシャトルで追いつく時間がたっぷりある。

チカヤはいった。「きみの目からの眺めを見させてくれ」

「どうして？」

「一瞬でいい。お願いだ」

ラスマーは躊躇したが、視覚を送信してきた。下方の光る球状のモジュールを見おろしてから、スポーク付き車輪型の船体沿いに視線をあげていき、四分の一周離れたテザーでかすかに光を反射している追跡対象にむける。ラスマーの右側には、いつもどおり静穏で不変な境界面のまぶしい平面があった。

「わたしは高所恐怖症じゃない」ラスマーが淡々とした声でいった。「わたしの心配はやめてくれ」映像が切断された。

「心配はしていないよ」チカヤは嘘をついた。

「いまスルジャンが外に出てきたのが見えた。わたしはここでひとりきりじゃなくなったんだ。だから、とにかくシャトルのところへ行け！　もし聞かせるようなことが起きたら、また連絡する」

「わかった」

ラスマーがそばにいる感覚が薄れていき、チカヤは全力疾走をはじめた。あらゆる断片的情報を総合しようとして時間を浪費してしまった。いったい反逆者たちがなにをたくらんでいるのかを、チカヤが知る必要はない。ラスマーの理屈は堅実だった。ラスマーのそばにいられないのは嫌で仕方ないが、彼女はチカヤが別の任務を果たすと信じているのであり、チカヤは一心不乱でそれに取りくまなければならない。

チカヤは回廊や連絡通路にいる人々の脇を、質問を叫んだり憶測を交換したりすることなく走りぬけた。もし確実な情報が出まわっているとしたら、それはいずれ、どこにいようともチカヤのところにも届くだろう。数分でチカヤは汗だくになっていた。船が提供する体は、純粋な生化学的命令によってそれなりの健康を維持しているが、チカヤ自身の体は、スピードを出すようには設計も訓練もされていなかった。不快感に影響されるのを拒むのはかんたんだが、苦痛とは無関係に限界というものが存在した。

ヤンがいきなり出現して、チカヤの横を走りはじめた。「ラスマーから、きみがシャトルにむかっていると聞いた。きみのクァスプの空き記憶域はどれくらいある？」

「乗客ひとり分はない。悪いな」

ヤンは面白がるように首を横に振った。「乗せてもらう必要はない。ぼくにとって自分のクァスプが体に入っていないのはいつものことだし、自分の記憶をどこかよそに置いておくことにも不安はない。だがそういうことじゃなくて、もしきみが窮地に陥ったら、助力が必要になるだろうという話だ」

チカヤは息を乱さないために、無線だけで答えた。「それはいい指摘だ。だがさっきもいったように、もうひとり分の記憶域はない」

「あるとは思っていなかったよ」ヤンがいった。「ツールキットを準備してきた。わずか数百京《エクサ》バイトだが、あちら側についてぼくが知っているあらゆることを包含している。スルジャンやウムラオやほかの人たちから学んだあらゆることを、そして自力で解明したあらゆることも。もちろん、このすべては、きみが境界面に接触しなければ役に立たないから、〈左手〉の制御をきみにゆだねるかどうかの投票を準備している」

チカヤは返事をしなかった。ヤンが話を続ける。「きっとこんなことのすべてを背負いこみたくはないだろうが、信じてくれ、ぼくたちはそれを回避しようと全力を尽くしてもいるんだ」

チカヤはいった。「上のあそこで連中になにができるというんだ？」

「そのことは気にするな。とにかくシャトルのところへ行って、できるかぎりの速さでここを離れろ。安全になったら呼び戻すから」

「反逆者たちが先にシャトルを盗まなければの話だ」チカヤは映像をチェックした。シャトルはまだ所定の場所にあった。

ヤンがいった。「反逆者たちが盗むのは不可能だ。建造者たちがシャトルを無力化している。きみが乗りこんだら発進させることに、ブランコが同意した。さあ、ごちゃごちゃいうのをやめて、ツールキットを受けとれ」

チカヤは〈介在者〉に指示してパッケージを受けいれさせた。ヤンが陽気そうにいい足した。「きみがそれを必要としないことを願おう」

ヤンのアイコンが消え、チカヤは仰天している歩行者をよけて大きくまわりこみ、相手は発狂した人を見る目でチカヤを見送った。ラスマーと別れてからチカヤが出会っただれひとり、大して急いでいるようすはなく、シャトルに近づくにつれて、反対方向にむかう人々が増えていくように思えた。〈リンドラー〉唯一の救命艇から離れていく人々が。チカヤの中で惑星に根をおろしたままの部分には、それが現実のこととは思えなかった。海のまん中で火事になった船を見捨てることにまったく意味がない人類居住世界は、ほとんどない。肉体の損失を軽視する文化でさえ、危険にさらされ、体の損失について違う気分になっている人々を助けようと、進んで尽力する有志はつねに存在する。たぶん、宇宙船がひしめく惑星周回軌道の中には、遭難者が真空から体ごと救助されることを期待できるところもあるだろうが、信号になる以外のかたちで〈リンドラー〉から避難するのは、楽観主義を新たな高みに押しあげる行為だろう。

最後の連絡通路を横断しながらチカヤは船に、シャトルへの入場口の映像を頼んだ。映像にはだれの姿も見えず、だれも見張りに立っていなかった。そこまでの残りの道すじを網羅する連続映像を頼もうとしたまさにそのとき、連絡通路の前方に数人のグループがいるのを、チカヤは自分の目で見つけた。グループのうち四人はその場に残り、五人目が長い金属棒を手にして近づいてきた。

チカヤは走る速度を落とし、それから立ち止まった。反逆者は足早に、まなじりを決してチカヤのほうへむかってくる。チカヤの〈介在者〉はシグネチャーを検知できなかったが、船が相手の顔に名前を付した。セルマン。

チカヤは息を整えてから、にこやかに呼びかけた。「話をしよう。なにが望みなのか聞かせてくれ」セルマンは無言でなおも近づいてくる。セルマンの顔はサントス以上に傷を負っていた。緋色の傷が鼻の脇に沿って走り、眼窩のまわりがひどくむくんでいる。彼の四人の仲間たちにも同じような傷跡があった。もしこれが内紛のしるしなら、グループ全体が数週間前に寸断されていたはずだ。

不意にチカヤは理解した。セルマンがシグネチャーを見せずにいるのは、敵意の表明でもないし、正体を隠そうとしているのでもない。セルマンはシグネチャーも、それを送信するための〈介在者〉も持っていないのだ。〈外自己〉も持っていない。クァスプも持っていない。反逆者たちは粗雑な手術道具を間に合わせで作って、たがいのデジタル脳を引き抜いたのだった。

チカヤはいった。「話しかけてくれれば、こちらで適切な〈通訳〉を見つけるから！　昔の言語にもまだすべて対応できる」言葉が通じるとは思っていなかったが、それでもなにかの反応は生じさせられるはずだ——セルマンが発話能力をすっかり失っているのではないとしたなら。ホモ・サピエンスが十全に機能するためにどれだけの神経組織が必要なのかは、チカヤは知らないが、〈リンドラー〉が提供する体には、大量の予備ニューロンがある。デジタル要素と中枢神経系とでどちらがどの作業を受けもつかが、文化ごとに著しく異なるからだ。その予備ニューロンでも、完全無欠な先祖の脳の分量にはおよばないのではとチカヤは思ったが、それでも慎重に再設計すれば、あらゆるものを詰めこめるかもしれない。

チカヤとのあいだをまだ十から十二メートル残したところでセルマンは立ち止まって、話しはじめた。チカヤは相手の言葉を個々の単語に切りわけることとさえできなかった。訓練されていないチカヤの耳には、途切れのない流れにしか聞こえない。見ず知らずの人と、事前にふたりの〈介在者〉どうしがギャップを埋めることなく、共通基盤の準備がないままに会話をはじめるのは、チカヤの人生でこれが初の体験だった。だが相手の発言が終わった一瞬後、チカヤはその音の響きを思いかえして、なにをいわれたか理解した。

「まわれ右をして引きかえせ、さもなくばおまえをずたぼろにしてやる」

チカヤも同じようなことをいい返した。ともかく、意図が伝わる程度に似たようなつもりのことを。チカヤの〈介在者〉はセルマンの使った言葉の来歴を二十三世紀の地球の言語までさかのぼった上に、もともとの話者たちの集団が何千年紀も孤立していた場合に生じうる類の変化を即興的につけ足していた。

「さもなくなかったらどうなるというんだ？　まわれ右して引きかえしたら、船といっしょに焼け焦げるんじゃないのか？」

セルマンがいった。「建造者たちが船を境界面から引き離す気になれば、だれも焼け焦げなくてすむ」

チカヤは肩をすくめた。「逃げるか、焼け焦げるか。わたしたちにとってはまったく同じことだ。問題となるのは境界面との接触の可能性だけで、それを犠牲にするようなあらゆる選択にはなんの差もない。おまえたちははるばる地球までわたしたち全員を運んでいくことでもできれば、わたしたちの頭をひとつひとつ叩き割ることもできるが、どっちを選んだところで少しでも協力が得られるなんて思うなよ」

セルマンがいった。「それなら、好きなだけ苦痛を味わえ。苦痛が平気だというなら、血みどろになれ」セルマンは前に出ると、鉄棒を振るった。チカヤに格闘技の知識はなかったので、この状況を〈外自己〉に丸投げして、客観的な観察者として双方の動きを見守っていると、やがて床に倒れたセルマンのうなじにチカヤの片足が乗っていて、鉄棒をチカヤ自身が手にしていた。

「いまのはおまえじゃなかったんだろう、この冷血ウジ虫め！」セルマンがかすれ声で憤った。

「おや、気づいていたのか？」ほかの四人が近づいてきた。そのうちのふたりは大きな鉢植え植物をかかえていて、その武器の選択は質量よりも異様さの点で警戒心をいだかせた。

「こんなことはなにひとつ必要ない」チカヤはいった。「おまえたちがどんな不満を持っていようとも、わたしたちはそれを聞く場を設けるつもりだ」

「主張は平和裡におこなった」セルマンがいい返す。「数時間前に」

「どんな主張を？　進化論的要請と領土回復？　二千の星系を失ったのはわたしたちだ。おまえたちは一隻の船も失っていない」

「だからおれたちは、なにもせずにおとなしくすわっていろというのか？　おまえたちが自分自身の種《しゅ》を裏切り、人類の最後の痕跡を消し去っているあいだ？」

チカヤはまだ、反逆者たちの素性を受けいれるのに苦労していた。どこにでもいる旅行家としてともかく通用するために、彼らは自分自身を、〝トロイの木馬〟としての脳とともに、クァスプ上で走るバージョンに翻訳することが必須だった。身をひそめて、自分の残り半分の行動を無力に眺めているのは、きわめて面白くない体験だったに違いない。神経バージョンの彼らは、周囲の話の内容を――それが自分自身の唇を通って出ている場合でさえ――部分的にでも把握できたとしても、ごく一部だっただろう。そしてあとからクァスプ・バージョンの彼らが、人のいないときに母語で、手短に説明しなくてはならなかっただろう。だが、ここへ旅してくる前に、クァスプ停止に対する先手として自力のデジタル・ロボトミーをしても生きのびられるように体を準備していたのは、先見の明といえる。チカヤはいまでは、船の提供するクァスプすべての停止スイッチを建造者たちがその手に握っていることを、ほぼ確信していた。考えを変えてラスマーやほかの人々を追跡に送りだす前の建造者たちが、ハブにむかっている反逆者たちに対して使えると思っていた手段というのが、それだったのだろう。

ほかの四人の古代宇宙飛行士《アナクロノート》たちがチカヤの前に立った。そのうちのひとり、クリスタがいった。「彼を解放して、引きかえせ」

「さもなくば、なんだ？　そのロードデンドロンでわたしを死ぬまで殴るのか？」チカヤは船に訊いた。「あれはなんだ？　船の備品か？」

「もともとはそうですが、改造されています」

「危険な代物に？」

「明らかに有害なものは、葉や茎にはなにも発現していません」

「根にも？」

「根については知るすべがありません」

クリスタがもういちどいった。「彼を解放して、引きかえせ。これがおまえの最後のチャンスだ」

チカヤは自分の〈外自己〉に、鉢植えを持った反逆者ふたりの両方を、中身をまき散らさずに排除できるかを尋ねた。〈外自己〉は保証しなかった。

チカヤはいった。「引きさがってもこちらには得るものがない」

クリスタがちらりとセルマンを見おろし、彼女のいかめしい顔つきが一瞬ゆるんだ。彼女は狂った異質な世界で立ち往生していて、自分はまもなく死のうとしているのだと信じていた。

チカヤは彼女にむかって、「わたしたちは決して――」

クリスタは鉢植えを肩の高さまで持ちあげると、鉢を上下に振りはじめ、まもなく植物が土ごと鉢の外に出た。チカヤは〈外自己〉に、できるかぎり転倒しないように命じると、前に跳躍し、茎をつかんで植物を無理やり容器に戻した。クリスタが後ろにひっくり返り、〈外自己〉がチカヤにもう片方の手を伸ばさせて、根を鉢の中にしっかり押さえつけた。

これだけのことをしているあいだ、チカヤは目の隅で、別のアナクロノートがもう一本の植物の茎を持って揺さぶっているのを見ていた。根はすでに鉢から抜けて、まわりの土が床に落ちていった。灰色のねじれた指状の根のあいだに、何ダースもの膨れた白い根粒があった。チカヤは〈外自己〉に、根粒が堅いものと触れるのを防ぐよう命じた。〈外自己〉は、チカヤがどれくらいすばやく動けるかと、どれだけすばやく動く必要があるかとを把握していた。その課題は実行不可能です、と〈外自己〉は宣告した。

アナクロノートが植物の根を床に叩きつけた。

チカヤは自分が動いているという感覚以外のすべてを失った。耳は聞こえず、目は見えず、落下中で、床にぶつかる衝撃を待ちうけている。中空に投げだされたので、いずれは落下して床に戻らなくてはならない。すじの通った話、だろう？

衝撃が訪れることはなく、チカヤの視覚は瞬時に回復した。膜スーツがチカヤの目を保護するために、完全に不透明化していたのだ。そして今度は、チカヤが自分の目でものを見ても安全になったと判断したのだった。チカヤは〈リンドラー〉の外にいて、船から離れていきつつあった。爆破された連絡通路の損傷箇所の両側が砂時計状にくびれて、裂け目を閉じ、空気の流出を止めるのが、チカヤには見えた。単繊維のかせが縦横に動いて、すでに破壊の傷跡をふさぎはじめていた。

チカヤはアナクロノートたちの姿を探して周囲を見た。遠方に見つかったひとりは、境界面光を背にした影になっていて、チカヤが〈リンドラー〉の回転から得たのと同じ速度を持っていたが、爆風の力でチカヤとは引き離されていた。四肢が不自然な角度で固定されている。チカヤが見ているのは死体だった。船の提供する体は様態《モード》を切りかえて、無酸素状態にも即応できるが、爆発と真空暴露のあいだを無保護で生きのびられる見こみはだれにもない。反逆者たちは危険な行為をはじめる前に膜スーツを着用することを考える時間が、ほかのだれよりもあったはずだが、その手間を取らないことに決めたようだった。それは意図的な殉死かもしれないし、どんな結果になっても、だれひとり生き残って救助が来ることのないよう期したのかもしれない。

　ブランコの声がした。「無事か？」

「そのようです」膜スーツが爆風で少しでも損傷していたとしても、それはすでに自己修復していたし、〈外自己〉はチカヤの体に打ち身以上のものはないと報告していた。

「シャトルを発進させてきみを追わせる」

　チカヤはいった。「ありがとうございます」そしてシャトルを待ちながら、首飾り状の船体が遠ざかりつづけるのを無感覚に眺めていた。チカヤは宙返りをするようにゆっくりと回転していて、その軸は移動方向とほぼ一致していた。そのため〈リンドラー〉が視野から消えることのないまま、境界面と星々との水平線がチカヤの正面をぐるぐるまわっていた。

　ブランコがいった。「プランAは実行不可能かもしれない。連中はシャトルのリリースボルトを定位置に接着していた」

　チカヤはそれを聞いて思案しながら、しばらくぼんやりと面白がっていた。自分の置かれた状況が異様すぎて、超然とした感覚が惹起される。船の出来事に思考を引きもどすのはひと苦労だった。

「ハブはどうなっています？」

「ケーブルをのぼっている連中が、その前に器具室でなにをしていたかを調べた」ブランコが返答した。「連中は粒子検出器を組みたてていたのだ。いま連中が運んでいる装置の一部になっている、数個の強力な超電導磁石つきの」

「でも、船の燃料は遮蔽されているはずですよね？　漂遊磁場に対して？」反物質部分は純粋に磁場だけの閉じ込め機構で保持されている。それは頑強なはずだ。

「漂遊恒星間磁場と、もっとも強力な人工的なもののあいだに、何桁の差があるか、見当がつくか？」

チカヤはその質問を修辞的なものと受けとった。「ラスマーとほかの人たちは、どこまで近づいています？」自分の目で探したくはなかった。チカヤはブランコが朗報をもたらしてくれることだけを望んでいた。

「もうすぐ追いつく。だが反逆者たちはすでにハブに着いて、器具を設置している」

「そしてあなたは、連中が燃料を漏出させることは可能だと確信しているんですか？」

「その可能性は除外できない。連中の装置の性能しだいだ。連中が悪賢くて、時間があったなら、エネルギーをふたつの異なる流れで注入するだろう。そうなると、閉じ込め場が同時に抑止するのは不可能だ」

チカヤは無言で目を閉じた。自分はヘマをやらかした。アナクロノートたち相手に油断してしまったが、ラスマーは盤石だ。チャンスがあれば、ラスマーは連中を阻止するだろう。

ブランコがいった。「燃料内に複数の流れが発生しているのを確認した」ブランコの声にパニックの気配はなかった。〈書機〉が失われたあと、ブランコはチカヤに、自分は特定実《ローカル・》体死《デス》を七百九十六回経験してきたが、たとえ実存的不安に免疫があっても、境界面との接触を失うことになったら、苦痛を感じずにはいられないだろう、と話したことがある。「注意して聞いてくれ。数分以内にシャトルのボルトを外す手段はないが、デブリ除去レーザーを使って、シャトルがドッキング中のモジュールを支えているテザーを融かすことはできる」

「それでどうなるというんです？　モジュール全体が反逆者だらけかもしれないんですよ」

「そこにいる反逆者は五人と判明している——われわれは壁を再配置して、この五人をなんとかその中に閉じこめた——だが、そのモジュールにはほかに三人いる。三人ともがシグネチャーによれば防御派だが、きみの派閥の人間ということもありうる。もしこのモジュールを〈リンドラー〉から放りだしたら、爆発で〈リンドラー〉のほかの全員が失われても、この三人はシャトルのボルトを外すかもしれない。そしてもし〈リンドラー〉が無事なままだったら、三人は少なくともわれわれのところへ戻って来るチャンスがある」

チカヤはいった。「その三人というのは？」

「アレハンドロ、ウェイル、それにマリアマだ」ブランコが答えた。「わたしは三人のだれもよく知らない。だが、きみはこの三人とともにここに残ることになるかもしれない。だから、テザーの切断がきみのためになるかそうでないか、判断はきみにまかせる」

遠ざかる船は境界面光の中で見えなくなった。チカヤはだれかの運命で賭けをする力など欲していなかったが、反逆者たちは忌まわしい選択肢でやりくりする以外の道を、建造者たちに残していなかった。そしていまブランコは、チカヤを同じ沼に引きずりこんだのだった。

もし反逆者たちが〈リンドラー〉を破壊しようとしているなら、それは連中がこれ以上ここですべきことはなにもないと確信しているからで、それはつまり、この先邪魔が入らなければ、〈右手〉がプランク・ワームを書きつける準備がすでに整ったことを意味する。モジュール内の全員の命を救っても、あちら側をより大きな危険にさらすことはないのだから、チカヤはその人々を救える可能性があるほうに賭けるべきだった。それにチカヤがプランク・ワームを食いとめるのを、その三人が助けてくれる期待も持てる。もしここにひとりきりで取り残され、遠くへ漂いつづけていたら、しばらくは〈左手〉を遠隔操作可能かもしれないが、シャトルがなければ、いずれ無線連絡が途絶えるだろう。

だが、反逆者たちに関する状況判断がまちがっている可能性もある。プランク・ワームを作りだす最初の試みが失敗することはありうる。もし反逆者たちと手を結んだだれかが残っていたら、その人たちは以前のまちがいの修正に取りくむことができる。目的を達成するために何十年もかけることができ、あちら側がいずれ跡形もなく消し去られるのは、決まったも同然だ。だから、チカヤはここにひとりきりで残って、手持ち時間内でできるかぎりのことをしたほうが、確実なのかもしれない。

すべては、モジュールにいる三人のうちのひとりまたはそれ以上が、バイラゴがそうなったように、反逆者たちの側に傾いたのかどうかしだいだった。バイラゴはいつも情熱的だが理性的な人に見え、タレクのような狂信的なところは少しもなかった。

アレハンドロ、ウェイル、それにマリアマ。

ブランコの声がした。「反逆者たちの採用した方策が判明した。最善ではないが、有効だ。もし阻止されなかったら、連中は確実に燃料を漏出させる」

チカヤはいった。「テザーを切断してください」

チカヤは水平線を見つめ、レーザーが作動してなにかが光るのを待ちうけたが、それは無駄だった。もはや船はどこも目に入らないし、テザーの中で白熱して輝いている部分の長さは、ほんの数センチだろう。

「ブランコ？」

「もう少しだ。あと二、三秒かかる。ラスマーがちょうどハブに着いた。反逆者ふたりを相手に闘っている」ブランコが含み笑いをした。「ひとりやっつけた」

チカヤは気分が高揚した。その闘いを見せてくれるよう、船に頼む。

反応がなかった。チカヤはもういちど頼んだ。

水平線上に、まばゆい紫色の光の玉が出現し、境界面を圧倒して輝いた。そして膜スーツがチカヤの視界を閉ざした。

14

頭がまっ白になるような絶望の第一波が引くと、チカヤはマリアマと連絡を取ろうとした。それは成功しなかったが、チカヤはその小さな追い打ちを覚悟していた。マリアマのいるモジュールがどの方向に放りだされたのか、チカヤにはわからなかったが、一分がすぎ去るごとに、ふたりのどちらもが〈リンドラー〉のあった場所から六キロメートル遠ざかっていて、ふたりがすでに〈介在者〉どうしが直接連絡を取るには遠く離れすぎていることはありえた。モジュールにも、より長距離の無線装置がいくつもあるだろうが、〈リンドラー〉の火球からの放射線で損傷を被っている可能性がある。

チカヤには忍耐が必要だった。もしマリアマが生きのびているなら、彼との連絡手段を見つけだすはずだ。

遅ればせながら、チカヤは〈左手〉との通信を試してみることを思いついた。反応があった。ヤンが話していたチカヤへの制御委任の投票は間にあって、認可されたのだ。〈左手〉はチカヤの信号を認識しただけでなく、進んでチカヤからの指示に従おうとしていた。

チカヤは〈介在者〉に、なじみのあるブルー・ルームのコンソールの仮想レプリカを作らせ、自分がその前にいるようなかたちにした。ヤンのツールキットをインターフェイスとマージさせ、使用可能な最初の単純なメニューを呼びだす。数秒間、不安でスクリーンを凝視する以外のことができなかった。それから、あちら側《ファーサイド》に入りこんで可能なかぎり早急に戻ってくるようなプローブを送りこんだ。

数分後、反響がチカヤに戻ってきた。少なくともあちら側の表面層に変化はなく、最初の実験で目にしたのとまったく同じヴェンデクの混合が存在した。

チカヤはもっと深くの探査を試みた。結果は同じだった。なにも変化はない。

チカヤは観境《スケープ》を離れた。希望を持って水平線を眺めながら、可能性をふるいにかけていく。反逆者たちが船への襲撃前にはプランク・ワームを書きつけないという選択をした、という可能性。たぶん反逆者たちは、あちら側が全滅するところを目の前で見せつけたあとでは、より強固な決意で抵抗してくる敵を相手にすることになる、とおそれたのだろう。境界面に対する時期尚早な攻撃は、もし反乱が制圧された場合、残っている防御派の立場を弱めることにもなる。いずれにしろ、反逆者たちが〈リンドラー〉を破壊する必要を感じていたという事実は、あちら側を全滅させるプロセスはひとたび開始されたらもう止められない、と連中が確信していたのではないことを暗示している。

もし、船の消失がただちにそのプロセスの引き金を引くよう、反逆者たちが手配していなかったとしたら、秒読みをしているなんらかのタイマーがあるに違いない。もしマリアマがシャトルのボルトを外すことができたら、〈右手〉に直行して、それを方程式から完全に除去するだろう。もしバイラゴによる汚染が成功していたら、〈右手〉はマリアマの命令を受けつけないだろう。そして〈右手〉が〈書機〉よりも自衛力を備えていることは確実で、〈書機〉が失われたときよりはるかに大きく境界面が移動しても、身をかわして逃れるだろう。だが本気の襲撃者から自衛する装備が〈右手〉にあるとは、チカヤには思えなかった。シャトルのエンジンは〈右手〉より強力だ。力ずくということになれば、マリアマはシャトルで〈右手〉を押して、たぶん境界面にまっすぐ突っこませることができる。

もし〈右手〉への到着が間にあったなら。

そして、もしマリアマにその気があるのなら。

〈リンドラー〉消失から三時間半後、なにかが境界面に変化を引きおこした。チカヤは接近してくるものをなにも知覚できなかった。白い光の広がりが、一瞬で不透明な灰色に置換されるのを目にしただけだ。背中側に消えていく変化の境目を、チカヤは体を回転させてぎりぎり見てとることができた。

球形の境界面は広大すぎて、真の幾何学的水平線は十億キロメートルの彼方だったが、チカヤの裸眼の視野では、約百万キロメートルよりも先はなにもかもが解像できないくらいに細くなって、一本の直線で占められていた。チカヤは事象を再生したあとで計算してみたが、変化が光速で通過していった可能性を除外できなかった。もしそうだとすると、変化が近づいてくるところを見るのは文字どおり不可能で、そのあと遠ざかっていく変化の境目が目に入るが、それはチカヤが見分けられる百万キロメートルを約六秒間かけて横断するので、じっさいの速度の半分で移動しているという印象をあたえることになるだろう。

チカヤは〈左手〉に照会してみた。チカヤより境界面に近い〈左手〉の視界は、チカヤのものより狭かったが、器具類はチカヤの五感を圧倒的に上まわっている。〈左手〉はチカヤが目撃した変化を追跡して、それが光速で移動していると判定した。

おおよそでもなく、ほぼでもなく、測定の限界ぎりぎりまで正確に光速そのもの。それが意味するのは、プランク・ワームはあとを追いかけるのも、ましてや止めるのも、不可能だということだ。

闘いは終わったのだ。あちら側は失われた。

チカヤはそんなことを考えている自分に気づいて、腹を立てた。境界面を光速で横断できるからといって、あちら側の奥深くに同じ速さで侵入できることにはならない。チカヤにわかる範囲で、彼は単にブランコの表面固定効果のバリエーションを目にしたにすぎない。

チカヤは別のプローブを書きつけるよう、〈左手〉に命じた。

それは不可能だった。境界面が後退していたからだ。

後退した距離はどれくらいか？　〈左手〉は答えを出せなかった。特徴がなく、実体もない光の平面までの距離を、どうやって測るのか？　境界面が入力針《スタイラス》の粒子ビームの射程から抜けだしてしまったら、〈左手〉は境界面の外へいかなる種類の反響も呼びだす能力を失う。〈左手〉は秒速約十メートルで動く電子蛍の小さな群れを振りまいていた。それが消滅する位置が境界面だ。これまでのところ、電子蛍はすべてが損なわれないままだった。境界面光の明るさを追跡調査してもなんの役にも立たない。境界面のどの一平方メートルを取っても、後退するにつれて薄暗くなるように見えるだろうが、どんな特殊な器具をどんな固定画角で境界面にむけていても、その器具は境界面が遠ざかるにつれてより広い部分からの光を受けとるという事実によって、薄暗くなった分は正確に相殺される。後退速度を明らかにするドップラーシフトもなかった。あちら側は押しやられているのではなく、削りとられていて、新たな灰色の境界面光は、時計の役を果たす単一の移動する光源ではなく、一連の異なる表面から発せられていた。

　星々の背景幕に対して水平線が顕微鏡レベルで低くなったのを、〈左手〉が検知した。それはプランク・ワームが数十万キロメートル彼方であちら側を侵食して真空に変換していることの、明白な証明だった。しかし、〈左手〉から新しい水平線への視線《ライン・オブ・サイト》はまだ、それまでなら境界面があっただろう場所の二十メートルかそこら下を通っているにすぎなかった。拡大するクレーターはそれ以上深くなれないのかもしれないし、百万倍の深さになれるのかもしれない。

　チカヤは待った。蛍たちはまだ、いつどの瞬間に消滅することもありうる。〈左手〉のエンジンは強力ではないし、貯蔵燃料もわずかだが、秒速二、三メートルのことであれば、境界面の速度の変化に対応可能だった。

　十分経っても、なんの変化もなかった。蛍たちはまだ見えている。境界面の後退は蛍たちの速さを上まわっていた。

それは希望がなにも残されていないことを意味しない。だが、〈左手〉を蛍たちより速く移動させ、ともかく境界面に追いつくなんらかのチャンスを作るには、シャトルが必要だった。

チカヤは独力ではなんの役にも立たなかった。いまや、三人の防御派と、あちら側に生命が存在するというわずかな徴候がその三人の考えを変えるにじゅうぶんだったかどうかとに、すべてがかかっていた。


チカヤは腕を引っぱって、父を起こした。

「どうした？」父はぼんやりと目をすがめてチカヤを見ていたが、にこりとすると、指を一本自分の唇に当てた。父はベッドからおりると、両腕ですくうようにしてチカヤを持ちあげ、チカヤの部屋にわが子を連れもどした。

チカヤをベッドにおろした父は、ベッドに並んですわった。

「眠れない？」

チカヤは首を横に振った。

「じゃあ、どうしたんだ？」

ほんとうのことが自然と口をついて出た。「いまより年寄りになりたくない」チカヤはいった。「ぼくは変わりたくない」

父は声をあげて笑った。「九歳は年寄りじゃないよ。それに、明日になってもなにひとつ変わりはしない」あと二、三時間でチカヤの誕生日になる。

「わかってる」

「おまえにとってはこの先何年も、なにひとつ変わりはしないだろう」

チカヤはちらっといらだちを感じた。「体のことじゃないよ。そっちのことは心配してない」

「そっちじゃないなら、どっちのことだ？」

「ぼくはこれから長いこと生きるんでしょう？　何千年も？」

「そうだよ」父は下に手を伸ばして、チカヤの額をなでた。「死ぬことを心配しているんじゃないね？　人ひとりを殺すのがどんなに大変かは、おまえも知っているとおりだ。おまえがそうしたければ、星々よりも長生きできる」

チカヤはいった。「わかってる。でも、もしぼくが……ぼ、ぼくがぼ、ぼくのま、ま、まだと、ど、どうしたい、い、いらわかるの？」

チカヤは説明しようと一生懸命になった。いまはまだ、七歳や八歳の自分と同じ人間だと感じている。でも、もっと前の記憶の中にいる生きもの、三歳や四歳の自分は、自分の肌の内側で変身してしまった。それは別にかまわない、なぜなら幼児というのは半分できかけの人間のようなもので、もっと大きななにかに溶けこんでいくことになっているから。十年後の自分に、いまの感情や性格とは違った部分があるだろうことも、受けいれられる。「でも、それに終わりはないんでしょう？　それがいつまでも続くんでしょう？」

「そうだよ」父はチカヤのいったことを認めた。

「そしたら、自分が正しく変わっていることはどうやったらわかるの？　自分が別のだれかになったんじゃないことが、どうやったらわかるの？」チカヤは身震いした。ひとりきりじゃないいまは、さっきよりこわくなくなっていた。でも、幼児のころは父が隣にいれば恐怖は追いはらわれたものだが、いまはそのころのように不安をすっかり追いはらってはくれなかった。もし見ず知らずの人が一万年かけてだんだんと自分と入れかわることができるとしたら、同じことがだれにでも起こるだろう。チカヤのまわりにいるだれも助けにはならない。なぜなら、その人たちも全員が、まったく同じやりかたで入れかわられているだろうから。

父が惑星儀を呼びだして、手に持ったそれをチカヤにさしだした。部屋の灰色の闇に浮かんだ光る幻影。「いまおまえはどこにいる？」

チカヤは身ぶりで惑星儀を少しだけまわすと、自分たちの街、バークを指さした。

「では問題をひとつ出そう」父がいった。「わたしがここに、おまえの正面の地面に矢を一本描いたとしよう。その矢はなによりも重要なものなんだ」いいながら父は、惑星儀に印をつけた。「おまえがどこに行くときでも、遠くへ旅するときでも、この矢を同じ方角にむけたままでいっしょに持っていく方法を見つけなくてはならない」

かんたんすぎる問題だ。「方位磁針を使えばいい」チカヤはいった。「もし方位磁針を持っていないときは、星を使う。ぼくがどこに行っても、かならず同じ方角がわかる」

「自分といっしょに方角を持ち運ぶには、それがベストの手段だと思うのかい？　方位磁針の方角を再現することが？」

「うん」

父は惑星儀上の北極近くに、真北を指した短い矢を描いた。次に、北極をはさんだ反対側に、やはり真北を指したもう一本を描いた。二本の矢の方角は方位磁針では同じになるが、正反対の方向を指しているのはだれにでもわかる。

チカヤは顔をしかめた。これはただの意地悪な例外で、これ以外では規則にはすじが通っているんだといいたかったが、ほんとうにそうなのか自信がなかった。

「北とか南とかのことは忘れるんだ」父がいった。「星のことも忘れて。この矢がおまえの唯一の方位磁針だ。方角を決めるために頼れるものは、ほかになにもない。さあ、どうする」

チカヤは惑星儀をじっと見つめた。バークから離れていく一本の曲がりくねった道を描く。移動するときに、どうやって地面に描かれた矢を複製できるだろう？　「一歩歩くごとに、別の矢を描く。前のと同じ矢を」

父は笑みを浮かべた。「なるほど。でも、どうすれば毎回、新しい矢は前のと同じになる？」

「前のと長さを同じにする。それと、前のと平行にする」

「その方法は？」父が問いを重ねる。「新しい矢が前の矢と平行だと、どうやってわかる？」

　チカヤには自信がなかった。惑星儀はカーブしているし、その幾何学は複雑だ。まず平面で考えてみて、それからだんだんとむずかしい場合に取りくんでいったほうが、たぶん楽だろう。チカヤは半透明の平面を呼びだして、黒い矢を一本描いた。命令すれば、チカヤの〈介在者〉はその矢を忠実に、平面上のほかのどこにでも複製できるが、規則を理解するのはチカヤの仕事だ。

　もう一本矢を描いて、最初の矢との関係をじっくり考える。「この二本は平行だから、二本の基部どうしと先端どうしを結んだら、平行四辺形ができる」

「そうだ。でも、その二本から平行四辺形ができることが、どうしてわかるんだ？」父は手を伸ばして、二本目の矢を斜めにした。「これで平行四辺形ができなくなったことは、見ただけでわかる。でも、どこを見て、それがわかった？」

「距離がもう同じじゃない」チカヤは指でなぞりながら、「基部どうしと先端どうしは、いまでは距離が違う。だから、二本目の矢を最初の矢の複製にするには、それが一本目と同じ長さで、その先端と最初の矢の先端が、基部どうしと同じだけ離れていることを確認しなくちゃならない」

「そう、そのとおりだ」父が賛成してくれた。「では、事態をもっとむずかしくしてみよう。おまえが定規も巻き尺も持っていないとするんだ。おまえには、ひとつの線の上で距離を測って、それを別の線に移すということはできなくなる」

チカヤは思わず笑った。「むずかしすぎるよ！　そうなったら不可能だ！」

「待った。そうなっても、おまえにはこういうことはできるはずだ。同じ線の上の距離を比べることなら。もしおまえがAからBを通ってCへまっすぐ進んだ場合、Bが道のりのちょうど半分かどうかを知ることはできる」

チカヤは矢を凝視した。そこには半分の道のりはなかった。平行四辺形の中に、二等分された線はなかった。

「よく見てごらん」父が励ますようにいった。「おまえがまだ描いてさえいないものに目をむけるんだ」

その手がかりでわかった。「対角線？」

「そのとおり」

平行四辺形には、最初の矢の基部と二本目の矢の先端を結ぶ対角線と、その逆を結ぶ対角線がある。そして二本の対角線はたがいを二等分する。

ふたりはいっしょに作図をして、細部をつきつめて厳密にした。一本の矢を複製するには、最初の矢の先端から二本目の矢の基部に選んだ点に直線を引き、その直線を二等分してから、最初の矢の基部からその中点を通って、中点までと同じ長さだけ先へ続く直線を引けばいい。二本目の対角線のむこう端が、複製された矢の先端の位置になる。

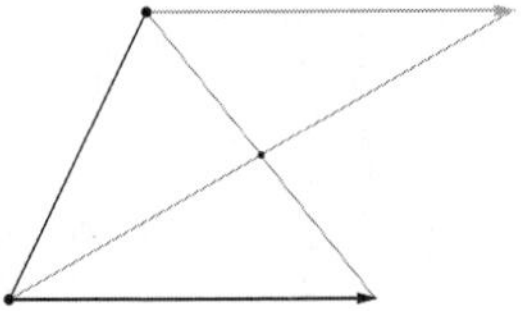

チカヤは満足感を覚えながら、ふたりで作業した成果を眺めた。

父が、「そして次に、どうやって球の上で同じことをする？」といって、惑星儀をチカヤに手渡した。

「同じことをすればいいだけだよ。同じように線を引けばいい」

「引くのは直線？　それとも曲線？」

「直線」といってからチカヤは気づいた。惑星儀の上に直線を引く？　「大円だ。大円の弧だ」球面上のどの二点についても、その両方と、球の中心とを通る平面が存在する。その平面が球の表面を通る場所は赤道大の円の弧となり、それは二点間の最短距離でもある。

「そうだ」父はチカヤが描いた、バークから曲がりくねりながら離れていく道を手で示した。

「やってみてごらん。さて、結果はどんな風に見えるかな」

チカヤは大円の弧を対角線に使った平行四辺形作図法で、道沿いに短い距離だけ離れたところへ、矢をいちど複製した。そのあとは道の終わりまでずっと、〈介在者〉にそのプロセスを自動的に繰りかえさせた。

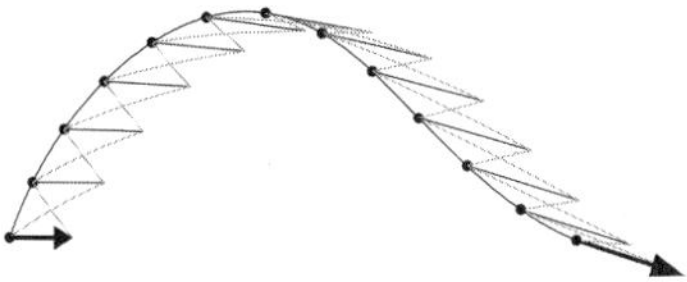

「できた」チカヤはびっくりしていた。「できたよ」対角線が道に沿って格子状に並んで進んでいき、矢を前に運んでいた。方角を決める頼りにできる方位磁針もなく、星もなくても、矢を最初から最後まで忠実に複製する方法が見つかったのだった。

「美しいだろう?」父がいった。「これはシルトの梯子と呼ばれている。幾何学全体のいたるところで、物理学全体のいたるところで、同じ発想が無数の異なる姿を取ってあらわれるんだ。なにかをここからあそこへ、同じままで運ぶにはどうするか？　意味をなす唯一のかたちで平行を保ったまま、だんだんと動かしていけばいい。シルトの梯子をのぼる、というわけだ」

チカヤは、その手法が物理学以外にも持ちこめるのかどうか、尋ねなかった。チカヤの不安に対する答えとしては、それはメタファーでしかない。とはいえ、それは希望に満ちたメタファーだった。たとえチカヤが変わるとしても、自らをしっかりと観察して、自分自身という矢を斜めにしていないかどうかを判断することはできる。

「もうひとつ、おまえが見ておくべきものがある」父がいって、惑星儀上にもう一本の道を描いた。最初の道と同じ二点を結んでいるが、たどっている道すじが違う。「この道でもう一回やってごらん」

「同じ結果になるんでしょ」チカヤは自信を持って予測した。「シルトの梯子を二回のぼったら、両方の場合とも、ベストのかたちで矢を複製することになる」それは一ダースの数を違う順序で二回足しあげろといわれるようなものだった。最後の答えは同じにならなくてはいけない。

「そう思うなら、やってごらんよ」父はしつこかった。

チカヤはいわれたとおりにした。

「どこかでまちがえたんだ」チカヤはいった。二番目の梯子を消して、もう一回作図する。

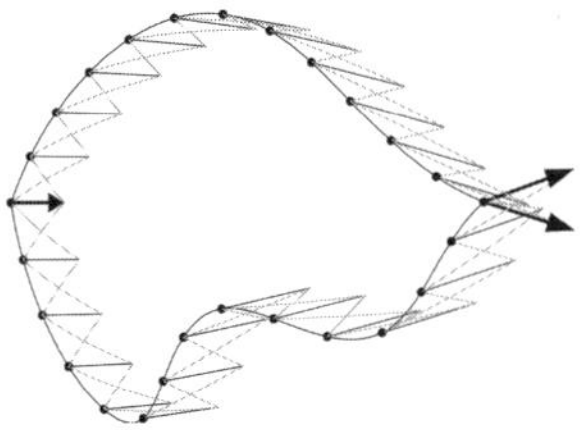

今度も矢の二番目の複製は、道の終わりで最初の複製と一致しなかった。

「どういうことなの」チカヤは泣き言をいった。「なにをまちがえたんだろう？」

「なにもまちがえてはいない」父が断言した。「これは、じっさいにこうなるんだ。矢を前に運ぶ方法はつねにあるが、それはおまえが取る道によって変わる」

チカヤは返事をしなかった。さっきまでは、安全につながる方法、いつまでも変わらずにいる方法を教えてもらったのだと思っていた。いまそれは目の前で、正反対のものに変化していた。

父がいった。「おまえが変わるのをやめるときは決して来ないが、それは風の中を漂わなくてはならないということではない。毎日おまえは、それまでのおまえだった人物と、新しく知った事柄とをもとにして、自分がどんな人間になるべきか、好きなように誠実な選択をすることができる。

　どんなことが起きても、おまえはつねにおまえ自身に忠実でいることができる。だが、いいか、おまえの中にある方位磁針は、ほかのだれとも同じになることはないんだ。その人がおまえの隣でシルトの梯子をのぼりはじめて、途中のあらゆる一歩を隣でのぼっていたのでないなら」

　チカヤは惑星儀を消して、いった。「夜遅くなっちゃった。ぼくはもう寝たほうがいいと思う」

「わかった」父が立ちあがり、そのまま部屋を出ていくのかと思ったら、手を伸ばしてチカヤの両肩を握りしめた。「なにも心配することはない。ここで家族や友だちといっしょにいれば、おまえは決して赤の他人になることはない。隣りあってのぼっているかぎり、わたしたちはみな、いっしょに変わっていくことになる」

「チカヤ？　聞こえる？」

　マリアマの声だ。

「音声明瞭」チカヤはいった。「きみは無事か？」

「それはきみがなにを指すかによる。わたしのクァスプは問題なし。〈介在者〉はあちこちを焼かれた。残っているのは短距離赤外線リンクだけ。体はちょっと見れたものじゃないけど、回復しつつある」

信号は〈左手〉経由で届いていた。マリアママはシャトルのボルトを外して、シャトルに乗ったのだ。モジュールとシャトルの両方の長距離無線装置は修復不能な放射線損傷を被ったに違いなく、それはマリアママの体がどんな状態だと思われるか、ある程度のことを語っていた。

「ほかの人たちは？」

「ウェイルとアレハンドロも同じように被曝した。ふたりはわたしがシャトルのボルトを外すのを手伝ってくれたけれど、最新設備もなければ、仲間もこれしかいない場所にとどまる気はなかった。バイラゴの体はわたしより見た目はよさそうだったけれど、建造者たちが彼のクァスプを停止させたから、死んだに等しい。モジュールを離れたとき、ほかの反逆者たちはみんなひどいありさまだった。体の一部が未分化のべとべと状態に逆戻りしていて、たとえまだ原形を保って呼吸している体の中ででも、連中の精神が修復プロセスを生きのびていたら驚くほかない」

たぶんマリアママのいうとおりだろう。反逆者たちの体は放射線損傷を被った細胞をすべて殺すためにアポトーシスを無制限に用いただろうし、その場合に神経組織を特別扱いする理由はない。

マリアママがいった。「まず〈右手〉に行ってみた。すでにプランク・ワームは書きつけられていた。〈右手〉は下降する境界面のあとを追ってはいなかったけれど、シャトルで反対方向に軽く突いて、自力では反転できないくらいの速度をあたえておいた。もし〈右手〉の使い道を思いついたら、追いかけて引っぱり戻すことは可能だけれど、〈左手〉だけでなんとかなると期待したい」

「そう願いたいね」ふたりがどんな手を打っても、〈右手〉は信頼できるものには戻らないだろう。

「ブランコがモジュールを切り離すときに、ヤンがあなたに渡したツールキットの話をしてくれたけれど、わたし自身がコピーを手に入れる時間はなかった。あなたがわたしにツールキットを送信してくれたら、たぶんそれがいちばん手っ取り早い。そのあとわたしは境界面を追いかける」

「なんだって？」チカヤは水平線の上の赤方偏移した星々を見つめ、自分が現実から遊離していて、この通信丸ごとが幻覚だというしるしがないか、視野を調べた。「それがどう手っ取り早いんだ？　わたしを拾いあげにくるところなんだろう？」

「それは燃料をひどく浪費する。あなたが物理的にシャトルに乗っている必要はない」

チカヤはしばし黙りこんだ。燃料に関してはマリアマのいうとおりだが、彼女の計画は受けいれられなかった。

「それは違う」チカヤはいった。「このまま漂っていたら、いずれわたしは無線連絡が取れなくなる。最終的には純粋に距離によるものだが、もし境界面が複雑な形をしていたら、もっと早くに見通し線を失うかもしれない」

「なら、〈左手〉のキーを渡して。キーと、あとツールキットがあれば、わたしが全部をどうにかできる」マリアマはため息をついた。「悪く思わないで。漂い去っていくあなたを放っておくのは嫌だけれど、いまはもっと重要なことが問題になっている。あなたを回収するために費やす時間と燃料は、あちら側にとって決定的な違いをもたらすかもしれない」

チカヤはちらりと誘惑を感じた。すべてから手を引いて、パッフのラスマーの隣で目ざめてもいいではないか。マリアマのいうことは完璧にすじが通っている。いまや時間はチカヤたちにとって敵であり、かんたんにマリアマに譲渡できる〈左手〉に関する権限を別にすれば、チカヤ本人に用はなかった。

チカヤはマリアマを信じたかった。これまでのふたりの関係からいって、信じて当然では？　意見の食い違いは無数にあったけれど、マリアマはいつでもチカヤに対して正直だった。彼女に疑いを持ちつづけるのは、心が狭くて下劣なことだ。

問題なのは、チカヤが自分自身の動機に後ろめたさがあることだった。マリアマになにも問題がないように考えるのは、チカヤが自分の責任のいっさいから逃れるための、完璧な口実だった。

チカヤはいった。「きみにはなにも渡すつもりはない。あちら側のことをそんなに気にかけているなら、わたしを回収しに来たほうがいい」

チカヤがエアロックをなんとか通りぬけたとき、マリアマはシャトル正面の席に着いたままだった。チカヤはあいさつがわりにうなずいて、笑顔を作ろうとした。マリアマの〈外自己〉は、全身を覆う苦痛よりも穏やかかつ精密な手段で、彼女が体の治癒の邪魔になることをなにひとつする気を起こさないようにしているのだろう。その手段を、チカヤが子どものころに自分から軽いやけどを負ってみたときに味わった生の苦痛から類推するのは、馬鹿げていた。それでも、火ぶくれになって体液を流しているマリアマの姿に、チカヤの腹はよじれた。

チカヤはいった。「宇宙でヒッチハイクするのも、そんなに悪くないな。地上で車に拾ってもらうまで、もっと長く待ったことがある」

マリアマは赤外線リンクで返事をよこした。「体をもっと露出させると、驚くほど効果があるよ」

〈左手〉へ引きかえす途中で、チカヤは猶予期間の投票結果以来となる朗報を受けとった。水平線の降下が止まったのだ。〈左手〉の視野には、もう新たな星々が忍びこんできていなかった。

そのこと自体から、あらゆる場所で失われた領域の深さを確定することはできなかったが、特定の幾何学は示唆的だった。新たな水平線は、もしプランク・ワームが信号送信層への侵入に失敗した場合に位置するだろう、まさにその場所だった。あちら側に百キロメートル入りこんで、ヴェンデク集団が唐突に変化していた場所だ。

シャトルが〈左手〉に接近するあいだに入ってくる知らせは、だんだんいいものになっていた。蛍たちがついに消滅しはじめ、その死のタイミングは最良のシナリオを裏づけていた。境界面は信号送信層まで後退したが、そこで止まっていた。

チカヤは意気があがったが、マリアマはこういった。「これが新たな安定状態だと決めてかかってはいけない。バイラゴは最後のほうでは、かならずしもわたしにすべてを話してはくれなかったけれど、彼がここで達成したことが、わたしがタレクといっしょに関わっていた研究と少しでも類似しているとしたら、プランク・ワームは最初の障害であきらめはしないはず」

「つまりどういうこと？」

「プランク・ワームは突然変異する。試行する。障害を突破する手段を見つけるまで、さまざまに変化しつづける」

「きみはその仕組みを知っているのか？　プランク・ワームにそうさせる方法を発見したのか？」

「いいえ」とマリアマ。「けれど、あなたがたからヴェンデクのことを教えてもらうと、ヴェンデクそのものが山のようなひらめきの源になった。タレクとわたしはその方向は追求しなかったけれど、バイラゴがその好機を見逃したとは思わないほうがいい」

シャトルが〈左手〉とドッキングすると、ふたりは蛍たちの消滅地点へと〈左手〉を降下させていった。

入力針《スタイラス》を射程内に移動させるための補正は、繰りかえされるたびに繊細さを増し、境界面との照準を回復するには一時間近くかかった。その作業が完了すると、チカヤは一連のプローブを書きつけた。プローブは横方向に散開するとともに、中に直進して、プランク・ワームの全体像を解明できる見こみを増やす。意外なことではないが、プランク・ワームに侵入され、真空にさらされているいま、信号送信層はもう振動していなかったし、素数を送りだしてもいなかった。その層を駆動している仕組みを見つけだしたいとチカヤは願っていたが、いまは集中しつづけなくてはならない。破壊されたあちら側生物版地球外知性探査設備《ファーサイダーSETI》――もしそれがそういうものだったとして――を分析することは、ビーコンが自力では阻止できなかった害虫の群れに対処するためには、二の次にならざるをえない。

最後のプローブを発射すると、チカヤはマリアマのほうをむいた。「きみとタレクの研究の詳細を残らず教えてくれたら、きみがここでぐずぐずしている必要はなくなる」

マリアマは聞くだに苦しげなぜいぜいいう音を漏らした。チカヤがシャトルの中ではじめて聞く、マリアマ自身が発した音だ。「それはあなたがくつろげるようにするために燃料を浪費するのをわたしが嫌がったことへの、子どもじみた仕返しかなにかのつもり？」

「いいや。だが、あちら側を守るために〈リンドラー〉に来たのは、わたしのほうだ。他人の重要課題のために割れたガラスの上を這いつづける理由は、きみにはない」

マリアマは探るようにチカヤの顔を見た。「ほんとうはわたしのことを信頼していないんでしょう？」

「なにについて？　きみ自身の理想を裏切る、とは信頼できない？　この代物を一掃することが、きみの望みだった」

「それがジェノサイドになるとは、以前は考えもしなかった」

「確実にそうなるかどうかは、まだわかっていない」

マリアマは体全体でため息をついた。「ではあなたは、もし信号送信層は自然現象だという説明が発見されたら、わたしがここにいると厄介なことになるかもしれないとおそれているんだ」

「違うのか？」

「わたしは猶予期間に賛成投票をした」マリアマがいった。「丸一年、生命のしるしを探す以外なにもしないことに賛成した。たとえなにが起きても、わたしはその立場を全うする」

チカヤは刺すような恥ずかしさを感じたが、あとには退かなかった。「結論を出してくれ。きみがここにいるのは、あちら側を守るためなのか？　それとも、もしあちら側が不毛な場所だとわかったら、一年のうちにプランク・ワームを再発射するためなのか？」

マリアマは頭《かぶり》を振った。「なぜ選択しなくてはならない？　もしあそこに有知覚生物がいたら、それはわたしたちの保護を受けるに値する。もしあそこにあるのが、さまざまな種類のプランク・スケールの海藻で満ちたエキゾチックな海だけだとしたら、少しでも早くそれを無事に真空に戻せたほうがいい。この違いを理解するのは、ほんとうにそんなにむずかしいこと？　あなたの頭の中で反逆者たちとひとまとめにされるようなどんなことを、これまでにわたしがした？　いったいいつ、わたしが十九世紀の道徳に従って行動した？」

「二十三世紀だ」

「その言葉で、あなたがどれだけ歴史を知らないかがわかる。その時代に地球から旅立った人の大半の動機は、当時の道徳観に合わなかったから、というものにほかならなかった。この連中の場合は、約四世紀時代錯誤《アナクロ》だったといっていい」

チカヤは顔を背けた。マリアマの抗議は熱心すぎないだろうか？　だが、アナクロノートたちの世界観を軽蔑している点では、マリアマもチカヤと遜色がない。あちら側の複雑さと、防御派がそうとは知らずにジェノサイドを実行していたかもしれないというあとから判明した事実をもとにとやかくいうのは、〈ミモサ〉の人々をサルンペト則の欠陥を予測しそこねたといって非難するようなものだ。

プローブが戻ってきはじめた。それによって明らかになったプランク・ワームは、途方に暮れるほど複雑な構造物で、少なくともヴェンデクそのものと同じくらいに複雑だった。そしてマリアマのいったことは当たっていた。プランク・ワームは突然変異をはじめていて、変種を試してみようとしていた。ソフトウェアの確認した変種は数千あった。

けれど、たとえ適応能力があったとしても、プランク・ワームは単純すぎて、目的を達成するには試行錯誤を重ねる以外にない。設計者はプランク・ワームに自力で問題を切りぬけさせることにしていて、それはつまるところ、プランク・ワームはほかのあらゆる能なし病原体と同様に脆弱だということだ。

チカヤはツールキットに指示して、マリアマにもツールキットの言葉を聞けるようにした。

「書きつけたらプランク・ワームと変異体を一掃できる――ただし、もっと深くに移動したり、原生ヴェンデクを害したりすることなしに――グラフを見つけろ」その言葉を口にしながら、あっけに取られるほど楽観的な依頼だと感じたが、プランク・ワーム自体がたったひとつの地点から育っていったのだから、解毒剤を同じかたちで注入できない理由はなかった。

ツールキットが問題を検討するのに、それとわかる間があいた。「それが可能だとは思えません」ツールキットは断言した。「プランク・ワームは背後にある通常の真空を利用して、ヴェンデクにデコヒーレンスを起こさせる境界面越しの相関を作りあげているのです。わたしには、プランク・ワームを攻撃して、なおかつプランク・ワームがその中に浸っている全ヴェンデク集団を破壊することのないだろう手段を発見することができません」

マリアマがいった。「もしヴェンデク集団が、もっと深いところで変化しているとしたらどうなる？」

「その場合、どんなこともありうるかもしれませんが、詳細がわかるまでは、なんの保証もできません」

チカヤはもっと深いところを見るためのプローブを書きつけた。

変異プランク・ワームが起こした第二の変化が、最初の変化と同じすばやさで境界面をひとなでした。シャトルの窓からは、なめらかな灰色の平原が、何ダースもの色あいの複雑なすじのあるパターンに変貌するのが見えた。チカヤの心臓の鼓動が高まった。それは酸のプールが特徴のない岩を溶かして、断面にきめ細かな何千層もの堆積物が露出したのを見ているのと似ていた。

マリアマがいった。「境界面はふたたび静止しているに違いない。でなければ、わたしたちはパターンが変化するところを見ているはず。ここでプランク・ワームは、新たな障害物にぶつかった。いま消えた層全体をまず焼きはらっていたら、プランク・ワームを全滅させていたかもしれない」

「その層に含まれていたなにもかもごとだ」チカヤは反論した。「そこになにがあったか、わたしたちにはなにもわかっていない」

マリアマの返事はにべもなかった。「あそこになにがあったにせよ、それはもう消えてしまった」

チカヤは返事をしなかったが、マリアマが正しかった。もし彼がもっと迅速に手を打っていたら、ふたりは境界面の傷を焼灼していたかもしれない。チカヤがこの先も不完全な知識に基づいて決定をくだすのを拒む気でいるなら、干渉をあきらめて、あちら側生物《ファーサイダー》が自衛するのにまかせてしまったほうがマシかもしれない。

〈左手〉は第二の変化の直後に新たな蛍たちを発射していたが、チカヤはその結果を待たなかった。シャトルに蛍たちを追って降下するよう命じる。ただし、減速が確実に間にあうちょうどの距離を維持して。

新たな境界面は前のから約六十キロメートルさがったところにあったが、高さはもはや一定ではなかった。シャトルが停止したのは、波状の谷の中央だった。シャトルの周囲の境界面光は、遠くからはすじに見えていたものが、構造のひとつのレベルにすぎないことを明らかにしていた。縞はより強い光度の移動する波の上に層をなす、細くて黒い線で網目状に覆われている。そしてこれは、真空にさらされ、異界の襲撃者が密集する、破壊後の風景を裸眼で見たものにすぎない。あちら側の始源である深部が、ゼンノメートル・スケールでなにを含んでいるのか、チカヤには想像の取っかかりもなかったが、この肉眼で見える構造とヴェンデクたちとのあいだに複雑な生物が存在する見こみは、これまでにないほど大きくなっていた。

スタイラスが再照準するのを待つあいだに、マリアマがいった。「ツールキットに質問してもいい？」

チカヤは用心しつつうなずいた。

「どれくらい複雑なアルゴリズムを、あちら側に注入できる？」マリアマは訊いた。

ツールキットが答える。「どのような時間スケールでの話ですか？　じゅうぶんに長い時間があれば、制限はありません」

「あなた自身を注入するのにかかる時間は？」

「全データを〈左手〉で直接書きつけるのですか？　およそ十万年です」

マリアマは赤外線で笑い声をあげた。「ほかのやりかたでする場合は？　わたしたちの自由になるハードウェアでやってのけることのできる、もっとも効率的な方法は？」

ツールキットは沈黙して、網羅的な調査を進めた。

　チカヤはいった。「なにをしようというんだ？」

「境界面の外のここにいたのでは、視覚がないも同然」マリアマが答えた。「わたしたちの時間と努力はすべて、境界面を超えて情報を行き来させることに注ぎこまれている。ヤンやほかの人たちは、あなたにたくさんの有益な知識をあたえた。でもそれが使われるべき場所は、あちら側なんだ」

　ツールキットがいった。「一連のグラフを書きつけて、あちら側に構造を生じさせ、そこに変調した光として境界面を通過させたデータを送ることはできます。所要時間は十七分。その際の全帯域幅は約一ゼタバイト毎秒。わたし自身は一ミリ秒で送りこめます」

「境界面を通過したあと、そこから離れて、もっと深いところへ移動することができる形態で？」

「可能性はあります。基礎的な量子プロセッサを運動能力のあるヴェンデクの殻でくるむことはできます。それは遭遇するあらゆる環境を生きのびることはできないかもしれませんが、周囲を探索するプローブを送りだし、移動するのに合わせてヴェンデク集団を防護殻として使えるように調整することはできるでしょう」

「こちら側《ニアサイド》との連絡手段は？」マリアマが尋ねた。

「シールドされたデータ・ケーブルを境界面まで維持しようとはしてみますが、うまくいく見こみは大変に乏しいと思われます。プランク・ワームは境界面そのものとともに、プランク・ワーム自体よりも動きの速くないほかのあらゆるものを攻撃するでしょうから」

「わかった。でもあなたは、あちら側に入ってしまえば、自律的に作動できるんだね？」

「確実に」

チカヤは口をはさんだ。「ツールキットを単に境界面の反対側に落として、そこで臨機応変に対応しろと命じるつもりなのか？」

「なにか問題がある？　どんな困難に直面すると？　ツールキットはプランク・ワームよりもずっと賢い。自分がしていることをきちんと理解できるはず」

「ひとつのレベルではね」チカヤはツールキットに尋ねた。「どうやって有知覚生命を認識する？」

「見当もつきません」ツールキットは認めた。「その概念については、あなたがいま話しかけている会話用インターフェイスに用意された初歩の認識論的スケッチ以上には、情報の持ち合わせがありません」

チカヤはいった。「わたしはこのツールキットよりももっと判断力のある処置槽と何度も話したことがある。これをフリー・エージェントとしてあちら側に解き放つわけにはいかない」

マリアマが目を閉じた。透明な液体が頭皮の裂け目からこぼれだして、顔を伝い落ちる。

マリアマがいった。「いま〈外自己〉から、この体は機能を停止しつつあるといわれた。〈外自己〉は自己修復できると考えていたけれど、損傷が大きすぎた。申しわけないけど、あなたには死体がくっついていくことになりそう」

チカヤは腕を伸ばして、マリアマの手をやさしく握った。「残念だ」

「大した問題じゃない」マリアマはいった。「非実体化した経験はないけれど、わたしは狂信者じゃない。二、三日くらい肉体がなくても、死んだりはしない」マリアマが微笑むと、顔面の皮膚が裂けた。「じゅうぶんに長く生きれば、どんなことでも妥協できるようになる」

チカヤが見守る前で、マリアマは体を離れた。呼吸が停止し、体がだらりと横に傾く。チカヤの指の下で、マリアマの手の肉が硬直していった。組織を構成する個々の細胞が全体性の維持を放棄し、リサイクルで使い道がある場合に備えて、可能な最良のかたちで自身を保護するために包嚢に包まれはじめた。

チカヤはあふれる涙が顔を伝うのを感じた。「畜生」マリアマにはもう、チカヤの言葉は聞こえない。彼女の〈介在者〉への赤外線リンクは、神経と皮膚の細胞経由で作動していて、クァスプへの経路として機能しているのはそれが唯一だからだ。マリアマはいま、耳も聞こえず、口もきけず、目も見えなかった。チカヤが彼女を掘りだすまでは。

チカヤはシャトルの道具置き場に足を運んで、長くて鋭い品物を選んだ。それからマリアマの隣の座席に体を安全ベルトで固定して、自分のかけた力で体が押しやられないようにした。

マリアマが危害を受けることはないとわかってはいても、彼女の体に切れ目を入れるときに、チカヤはすすり泣きを止められなかった。チカヤは非実体主義者ではない。彼女の体が大切で守られるべきものだという考えを全面放棄したかたちでマリアマを愛する方法を、チカヤはこれまでにまったく知ることがなかった。

チカヤはマリアマから三つの装置を取りだした。光ケーブルでつなぎ合わされた、三つの小さな黒い球。〈介在者〉と〈外自己〉はともに、体の神経系に接続された細い灰色のワイヤーで覆われている。

チカヤは自分の〈介在者〉に意見を求めた。〈介在者〉は〈リンドラー〉のライブラリに比べれば情報源としてじゅうぶんではないが、それ自身の設計に関してはすべてを知っている。それと同じハードウェアが肉体から取りだされていて、無線装置が焼かれている場合、連絡を回復するにはどうしたらいいか？

チカヤの〈介在者〉は、それが可能な専用ハードウェアの説明をした。シャトルにはわずかでもそれに類似したものは積まれていなかった。

チカヤは自分の手の中にある血まみれの部品について考えこんだ。チカヤはさっき、自分がひとりであちら側に関する任務を完遂できるよう、ここを去ってくれとマリアマに頼んだ。いま、その願いは聞き届けられたようだ。

「ほかに連絡を取る方法はないのか？」チカヤは自分の〈介在者〉に訊いた。

「装置が肉体から取りだされたままの場合には、ありません」

マリアマのために新しい体を一から育てるのは論外だ。そんな時間はない。先ほどまでのマリアマの体の細胞は、すでに最善の行動を取っていた。どうがんばっても、もとの機能に戻すことはできない。

チカヤはいった。「もしその装置が、だれか他人の肉体の中にあるとしたら？　別の〈介在者〉を持った体の中に？」

「体の中の、どこです？」

「どこにあればいい？」

「頭骨の内側です。あるいは、脊髄のすぐ近く」

ならば、それが解決策だ。チカヤは覚悟を決めた。マリアマが最終的になんに対して忠誠心をいだいていたか、チカヤはいまだに確信が持てずにいたが、自分がマリアマ抜きでこの先を進んでいけるかといわれたら、そのほうがもっと確信がなかった。

チカヤは血まみれの着衣を脱ぎ捨て、膜スーツを剝がした。そして自分の〈外自己〉に、自分を動かしてくれるよう頼んだ。〈外自己〉はチカヤの体内のあらゆる神経と血管の位置を知っていたし、チカヤの両手を大変な精密さで動かすことが可能だった。

スタイラスが境界面との照準を合わせた。チカヤはプローブ群を発射すると、反響が戻ってきはじめたらただちに自動で作業を開始するよう、ツールキットに指示した。周囲のヴェンデクにどれだけの損害が出ようとも、プランク・ワームの現行の変種すべてを焼きはらう複製子の設計作業を。

マリアマがしゃべった。「なにが起きた？」

チカヤはいった。「きみはわたしの右腎の裏側にいる。わたしの神経系が、きみの〈介在者〉への接続をちょうどやり遂げたところだ」

この事実を知っても、マリアマは一瞬、動転しただけだった。「わたしは連絡手段のことは考えてもいなかった。あの体は突然ダメになったから、計画を立てる時間がなかった」

「問題はない？」

「まったく」

「なにをシミュレートしている？」

「まだなにも。闇の中で考えているだけ」

「わたしの五感を共有したい？」それは、もし立場が逆だったら、チカヤ自身が求めていただろうものだ。間接的にでもかまわないから、自分の精神を現実につなぎ止めてくれるもの。

マリアマは躊躇した。「五感にアクセスできればいいとは思うから、提案には感謝だけれど、わたしは独立した視点を持つ観境《スケープ》内アイコンとして存在して、あなたの視覚をスクリーンに映すことにする。あなたの体に宿っているふりをするようにはなりたくない。じっさいには体を制御できなくて、そのせいでとらわれの身の気分になるだけだろうから」

「了解」チカヤは不安に身震いしそうになったが、招きいれた客が体の乗っ取りを実行できるなどという考えは、純粋に空想上の話でしかなかった。チカヤの神経細胞とマリアマの〈介在者〉間の接続はすべてが、完全にチカヤの〈外自己〉の制御下にある。そしてチカヤの体は、分子レベルにいたるまで、合致するハードウェアからの指示しか受けとらない。「わたしがその設定をしているあいだ、話を続けて」マリアマがいった。「境界面の状況は?」

チカヤはマリアマに最新情報を提供した。

マリアマは困惑した。「インターフェイスを書きつけていない?」

「なんの役に立つ?」チカヤは答えた。「そんなことをしたら、スタイラスをその作業に張り付きにするだけだ。プランク・ワームを殺すのは外側から試みたほうがいい。そうすれば、プランク・ワーム自身のやり口を利用できる。プランク・ワームを真空と相関させ、デコヒーレンスさせるんだ。単純なことさ。わたしたちがする必要があるのは、デコヒーレンスを強引に起こさせるけれど、違うヴェンデクの層にぶつかったら完全に機能停止するような設計のものを、書きつけることだけだ」

「それは正しいかもしれない」マリアマは不承不承認めた。「そんな単純なことですむといいのだけどね」

チカヤは虹色の風景を眺めた。ここで起きているあらゆること——プランク・ワームが、そしてその効能と目されるものがもたらしたすべての破壊——は、境界面全体に光速で広がるだろう。ヴェンデクの多様性は、ここまでのところは効果的な障壁として機能してきたように見えるが、この防備には隙間が存在しうる。特定の集団が糸状または隘路状に、あちら側の深部まで続いている場合だ。チカヤは目もくらむようなスケールで賭けをしているのだった。外来の捕食種に別の捕食種で対処しようとしている、地球の植民地時代の素人生態学者のように。

ツールキットが発言した。「残念ながら、プランク・ワームは予想よりも陰険でした。新たなヴェンデクの混合を攻撃する必要が生じても、古い変異体はひとつも除去されることなく、好結果を出したいところたちに相乗りして進んでいます。なのでいまでは、一千万を超える異なる変種が存在しています。個々の変種に対応する複製子の種子を書きつけて、そのすべてを一掃することはできますが、それには九時間以上かかるでしょう」

「いますぐその作業にかかれ」チカヤはいった。「同時に、ひとつだけでそれと同じ仕事ができる種子についても検討をはじめろ」

ツールキットはふたつ目の要求について検討した。「その方法としては、プランク・ワームとまったく同等に悪性の代物を書きつけること以外、思いつきません。その代物は、すべての変種を相手にするために、それ自身が突然変異せざるをえないはずで、それが必要よりも早く消耗しきることも、まったく消耗しないということもない、とは保証できません」

マリアマがいった。「境界面で九時間待っていることはできない。それに作業完了前にふたたび境界面が降下したら、次はもっと困難になるだけだ」

「じゃあ、きみの提案は？」

「する必要があると思うことは、さっき話した」マリアマがいった。

「内側から作用できるものを、境界面を通して投下すること？　それならわたしも、その問題点についてはさっき話した。未踏査の世界に撃ちこんで、守ることになっているものをなにひとつ破壊することなしに侵食者を撃退することを期待できるほどスマートな魔法の弾丸は、存在しない」チカヤは辛辣な声で笑った。「わたし自身にその判断がくだせると信じることがそもそも困難だ」

「それはわかる。だからこそ、あなたはまず境界面の反対側から判断をくだす必要がある」

死で思考の流れが中断したときに、マリアマの考えはここにむかっている途中だったのだろうか、とチカヤは思った。マリアマがそれを言葉にできるようになる前に、この発想を丸ごと不要にできていたらよかったのだが。

「わたしが自分自身を中に送りこむべきだというのか？」

「データの転送速度はじゅうぶんなはず。インターフェイスの組み立てに十七分、そのあと、あなたを送り届けるのに約一時間」

「そしてそのあとは？　プランク・ワーム相手のわたしたちの戦略は、プランク・ワームを真空と相関させることにすべてがかかっている。内側からでは、それはできない」

「なら、ほかの戦略を探して」マリアマは譲らなかった。「なにが安全でなにがそうでないかがよくわかるくらいに深くまで行ってから。境界面のこちら側から作業するのをあきらめるべきだとはいわないけれど、どちらにもそれぞれ利点がある。二面攻撃は、わたしたちのチャンスを増大させる一方のはず」

チカヤの反論は種切れだった。顔をあげて、窓に映った自分の姿を見ながら、マリアマにもそれが見えるのだと気づく。「わたしひとりでは行かない」チカヤはいった。「きみがいなければ、あちら側に入らない」

　チカヤは容赦のない非難が返ってくるのを待ちうけた。これは、チカヤが自ら進んで克己的に忘却の中へ漂い去っていくべきときに、真空から拾いあげろとマリアマに要求したのを、さらに上まわるわがままだった。ここで最悪なのは、チカヤがいまだにマリアマに対する疑念を内心いだいていたことだ。マリアマの存在を振り捨てる好機を、この先何回、チカヤは拒絶することになるのだろうか？

　マリアマがいった。「知りあって四千年経ってから、切っても切れない関係になるわけか」

「腎臓のあたりは切りひらいたけどね」

「わたしをひとりで中に行かせる気もない、と受けとっていい？」

「そういうこと。これは以前の〈書機〉に関するプロトコルの延長だと考えてくれ。だれの言動にも偽りがないように、かならず〈書機〉を使うのとは別の派閥からの監視者が同席しなくてはならなかった」

　チカヤは軽い調子を崩さないようにしようとしたが、これはふたりの関係を最終的に確認する作業のように感じられた。マリアマの一歩一歩をチカヤが追って、ずっと進んできた。低速化から脱けだすのも、チュラエフを去るのも。ふたりが別々にすごした何世紀ものあいだについて、チカヤ独自のはずの旅も、チカヤ独自のはずの冒険も、マリアマが先鞭をつけていたからこそできたことのようにしか思えなくなっていた。チカヤはそれを恥じはしなかったが、もっと早くにそのことと正面からむきあえていればよかったと思った。反逆者たちが最初に動きを見せたとき、ラスマーにこういっていればよかった。『わたしはここを離れるべきじゃない。シャトルにはきみがむかってくれ。ハブにはわたしがむかう。破壊活動家たちを足場から放りだすのは、だれにでもできる。だが、あちら側にひとりで歩みいることは、だれにでもできるわけじゃない』

マリアマがいった。「わかった、あなたといっしょに行こう。おたがいが相手の偽りを防ぐために。ただし手順は、なにもかもを危険にさらすことがないように設定しなくてはならない。どちらかひとりしか通過していない時点で境界面が降下をはじめた場合には、移動機は転送の受信を中断して、ふたり目の乗員なしで潜行するよう、プログラムされていなくてはならない」

「すじが通っている」気が進まないながらチカヤは認めた。

「すると、ひとつだけ決めるべきことが残る」

「そのひとつとは？」

「どっちが先に行くのか」

15

　チカヤは〈サルンペト〉号から黄緑色の海を眺めやった。遠方のきらめく隔壁は、水生動物園の檻を形作る藻の膜を思わせ、謎めいた流れに合わせるかのように穏やかに行ったり来たり揺れている。各々の障壁のむこうで海の色は急変し、緑はほかの明るい色あいに場所を譲り、細心の注意を払って隔離展示されている生物発光プランクトンさながらだ。

　このあたりの〝ミモサ側《ファーサイド》〟は、異なるヴェンデク集団が蜂の巣状構造になり、各集団が幅約一ミクロンの巣室を占めている。隣の巣室との境目は、すべてが自動演奏ドラムのように振動している。素数を数えあげているものはひとつもないが、複雑度の高いリズムのいくつかは、信号送信層がまぐれの自然現象にすぎなかったという説をほぼ説得力あるものにしていた。だが、たとえそれが真相で、有知覚生命が危機に瀕している見こみが小さくなっているとしても、そんな心配はまったくないといい切れるかは疑問だ、とチカヤは思った。信号送信層を根拠にした探索はここで終わりになるかもしれないが、彼の下には未探査の数百万立方光年があるというのに、ここだけを基準にしてミモサ側全体について判断をくだすのは、星座がじっさいに空に住む動物ではないという理由で、地球外生命体の可能性はいっさい考慮に値しないというようなものだ。

チカヤが見ている眺めは、忠実ではあるが作りものだった。〈サルンペト〉はプローブで周囲を絶えず〝照らして〟いるが、プローブは光子よりもスパイ昆虫のようなもので、遠くから映像を無線で送りかえしてくるのではなく、遭遇したあらゆるものの詳細を自らが持ちかえらなくてはならない。チカヤの体も、移動機そのもの――この透明な泡は〈リンドラー〉の観測モジュールの縮小版で、床に格子模様状の窓が加わっている――も、チカヤが感じている重力も、すべてが純粋な虚構だった。

チカヤは、肩まで完成して待機中のマリアマのアイコンをふり返った。彼女の体は透明な器として描出されていて、境界面までさかのぼるガラス状のパイプを少しずつ流れ落ちてくる光が運ぶ色と形で、ゆっくりと満たされつつある。パイプ沿いに視線をあげていくと、明るい花びらに似たヴェンデクを背景に、ひしめくプランク・ワームの層が紫色と黒の染みになっていた。数秒ごとに、果汁で満ちた宇宙を侵す有害なタールの触手のような黒い糸が、チカヤにむかってくねりながらおりてこようとする。これまでのところ、ヴェンデクはかならず、糸をつまみ取って侵入を断ち切るという反応を見せていた。〈サルンペト〉はそれと同じ運命を回避するために、周囲にある安定した層を模倣した膜にくるまっていた。プランク・ワームが同様の免疫性を手に入れる望みがあるとすれば、偶然出くわすことだけだが、ひとたび手に入れたら、はるかに有害な使いかたをするだろう。

チカヤは私的低速化を実行して、待機が耐えがたいものにならないようにしていた。〈サルンペト〉のプランク・スケールの量子ゲートは、一時間を永遠にまで引きのばしかねない。ツールキットはその強化されたスピードを使って新たな戦略の探求範囲を広げていたが、いまのところ有望なものは出てきていなかった。ツールキットが〝リンドラー側《ニアサイド》〟で設計した一千万の個々のプランク・ワーム・キラーを書きこむのは、リンドラー側でだと九時間かかるのに対して、ミモサ側でだと数分の一マイクロ秒で終わるが、そのほとんどは〈サルンペト〉そのものをも一瞬で焼きつくす代物だ。アナクロノートの真似をして自らの栄光の炎の中で死んでも、チカヤは別にかまわないが、それは解き放つ炎に効力があり、かつ自己制御できることが確実な場合だけだ。

マリアマの顎の部分が満たされはじめた。チカヤはアイコンに、データ受信の進行度を、どれだけの体積が満たされているかで表現しているのか、それともどこまでの高さが満たされているかでなのかを尋ねた。

「体積です」

鮮明すぎたマリアマの体の線がやわらぎはじめたが、変化したのはアイコン自体ではなく、観境《スケープ》の光の具合だった。顔をあげたチカヤは、拳の形をした黒い突起がヴェンデクを押しのけて近づいてくるのを見た。別の時代に刻まれた本能がチカヤのシミュレーション身体の筋肉という筋肉を緊張させたが、チカヤにはわずかな一瞬で決断をくだす必要も、ましてやその決断に従って肉体を動かす必要もなかった。逃げなくてはいけないときには、〈サルンペト〉自体が決定をする。低速化から脱けだして、氷河並みの速さで進む出来事を監視するのは、マゾヒスティックでしかないだろう。〈サルンペト〉が飛行をはじめたら、チカヤの低速化はすぐさま自動的に終わる。

侵入したプランク・ワームは雷雲のように広がっていった。境界面を横断するリンクの象徴であるパイプを雲の黒い層がかすったとき、〈サルンペト〉がミモサ側の深くへむかって発進した。

不気味な影のようなひとつきりの黒い雲が、爆発して無数の黒曜石と化し、火砕流のような勢いで船めがけて押し寄せてきた。チカヤはペルダンで、熱風と火山灰との競争で火山の斜面を駆けおりたことがあるが、〈サルンペト〉がなんの雑作もなく速度を出しているせいで、安全を確保するためのこの突進には、火山のとき以上に神経をすり減らされた。自分の足で逃げていて追いつかれる危険は予測するしかないが、船のデータのパターンは環境が許容する最大速度近くで伝播している。ここには光速などというものはないけれど、チカヤは光速の壁的などうにもならない限界に迫っているようなものだった。

ちらりと下を見たチカヤは、視程が減っていることに気づいた。プローブはこれまでと同じくらい前方遠くまで行っているが、〈サルンペト〉が戻ってきたプローブと出会う前に高速で前方へ進んでいるためだ。ツールキットはまだ、船の防護殻として利用しているヴェンデクを環境の変化に適応させるために必要な決定的情報を持っているが、飛行速度があがればあがるほど、不意の変化に対処する時間は減っていく。

ヴェンデク集団の最初の境目はチカヤたちのすぐ前にあったが、この境目は事前に完全な調査がすんでいる。船がきらめく膜を通過するとき――単純な機械的早技として描写される行動だが、じっさいは船体丸ごとを再設計し再構築することになる――観境《スケープ》内の動きがチカヤの目をとらえた。

マリアマが口もとに得意げな笑みを浮かべて、チカヤのほうをむいた。「わたしはこれを水陸両用移動機と呼んでいる。マイクロヴァースからマイクロヴァースへ、その動力学のスペクトルがどんなであろうと、なめらかに飛翔する」

チカヤはマリアマを凝視した。「きみはまだ――」

「未完成か？　九十三パーセントは、ほぼ完成とすべきでしょう。わたしは慎重に自分をパッケージした。進行度アイコンに頭がないのを、額面どおりに受けとらないように」マリアマは顔をあげた。「ああ、畜生。あんなことは起こるはずじゃなかったのに」

チカヤはマリアマの視線を追った。プランク・ワームはすでに境目を越えていた。これまでの障害物に対しては役立たずのまま相乗りしていた変異体の中に、ついに出番の来たものがあったに違いない。チカヤたちの敵は、広がっていっても薄まることも、弱まることもなかった。力を増しながら大きくなりつづける雪崩のようだ。もしプランク・ワームがそれまでに試した道具を、即座に効果をあげたかどうかに関係なくすべて保持していたら、プランク・ワームの選択肢の範囲は指数的なスピードで増大するだろう。

「これはバイラゴがあげた成果だ」気が進まないようすでマリアマがいった。「変異体をすべて保持するという決定的な工夫をしたのはバイラゴで、タレクとわたしじゃない。わたしたちは自然の複製子を模倣するという考えにこだわりすぎていた――自然がなんでも全滅できるように最適化された害虫を作りだしたことがあったかのように」

「人間はしたことがある。バイラゴはアナクロノートたちから助言をもらったのかもしれない」

ふたりは前のときと同じくなめらかに境目を越えて、蜂の巣の別の巣室に入った。もし〈サルンペト〉が集団間移動を切りぬけるのに失敗したらなにが起こるのか、チカヤははっきりとした確信がなかったが、急襲してきてチカヤたちを滅ぼすのがプランク・ワームであっても、敵意を見せたある系統のヴェンデクであっても、チカヤたちは自分たちの運命についてあれこれ考える暇もなく、ぱっと消滅しているだろう。これまでに体験した特定実体死《ローカル・デス》には、もっとひどいものがあった。

チカヤが見守る中、プランク・ワームが隔壁に到達した。今回はそこにとらわれたらしい。どれだけの数の変異体がその大群を構成していても、すべての可能性を網羅することはできない。ツールキットは各ゲートをX線で見て、接近しながら完璧な鍵を設計する。この戦略でいくらかの時間が稼げた――つねにプランク・ワームに大差をつけられるわけではなかったにせよ。稲妻のような速さで先行する〈サルンペト〉をチカヤが思い浮かべたとき、プランク・ワームの前に二番目の障壁が陥落した。

チカヤはツールキットにいった。「プランク・ワームの行く手に投げつけて邪魔できるものはなにかないか？　なんでもいいから、書きつけたら障害物の役を果たしそうなものは？」

「新奇な層集団の形成を引きおこすことはできます。けれどそれには時間がかかるし、ひとつのヴェンデク巣室にしか広まらないでしょう」そしてその人工的な障壁がどれだけ長く持ちこたえたとしても、プランク・ワームはほかのいくつもの経路で浸透していくだろう。

チカヤたちはかろうじてプランク・ワームに先行したまま、さらに一ダースの巣室を飛びぬけた。敵との差を広げたように思えるときでも、新たな巣室に飛びこんだら、そこには別の経路でもっと早くにプランク・ワームが到達していた、ということにならない保証はなかった。

蜂の巣は嫌になるほどどこまでも続いていた。〈サルンペト〉は陣地を確保したり、失ったりした。名目上の船内時間で八時間後、横断した巣室は千に達していた。リンドラー側の言葉でいえば、境界面が最後に静止した地点の一ミリメートル下にいて、競争はほんの数ピコ秒続いただけだった。プランク・ワームはこの地下墓地に侵入する手段を見つけるまでに、二時間以上かけて多様化していたが、基本的な要領をつかんでしまうと、抑止しようがないように見えた。ひとつのヴェンデク集団を、その中にとらえた捕食者ごと焼きはらうという戦略は、もう通用しない。それは、膿疱をひとつだけ殺菌してペストの罹病者を治療しようとするようなものだ。

チカヤはいった。「これが百キロメートル続くようだったら、頭がおかしくなる」

「そのときは低速化すればいい」マリアマがいった。「そうしても、なにひとつ見逃す危険はないはず。船はわたしたちの速さを一瞬で通常に戻せる」

「それはわかっている。でも、低速化はしたくない。どうしてもまちがったことに思えるから」

「見張りの最中に居眠りをするような？」

「ああ」

三日後、チカヤは音《ね》をあげた。蜂の巣の厚さは一センチメートルかもしれないし、あるいは一光年ということもありうる。プローブは半ミクロン先を見るのがやっとだ。決断すべきことはなにもない。なにかが変化するまでのあいだ、ふたりには待つことしかできなかった。

「ひとりきりで低速化から脱けだすなよ」チカヤはマリアマに警告した。

「脱けだしてなにをするの？」マリアマは質素きわまる眺めを手で示した。「これに比べたらチュラエフの冬が刺激的に見える」

チカヤが命令を出すと、ふたりのまわりで蜂の巣がぼやけて、ヴェンデクに割りあてられていたひとそろいの偽色彩――すでに十数回も使いまわされて、そのたびに新しい意味を持たされていた――が、溶けあって一様な琥珀色の輝きになった。ガラスの弾丸に乗って糖蜜の中を進むような感じ。ふたりの頭上では、プランク・ワームが後退し、這うように前進し、ふたたび逆戻りした。〈サルンペト〉がわずかながら先を行っていたが、いわゆるコマ落としで見ると、競争は前以上に接戦で、チカヤたちの優位はさらに微妙になっていった。

低速化が進行すると、前進はなめらかさを増していった。リンドラー側時間で丸々一ナノ秒後、チカヤたちはプランク・ワームを置き去りにしつつあるように見えた。一マイクロ秒後、プランク・ワームはプローブの射程外に退き、見えるのは〈サルンペト〉自体と、それが通過していく蜜たっぷりの食道ばかりになった。

六十マイクロ秒目にツールキットが警報を鳴らし、船はふたりを通常速度に引き戻した。〈サルンペト〉は薄青を割りあてられたヴェンデクの巣室の中央で移動を停止していた。

「プローブがこれ以上深くへまったく進むことができません」ツールキットが状況を説明した。「われわれは新しい種類の境目に到達しました。その境目を越えたところにあるものは、これまでに遭遇したヴェンデク混合のすべてと質的に異なっています」

チカヤはちらりと暗闇を見おろした。いまチカヤが目にしている光景のすべてを作りだしているともいえるプローブが見落としているなにかを、自分の目が明らかにできるかのように。

マリアマが眉をひそめた。「異なるとはどんな風に?」

「わかりません。プローブは境目で散乱されて戻ってくることすらないのです。いろいろ再設計して試してみましたが、効果はありませんでした。下へ送りだしたあらゆるものが、単に消滅してしまいました」知識量や処理速度はとてつもないが、ツールキットは事実を貯蔵する以上の機能はまったく持たされていなかった。それを作りだした人々のようにして新奇なものに対処することなど、手に余る。

チカヤたちは可能性をじっくりと議論した。だが、チカヤは自分の派閥の専門家たちからとても多くのことを学んでいたし、マリアマはさらに多くを学んでいたとはいえ、議論にはもっと大人数が必要だった。〈リンドラー〉では、つねにだれかのアイデアがほかの人のアイデアを誘発していた。

議論と実験が何週間も続いた。チカヤとマリアマは交替で一時間ずつ睡眠を取った。身体的な回復がまったく必要なものではなくても、ふたりの精神はそのかたちでもっともうまく機能するように構築されていた。ツールキットは膨大な可能性の一覧をこつこつと分析し、プローブのすべてを痕跡も残さず飲みこむような量子状態を選りわけ、その運命を回避して確実な情報を持って戻ってくるような新しい設計を探しもとめた。

なにひとつうまく行かなかった。チカヤたちの下の暗闇は不可解なままだった。

プランク・ワームがあとを追って押し寄せてくるまで、どれくらい時間があるかは知りようがない。物事がうまく行かない日のチカヤは、自分たちが死ぬときは、プランク・ワームもいっしょに葬られるときだろうと考えて自分を慰めた。最悪の日には、自分たちの熱意とほかの人々から拝借した創意工夫では歯が立たなかった障壁を、理性なき変異体がすり抜ける手段を見つけるかもしれない、という可能性と直面することになった。

三十七日目、目ざめたチカヤは観境《スケープ》を見まわした。ひらめきのきっかけになるかもしれないと思って、さまざまな気晴らしを試してみたが、森を散歩しても、登山をしても、陽光を浴びた湖を泳いでも、答えに導いてはくれなかった。なのでふたりはキャンプする場所を探して記憶をかきまわすのをやめて、受けいれたくない真実に戻ってきた。ふたりは異質な宇宙のあばただらけの外皮にある醜悪な不毛の洞窟で立ち往生し、十億種の飢えた活性汚泥に蝕まれてノイズと化すのを待っている。

マリアマが励ますように笑顔でいった。「夢でなにか啓示があった？」

「残念だがなかったようだ」チカヤが見た夢は、自分が訓練途中の伝説の戦闘工兵《サツパー》で、いきなり新種の爆弾を処理する状況に置かれ、暗闇に包まれているので砂漠から超巨大都市までなんであっても不思議はない地上にむけて、爆弾の横を降下しているというものだった。

「では今度は、わたしが夢を見る番。さあ、ベッドをあけて」

「起きるよ。すぐに」マリアマが自分専用のベッドを呼びだすのはかんたんなことだったが、ひとつのベッドを交替で使うことは一種の規律をもたらした。

チカヤはふたたび目を閉じた。もはや睡眠に倦怠感をやわらげる力はまったくなかったが、それでも眠っているあいだは逃避にはなった。自分たちが現実には不可能な目標にむけて努力していることは最初からよくわかっていたが、最後にこれほど意気消沈することになるとはまったく思ってもいなかった。自分たちは最後の日々を、方程式を書いた紙飛行機を深淵に投げこむことに費やしてきたのだ。

眠りに漂い戻っていくチカヤは、くしゃくしゃに丸めた紙を山と積みあげて、それを〈サルンペト〉から下の暗闇に放りこんでいる自分の姿を思い浮かべていた。もし偶然に、そのいくつかがふわふわと別の世界に入りこんでいっても、チカヤは自分が目的を達したのを知ることさえないだろう。

チカヤは目をひらいた。「紙飛行機を全部同時に投げればいいんだ。それからメッセージをひとつ投げ返して、それを使ってガラクタを全部一掃する」

マリアマがため息をついた。「なにわけのわからないことをいっているの？」

チカヤは満面の笑みでマリアマを見た。「わたしたちの手もとには、下にある領域が取るかもしれない種類の状態の一覧があって、そのすべてに対処する戦略もある。なのにいまだに、境目を越えて戻ってくるプローブを——的確な答えを知らせてくれて、どの戦略を使えばいいかを教えてくれるプローブを見つけられずにいる。よろしい。では、〈サルンペト〉を重ね合わせ状態にして、すべての状態を同時に試そう」

マリアマは言葉を失った。チカヤがこの反応を解釈するまでに数秒かかった。チカヤがマリアマを驚かせることは滅多になく、呆然とさせたことはこれまで確実に皆無だった。

マリアマが口をひらいた。「もし十の二十四乗分の一の世界線しか成功しないなら、量子的に分岐してもしかたないのでは？　クァスプ以前の時代の最後のころに、やけになった運命論者がわめいていたたわごとみたい」

チカヤは笑いながら首を横に振った。「ほんとにね！　でも違うんだ！　考えてみて。量子コンピュータが、ある方程式の解を探して、数兆の候補を同時にテストした場合、それはいくつの世界で失敗するでしょう？」

マリアマは顔をしかめた。「ひとつも失敗しない、もし解がほんとうにあるのなら。でもそれは話が違う。分岐はすべて内部的で閉じこめられている。計算の途中で環境を分岐させることはない」確信なさげな表情がちらりとマリアマの顔をよぎる。「わたしたちにそんなことが可能だと——」

チカヤはいった。「わたしたちはもう、リンドラー側にいるんじゃない。コヒーレンスはここでは、か弱いにはほど遠い。わたしたちが直面している深淵がどんなものであっても、その全体に単一《シングル》の量子コンピュータを張りわたすことが可能なはずがないという根本的な理由はない。もしすべての戦略をじゅうぶん慎重に扱えば、コヒーレントな系全体を操作して、失敗が打ち消しあうようにすることができるに違いない」

マリアマはゆっくりとうなずいてから、びっくりしたように不意ににやりと笑った。「手を伸ばして問題を飲みくだす。問題を完全に内面化する。それから試行錯誤で有無をいわさず道を切りひらいていき、世界にはただのひとつも錯誤のほうをさらすことがない」

ふたりはツールキットと船とともに、三日がかりでそのアイデアを洗練し、細部を突きつめた。それは複雑な作戦で、船が境目を越える前後の両方で船の環境の正確な制御が要求される。ツールキットには周囲のヴェンデクを研究する時間がたっぷりあり、この暗闇に包まれた袋小路の物理学を、リンドラー側の真空そのものの物理学と同じくらいに徹底して理解した。問題の残り半分は直接観察では対処することができなかったが、それはふたりが暗闇の中へ無謀に飛びこむことになるという意味ではなかった。境目の横断をなし遂げるための戦略のそれぞれは、境目のむこう側についての一連の仮定が根拠だった。船を戦略の重ね合わせ状態にしたら、各成分はそれがどんな場所に落ちつくことになるかを知ることになる。もしどこかに落ちつくのであればの話だが。

チカヤは一瞬で目がさめ、即座にその理由を知った。仕掛け線になにかが引っかかって警報を鳴らし、チカヤに知らせが来たのだ。その仕掛け線はリンドラー側にいたとき、自分たちの精神と船のプロセッサの物理的量子ゲートとのあいだに据えるソフトウェア容器をツールキットといっしょに作った際に、インストールしたものだった。

マリアマは少し離れたところにすわって、ヴェンデク巣室を眺めていた。チカヤはいった。

「なにをしているところか、話してくれる気はある？」

マリアマはチカヤのほうをむいて、かすかに眉をひそめた。「二、三のことを心の中で整理しているだけ。これほどプライバシーがないとは気がつかなかった」

「この構造物全部がわたしの持ち物だ」チカヤはいった。「ここに入ってくるとき、それはきみも承知していたはずだ」

マリアマは両腕を広げて、「なるほど。では、わたしの記憶を徹底的に調べて。わたしが隠し事をしていないかを」

チカヤはベッドの端に腰かけた。「この環境になにを押しこもうとした？」マリアマの精神が包みこまれているシミュレーション版クァスプの境界にある標準的ハードウェアのかなり複雑な機能――こんな状況下ではマリアマがとくに使いたがる理由がないもの――のいくつかを、チカヤは単に警報を鳴らすだけの仕掛けと交換していた。それを決断したのは最後の瞬間だった。ツールキットがクァスプをエミュレートする場合のパイプ処理がすべて異常なく機能していることの確証を得ようと思ったら、そんな仕掛けをするまでもなく、ツールキットにマリアマのクァスプをそっくりそのままシミュレートさせるのがいちばんかんたんな手段だ。

「なんにも」マリアマがいった。「ちょっとした不注意。というよりあなたがわたしを檻に入れたと気づいてさえいなくて、たまたま檻の棒をかすってしまっただけ」いらだたしげにチカヤに手を振って、「もう一回寝ていて」

チカヤは立ちあがった。「自分から話してくれるか、わたし自身が調べなくてはならないかだ」通常のクァスプでは、ハードウェアの持ち主がプログラム全体を凍結して、その状態をのんびりと検分できる。だがここでの量子ゲートが実行されているレベルは低すぎて、そんな手法を使う余地がない。チカヤにできるのは、ユーティリティ・アルゴリズムの一群を送りこんで、機能中のマリアマの精神をあちこちに動かしながら、疑わしいものがないか捜しまわることだけだった。その結果、損傷があとに残ることはないだろうが、マリアマがどんな風にそれを体験するか、チカヤには想像がつかなかった。とんでもなく不快な可能性はある。

マリアマが冷静にチカヤを見つめた。「あなたが必要だと思うとおりのことをして。わたしはすでにいちど、皮を剝がれているから」

　チカヤは躊躇した。マリアマを傷つけたくなかったし、もし自分がまちがっていたら、二度と彼女と目を合わせることができないだろう。マリアマのはったりを指摘する別の方法がなにかあるはずだ。

「必要はない」チカヤはいった。「きみがなにをしようとしたかは、全部わかっているから」じつはなにひとつ確信がなかったが、考えつくかぎりの可能性のうちで、ひとつだけが突出していた。

「そうなの？　わたしに教えてくれる気はある？」

「きみはリンドラー側ともつれあったキュービットをまとめて持ちこんだ。いまそれを処分しなかったら、明日、わたしたちが船を準備するときに存在がわかってしまう」もつれあったキュービットと相互作用するものは、位相が攪乱されて取り返しのつかないことになるだろう。純粋な量子系にとって、もつれあったキュービットは毒物なのだ。マリアマの精神内のどこかにしまいこまれて、注意深く隔離されていなくてはならない。

「そのとおり」マリアマが認めたが、表情はほとんど変わらなかった。チカヤの指摘が、彼女の最初の説明をほんの少し明確にしたにすぎないかのように。「でもわたしは、そのキュービットを使おうとしていたのではない。処分しようとしていただけ」

「なぜたったいま使わないんだ？　そしてたったいま、わたしたちふたりを殺さない？」どれだけの量のキュービットを持っているにしろ、それがミモサ側に実害といえるものをあたえられるとは、マリアマも思っていないはずだ。だから、毒で狙っている対象はひとつだけということになる。

「そんなことをしたいわけじゃない。チカヤ、わたしはあなたといっしょに行きたい。もっと深くへ。行けるかぎり遠くまで」

「なんのために？」なんのためにマリアマはチカヤをここに引きずりこんだのか？　境界面にいるバージョンのチカヤに、あきらめる口実をあたえるため？　ミモサ側深くにも自分がいて、勇敢なリリパットのようにプランク・ワームと闘っていれば、自分はできるかぎりのことをしたと感じるのがはるかにたやすくなるだろう。

「そこになにがあるかを見るために」マリアマはいった。「もしそうすることに値するなら、それを守る手助けをするために」

「そして、それに値しないなら、破壊する手助けをする？」

「その点で嘘をいったことはいちどもない」マリアマは強い口調でいった。「現実の人々の生命よりも優先して、エキゾチックな荒れ地のために闘う気があるなんてあなたに話したことは決してない」

それは事実だった。マリアマはチカヤに、自分が信じるとおりのことを話してきたし、それでもチカヤは、マリアマに隣にいてほしかった。

チカヤは膝をついてすわりこんだ。彼にはマリアマを殺す手段がある。あるいは、プランク・ワームの前に置き去りにする手段が。船のプロセッサは、チカヤの依頼したどんなことでもするだろう。だが、マリアマはなにひとつ、許されないことはしていなかった。彼女のかわりに、同じものを賭けて闘っていたら、チカヤも嘘をついて、武器を持ちこんでいただろう。なにを裏切ったにしろ、そのことでマリアマを責めることがチカヤにできるのか？　おそらくは、前回別れたときにたがいが違う方向に進んでいたら、いまはたがいが相手の立場になっていたのではないか。

マリアマが歩み寄ってきて、両腕でチカヤの頭をかかえて揺すった。「いまからキュービットを処分する」マリアマがいった。「そうさせてもらえる？」

チカヤはうなずいた。マリアマはチカヤの両手を取って、立ちあがらせた。チカヤがプロセッサ経由の安全なルートを構築し、マリアマが汚染されたキュービットを排出すると、ヴェンデクの量子の海に古典力学の小さな泡がひとつ浮かんだ。

ツールキットが〈サルンペト〉の第二の発進の準備を完了した。原理的には、これはありふれた量子計算にすぎず、ゼロの列を同じ長さのあらゆる可能な二進数列の重ね合わせに変える平凡な演算となんら変わりがない。だが船全体を演算対象とすることは、計算をおこなうインフラストラクチャをもともとの船体からはるかに拡張し、〈サルンペト〉を第二のコンピュータで包みこむことを意味した。このプロセッサは船の状態ベクトルの一部――推進システムを記述する部分――を回転させ、十の二十四乗以上の直交する方向すべてについて成分を持たせた。それから第二のコンピュータは、結果として生じる重ね合わせをミモサ側の深部にむけて解き放って返答を待ち、それによって失敗のすべてを消去することが可能になる。

観境《スケープ》は、チカヤたちが埋めこまれている機械の実物をわざわざ描写しようとはしなかった。不透明なシールドが船体のまわりの所定の位置に移動して、周囲との情報交換を中断した事実を表現した。

ツールキットがカウントダウンを二十から開始した。

「われに自由をあたえよ、そして／さもなくば、死を」マリアマが名言に基づく冗談をいった。

チカヤはいった。「〝そして〟を外すことができたほうが、幸せに思うだろうな」ひとつ残らず万遍なく失敗するよりも、十の二十四乗倍に希釈されたたったひとつの成功の可能性のほうが、チカヤはこわかった。「きみの特定実体死《ローカル・デス》が安らかでありますように、と祈っていいのかどうかわからない。これも特定実体死のうちに入るんだろうか、そうじゃないんだろうか？」

「入るのは、もし戦略がひとつとしてうまく行かなかった場合だけ」

「じゃあ、祈らずにおく」

ツールキットがいった。「ゼロ」

16

チカヤは床のガラス窓を通して、どこまでも続く青白い輝きを見おろした。逆さまの空が〈サルンペト〉の下に広がっているかのようだ。

安堵しつつも当惑しながら、チカヤはマリアマのほうをむいた。「これだけ？　もう終わったのか？」境目を越えた情報交換《ハンドシェイク》が完了するまで、船が周囲を探索するためにプローブを送りだすことはない。

ツールキットがいった。「いいえ。光があらわしているのは情報を運ぶヴェンデクで、それはわれわれがうっかり相互作用したものです。われわれが出現の際に持っていたシールドの選択が、不適切だったのではないかと思います。うまく機能するシールドはすでに見つけましたが、先にヴェンデクがそこかしこに入りこんでしまいました」

チカヤはぞっとした。「ヴェンデクを捕獲しろ！」

「試みています。網を編んでいるところです」

「試みている？　この役立たずのダメ機械！」

マリアマが手を伸ばして、チカヤの両肩を押さえた。「落ちついて！　こういう風な状況への対応はプログラムしてあって、それはすべて全速力で実行される。これ以上は手の打ちようがない」

自分たちの成功を強固にするために境目を越えて信号を送りかえすとき、〈サルンペト〉は完全な量子系でなければならず、船に入りこんだあとでミモサ側《ファーサイド》に逃げるヴェンデクを含む、より大きな系の一部であってはならない。作戦全体の成否がそこにかかっていた。もしヴェンデクをつかまえられなかったら、チカヤたちの存在は無意味な統計的まぐれ当たりでしかなくなる。チカヤたちが成功した分岐のひとつひとつごとに、チカヤたちが状況から完全に姿を消した十の二十四乗の分岐が存在することになるだろう。

「わたしたちはこういう事態に備えていてしかるべきだった」チカヤはいった。「起こりうる事態という事態に備えていてしかるべきだった」

「備えるってどうやって？」マリアマがいい返す。「出現時に異なるシールドを含む重ね合わせは、いくつかの場合には、不適切なシールドを持って出現したでしょう。考えられる問題を事前にことごとくつぶすことは、決してできない」

マリアマのいうとおりだった。ふたりは可能なかぎりの準備をしたけれど、いまは救いようのある状況かどうかがわかるのをじっと待つ以外に選択肢がない。

光がゆっくりと弱まりはじめた。ツールキットはヴェンデクの一部を網でとらえ、編みあげておいた構造の中に閉じこめて、船との相関を消去していた。光はメタファーにすぎない。チカヤたちが目標を達成するのは、量子プロセッサを光子のランダムな爆撃にさらした場合ほどには、絶望的なことではなかった。むしろ飛翔する昆虫の群れに十億ピースのジグソーパズルを盗まれたようなものだ。もとに戻すのは困難だが、不可能ではない。

下方の空が灰色に変わり、それからまっ黒になった。

ツールキットがいった。「全部処理しました」

「確実だといえるか？」チカヤは質問した。

「絶対的にということはできませんが、影響を受けた可能性がもっとも高い部分系は、孤立している場合と同様のはっきりした干渉パターンを示しています。たまたま逃げおおせたヴェンデクがたまたまこのような結果を出すようにわれわれと相互作用したのでなければ、われわれは純粋な量子状態にいます」

そんな疑いをかかえたままでも、チカヤは生きていけるだろう。

ツールキットはいまや境目の両側の物理学を理解していた。チカヤたちを発進させた機械類とツールキットが情報を交換すると、船の状態ベクトルは単一《シングル》の戦略に対応した固有状態へと回転した。成功した状態へ。チカヤたちがとにもかくにも自分たち自身を境目にむけて発進させたのだとするならば、境目を通りぬけることに失敗した確率は、ゼロだった。

マリアマが長々と息を吐きだした。「こんな奇妙なことの一部になったことはなかった」

両手を顔の前に持ってきて、じっくりと調べる。「じつは、確率振幅が体に流れこんでくるのを感じるかと、半分くらい思っていた。もちろん、脊椎から指先にむかって流れるのを」

マリアマが緊張をほぐしてくれたことに感謝しながら、チカヤは声をあげて笑った。「その格別な実存的スリルを味わうために、確率振幅が脈動しながら大きくなっていくようにプログラムしておくべきだったな」クァスプが開発されて間もないころ、人々は自分自身を自分の頭骨の内側でわざと引きのばした重ね合わせ状態に置いて、あらゆる種類の量子的新体験で遊びまわった。しかしその体験でとくに人に伝えるようなことは、ほんのわずかに奇妙なことでさえ、なにひとつなかった。重ね合わせ状態にあっても、なにか確かなことを体験しているその人の精神を記述する各々の状態ベクトル、つまり意識は、頭骨の内側で各々がひとつの、確かな体験をしているにすぎない。重ね合わされたふたつの状態のひとつを最後に外界と相互作用させる前に、ふたつの状態の確率の振幅を変動させても、それが存在論的な潮の満ち引きとして〝感じられる〟ということはありえないのだった。

船体からシールドが取り去られると、一面に明るく広がるヴェンデクが、チカヤたちの下にふたたび姿をあらわした。船内の活動は、あらゆるクァスプの内部と同様に、いまも保護されている必要があるが、いまのチカヤたちは日光に相当するものを顔に浴びながら生きていくことができた。日光ではなく、ブユの群れかもしれないが。〈サルンペト〉はプローブを送りだしつづけるが、この領域ではなにもせずとも入ってくる情報もあるだろう。

「次はどうする？」マリアマが訊いた。

チカヤは蜂の巣の底を見あげた。それはここでも反対側からと同じように、黒くて底なしに見えた。プランク・ワームはもうしばらくそこに押しとどめられているだろうが、そのあとはレミングのようにまとめて忘却にむかって突進していくと決めこむのは、期待のしすぎというものだろう。「この領域がどこまで深く続いていて、いったいなにが含まれているかを知る必要がある。もしかすると、プランク・ワームをきれいさっぱり止められるなにか防火帯のようなものを、ここに築くことができるかもしれない」

チカヤたちはできるかぎりの速さで〈明界〉を降下していったが、進み具合は一定しなかった。ここでの異なるヴェンデクの数は、蜂の巣のどの巣室と比べても数千倍はあり、唐突に変化することはなかったものの、環境は絶えず変わり続けていた。ヴェンデクが新しい割合と組み合わせで混ざりあうと、チカヤたちのまわりを新しい物理学の流れが通った。ウムラオは蜂の巣内部に構造があることをほぼ予想していたが、この奇妙な流れは複雑すぎて、たぶんウムラオのシミュレーションにはあらわれてこなかっただろう。ここが高等生物にとって、より危険な場所なのか、より都合のいい場所なのか、チカヤは判断できなかった。ヴェンデクのあまりに膨大な多様性はそこをとても豊かに見せていたが、蜂の巣の巣室は、ここにはまったく欠けているある種の安定性を備えていた。

観境《スケープ》が船の下に表示するのは、後退する一方の遠いかすみだけだった。情報を運ぶヴェンデク——マリアマが小妖精と名づけた——は変わりゆく状態のすべてを損なわれることなく通過していたが、さまざまな度合いで屈折や散乱を受けるので、小妖精がもたらす視界は限られていた。〈サルンペト〉の人工プローブは、流れの中で以前よりも早く失われた。約半ミクロンより先から帰還を果たしたものは、ほんのわずかだった。

この領域がどれくらいの深さかを推定するのは不可能だった。境界面は光速の半分の速さで容赦なくリンドラー側《ニアサイド》を前進しているが、それがミモサ側にとっていったいなにを意味するかは、不明のままだ。どちら側から見ても、境界面自体は変わることのないかたちで拡大しているが、ミモサ側の構造の全部または大半は動くことがなく、ミモサ側宇宙の縁、つまり境界面がすさまじい速さで構造から遠ざかっているのか、それとも、距離とともに相対速度がゆっくりと増していくリンドラー側宇宙の膨張のように、境界面とともにすべての構造も膨張しているのか、という問題は未解決のままだった。蜂の巣が境界面に張りついているのは確実だが、ミモサ側のほかの構造すべてもそのすぐ後ろから境界面とともに膨張している、と確信する理由としては弱かった。均質性の原則が全体に行き渡っていると考えるのは、ここでは希望的観測だ。

〈明界〉の中を移動していくのは、深く心安らぐものがあった。観境《スケープ》の模造重力は、船がじっさいにはぎくしゃくと移動していることをふたりに感じさせず、〈サルンペト〉は見えない熱気球から吊りさがったガラスのゴンドラさながらで、火山の噴火で世界が粉塵に覆われたあとの惑星大気圏を吹き流されているかのようだった。きらめく小妖精のほかになにも見るものはなかったけれど、チカヤは低速化の誘惑を退け、彼とマリアマはふたりの記憶から作った仮想風景に引きこもることもせず、くつろいで自分たちがしてきた旅の話をした。マリアマはハーエルのルネサンスについて、どこからともなく広まっていった変化の興奮のことを語った。チカヤはパーチナーのことをさらに話して聞かせた。そして境界面が接近してきたときに目にした、ハーエルと同様の活力を。

ふたりは議論もせず、非難もせず、たがいの以前の理想を基準として引きあいに出して、いまの相手はそこから堕落したということもなかった。ふたりは異なる物事を目にし、異なる人生を生き、それが自分を変えるのを許してきた。いまふたりにできるのは、シルトの梯子をのぼりつづけることだけだった。

〈明界〉に入ってから平穏な五日間がすぎ、自分たちが回復不能な無感覚状態に陥る危険があるのではとチカヤが心配しはじめたちょうどそのとき、ふたりは半透明の小さな構造がゆっくりしたペースで漂っているのを目にとめた。船のプローブがそこまで出かけていって独自のイメージを形成するはるか前に、その物体に方向を変えられた小妖精たちが〈サルンペト〉に到達し、この構造が変移する流れに生じた著しく安定した局部的な形状以上のものなのかどうか、まったくはっきりしないまま一時間近くがすぎた。小妖精のもたらす映像はなにかの渦のように見え、もし接近しても、〈サルンペト〉をなでていく循環する風が検知されなかったとしたら、ヴェンデク流を統べる規則は流体力学とはあまり類似点がないことになる。

じゅうぶんに近づくと、プローブがより詳細な画像をもたらした。渦の内部にはヴェンデクの細管や嚢があり、ふたりがここで目にしてきた自由に漂っているヴェンデクにそれと似たものはなかった。混合の中には、蜂の巣の集団と類似したものもあったが、ほかはやはり異なっていた。

　ふたりはその構造を数時間にわたって追跡し、それが流れをうまく乗りきるようすを観察した。自由ヴェンデクが構造の上や中を流れると、内部構造は大きく変形した。それは二、三枚の葉っぱを揺らすことしかできないそよ風が吹いたのではなく、基礎的な動力学法則が変化したのだった。内部ヴェンデクのいくつかの種《しゅ》がふたりの目の前で死滅していった。ほかの種は構造から浸出し、風に運び去られたように見えた。それは一匹の動物がバクテリアと外来細胞にぼろぼろにされ、あるものは撃退し、ほかのあるものは取りこみ、それ自身の全体を継承することを放棄し、猛攻撃を受けて身をよじりよろめきながら、その間ずっと機能しつづけているのを目撃するようなものだった。

　チカヤもマリアマもそれを言葉にする気にならないまま、その存続するための妙技を八時間眺めたあと、マリアマがようやく口をひらいた。「これは生きているに違いない。これがわたしたちが出会った最初のゼンノ微生物《ゼンノーブ》だ」

　チカヤは賛成した。「これをどんな名前で呼びたい？」

「わたしは小妖精に命名した」マリアマがいった。「今度はあなたの番」

　プローブが明らかにした内部構造は、竜巻に巻きこまれて絡まりあった腐肉のように見えたが、その深さまでほじくっても見た目の美しい生物は多くない。小妖精のもっと穏やかな精査からは、なにか風から織りあげられたものという印象を受けた。

「空花《そらばな》」

マリアマは面白がるような顔をしたが、反対しなかった。もし〈明界〉がじっさいにはあまり空のようなものでないとしても、ここにあるもので、リンドラー側の言語一語でいいあらわせる範囲のものはなにもなかった。

ふたりは引きつづき空花のあとを追ったが、それは上に流されて、蜂の巣にむかって戻っていった。この系が生きているのかどうかという問いについて、ツールキットはあえて意見をいおうとはしなかったが、〈サルンペト〉が〈明界〉の流れをゆるやかに進んでいく何ダースもの新しい手段が、観測から生みだされていた。

「あれが有知覚ということはありうるかな？」マリアマがいった。空花はふたりや〈サルンペト〉の存在に対して明白な反応はなにも示していなかったけれど、積極的に環境を探査してはいなかったし、船は空花と比べればちっぽけだった。〈サルンペト〉船体周囲に小妖精流のささやかなゆがみが生じているが、光のゆらめきを背景にするとほとんど見分けがつかないだろう。

境界面を横断する前のふたりの計画は、単純に相手がしたのと同じことをして信号送信層の建造者との接触を開始する、というものだった。同じ素数の連続を叩くような独自のヴェンデクの層を書きつけることで。蜂の巣にいたときなら、それはかんたんなことだっただろう。だがここでは、それはブリザードの中で白い絹の旗を振って意思を通じあおうとするようなものだ。

ふたりはツールキットと相談した結果、適切な妥協案に落ちついた。もっと頑丈で、かつヴェンデク流に対応できるしなやかさのあるような旗を広げるのだ。その正確な幾何学はやはり強風に悩まされるだろうが、なにかをその位置にエンコードするかわりに、小妖精に対する透明度がふたつの状態のあいだを揺らめいて、光にシャッターをかざすように閃光で素数を送りだす。

空花は漂いつづけ、信号には無関心なようだった。空花どうしが会話をする方法は、憶測しかできない。だが、もしこの生物がミモサ側の浅瀬の異質な環境に信号送信層を構築した――もっと異様な領域にいる存在に、信号が認知されることを意図して――としたら、同じメッセージの別バージョンが突然真正面にあらわれたのに、気づかないままでいるということがあるだろうか？

空花にはまったく小妖精が見えていないということはありうる。小妖精がここでの知覚の基盤であることは明らかに思えるが、空花は小妖精より先に進化したのかもしれない。もしそうだとすると、空花のじっさいの感覚の種類を見つけるには、数カ月にわたる骨の折れる作業が必要になるかもしれない。

チカヤはツールキットに、プランク・ワームの既知の種が蜂の巣の底と相互作用するシミュレーションを走らせるよう依頼した。評決は、チカヤが次に打つ手を考えているあいだに出た。純粋に数の力で、プランク・ワームが抜け道を見つけるのに必要な突然変異に出くわすのは、ほぼ確実。ひとたびそれがなされたなら、プランク・ワームはリンドラー側の真空に〈明界〉の相手をさせ、入り組んだヴェンデクのタペストリーをほどいて、均質な物理学ごとに隔離された不毛の地を作りだすだろう。

これを確実に回避する方策をツールキットは見つけだせなかったが、ひとつの可能性を調べていた。それはまるで、領域全体を、プランク・ワームの変種をただのひとつも残さず罠にとらえて溺死させるだけの深さがある一種のタール坑に変えることが実行可能かもしれない、というようなものだった。プランク・ワームは真空との相関の導管として働くが、プランク・ワームとのすべての相互作用がデコヒーレンスを生じるとは限らない。蜂の巣のヴェンデクは、初期の侵食者候補のいくつかをさっさと始末した。その目的用に特別仕立てされたじゅうぶんに多様なヴェンデクの混合は、現状の侵食者の波全部を同様にあしらえるチャンスがあるだろう。

〈明界〉のあらゆる原住生息生物をも巻きこんで。

「このすべてを犠牲にする気はあるか」チカヤはマリアマに尋ねた。「なんであれその下のものを救うために？」

マリアマはいった。「その質問をするのは、十倍の情報が得られてからにして」

チカヤは首を横に振った。「答えとしてはそれがつねに正しいだろう。わたしたちがなにをしても、効果をもたらすには手遅れになるまでは」ツールキットのシミュレーションは不確実なことだらけだったけれど、手遅れになる危険性がともかく定量化できる範囲では、二、三船内日以内にその可能性は無視できる値ではなくなるだろう。

「そんなに悲観的にならないで」マリアマが反論する。「まったくの無鉄砲に行動するか、完全な知識を求めて気が遠くなるような探索をするかの二者択一をしなくてはならなくなる、という前提を捨ててほしい」

「完全な知識だって？　わたしたちの下には、銀河系のほかの部分がこれまでに含んできた十億倍の有知覚存在がいても不思議はないんだぞ。いや、わたしたちはすでにミモサ側生命の頂点を見ているのかもしれない――それはゼンノ生物学の奇跡だが、サボテンのように無口なのかもしれないし、意識はあるのだが、わたしたちが愚かで視野が狭すぎて、そうとは理解できないのかもしれない。その種の無知をどう扱えばいいんだ？」オリジナルに忠実なシミュレーション身体が吐き気を感じてくるほどに、チカヤはくよくよ考えこんだ。チカヤのある部分は、なにが賭けられているのかほとんど把握できないこんな状況を前にしたら、引きさがって、干渉の可能性から手を引く以外に道はない、とわめいていた――適切な謙虚さを示すことが、その結果どうなるかよりも重要であるかのように。

だがマリアマは、状況の重大性に怯むことを拒んだ。「わたしたちは探査をつづける」マリアマは譲らなかった。「わたしたちが知っていることと、知る必要があることとのギャップを狭めつづける」

「わたしが知る必要があるのは、情報収集を終わりにして、闘う以外に選択肢がなくなるのはいつかということだ」

チカヤは空花の奇妙な機構をじっと見つめた。この生物は、地球を離れたところでこれまでに発見されたどんなものよりも千倍は高度だが、もし信号送信層が人工物だとしたら、いま見ているのがその建造者だとは信じられなかった。

チカヤはいった。「もっと深くに行く必要がある」


船体を改良した〈サルンペト〉は移動速度があがった。半日のあいだ、チカヤたちはふたたび〈明界〉で孤独になったが、そのあと、次々と空花を見かけるようになった。降下するにつれ、その頻度があがる。最初のうちは一時間に二、三個だったのが、まもなく、つねに半ダースが見えている地点に達した。

マリアマが、空花の移動経路を逆にたどって起点までさかのぼってみることを提案した。

「そんなことをしても得るところはないだろうけれど、ほかの生命が集まっているかもしれない場所の手がかりとして、わたしたちの手もとにあるのはこれだけだから」

チカヤはそれに納得した。ふたりは船を空花の近くに移動させ、空花が散在する経路をおりていった。

一時間しないうちに〈サルンペト〉のまわりには、珊瑚の卵のように生物がひしめいていた。ツールキットが〈明界〉そのものを探査すると、空花は特定の安定したヴェンデクの流れにしっかりとつかまっていることがわかった。もしこの流れがもっと高いところでばらばらになっているとすると、ふたりが先刻遭遇したいくつかの個体は、流れの果てまでそれについて行って、そこで散り散りになったのかもしれない。流れは移動手段としては役に立たない——運動量の保存がない世界では、熱的な上昇気流に乗るようにしてそれに乗ることはできない——だが、空花が流れを航行援助として使っているのか、繁殖目的で集合する目印にしているのか、かすめて通っているだけなのかは、わかりようがない。ヴェンデクが空花の体内に拡散しているのは確実だが、それもまた、宿主によって見つけだされた価値ある共生生物から、特定領域につきまとうわずらわしい寄生虫にいたるまでのどれでもありえた。

「ヴェンデクがじつは餌生物ということはあるだろうか?」チカヤは考えを口にした。「それは最小の安定した物体だから、探しだしたら成分に分解する必要はない」

マリアマがいった。「ヴェンデクから抽出できるサブユニットで、栄養素として扱えるものはない——ヴィタミンやアミノ酸に類似したものはなにもない——だから、食べることが目的で食べるとすれば、それは自分を感染させていることになる。すべての食べ物がヨーグルトのような働きをする。でもだからといって、特定の種類のヴェンデクを探しだすのは、それに新しい居場所をあたえるのが唯一の理由だということにはならない。ここでは、行く手をふさいでいるものが自動的に脇にどいてくれることはなくて、だから出会ったものを片っぱしから自分自身の一部に転換させるほかに選択肢はない。まわりにいるヴェンデクを変化させずに取りこめる場合もあるだろうけれど、そうでないときは、前をふさいでいるグラフを、取りこんだヴェンデクに侵食させて、増殖しながらそこにあるものを噛みくだかせる必要がある。敵が楽に勝利できる相手であるよう願いながら——死体をぶんどって特定のスペアパーツにする計画でないとしてもね。それを捕食と呼べるかどうかは議論の余地があるけれど」マリアマはにこりとした。「もっと大きな生命体についてのこの議論に、なんらかの意味があるとしてだけれど。そしてわたしたちの見ているのが、単に集団で移動している二、三のヴェンデクがほかの連中を威圧しているところでないとして」

「いまの話は聞かずにすませたかった」このゼンノ微生物《ゼンノーブ》たちの正体について深く考えていると気味が悪くなってくることに、チカヤは気づいていた。人間は分化した細胞のコロニーにすぎないが、そのすべての細胞が関連しあって、共通の遺伝学的目標を追求できる程度にまで制御されている。空花の体内には、この生物の組織内にだけ存在する分化ヴェンデクと同じくらいの数の、周囲から引っぱりこまれて奉仕しているヴェンデクがいるように見える。

「あれはなに？」床から下を見ていたマリアマがなにかを見つけた。もどかしげな身ぶりで観境《スケープ》に指示して、足もとの格子模様を全面的に透明に変える。

空花が柱のように集まっている周囲に、黒い影が螺旋状にのぼってきた。プローブがまだ、小妖精の情報が来ない部分の視覚化の穴埋めをしていないために影として表示されている、いわば〝小妖精の影〟だ。数秒後にその細部が明らかになりはじめた。色が激しく変化するのは、情報をエンコードするための色を観境《スケープ》がその場で作りだしては、不適切だと判断して一からやり直しているからだ。

プローブ映像が、ぎっしりと枝分かれした網状の管を映しだした。管は分化ヴェンデクで満たされ、それが空花を包んでいる渦のもっと複雑なバージョンに覆われている。管壁は層集団だが、とらえた〈明界〉の流れに細い蔓を伸ばしている。流れを制御しているのか？食事をしているのか？観境《スケープ》はすべての活動を追跡することはできなかった。プローブがとらえきれないほどあまりに多くのことが起きていたし、さらにプローブの多くは自らがとらえられて、マップする対象として送りだされたヴェンデクの中に姿を消していた。

　新しいゼンノ微生物《ゼンノーブ》は、典型的な空花の十から十二倍の大きさだった。〈サルンペト〉の脇を上昇していったそれのあとを追うよう、チカヤは船に指図した。進行方向の反転は不安になるほどたやすかった。慣性に類似したもので船が唯一持っているのは、船体に取りついて〈明界〉に進路を嚙みひらいてきた船体ヴェンデクの正確な分布だった。

　チカヤたちが追いついたとき、大きなほうのゼンノーブは空花の近くを周回しながら、ひとつの標的にむかっていた。それが標的の空花にぶつかり、両者のそれぞれを覆っていた〈明界〉ヴェンデクが引きずられるようにして溶けあうようすをプローブが見せた。空花の覆いが剝ぎとられたのか、空花を追っていた生物が自分の体内器官を意図的に露出したのかは、判断不可能だ。だがそのプロセスが続くあいだ、どちらの生物も相手から保護されたままではなかった。細管がもつれあい、内生ヴェンデクが両者のあいだを流れる。空花には逃れようと試みるようすがまったくなく、無感覚なのか、活動が鈍すぎるのか、あるいはこの交換に進んで参加しているかだ。

　チカヤはいった。「いま見ているのは、狼が子羊の喉を嚙みちぎっているところなんだろうか、それとも蜂鳥が花蜜を飲んでいるところだろうか？」

「それどころか性行為かもしれない」マリアマがいった。

「うげっ。二形性のことは聞いているけれど、だとしたら馬鹿げている。それに、あそこで交換しようとしている配偶子って、いったいなんなんだ?」

「配偶子の話なんてだれもしていない。ゼンノーブ体内での分化ヴェンデクの混合が、この生物たちの形態と構造すべてを支配しているに違いない。動物は有益な共生生物を共有しあい、若い世代にも伝える——でもこのケースでは、ヴェンデクのほかに伝えるものはない。ゲノムひと組のかわりに、腸内細菌の独特な混ぜ合わせが遺伝的特性を決めることはできる」

大きいほうのゼンノーブが、いままで取りついていた空花から離れていき、あとに残されたほうはランダムな〈明界〉の流れの中に崩れていった。チカヤはいった。「やはり狼と子羊だったのか——いや、もしかすると兎とレタスかも。交尾のあとで死ぬ雄の蜘蛛のことは、思いださせてくれなくていいから。ゲノムも配偶子もないとすると、一方の生物をもう一方の性的パートナーと呼ぶ理由があるだろうか、じっさいにはせいぜいで専用の栄養補助食品にすぎないのに?」

マリアマは嫌そうにその点に同意してから、「これから兎を追いかける?」そのゼンノーブは柱に沿って上昇しながら空花を追いこしていった。うるさく選り好みしながら、次にどれを食べるか決めているようだ。

チカヤはちらりと視線でそれを追ってから、かすみの中に消えている空花の柱を見おろした。ほかのなによりも、〈明界〉がどこで終わっているかを知りたい。「そして食物連鎖をピラミッドの頂点までたどる? そんな子どもじみたことをしている場合ではない?」

「ここにはエネルギーがない」マリアマがつぶやくようにいった。「けれど、もっとも有益なヴェンデクの濃度の度合いに階層があるかもしれない。もしかすると空花は、価値のある種《しゅ》を風から濾しとるか、自ら作りだすかしていて、ほかのみんなはそれを盗みあっているのかもしれない」

「あるいは空花を直接襲っているか。信号送信者は草食性であってほしい気がする、兎狩人ではなくて」

「同意する」

チカヤは船に兎を追跡させた。ようやく食事と食事のあいだのそれに追いつくと、チカヤは信号送信装置を展開した。

兎は飛行途中に急停止した。素数の数列が最後までいっても、それはじっと動かないままだった。

チカヤは期待を持ってなんらかの反応を待った。「おびえさせてしまったのかな？」

「どう返答するか考えているだけかもしれない」とマリアマ。「出会いは相手を困った状況に置くことがある。相手がその出会いを半ば予期しているときでさえ。あなたのお父さんを、アナクロノートたちが追いつめたように」

「あれがわたしたちをどうやって〝ミードする〟か、考えているのではないことを望むよ。でも、なぜ嘘をつく必要がある、わたしたちがなにを期待しているか知りもしないのに？」

「もしかすると、空花も有知覚なのかも」マリアマが冗談をいった。「そして兎は、わたしたちがかならずしもよく思わないかもしれないことをしているところをさっき見られてしまった、と感じとっているのかも」

十五分経ってもなんの変化もなく、マリアマが数列を繰りかえしてはどうかといった。チカヤは旗振りを再開した。

兎の配管にトポロジー的変化が急速に広がるようすを、プローブが伝えた。速すぎてプロセスの詳細は追えなかったが、最終的に兎の体内深くから濃密なヴェンデクの混合物が放出された。放出物の大半は信号送信装置の上を流れたが、〈サルンペト〉の船体に到達した一部は苦労して船全体を取りまき、プローブも小妖精も同様に遮断した。観境《スケープ》が最後に描写したのは、〈明界〉に逃げこむ兎だった。

チカヤはツールキットにいった。「なにが起きている？　船体は無事か？」

「ひび割れ等はありませんが、しばらくはどこへも移動できません。従来と違う混合は短い距離だけ浸透しましたが、攻撃的な複製や前進はおこなっていません」

「船体ヴェンデクを改良して、突破できるか？」

「その手段を探しましたが、混合は問題を最大の難問にすることに最適化されているようです」

マリアマが笑いはじめた。「行き当たりばったりに選んだ異邦の人に、ロゼッタストーンでピカッと合図を送った結果がこれか。その場に膠《にかわ》で動けなくされて、逃げられた」

「あれがおびえた動物以上のものだったとほんとうに思う？」

マリアマは肩をすくめた。「あれが果物をもぎに出てきた、信号送信者の恥ずかしがりないとこで、このあと家に飛んで帰って、一族のほかの人たちに、行って見てきてと話しているんだったら、すばらしいよね？　でもあなたのいうとおり。たぶんイカがわたしたちの顔に墨を吹きつけただけ」

ふたりはツールキットが解決策を見つけるのを待った。状況が絶望的になったときには、いつでも重ね合わせの手口を試せる。だが全方位を囲まれているという事実は、作戦手順を複雑にするだろう。外に出た部分の、失敗した分岐すべてを一掃するために、船の一部をあとに残していかなくてはならない。

二時間近くして、ツールキットが告げた。「まもなく自由になるでしょう」

チカヤはほっとした。「膠を侵食できる船体ヴェンデクを見つけたの？」

「いいえ。強風が外側から、わたしたちのために仕事をしてくれました。膠は適度に安定性がありましたが、変化する〈明界〉の状態に影響されないための処置をまったくしなかったのです」

マリアマのあげた声は、この説明への感嘆と、それを思いつかなかった自分への愛想尽かしが半々だった。「当然だ！　変化しないものは、ここでは破滅する運命にある。ヴェンデクの安定した混合は、しばらくは持ちこたえられるけれど、長期的には、より高度な生命体の柔軟性と組織化力のありったけがないと、〈明界〉に対応していくこともできない。膠役のゼンノーブ丸ごとがいつまでもわたしたちにしがみついていられたかもしれないけれど、だれかに脅かされるたびに専用の暗殺者を生みだすのは、代償が大きすぎるはず」

チカヤも同意してうなずいた。「そのせいでテクノロジーの勃興も困難になるに違いない。ヴェンデクはそこからあらゆるものが作りだされる素材で、だからすべての工学処理的操作はバイオ工学になる。けれど、もっとも原始的なゼンノーブよりも精妙でない人工物が長期間存続することは、まず期待できないだろう」

小妖精光が膠の割れ目から射しこんだ。マリアマがしみじみとため息をついてチカヤにもたれかかり、片腕をチカヤの首にまわした。ふたりがとても若くて、性行為について耳にしたことさえなかったころ、こうした構えたところのない身体性をマリアマはしばしばおもてに出していた。

マリアマがいった。「ただこの場所を理解するだけのために、ここに来られていたらよかったと思わない?」

「思う」彼女が以前いだいていた忠誠心について返してやりたいという気には、まったくならなかった。派閥は別の宇宙のものだ。

「ここで千年間」

「いいね」チカヤはマリアマの肩に手をまわした。「ひとつ訊いていい?」

「どうぞ」

「もし発電所のことがなかったら、あなたはそもそも〈リンドラー〉に旅する気になったと思う?」

「わからない。答えようがない」

「でも、まだあのことを後悔している?」

チカヤはぶっきらぼうに笑った。「押しつぶされそうな容赦ない罪悪感は感じていない、もしそういうことを訊いているのなら。でも、あれがまちがいだったことはわかっている。あのときもわかっていたし、その考えが変わったことはない」

マリアマがいった。「あのときは、あなたが感謝してくれると本気で思っていた、あなたの望みどおりになったから。だれかを相手にそんなまちがいをしたことは、あれ以来ない」

「ありそうな話だ。痛っ!」マリアマがチカヤの腕を殴りつけたのだった。

「けれど、あなたはなにかというとわたしを責めた。あなたに本気でしっかり反論しなかったからといって」

「きみを責めたりはしなかった」チカヤは抗議した。

マリアマはただじっと見つめかえすだけだった。

チカヤはいった。「ああそうだ、きみを責めた。あれは不公平だった」

「あなたのせいで人殺しみたいな気分になった」マリアマがいった。「わたしだってただの子どもだったのに、あなたと変わりのない」

「すまなかった」チカヤは相手の顔を探った。「いまだにきみが——」

マリアマがその言葉をさえぎった。「違う。わたしはもう傷ついてはいない。そのことは何世紀も心をよぎったことさえなかった。わたしが〈リンドラー〉へ来たこととも、まったく無関係。いずれにしろ、〈リンドラー〉へは来ていた」

「わかった」

ふたりはしばらく無言でいた。

チカヤが口をひらいた。「これで終わり？　これで和平成立？」

マリアマは微笑んで、「もっと芝居がかっていたほうがよかった？」

「最近は得られるカタルシスが少ないほうが、好ましいようだ」彼女が武器を密かに持ちこんで、彼を殺そうとしたこともあったが、それでもふたりはどうにかうまくやっていく道を見つけてきた。けれど、いまようやく、ほんのふた言三言を口にすることで、いちばん古くて、いちばん単純なわだかまりが解かれたのだった。

「和平が成立したと思う」マリアマがいった。

混みあった空花の街道に沿って、ふたりは降下をつづけた。やがて生物がまばらになりはじめた。そもそもチカヤたちを惹きつけていたヴェンデク流の底に――あるいは少なくとも、遠方からでも流れを感知できるものにしている強風の末端に、〈サルンペト〉が近づきつつあるのだろう。

最後の空花が上方のかすみの中に見えなくなったあと、ふたりはさらに一時間、流れそのものをたどっていった。それもとうとう途絶えると、そこにはもうなにもなく、空っぽでちらちら光っている〈明界〉そのものだけになった。

マリアマがいった。「信じられない！　あんな川がどこからともなくあらわれるなんて、ありえない」

「あれだけの長さの流れは、ほかにひとつも目にしていない」チカヤは慎重にいった。「そこからなにがわかるのか？　わたしたちは通常の強風の範囲を知らない」

「ヴェンデク混合に安定しているものがあるのは、単にそれが安定しているからだと思う」マリアマが認めた。「でも、ゼンノーブは安定した組み合わせに特定の用途を見いだしている。少なくとも、腐敗が進行中のゼンノーブの死体の山があると予想していたのだけれど」

周囲を飛びまわって、この領域をプローブで調査する。持続性のある別の流れが見つかり、それは最初の流れに注ぎこんでいた。それがすぐにはわからなかったのは、ふたつの流れの移行帯が、流れそのものと比べると整然としたものではなかったからだ。周辺の強風の変化が触媒となって、深くにあるほうの流れのヴェンデク混合が崩壊し、空花を惹きつけていた混合になっているようだ。プローブ映像を見ていたふたりは、移行帯があちこちにゆっくり移動していることに気づいた。

チカヤはいった。「そして、これはもっと奥深くから来ている。こうなったら、もう上に戻って兎を追いかけようとは思わない」

ふたりは川をその源にむけてさかのぼった。一時間と経たずに、二番目の移行帯にぶつかった――ここでは、上にむかうふたつの別々の流れに分岐している。

三番目の移行帯。

四番目。

マリアマがいった。「少なくも、ヴェンデク生物学についてはたくさんのことがわかってきた。ダミーが〈明界〉を記述するのに必要なダイアグラムがどれほどのものか想像できる？　わたしは以前、恒星内部の核融合反応を複雑だと思っていた」

「未来の学生たちは、わたしたちの名前を呪うだろうな。それ以上は望めない名誉じゃないか」

五番目の移行帯。

六番目。ここで流れはＵターンして、ふたりにむかって流れ落ちていた。もし起点までたどっていくなら、蜂の巣にむかって計り知れない距離を戻っていかなくてはならないかもしれない。

チカヤは悩んだ。これがゼンノーブ生態系全体のバックボーンをなす巨大な川の支流なのか、それとも〈明界〉をあてもなく流れる無意味な細流でしかないのか、まったくわからない。抜け落ちた鳥の羽根にじゃれる猫のように、この流れを追って行ったり来たりしているうちに、プランク・ワームがどっと降りそそいでくるという結末もありえた。

「次の移行帯までに別のゼンノーブを目にすることがなかったら、そこで終わりにする」チカヤは宣言した。

マリアマは仕方なさそうに同意した。

ふたりは並んで、かすみを見つめた。この手がかりを手放したら、チカヤに考えられる戦略はただひとつ、少なくとも早々に底にぶつかることを期待してまっすぐ下に飛びこみ、文字どおり体を張った計測で、もしプランク・ワームを溺死させるタール坑を作るなら、どれだけのテリトリーを犠牲にすることになるかを算出することだ。

その場合、もし底にぶつかることがなかったとしたら、もし〈明界〉がどこまでもどこまでも続いているとしたら？　そのときはふたりにできることはなにもないし、なにも救うことはできない。

マリアマがいった。「あれは〝小妖精の影〟なのでは？　ただのかすみじゃない」

「どこ？」

マリアマが指さした。光の中に小さな灰色のゆがみが見てとれた。「あれがまた別の空花だったら、数には入れないよ」

影は大きくなったが、プローブはまだそこに到着していなかった。物体はふたりの実感よりもずっと遠くにあって、空花でないことはまちがいなかった。

この新発見を追いかけるにはヴェンデク流を放棄することになるかと思ったが、流れ自体がふたりをまっすぐそこへ導こうとしていた。これが、これこそが、空花が食料にしていたヴェンデクの供給源だった。そしてその〝小妖精の影〟は、相変わらずプローブに認識されずに、不明瞭なまま大きくなりつづけている。

マリアマがいった。「もしこれがひとつの生命体だとしたら、わたしたちの相手は兎からいきなり鯨に変わったというところ。流れは壊死による腐敗が源に違いないと考えていたけれど、こんなに巨大なものは致命傷を受けなくても、源になる。小便がそのまま川だもの」

ちらちら光る影の輪郭は、大ざっぱな円を描いていた。「これがひとつの生物だとは思えない」チカヤはいった。「砂漠のオアシスを見つけたんだと思う」

影はいまや視界いっぱいを占めて、パーチナーから見た境界面のように圧倒的な眺めだったが、正確な形状はとらえどころのないままだった。「プローブの速度をあげる必要があるな」マリアマが文句をいった。

小さな色と細部の断片が物体の中央に突然あらわれて、灰色の部分にゆっくりと広がっていった。フレーミング効果が混乱を引きおこした。プローブ映像の解釈にこれほど困難を覚えたのは、チカヤははじめてだった。ゼンノーブなのかもしれないものたちが、おおよそ球形の表面を動きまわっている。観境《スケープ》はそれらに、兎の数百倍の大きさだとラベリングしていたが、象の上を這いまわるダニにしか見えない。構造の規模は途方もないものだった。空花をヒナギクの大きさだとすると、この物体は浮遊する山、あるいは小惑星だった。

細部が示された部分が大きくなっていき、何千ものゼンノーブがふたりの下を流れていくのを見せた——〈サルンペト〉のデッキは、いまも〝下〟がミモサ側の中心を指す設定になっていたが、この小惑星に優先権をあたえないわけにはいかなかった——そしてこれは、小惑星の表面にすぎない。ゼンノーブの中には、隠された深部に通じるトンネルの開口部を出たり入ったりしているものがいた。いまはまだプローブがまばらにしか展開していなくて、新たなゼンノーブのくわしい解剖学的構造はまったく報告があがってこない。ほかのゼンノーブ同様、新たなゼンノーブの形状も、それを包みこんで体と溶けあっている風の中で激しく揺れていた。けれど、各ゼンノーブの中心部にあるなんらかのシステムは、同じ組織情報を際限なく繰りかえしエンコードし、際限なく保存していて、その上を一掃していくあらゆる変化のあいだももとの状態を保っていた。

プローブ映像が拡大してコロニー全体を取りまくと、チカヤは心臓が飛びだしそうになった。必死で興奮を抑える。彼の直観はここではあまり重視されるものではなかったし、目にしているあらゆるものが絶えず変形して、まるで視覚全体が液体金属に映った像のようだった。自分の確信の根拠、すなわち自然を制御する技術の証しとしてチカヤの目をとらえた、下でせわしなく繰りひろげられている無数の出来事の中のひとつの規則性を、特定することさえできない。だが、ここでのテクノロジーは、すべてが自然のもので組みたてられているはずだ。まったく生命を持たないものは、なにひとつ存続できない。

チカヤはマリアマのほうをむいた。「これはオアシスじゃない。ジャングルでもない。わたしたちは信号送信者を発見したんだ。これは信号送信者たちの都市だ」

17

〈サルンペト〉はゼンノ微生物《ゼンノーブ》のコロニーを一周しながら偵察したが、気づかれたようすはなかった。詮索好きの装置が大量に降りそそいで、認識の——あるいはより敏感な人工の探知手段の——しきい値を超えて、住民に警報を発することがないように、チカヤはプローブの密度を低く抑えておいた。この生物たちの内部構造を緊急に調べる必要はなかったし、コロニーの細部それ自体が必要以上に圧倒的だった。

　何千もの異なるヴェンデク集団でできた細管と胞嚢と薄層がこの構造の特徴で、それを迷路のように入り組んだトンネルが分断し、そこを〈明界〉の自由ヴェンデクが通りぬけつづける。コロニーを吹き流されていくあいだに、プローブは風の変化を識別した。分化ヴェンデクが数多くの貯蔵所から放散されて、自然状態の強風に修正を加え、いくつかの種《しゅ》を絶滅させ、その種に取ってかわるか相互作用するかして新たな変種を作りだす。チカヤにはこれは、物理のための空調装置そのものに見えた。コロニー民たちはたぶん、環境の自然な変化の中でも極端なもの以外には対処できるのだろうが、恒常性維持の努力のいくらかをテクノロジーにゆだねたほうがストレスが少ないことに気づいた、という考えは意味をなす。

コロニーからくねくねと流れだす数百のヴェンデク流は、たぶんコロニー自体とその生息生物たち両方の廃棄物だろう。流れのうちの二、三は非常に安定していて、プローブと小妖精のどちらの通過にも抵抗し、観境《スケープ》内では曲がりくねりながら遠くへ消えていくねじれた黒い根としてあらわされていた。

チカヤが目にしたものの中に、前に出した結論を撤回させるようなものはなにもなかったが、あらゆるものにほかの解釈が可能だった。白蟻の塚が空調を備え、蟻が農業をマスターしていることを思えば、このコロニー民たちが自分たちの故郷を成立させるためには、社会性昆虫ほどの努力を費やす必要もないのかもしれない。コロニー民たちが単なる共生生物で、なにを考えているわけでもなしにある巨大な自然の有機的組織体に仕えている、ということはありえた。マリアマは慎重な態度を取りつづけていたが、わざと反対意見をいうようなことはしなかった。いまではふたりともが同じ願いを持っていて、その願いがごくたやすく打ち砕かれるものであることも、ふたりはともに知っていた。

ふたりは半日がかりで、必要な慎重さのレベルを討議した。このゼンノーブたちが信号送信者なのかどうかはともかく、兎よりもはるかに有力な防衛手段を持っているように思える。けれど、あまり遠くからでは、複雑な相互作用を指揮することは、それがどんなものでも困難だろう。ふたりが現在の軌道に引きさがっていてドローンを送りこむなら、ドローンは大幅に自律的なものでなくてはならない。

ふたりが最終的に決定した計画は、できるかぎり大きくて目立つように作った移動型の信号送信旗を送りこみ、慎重に距離を取ってそのあとをついて行くというものだった。もし旗が手荒な歓迎を受けても、〈サルンペト〉のちっぽけな〝小妖精の影〟はずっと標的になりにくいだろう。

信号送信層の物真似が有望そうな反応を呼んだ場合は、もっと複雑なやりとりに移行して、ぶっつけ本番で対応し、旗そのものが受け入れ側を刺激して、同じような反応が返ってくることを期待する。プローブが明らかにしたことの中に、コロニー民が個人的意思伝達の際に好む流儀の手がかりになるものはなかった。小妖精やほかの潜在的情報担体がコロニーにはあふれているが、そうした担体を変化させる影響力すべての中から、未知の言語によるメッセージを抽出するのは、ふたりが境界面を越えて持ちこんだ標準的〈介在者〉ソフトウェアの能力を超えていた。時間があれば、チカヤはコロニー民たちに関するあらゆることが、微妙きわまる文化的意味合いにいたるまで完全に明らかになるまで、喜んで遠くから観察を続けただろう。そして彼とマリアマは、完璧な地元言葉と、見たこともない作法の良さとをほめられることを期待しながら、誠実なふたりの旅行者のようにして空からおりていくことができるだろう。

現実はそんな風には進まない。プランク・ワームが襲ってくるとすれば、それは不意打ちになるだろうが、ツールキットの最高の統計的推測の範囲を外れてプランク・ワームが襲ってくる確率は、すでに五パーセントを超えていた。チカヤたちがまだ慌ただしく基本的な準備をしているいまこの瞬間、空から毒が降ってきても、予見できない出来事に待ち伏せされたのだといって苦い慰めにすることさえできない。

ふたりは準備ができていようがいまいが、最終段階を迎えていた。ナイフの刃を渡るようにして無謀さと慎重さのあいだを歩んでいかねばならず、しかし一歩たりともあと戻りする余裕はないのだった。


信号送信旗がコロニーにむかって螺旋を描きながら降下していった。暴風の中を吹き飛ばされていくテントのようにねじれたり翻ったりしているが、半透明から不透明へ間断なく変わって、パルスを送っている。〈サルンペト〉は旗のプローブ映像が船内時間で数分の一秒遅れにしかならない近さを維持しながら、そのあとを追った。プローブは船から旗への指示も運ぶことができ、必要が生じたときにはすぐさま、同様のタイム・スケールで信号を修正することが可能だ。

〈サルンペト〉のデッキから下方の混みあった世界を見たチカヤは、一連の短い心象を形成したが、そのどれひとつとして信頼に値するとは信じられなかった。生物たちの密集度と活気は、市場の、祭典の、暴動の、嵐と闘いながら海を行く古代の船の船員たちの喧噪を、チカヤに思わせた。だがもしかすると、こうして風に激しく揺さぶられることは、じつはコロニー民たちにとって、地球の動物の心臓が果てしなく鼓動するのと同程度にしか刺激を感じないことなのかもしれない。これはコロニー民たちがもっとも怠惰なときの姿だということもありうる。

チカヤは、旗が下方のコロニー表面に明滅する影を落としている気配がないかと探したが、小妖精のかすかな光と、関連する物体すべての一貫性のない幾何学を考えれば、それは高望みだった。たぶん、リンドラー側人《ニアサイダー》が人工日食の類の派手な出来事とともに登場しようとしなかったのは、幸運なことだったのだろう。たとえこのゼンノーブたちが信号送信者と同じ種に属しているとしても、文化が異なれば洗練の度合いも変化する可能性はある。大げさな見世物は、境界面を越えて真剣に生命を探索するなどという考えをほとんど理解できない集団を、おびえさせていたかもしれない。そんなことをだれかが考えるとすれば、世に知られていない異常な少数派だけだろう。

一方、旗は地面になんら意味のある影響をおよぼしていないので、だれもそれに気づいてさえいないこともありうる。

〈明界〉の生息生物の中に、小妖精の焦点を合わせてイメージを形成しているものがいるかどうかは、はっきりしない。兎はそれが攻撃した旗のすぐ近くにいたために、全面照射の中に生じた影で温度が下がった部分を通して、肌に感じる寒けのように旗の存在を感じていた。移動性を持つすべてのゼンノーブが自分の周囲について詳細な知識を持っていると考えるのは、進化論的に意味をなすことだが、じゅうぶんに不自然な物体は、人間にとってのニュートリノ・バーストと同様に、不可視なのかもしれない。

旗は予定の高度で停止した。典型的なコロニー民の体長の約二十倍。チカヤはひしめく生物を見おろしながら、どうやってパニックと無関心を見分けたらいいのだろうと思った。コロニー民は空花ほどには不定形ではない。彼らのヴェンデク管の網状組織は二回分岐して、四つの別個の分枝集団を作りだし、彼らの幾何学はどの瞬間でもこれを反映する傾向があった。コロニー民たちは、荒れ狂いまくる嵐の海でむなしく犬かきをしている頭部のない四肢動物の循環系を、医療スキャンしたもののように見えた。だがその侵入的プローブ映像が、コロニー民たちがたがいを見ているかたちを反映しているのではなさそうだとしても、小妖精だけで見た彼らはどうかといえば、拷問されて手足を切断された幽霊が、生者の世界に無理やり入りこんでこようとするところを思わせるものだった。

マリアマがいった。「旗に気づいたみたい」

「どこ?」

マリアマが指さした。六体のコロニー民の集団が、コロニー表面を離れていた。チカヤが見守る中で六体は急速に上昇したが、旗に近づくにつれて目に見えて減速した。この用心深い関心はなにを証明するわけでもなかったが、力づけられるしるしだった。

コロニー民たちは装置を取りまくと、ヴェンデクのこまやかな霧をそれに吹きつけはじめた。「協調センシングだ!」マリアマが叫んだ。「一体が物体を照らして、ほかの一体が送信されたパターンを見る」

「きみのいうとおりらしい」集団は旗の裏おもてに二体ひと組で並び、組ごとに成員が順番にヴェンデクを吹きつけている。プローブはこの種のヴェンデクとこれまでに遭遇したことがなかった。たぶんコロニー内部のどんなものも、この異界の物体のような精査を受けたことはないのだろう。

コロニー民たちは後ろにさがって、旗から離れたところに散らばった。「今度はなんだ？」とチカヤ。「自宅の玄関ステップに、自分が送りだした成層圏ビーコンの突然変異バージョンがいきなりあらわれたら、どんな反応をする？」

マリアマはいった。「いまのわたしは、返事をするために新しい信号送信層を発射する必要がないことに、コロニー民たちが気づいてくれることを願うのみ」

「もっとわかりやすい代理人を作る努力をするべきなのかもしれない」とチカヤ。「コロニー民のどれかの体と似たものを」

「どの特徴を取りいれて、どれを省くかを、どうやって決めるつもり？　コロニー民の通信信号と老廃物の違いもわからないのに。わたしたちは十中八九、人間の排泄物そっくりにに おう猿の指人形に相当するものを作ってしまうと思う」

マリアマのいったことには一理あった。コロニーの騒音――および／あるいは悪臭――のはるか上にいる六体のコロニー民でさえ、いまは区別がつかないヴェンデクの霧に浸っていて、〈サルンペト〉の資源ではその機能や意味を解きほぐすことはかなわなかった。

チカヤは不意に悲観主義が心に突き刺さるのを感じた。自分が見つけに来た人々のところに、ついに行き着いたことは確信している――けれど、プランク・ワームのことを彼らに説明するだけでなく、脅威に対処するために一致協力することを可能にする意思疎通と信頼のレベルに達するまでのチカヤの持ち時間は、多めに見ても数日だった。その過程で、微妙な部分や、抽象的な話や、礼儀正しさをどれだけ省略したとしても、メッセージの核心部分を伝えることでさえ、希望が持てないほど野心的なことに見えはじめてきた。

チカヤはいった。「むこうからの返事を待つかわりに、いますぐ信号を変更すべきなのでは？　旗が受動的なものでないことを、はっきりさせるためだけにでも」

マリアママが返事をする前に、コロニー民たちが旗のまわりに再度集まりはじめた。六体はいっせいに、前よりも濃密なヴェンデクの流れを解き放った。プローブ映像だとそのようすは、すじのついた六つの体が石鹼の薄膜を吹きだしているように見えた。薄層どうしが縁で接触して融合し、ひとつの泡を形成して、旗をその中に封じこめた。

コロニー民たちはふたたび後ろにさがり、新たな混合を泡に吹きつけた。泡はコロニー民たちを追って、下方のコロニー表面にむかって漂いはじめた。

マリアママがいった。「旗をつかまえた！　そして牽引している！」泡の壁は小妖精を通過させるが、〈サルンペト〉のプローブの通過は阻んだ――チカヤたちが旗に指示を届ける唯一の手段を。いまやチカヤたちは装置を操作することがまったくできなくなった。装置が送りだすメッセージをプログラムし直すこともできないし、檻からの逃亡を試みるよう命じることなどなおさらだ。

「別の旗を作ることならできる」チカヤは案を出した。「コロニー民たちの目の前で」

「この旗をどうするか、まず見てみない？」

「旗のあとを追っていくべきだと思う？」

マリアマはうなずいた。「目的の場所まで持っていったら、容器から取りだすかもしれない。いまむかっているところに、彼ら自身の信号送信装置があるという可能性だってある」

チカヤはかならずしも賛同できなかった。「もしあれを瓶の中の手紙でしかないと思ったら、話しかけようともしないだろう。それに、わたしたちがあれをまた操作できるようにならなかったから、最後の手段として下のどこかの部屋で新しい旗を書きつけようとすることになるのだけは、勘弁してほしい」

「コロニー民があれをなんだと思っているかを知るには、あとを追っていくしかない」マリアマが応じる。「それに、わたしたちはこの旗を使って接触を開始した。だからこの旗を手放さずに、最後までそれでやり遂げるべき。そうでないと、コロニー民を混乱させる危険をおかすことになる」

それはもっともなことだった。柔軟に対応していかなければ、先入観にこだわった結果として袋小路から出られなくなるかもしれない。だが同時に、一貫性も心がける必要がある。まちがった解釈をされたかもしれないと不安になるたびに方針を変えていたのでは、どんなメッセージも戦略変更による大混乱の中に埋もれてしまいかねない。

チカヤはいった。「わかった、あとを追っていこう！」そして〈サルンペト〉に、奪われた旗を追跡するよう指示した。

降下するにつれ、自分たちが目撃している光景のあまりの途轍もなさに、チカヤはようやく衝撃を受けた。旗はいまも容器の内部から、プログラムされた数列を閃光で発していた。

コロニー民たちは旗をまったく傷つけていなかったのだ。ここでは、破壊することなくなにかを牽引することは、竜巻を綱につなぐのにも似た離れ技だ。物体を押したり引いたりするという概念に単純に類似したものは存在しないし、その物体全体が動くという反応を示すことを期待できる理由が——原子が結合されて多少弾性のある固体になった、リンドラー側《ニアサイド》の素直な物体と違って——なにもないのはいうまでもない。物体が不動状態にあったときのように、局所的な物理学が物体に均一な動きをさせるものとあてにすることさえできない。ある状態から別の状態へ、どんなにそっと移動させたとしても。

　チカヤはマリアマのほうをむいた。「これが証明しているじゃないか。コロニー民は単なる動物じゃないんだ、旗をあんな風に移動させられるのだから」

　マリアマが躊躇したのは、おそらく、ほかの種《しゅ》のゼンノーブをさらって寄生性の幼体をぎっしり産みつけるという巧妙な手際の、進化論的利点を熟考していたからだろう。

　だが、口をひらいたマリアマは、「あなたのいうとおりだと思う。わたしはここまで、疑わしきは罰せずでコロニー民にむきあってきたけれど、とうとうそれが報われたみたい」

　六体のコロニー民はコロニー表面に着地すると、狭い小道を進んでいき、その先は広がって群集がひしめいていた。泡はそれを作りだした者たちが敷いたヴェンデク跡をたどっているらしい。〈サルンペト〉はそのすぐ後ろにぴったりくっついて、護送隊が通りすぎた直後に道をふさぐ群集に邪魔されないようにした。観境《スケープ》は船のじっさいの物理的大きさに準じてフライトデッキを描出するのではなく、つねに周囲の視野がわかりやすい縮尺を選択していた。船のどちら側のコロニー民も、おおよそキリンくらいの大きさであらわされている。滑稽ではあるが、コロニー民たちが船体越しに覗きこんで、チカヤがデッキに立って彼らを見つめ返しているのを見ている、という気分を抑えこむのはむずかしかった。彼らをおびえさせたり挑発したりする危険がないように目をそらしたい、という思いが拭えない。

近くまで寄ったので、船のプローブによってコロニー民の体構造がさらに明らかになった。風になびく不完全なX字型をした、全体の形状を重視するのは無意味だ。問題になるのは、網目状の管に閉じこめられたヴェンデクの混合だった。ツールキットは苦労して映像に注釈をつけ、ヴェンデク生物学のとらえどころのなさと、網状組織のトポロジーの複雑さをほのめかした。チカヤはツールキットが集めることのできた情報のごく一部しか把握できなかったが、動物がpH《ペーハー》やグルコース濃度を調整して自らの生化学を管理しているのと同じくらいの精密さで、コロニー民が体内の物理的現象を取り扱っていることはわかった。

チカヤはマリアマと目を合わせ、ふたりは高揚感と不安が入り混じった笑みを交わした。チカヤと同じく、マリアマも周囲の美しさと不思議さにうっとりしつつ、それを守るために自分たちが橋を渡さなくてはならない広大な深淵を、これまで以上に痛いほど意識していた。ふたりが成功の可能性に近づけば近づくほど、手をすべらせたときの落下は目もくらむようなものになる。蜂の巣でプランク・ワームに侵略を許していたら、結果は寒々とした特定実《ローカル》体死《デス》ですんでいただろう。ここでは、全世界が滅ぶのを目撃することになる。

一行はトンネルに入った。コロニー内部に急勾配でくだっている。小妖精の密度が低下すると、観境《スケープ》は周囲にいるほかの情報担体ヴェンデクを試してみた。どの種もひとつだけではプローブ映像の詳細さにはまったくおよびもつかなかったが、ひとまとめにするとそこそこ役に立つ程度の周辺の記述が得られた。コロニー民の観点からだと、〈明界〉はたぶん、じっさいとはひどくかけ離れた命名だろう。下のここの環境のほうが、使いものになる明かりをあたえてくれる見こみがはるかに大きい。コロニーは陰鬱な永遠の黄昏の風景の中に横たわっているといってもよさそうだった。

風が全力で吹きつけてこなくなって、コロニー民たちとその建築物の幾何学は安定度を増した。トンネルの壁は基本的層集団で形成されているが、数百のほかの構造がそれを飾りたてていた。〝空調〟と〝光源〟を除くと、ほとんどの構造がどんな役を果たしているのか、チカヤには推測できなかった。装飾が目的にしては複雑すぎるように見えるが、ここでは単なる持久性のためにも複雑さは不可欠だ。空調は完璧ではなく、強風に反応できないものは例外なく〈明界〉によってこすり落とされる危険をおかすことになる。

トンネルが分岐していた。一行は左に進んだ。不純物を除去する空調の働きが激しさを増した。船とツールキットは、大量の新たな清掃ヴェンデクに対して船体の無事とプローブの存在とを維持するために、これまでにない努力を必要とした。アナクロノートに〈リンドラー〉から吹き飛ばされて以降、チカヤは数々の不愉快な運命を予期してきたが、好ましからざる一片の埃のごとくにその場からこすり落とされるのは、もっとも侮辱的なことのひとつだった。

二番目の分かれ道のあと、ジグザグであると同時に螺旋状の区画をすぎると、トンネルは大きな洞窟に出た。ここでの物理は、蜂の巣以来ふたりが目にしてきたなによりも安定していた。強風は遠ざけられてはいなかったが、外の〈明界〉と比べると、乱流はひと桁弱まっていた。

洞窟をヴェンデクの流れが縦断し、プローブはそこには入りこめず、その全長のほとんどを観境《スケープ》はまっ黒に描出していた。洞窟の中央近くで、流れは周囲の自由ヴェンデクと混ざりあい、広がって薄まってから、もとの幅に狭まって流れつづけていった。プローブはこの領域には入りこむことができ、そこを灰色の霧の球として描写した。だがプローブのすべてが戻ってきたわけではなく、戻ってきたプローブは、軌道制御を失いかけたと報告した。〈明界〉を進んでいくことは最初から困難だったが、ここでの極端な系統的ゆがみは、航行の試みも邪魔していた。

ツールキットはすべての証拠を照合して、独自の結論に達した。「ここではグラフの曲率が操作されています。流れが広がっている部分でこれらのヴェンデクを侵食することは可能ですが、その過程でヴェンデクがこちらの時間軸を新しい方向にむけます」

いわれたことを飲みこむのに、チカヤは手間取った。量子グラフのパターンはグラフの未来バージョンに自己複製することで存続するが、その〝未来〟はパターン自体の方向によってのみ定義される。時空の泡をひとつの方向に薄切りにしたときにヴェンデクAを含むグラフが見つかり、しかしヴェンデクBを見つけるには異なる角度で薄切りにする必要があるとしたら、ふたつのヴェンデクは、異なる方向をむいたものとして時間を考えるだろうし、それぞれが自分の視点で見てただ存続しているだけでも、両者は相対運動をすることになるだろう。

だから、〝時間軸を新しい方向にむける〟というのは、〝速度を変える〟ということのツールキットなりのいいかただ。ヴェンデク流は、川がそれに沿って圧力と運動量でものを押し流すようなことは、なにひとつできないが、〝静止〟しているということの局所的な定義を、そのもともとの方向からだんだんと引き離すかたちでねじ曲げることができる。ある意味でそれは通常の重力と似ているが、リンドラー側では真空の対称性があるために、時空が取ることのできる曲率は厳密に限られたものにしかならない。それに対してここでは、ヴェンデクの種類を選ぶことによって曲率をグラフに直接編みこんで、その場で自由に変えられる。

「わたしたちが重合体《ポリマー》を設計するようにして、この人々は時空を操作しているんだ」チカヤは驚嘆した。「正しい単量体《モノマー》を選び、その形状と反応性を適切なものにすれば、お望みのどんな特性でもお作りできます」

マリアマは笑みを浮かべて、「それがモノマーよりは微生物に似ていることを除いては、だけど。すべては正しいヴェンデクを増殖させて混合できるかしだい」

「じゃあ、これはなんなんだ？　ゴミ処理システム？」もしコロニー民たちが旗を投げ捨てようとしているのだったら、コロニー表面で牽引泡ごとそうできただろうが、この高速下水道はゴミをより遠くへ、より速く運べるのかもしれない。

コロニー民たちは洞窟の入口で立ち止まっていたが、浅い螺旋沿いに移動をはじめ、速度勾配にむかって少しずつおりていった。旗を黒い川に捨てたりはせず、いっしょに進んでいく。

チカヤはうめいた。「そうだったのか！　これの残りの部分を、外にいたときに見た。これは輸送システムなんだ。いまはハイウェイの進入ランプに乗っているところ」

マリアマも同意見だった。「もしかすると、この場所全体が小さな辺境の町でしかなくて、人工物はあまりの大事件なので、ともかく最寄りの専門家のところへ大急ぎで持っていこうとしているのかも」

コロニー民たちのジグザグ行進は、流れの出口がある壁に叩きつけられないように黒いヴエンデクの影響に積極的に逆らって蛇行しながら、洞窟の軸にむかっていた。〈サルンペト〉は牽引泡のあとを従順について行っているが、チカヤたちが護送隊から離脱したいと思ったら、次の数秒のあいだに決めなくてはならない。

旅がこのあとどれだけかかるのかは知りようがなかった。このハイウェイがかすみの中へ、ミモサ側《ファーサイド》の深部へ消えていくのは前に目にしていた。この辺境の町は脅威が最初に襲ってくるところで、住民たちは闘うなり避難するなりするために、なにが起ころうとしているかを知らされる必要がある。

だが、もし旗がほかならぬ信号送信者たちのところへ運ばれていこうとしているのなら、それはこの探査行にとって、ともかく警告を理解するのに必要な知識と動機を持った人々と会う唯一の機会かもしれない。

マリアマがいった。「引きかえさなくていいんだね？」たぶんマリアマは、もし先へ進むという選択がまちがいだったと判明したときに、そもそもここへおりてくるように説き伏せたことでチカヤに責められるのではないか、と不安なのだ。

チカヤはいった。「引きかえさない。わたしたちと意思疎通しようと懸命になってくれるだれかのところへ、この人々が連れていってくれると信じなくてはならない。もしこの人々のやろうとしているのがそういうことでなかったら、わたしたちは困ったことになるの――けれど、しりごみした結果、専門家と出会うチャンスを逃したとしても、困ったことになるのには変わりがない」ふたりの前方で、旗は弱々しく明滅していた。旗はいまも無事だが、洞窟に満ちているさまざまなかたちの明かりに合わせた調節をするような設計にはなっていない。

旗を囲む泡はなめらかに弧を描いて、進入ランプの灰色の霧の中におりていった。ふたりがそのあとについて行くと、周囲の霧がじっさいに薄くなったように見えた。〈サルンペト〉がハイウェイの要求に従いはじめると、プローブが〈サルンペト〉への帰り道を見つける作業は前よりもたやすくなった――ただし、ハイウェイ以外の洞窟は急速に視野から消滅したが。この場で作用している動力学から隔絶されて、それをまったく感じられないことへのいらだちを、チカヤはちくちくと感じた。原住者にとって、こんな風に動かされるのはどいゝ、ん、な、感、じ、な、の、だ、ろ、う、？　体の異なる部分が速度を得るにつれ、潮汐力と似たものを感じるのだろうか？　それは考えるほどのことではなかったが、チカヤは自分とコロニー民たちとを隔てている障壁を切り裂く必要があった。できるかぎりのかたちで、コロニー民の立場になって想像する必要があった。

護送隊が整列した。プローブはハイウェイを霧に取りまかれた狭い透明なチューブとして描写していて、チカヤたちはその中央にいる。コロニー民たち自身が亜小妖精を放出しはじめていて、それがトンネルと洞窟を照らしていた。泡とその中の積荷に前方の視界をさえぎられていても、チカヤはコロニー民たちの姿をちらりと見ることができた。冷光に照らされた臆病なヒトデが、四本の脚をのろのろと波打たせている。〈明界〉のきびしい環境から解放されてくつろいでいるのかもしれないし——あるいはそんな環境など難儀ではないのなら、この旅は退屈すぎて仮死状態に近いものに入っているかだ。〈サルンペト〉から見るとだれもが静止していて、コロニー民たちのあとについていくのになんの苦労もいらなかった。ハイウェイは一行全員を目的地へむかって無造作に自由落下させていた。

マリアマがツールキットに尋ねた。「いまのわたしたちの移動速度はわかる？」

「周囲の〈明界〉への直接アクセスがなく、先ほど終了した加速プロセスの判断は困難です」

「そんな石頭なことといってないで、当てずっぽうでいいから。大ざっぱで単純きわまるリンドラー側の言葉で」

「わたしたちは相対論的速度に匹敵する状態にあるのかもしれません」

マリアマは目をきらめかせながら観境《スケープ》を見まわした。「ラスマーのいったことを覚えている？」これはチカヤにむけられた言葉だ。「猶予期間の投票前に防御派にむかって訴えたときのことを？」

「もちろん」意識的に努力しないと記憶が出てこなかったが、ほかに気にかかっていることが二、三あるのだから仕方ない。

「ラスマーは正しかった」マリアマは断言した。「ここは彼女がいだいていたヴィジョンそのままだった。細部の話じゃなくて。彼女には、わたしたちがここで目にしてきたことの半分も予想不可能だった。けれどラスマーは、ミモサ側がわたしたちにとってなにを意味しうるかを、正確に理解していた」

　チカヤは嫉妬すれすれの激しく鋭いいらだちを味わっていた。（なんの権利があって、マリアマはラスマーのヴィジョンを共有しているのか？）そう思ってすぐ、チカヤは自分を恥じた。少なくとも自分と同じくらいに、マリアマもそれを共有するに値するのだ。

「心境の変化があったんだね」チカヤは控えめにいってみた。

「エキゾチックな荒れ地のために闘ったりは絶対しない、とは前にいった」とマリアマ。「けれど、ここはエキゾチックな荒れ地じゃない。それに、信号送信者のためには闘うつもりがある、なぜなら彼らはわたしたちの助けを受けるに値するから。でも、それで終わりじゃない。いまはもう」

マリアマはチカヤの両手を取った。「天文学的に希有な出来事が、境界面のリンドラー側に有知覚生命を作りだした。でも、それはそれだけの話。むしろ、真空の宇宙に生まれついてしまったのは、不運だったといってもいい。それでもわたしたちはここまで、たがいの距離や孤独といった困難の中でなんとかやっていく道を見つけてきた。それは偉業だし、驚くべき離れ技だけれど、だからといってそれを永遠に繰りかえす刑に自らを処す理由にはならない。

ここでは空間さえ生きているというのに、リンドラー側の荒れ地で生きつづけることなんてできる？　ここがわたしたちのいるべき場所なんだよ、チカヤ。わたしがこの場所のために闘うのは、ここがわたしたちの故郷だからだ」

ハイウェイで不気味なほどになにごとも起きないせいで、チカヤは自分が現実認識を失いかけているのを感じた。ひとつの宇宙全体が危険にさらされているというのに、自分はここで連結トレーラー無賃乗車ごっこをしている？　数え切れないほど大勢が死ぬことになるだろう、運転手の肩を叩いて自分はここにいると知らせるだけの意気地が、チカヤになかったせいで。その気になりさえすれば、だれのところにでもメッセージを届けることは可能なはずだ。脳に肉が詰まっている二十三世紀の狂信者とだって、なんとか会話ができたではないか。白熱光を発するヒトデとの会話が、それよりもどれほど困難だというのか？

二時間後にようやくハイウェイが一行を吐きだしはじめ、チカヤは安堵のあまり泣きそうになった。チカヤの賭けはまだ報われずに終わるかもしれなかったが、少なくとも、すべての努力が取り返しのつかないところまで台無しになってはいなかった。

一行は螺旋を描きながら闇を抜けだし、〈サルンペト〉はツールキットに想像できる最悪の不測の事態に備えて態勢を整えた。〈明界〉への対応は難題だったが、あれがミモサ側に存在しうるもっとも極端な環境だと信じる理由はない。

プローブが戻ってきはじめた。亜小妖精があふれるように入ってくる。護送隊が出口ランプから抜けだしたところは、広大で平穏な空間だった。ツールキットが周囲のヴェンデクを分析する。混合は蜂の巣のようには安定していないが、飼いならされ、おとなしくなった〈明界〉という感じだった。コロニーの空調も同じ方向で若干の成果をあげていたが、それが外海に沈めた金網の檻の中で最大級の捕食者を寄せつけまいとするようなものだとしたら、ここは最小限の波乱しか引きおこさずに共存し繁栄することのできる種《しゅ》を精選したアクアリウムくらいの違いがある。

ここにいるのは、六体のコロニー民だけではなかった。観境《スケープ》が見せた光景の中で、同じように四分岐した数百体のゼンノーブが、たくさんの大ざっぱに長さの決まった整然とした列になって彼らの周囲を動いていて、目に見えないエスカレーターがここで交差しているかのようだった。しかし、辺境の町の雑踏と比べると、ここの状況は混雑にはほど遠かった。遠くで穏やかに波打つ層壁には亜小妖精灯が散在しているが、トンネルで目にしたような密集した構造は見られなかった。チカヤのずっと上には——〝上〟というのは〈サルンペト〉がたまたまむいている方向から見てのことだが――ほかの黒いハイウェイが見えていた。

「ここはきっと鉄道の駅だ」チカヤはいった。「問題は、ここがどこかということだが」

マリアマが自信ありげに断言した。「ここは大都会だよ。広い空間とたくさんのお楽しみがある」

「わたしたちがさっきまでいたところも、ゴーストタウンというわけじゃなかったけれど」

「そうじゃないけれど、娯楽もなければ避妊もおこなわれていない、ただの小さな村だった」

チカヤは顔をしかめてから、マリアマが本気でそういったのでも、すっかり軽薄になっているのでもないことに気づいた。少なくとも、ふたりが直面している答えの出ていない一万の問いのうちで重要性がもっとも低いものに、擬人化したパロディで応じてみせることは、それと同じくらいまちがっていそうな本気の仮説で同じ解答用紙の空欄を埋めようとしてエネルギーを浪費するのを、止めてくれるかもしれない。

コロニー民たちが異界の積荷とその人形使い師のつもりの連中を引きつれて中央広場を横切っていく途中で、マリアマが鞭をぴしゃりと鳴らす真似をして、「わたしをおまえたちの言語学者のところへ連れていけ」といった。「それから、ヴェンデクをケチるな」

いまいる場所が都市だとしても、その規模を内側から判断するすべも、屋外に相当するような場所を経由してビルからビルへ移動しているのか、それとも密閉された同じひとつの巨大な構造物内のいくつもの部屋を通りぬけているだけなのかを判断するすべも、ふたりにはなかった。

一行は狭い隙間や広い通廊を通りぬけ、やや混みあった群集を縫って進み、〈明界〉の辺境の町の機械――あるいは芸術品、あるいは庭園――と同様に不可解で雑多な構造に出くわした。プローブは情報を集め、ツールキットはそれを前に考えこんだが、それが意味をなす場合でさえ、巨大なモザイクのもうひとつのちっぽけな一片でしかなかった。脇を通ったなにかの装置――それともペット――からつかみ取る、その内部でヴェンデク集団がどんな風に相互作用しているかのヒントは、すべてがなにかの役に立ったが、それによって都市全体やそこの人々が瞬時にしてピシッと焦点を結ぶことはなかった。

それでもチカヤは、可能なかぎりのものを観察して、大いに不完全な推測を条件つきで楽しんだほうが、目をつむって、自分が巨大都市の文化を理解しようと熱望している虫けらのようなものだという判断に屈してしまうよりもいい、という考えに固執した。その類比は、大きさの比率の点では正しかったが、ほかはなにひとつそうではなかった。チカヤも相手側もともに一般的な知能を持っているし、たがいの必要とするものや動機が相手にとってどれほど異質でも、時間と、忍耐と、動機づけがあれば、理解できないままに終わるものは――たがいの一生や、習慣や、言語を含めて――なにひとつない。

足りないのは時間だったが、残り時間が尽きたときにはプランク・ワームがそれを宣言してくれる、とチカヤは思うことにした。

マリアマはしあわせでぼうっとなった観光客のように、都市の光景に見とれていた。彼女は少なくともチカヤと変わらない真剣さで自分たちの目的に取りくんでいたし、直面したあらゆる問題にすさまじい精力と明快さで立ちむかっていたが、それだけ専心した結果が失敗に終わって絶望することもありうる、と認めるのを気質的に拒んでいる部分があった。ふたりが引きうけた重責は、つねにふたりともを押しつぶす寸前だったが、マリアマがこれほど重圧におののいているのを、チカヤは滅多に見たことがなかった。

一行は巨大な部屋で停止し、そこには鯨サイズのブドウの房に似た構造があった。この物体の表面はこれまでにプローブが見たなにとも似ておらず、内側はさらに驚異的で、ふたりをすっかり魅了した。それよりはほんのわずかになじみのあるほかのテクノロジーが、このリヴァイアサンのまわりに配列されている。

コロニー民たちが隊形を崩した。三人が牽引泡のまわりをせかせかとうろつき、ほかの三人は部屋の壁のひとつまで行って、なにかの小さな装置、あるいは生物を持って戻ってきた。持ってきたものがなんであるにせよ、それは牽引される必要がなく、呼びに来た人々のあとに自力でついてきた。

コロニー民たちが旗を包む泡を破って、自分たちの用具を旗に近づけたとき、チカヤは〈サルンペト〉を離れた位置に移動させた。コロニー民たちがやろうとしていることに、たまたま船が巻きこまれたりしないように。

ヴェンデクのしぶきを浴びて、用具が輝きはじめ、コロニー民たちが好んでいるらしい同族のヴェンデクではなく、小妖精を噴出した。

マリアマがいった。「彼らは適切な種類の照明で旗を照らしている。信号が小妖精に対する透明度でエンコードされていることを、彼らは理解しているんだ」

「そのとおりだと思う」相手の行動を誤解している可能性はつねにあるが、チカヤは希望を感じていた。

チカヤはその場の光景を見渡して、次になにが起きるかを予測しようとした。旗は小妖精源と巨大なブドウの房のあいだに置かれている。それはなにを意味するのか？　このブドウが彼らの言語学の専門家ということ？　まったく別種のゼンノーブ、あるいは膨れあがった白蟻の女王のようにこの部屋からじっと動かない、コロニー民のなんらかの階級《カースト》？　チカヤはその考えを即座に捨てた。ここまで、ほかにはひとつの〝階級《カースト》〟も目にしていない。混みあった〝巣箱〟の中で、二、三の多産なゼンノーブを見たというだけで、チカヤは荒唐無稽な昆虫を発明しようとしていた。

コロニー民たちは照らしだされた旗から引きさがると、それ以上はなにもしなかった。部屋の端に浮かんで、穏やかな流れにゆっくりと体枝をぴくぴくさせている。

ツールキットがいった。「プローブが未マップの構造内部に到達しました。これは非常に奇妙です」

マリアマがいった。「奇妙かどうかはわたしたちが判断する。プローブがなにを見つけたかだけ教えて」

「一群の陽子と中性子を、一億倍に圧縮します。ここにあるのはそれです」

チカヤは信じられない思いで瞬きした。「わたしたちが見ているのは、押しつぶされたリンドラー側物質の塊だということか？」

「そうです。それをくるむヴェンデク基盤の複雑な層に安定化を補助されていますが、基本的には、なにもない空間を絞りだされたふつうの核子が、積み重なったものです」

マリアマがチカヤのほうをむいた。「一種の隕石の可能性はある。境界面を通りぬけた物質の中に、それを保護するような条件と出くわした顕微鏡レベルの粒があったのかもしれない」

それが示唆する結論は歓迎できないものだった。「するとこの部屋は、博物館の展示室でしかないのか？　手間をかけて信号送信層を建造したのは、境界面を越えたところに知的生命が存在する証明である返事を受けとり、そしてそれを陳列室に押しこんで、人々にぽかんと口をあけて眺めさせるためだった、なんて信じられない」

「あるいは研究させるために。人々はそれを研究しに来るかも」

「いいかい、いつになったら？」

マリアマはいった。「聴衆を引き寄せたいなら、たぶんいまが繰りかえす信号の変えどきだと思う」

チカヤは旗に指示を送った。旗は素数を数えあげるのをやめて、単純な昇順の整数に切りかえた。

それに対してコロニー民たちは、慌ただしい動きを見せた。部屋の中を動きまわって、新しい器具を取りだす。それを眺めているうちに、チカヤは希望がふたたび高まるのを感じた。コロニー民たちは旗が生きているも同然だと認識し、話しかけようとしているに違いない。もちろん今度は、チカヤたちは返事をすることになる。

とチカヤが思ったのはまちがっていた。コロニー民たちはシャッター付き小妖精ランプを旗にむけることもしなければ、返答の数列を光らせることもなかった。

チカヤはフィボナッチ数列に切りかえた。これを見てコロニー民たちは、その刺激を歓迎するかのように体枝を少しそよがせたが、メッセージが最初に変化したあとで持ちだしてきた器具の目的がなんだったにせよ、その後もそれ以上のものは必要としていないようだ。

コロニー民たちは旗を見るだけで満足で、返事をするつもりはないのだった。丁重に敬意を持って異界の使者を観察はするが、それに対してふさわしい反応を返し、そのメッセージを理解するプロセスを加速するには、用心深すぎるのだ。

「話を伝えるにはなにをすればいいんだ？」

マリアマが答えた。「GDLにいたるまで、数学をどんどん先に進めていけばいい」

「いまみたいに？　ひとり芝居を続ける？」

「ほかに選択肢がある？」

グラフ記述言語《GDL》は、ヴェンデクやプランク・ワーム、そして両者が出会ったときになにが起こるかを話すためにツールキットが開発した、精密なひと組の意味論的約束事だ。適度に複雑な数学的概念——整数の規範に基づいた初歩的知識から構築できるもの——さえあたえられれば、量子グラフの話をするのは、社会構造のような抽象的で偶然的なにと比べても、はるかに容易だった。

　けれど、もしコロニー民たちがご親切にお返事をしてくださらなかったときには、概念の辞書を届けるにはまだ早すぎたのか、あるいは基礎的な統語法すら理解されたのか、知るすべはない。コロニー民は、量子グラフ理論《QGT》の理論家がだれひとり目指す気にもならないほどの技能でヴェンデクを扱っているが、それはコロニー民が理論家と同じかたちでヴェンデクを扱っていることを意味しない。人類だって、DNAとはなにかをこれっぽっちも知らないうちから、何ダースもの種《しゅ》の植物や動物を栽培したり飼育したり品種改良したりしてきたのだ。

　チカヤはプログラムを走らせはじめた。もし、『ああ、それはもう理解しているから、難易度が十倍のところまで飛ばしちゃってください』という方向でのフィードバックが来ないとしたら、完了までには四船内日がかりになるだろう。省略する部分を、チカヤが自分で選ぶことはできる——だが、どの部分を？　ゼンノーブにとってわかりきった概念とはなんなのか？

　マリアマが自信なさげに微笑んだ。「コロニー民たちはまだ部屋を離れていないね」

「これは異界の人工物なんだ。そのこと自体が、それなりの注目を集めるべきなんだ」

「信号送信者が選択したのは素数だった」とマリアマ。「彼らは使う言葉を選びとり、それはわたしたちが同じことをしていたら選んだだろうものと、まったく同じだった」

チカヤは部屋をざっと見まわした。「わたしたちはここでなにかを見落としている」コロニー民には顔がなく、目もなく、彼らがなにに注意をむけているかチカヤには知りようがなかったが、彼らのいる位置は、旗よりも核子の塊を観察するのにはるかに適していた。

チカヤはいった。「彼らはそれに旗を見せているんだ。自分たち自身ではメッセージの意味を知ろうとさえしていない。あの隕石が反応すると思っている」

マリアマは疑わしげだったが、鼻で笑ったりはしなかった。「彼らがそう思う理由は？なにかのカテゴリー・エラー？　コロニー民は、隕石と旗が両方ともリンドラー側から来たことを見抜く知性はあるけれど、無生命という概念を持っていない、と？　なぜなら……ここではあらゆるものが生きているから？」マリアマはにやりとした。「わたしが完全な寝言を口にしはじめたら、止めてくれる？　ヴェンデクが生きているうちに入るかどうかはともかくとして、それを手当たりしだい《ランダム》に集めると、ゼンノーブ言語間のとてもひどい翻訳ができあがる」

チカヤはいった。「するとコロニー民がアニミズム信者的妄想にとらわれているか、あるいは、これは核子がランダムに集まったものではないか、だ」チカヤはツールキットにむかって、「あの塊の構造に、なにか意味を見いだせるか？　恒星か惑星の核にあるようなあの物質が、境界面をこんな風に通ってこられるような状態になる確率は？」

「無視しうる程度です」

「すると、だれかがあれをひとまとめにくるんだことになる？　だれかが意図的にこしらえた？」

ツールキットがいった。「偶然にそうなったというのよりは、ありえます」

マリアマがいった。「わたしのほうを見ないで。もしかすると、独自の秘密実験を実施した人がいたのかもしれないけれど、これは防御派のプロジェクトではなかった」

「じゃあ、だれがやったんだ？　そして、あの塊はここでなにをしてきたんだ？」ツールキットに尋ねる。「あれの動力学をモデル化できるか？　あの中で情報処理はおこなわれているか？」

ツールキットはしばらく沈黙した。「いいえ、かつておこなわれていた可能性はあります。あれはもともとはフェムトマシンだったように思えるのですが」

チカヤの腕に鳥肌が立った。〈リンドラー〉にいたころ、たがいの多様な特定実体死《ローカル・デス》体験を競いあっていたときに、ヤンが決定的な切り札として原子核化の話を持ちだして、チカヤに勝ちをおさめたことがあった。

チカヤはいった。「〈ミモサ〉の人々だ。あの人たちがここに埋められているんだ」

マリアマが目を丸くした。「ありえない。静化障壁はあの人たちの目の前で爆発したんだよ、チカヤ。警告を受けとる暇もなかったはず」

チカヤは首を横に振った。「どうやったのかはわからないけれど、わたしたちはあの人たちの探索にとりかからなくてはならない」チカヤはツールキットに質問した。「あの塊全体をマップできるか？　シミュレート可能か？」押しつぶされたフェムトマシンは〈サルンペト〉よりはるかに大きいが、単なる核密度が起点だったので、それのグラフをはるかに非効率的にしか利用できなかっただろう。

ツールキットがいった。「試みてみます。情報を取りだすのに時間がかかると思われます。プローブは一定の速さでしか情報を動かせませんから」

ふたりは待った。旗による数学の授業は続いていた。コロニー民たちは、相変わらず辛抱強く同じ場所に浮かんで、待っている……なにを？　フェムトマシンは彼らに話しかけたことがあるのだ、かつて。フェムトマシンは、その宿り手たちがコロニー民の言語を理解できるようになるくらいの長い期間、機能していたに違いない。信号送信層の建造もフェムトマシンの指示したことだったのだろうか？　それとも、フェムトマシンそれ自体が素数の数列でコロニー民と意思疎通しようとする試みに取りかかって、それをコロニー民たちが模倣するようになったのだろうか？

ほぼ一時間ののち、ツールキットが宣言した。「〈サルンペト〉内部に、構造の完全なモデルを作りました。現在、ある程度の損傷修復を試みています」接続をうまく処理して、情報経路の断絶を見つけだし、欠けている経路の復元を可能にする冗長を探す。

「霊長類の体と類似したもののシミュレーションがあります。表示用の標準的フックがモデルに組みこまれています」

「わたしたちに見えるようにしろ」チカヤはいった。

チカヤたちの正面のデッキに、ひとりの人間があらわれた。立ったままじっとしていて、突風か衝撃から身を守るかのように両腕をあげている。体はチカヤ自身が宿ったことのあるどれとも似ていなかったが、それはもしフェムトマシンが有知覚の宿り手を含んでいなかった場合には意味をなさないソフトウェアだった。

「感覚と運動のフックをさかのぼることはできるか？」

「試みています。オーケー。見つけました」

「精神を見つけたんだな？」

「はい」

「それはどんな状態にある？」

「お待ちください。完全性シグネチャーを計算中です」有知覚ソフトウェアにはかならずチェックサムが同梱されていて、汚染されていたら検出できるようになっている。「スクランブルはされていません。凍結されているだけです。フェムトマシンを侵食したミモサ側物理の大半は、クォークとグルーオンを破壊するのでなく、強い力の相互作用を遅くしたらしく、それが凍結の原因です」

チカヤはいった。「フェムトマシンを走らせられるか？　目ざめさせることはできるか？」身震いが出た。自分がいま、地すべりの下からがんばった生存者を掘りだそうとしているのか、手足を切り落とされた追放者が慈悲深い特定実体死《ローカル・デス》に逃げこんだのに、望まない生をまた吹きこもうとしているのか、チカヤにはわからなかった。けれど、チカヤが自力でその答えを知るまで、〈ミモサ〉にいた人を安らかに眠らせておくには、賭けられているものがあまりにも大きすぎた。

シミュレーションがピクッと動き、観境《スケープ》を見まわすと、膝から崩れ落ちて、哀れに泣きじゃくった。「気が狂ってしまったんだ！　頭が変になっちゃったんだ！」シミュレーション身体は、真空でも機能するよう設計されている上に、赤外線で話すふりさえしようとした。

話されるのと同時に、チカヤはその言葉を理解した。彼の〈介在者〉はデータを音声に変換して頭の中に響かせ、瞬時にして生存者の言語をチカヤが使えるようにしていた。

チカヤは彼女の隣にひざまずいて、両腕で相手の肩を抱いた。「あなたは狂ってなんかいませんよ、キャス。わたしたちは現実です。あなたはまだ故郷にいるわけではないけれど、もうとても近くにいる。そしてあなたといっしょにいるのは、友人たちです」

18

時間がすべてであり、通訳になれるかもしれない唯一の人に可及的速やかに仕事をさせろという容赦ない実利的な要求が、チカヤの心にもたびたび湧いた。相手に同情してみせても、その結果として全員を死に追いやることになるなら、それは偽りの同情になるだろう。しかし、キャスが正気であることに疑いの余地はなく、どんどん理性的になっているとはいえ、まだ彼女は衝撃から脱していなかった。自分の置かれた状況の意味を理解することなしには、チカヤたちの助けにはならない。

チカヤはキャスに、信号送信層のことや、〈サルンペト〉がこの場所へいたるまでの経緯を話した。プランク・ワームのことにはまったく触れなかった。とりあえず重要なのは、チカヤとマリアマが〝リンドラー側《ニアサイド》〟から来た探索者だということだ。チカヤはキャスに、〈ミモサ〉での出来事とこの意外な出会いとのあいだを埋める説明をしてくれないかと促した。チカヤたちが呼びだしてあげたカウチに腰をおろして、キャスは自らの長旅のいきさつを話した。

新真空の最後の実験の際に、〈ミモサ〉の人々はリアルタイムで事象のより近くにいるために、フェムトマシンにクローンを送信した。彼らは発生期の境界面が拡大するのを目にして、自分たちがなにをまちがえたのかを大車輪で理解しようとした。フェムトマシンの制御されていない重ね合わせの分岐のひとつで、彼らはソファスと同じ洞察に達した――通常の真空の物理は、量子グラフの動力学法則のひとつの固有状態をあらわしているにすぎない。

それを出発点に作業を進めた彼らは、人類居住世界の破滅を回避する計画を考えだした。境界面からの光の放出を非対称にすれば、放射圧の差を利用して系全体を加速することができる。〝あちら側《ファーサイド》〟が小さいままのあいだは、〝こちら側《ニアサイド》〟での物体としてのその質量はごくわずかだろう（じっさい、ゼロ質量からはじまって、光を出してエネルギーを失うので、質量は微小かつ負になる）。〈ミモサ〉の人々は考えた。もしその問題に取りくむのを数十年後のほかの人々に丸投げしたら、そのときまでにあちら側はいくつもの星系を丸ごと飲みこんでいるだろう――少なくとも、ミモサ星系そのものを。もし自分たちがいま対応すれば、あちら側が拡大する以上の速さで、それを人類居住宙域から飛び去らせることができるかもしれない。

相互作用するチャンスは、境界面がフェムトマシンと接触するときだが、一瞬ですぎ去る局所的な遭遇では、境界面光を推進システムに作りかえるのにはまったく足りない。もっと時間を稼ぐ必要があった。境界面と速度を一致させるのが理想だが、そんな目標を達成できる見こみはない。あちら側に飲みこまれたあとも問題に取りくみつづけられる方法を見つけることが、唯一の希望だった。

〈ミモサ〉の人々は、技巧的で華麗な量子操作をフェムトマシンに振り付け指導した。それによってフェムトマシンはその部分的クローンを、境界面を通過して注入し、成功した分岐へとすべての振幅を回転させることができるはずだ。だが、フェムトマシンの乗客は全員が通過することはできない。フェムトマシンの大部分は、通過を実行することが唯一の目的である装置と化す必要があり、それに対応するために自分の精神を書きかえてあっさり消滅させ、自身を量子カタパルトの一部に転換する能力を持つかたちで構造化されているのは、非実体主義者だけだった。もともと〈ミモサ〉にいた七人は非実体主義者で、そのやりかたで通過するにはその全員が量子カタパルト化する必要があった。キャスはあとに残されて、ひとりで通過することになった。

　計画の最初の部分はうまく行った。オリジナルのフェムトマシンのコアは、小型化されたかたちであちら側《ファーサイド》で再現された。しかし、〈オッペンハイマー〉号と命名された移動機は、設計者たちが期待したほどには移動性がなく、キャスは状況が何百回も変化する中にとらわれた。〈オッペンハイマー〉を正しい位置につけようとキャスは奮闘し、進んでは止まりして前進してきたが、乗機の船体は危険にさらされはじめていた。ヴェンデクが殺到してきたのだ。

　もしそれが荒れ狂う〈明界〉で起きていたら、数ピコ秒後にはその不完全な機械の痕跡はなにも残っていなかったのではないかとチカヤは思ったが、単一の種《しゅ》による粘り強い集中した侵食を受けたなら、うまい具合に全体が化石化することはありえただろう。どれだけともわからない時間のあと——リンドラー側《ニアサイド》時間で数十年あるいは数世紀——知性を持つゼンノーブの集団が難破船を見つけた。同じような侵食の被害を受けていた彼らは、最初のヴェンデクの影響を反転させることに特化して生みだされたヴェンデクを使って、〈オッペンハイマー〉を復活させた。

目ざめはしたが、まだ身動きが取れないまま——絶えず発展を続ける領域と比べて、乗機があまりに原始的であるという事実は、動かしようがなかった——キャスは恩人たちと意思疎通しようと試みはじめた。彼女自身が最初に発したメッセージは、振動しながら素数を数えあげる層集団というかたちをとった。そこからのプロセスは長くて骨の折れるものだったが、やがてキャスと相手は、限定的ながら相互理解の域に達した。

そこでゼンノーブたちの姿が消えた。気候か文化のなんらかの変化の犠牲になったのだろうが、理由はキャスにはわからずじまいだった。数十年がすぎたあと、同類の別集団があらわれた。この集団は以前の接触のことは知っていたが、話す言語は異なっていたし、順当に意思疎通の道を探るには忍耐力がなさすぎた。その集団は、じっさいにはキャスの出自を知らないまま、彼女を境界面のほうへ——それが彼女の本来の目的地だと知っていて——連れていこうとした。ミモサ側《ファーサイド》で物を運んでいくのは細心の注意を要するプロセスで、その集団のテクノロジーはそのレベルに達していなかった。〈オッペンハイマー〉はふたたび身動きが取れなくなり、再度損傷を受け、侵食され、凍結され、見捨てられた。

それがキャスの記憶している最後の出来事で、次に目ざめたときには〈サルンペト〉のデッキにいたのだった。都市の建造者たちが〈オッペンハイマー〉をここへ牽引してきたのか、その周囲に都市が育っていったのかは、キャスには知りようのないことだった。

チカヤは謙虚な気持ちになった。これと比べたら、チカヤが体験してきたあらゆることは、砂漠を散歩していたようなものだ。彼女は任務に失敗したが、それは外側で完遂されたと聞かせてほっとさせてやることさえ、チカヤにはできない。

それでも、チカヤは話を先に進めなくてはならなかった。できるだけやんわりと、リンドラー側《ニアサイド》で起こったことの説明に取りかかる。キャスはとっくの昔に、自分の活動がいくつもの世界を滅ぼした可能性と正面からむきあっていたが、どれだけの時間が経過したかを知るすべがなかった。チカヤは具体的に立ち退きの規模の話をしながら、キャスの心の傷口がふたたびひらいたことに気づいた。

チカヤは〈リンドラー〉での各派閥の策謀については、簡略きわまる素描に圧縮したが、一点だけははっきりさせておいた。大多数の人々は、ミモサ側《ファーサイド》の有知覚生命を滅ぼそうと意図したことは、決してなかった。なおかつ大半の人は、境界面による侵食を停止させたいと思っているが、ジェノサイドと引きかえにしてではない。

それが悪い知らせの数々を引きつれてきたにもかかわらず、〈サルンペト〉の存在を理解することは、キャスの現実感覚を確固たるものにしたようだった。彼女はふたたび、リンドラー側《ニアサイド》と関係を持つことができた。流浪と狂気以外の未来を想像することができるようになったのだ。

チカヤが話し終えると、キャスは立ちあがった。「あなたがたはここに罠を仕掛けてプランク・ワームをとらえるために、コロニー民に〈明界〉から立ち退いてほしいんですね？」

「そうです」

「そして、そのメッセージをわたしに通訳してほしい、と？」

「あなたにそれができるなら」

「わたしには、ヴェンデクを作りだす能力が必要になるでしょう」キャスは説明した。彼女はさまざまなことについて独自の用語を発明していたが、チカヤの〈介在者〉が言葉の溝を埋めた。「わたしには彼らの知覚生理学のことはわかりませんが、わたしが最初に出会ったゼンノーブ種族が意思疎通に用いていた亜小妖精と縁続きの、短命なヴェンデクの系統があります。けれど、その種族の子孫たちがこうしたことを少しでも理解するかどうかは、わかりません」

マリアマがツールキットといっしょに、〈オッペンハイマー〉でキャスが使っていたソフトウェア付きインターフェイスの中から、意思疎通ヴェンデクを作りだすためのものを選別した。その間にチカヤは、コロニー民からの考えうる反応に対するシナリオを、キャスと繰りかえし練習した。なぜキャスが練習したがるのか、チカヤにはよくわからなかったが、彼女は不意を突かれて立ち往生するのを心配しているようだった。

「準備完了」マリアマが宣言した。「とにかくできる範囲で」

チカヤたちは〈サルンペト〉を、〈オッペンハイマー〉の残骸の真上に移動させた。コロニー民たちは相変わらず、旗が数学用語集をひらめかせるのを気長に眺めている。

キャスがいった。「彼らが本気でこういうことを予想してくれているといいのだけど。もしわたしがツタンカーメンにむかってパピルスをひらひらさせて、彼がわたしにむかって話しはじめたら、きっとわたしは悲鳴をあげて部屋から逃げだして、絶対に戻ってこようとしないでしょう」

キャスが最初のヴェンデクを船から送りだした。

観境《スケープ》は色が爆発的に船体の周囲に拡散し、移動とともに急激に薄れていくようすを描画した。このヴェンデクは、部屋の環境では長くは保たない。チカヤの目には、信号はコロニー民に届くときには弱まっているように見えた。

弱まりすぎて気づかれないほどではなかった。コロニー民たちは弾かれたように行動しはじめ、新たな器具を取ってきた。もし〈明界〉が彼らに、常時興奮しているかのようにふるまわせていたのだとしたら、今回の興奮はほんものだった。辺境の町からおりてきて以来、コロニー民たちの体がこれほど振動しているのを、チカヤははじめて見た。

新たな機械類——録画装置か、翻訳機だろうか？——を装備して一カ所に再集合したコロニー民たちには、ようやく応答する理由ができた。

チカヤはそのやりとりには関わらなかった。キャスは母語では声に出してしゃべらず、文章を直接翻訳にまわしていたし、返事も同時通訳されなかった。キャスはゼンノーブ言語を通常の、〈介在者〉を基盤とする物事のありかたに統合するところまで行ったことは、これまでいちどもなかった。いまの作業は、キャス自身の脳内にある信号の辞書や、過去の会話の記憶、ソフトウェアの力ずくの補助、それに当て推量をもとにおこなわれていた。ジェスチャーをするように体を動かしたり、ひとりで顔をしかめたり、うなり声やため息を漏らしたりはするが、ほとんどの活動はキャスのシミュレーション頭部の内部で進められている。

二十分近く経ってから、キャスは小休止して、傍観者ふたりに簡潔な解説をした。「コロニー民たちはわたしが古代言語でしゃべると予想していましたが、どの古代言語でかはまったくわかっていませんでした。わたしたちはその件を隅々まで整理したところです」くたくたに見えたが、キャスは笑みを浮かべた。

チカヤが惜しみない賛辞をとめどなく口にしかけたとき、マリアマが冷静にいった。「それはよかった」

キャスはうなずいて、「コロニー民たちは、そこそこわたしを信じてくれたと思います。少なくとも、話を聞く気になっています」

キャスは対話を再開した。コロニー民たちと、蘇生したミイラに仮装したノミのあいだを、ヴェンデクの波が寄せては返す。

やりとりがはじまってから四時間以上がすぎ、キャスがデッキにすわりこんで、両腕でかかえた頭を揺すった。コロニー民のうち三人が部屋を出ていった。

チカヤは待った。この中断には理由がある。コロニー民たちがもうひとりの言語学の専門家か、別の翻訳装置か、もっといい辞書を準備中だとか。

自分がもはやひとりきりではないことをすっかり失念していたかのように、キャスがいきなり顔をあげた。

「終わりました」キャスはいった。「わたしのいったことを理解してくれました」

キャスの説明によると、対話相手にとって〈明界〉そのものはほとんど価値がないのだが、そこには、〈明界〉のむこうにあるなにかについて知るための試みをする場所として、いくつかの町がある。信号送信層を建造したのは、このコロニー民ではない。彼らはその人工物についていろいろな話は聞いていて、それは昔の文明が建造したものだろうと考えられているが、その存在を実証する手段はこれまでまったくなかった。対話相手には、キャスが説明した脅威がどういうものかはよく理解できなかったが、キャスが自分たちには手の届かない遠くから来たということは信じたし、脅威に対して過剰に警戒したからといってなにも失うものはないという判断をくだした。

コロニー民たちはタール坑を作ることを許可するだろう。〈明界〉からの立ち退きが即刻開始されるだろう。

〈サルンペト〉は〈明界〉に逆戻りするためにハイウェイに乗り、今回はタンショーとヒンティッカ——旗といっしょに辺境の町からくだってきたふたりのコロニー民に、キャスがつけた名前——に護衛されていた。キャスは護衛たちに、自分は昔の乗機の残骸からこの新しい、前のより小さな機体に移動したこと、それをここへ運んできたのは、キャスの故郷からはるばる旅してきた同僚ふたりであることを説明した。護衛たちはこの説明を多くの点で不可解に思ったが、もっと多くを知るまでは意味を理解できないだろうと考えていた。キャスに関する伝説は明白なでたらめだらけで、護衛ふたりはそれを消し去りたいと思いつつ、もっと完全な知識が得られるのを待つことのできる辛抱強さを持ちあわせていた。

「彼らはあなたが自分たちの創造主だと知っているの？」マリアマが尋ねた。

キャスは鼻を鳴らした。「そんなことを自称したら、誇大表現もいいところでしょうね、自分がなにを作りだそうとしているのか、これっぽっちも知らなかったんですから。でもわたしはコロニー民たちに、〈ミモサ〉のことはなにも話しませんでした。わたしはこの世界がわたし自身の世界と衝突するのを防ごうとして、ここへやって来たとしかいっていません」

〈明界〉の辺境の町はすべて、チカヤたちの目的には不むきな場所に位置していたので、一行はタンショーとヒンティッカがその作業用に持ってきていた道具でハイウェイ内部から形成した真新しい出口ランプで、ハイウェイをおりた。さらに印象に残ったのは、出口を形成したあと、護衛たちがハイウェイに信号を送ると、それが進行方向を逆転させたことだ。出発時と同じ方向をむいたまぐるりと一周して出発点へ戻ってくるということはできないのだ。反対方向行きのふたつの道を隣りあって走らせることを、ハイウェイ建造者たちはまったく思いつかなかったらしい。

〈明界〉はチカヤの記憶にあるのとまったく変わりがなかったが、別にチカヤは、蜂の巣のときのようにプランク・ワームがこちらにぐんぐん迫ってくるのを見ることになると思っていたわけではない。そうなることがあるとすれば、死の直前の瞬間だろう。〈明界〉は深さ約三センチメートルだが、コロニー民はその緯度や経度の果てまでの地図を作ったことはなかった。チカヤが望めるのは、コロニー民の知らないほかのゼンノーブ文明がこの領域に探検隊を送りだしていて、タール坑が近づいてくるのを目撃し、文明ごと逃げのびてくれることだけだった。

〈サルンペト〉が種子を発射し、それはかすみの中に姿を消した。数分のあいだ、なにも起こらなかった。それから、不気味な〝小妖精の影〟が出現し、灰色の染みが空を横切って広がっていった。

チカヤたちが立ちあえるのは、これが限界だった。コロニー民はタール坑を下方から監視することになるが、ここで闘いが勝利に終われば、闘いのようすはまったく見えないだろう。

タンショーとヒンティッカの先導で帰路についた。

移動状態に入ると、後方でハイウェイが密封された。チカヤはキャスに質問した。「リン《ニア》ドラー側《サイダー》人の中に、コロニー民を一掃しかけた者がいるという事実を、彼らはどう思ったんですか？」

「わたしが話したのは、〈明界〉の最上部がわたしたちの故郷を侵食しているということです」キャスがいった。「それがわたしたちを警戒させ、性急な行動に出る人もいた。コロニー民たちはその気持ちを理解できただろうと思います。ここでは強風の変化が、人々にときどき同様の影響をおよぼすことが知られているからです。けれど、プランク・ワームが行く手のあらゆるものを殺戮できるという考えには、コロニー民たちはまだ少々懐疑的なようすがあります。〈明界〉の前進がわたしたちにとってそれほどの一大事になりうる、ということにもとまどっています――わたしたちがここよりも、もっと敵意に満ちた場所から来たというのなら」

マリアマがいった。「境界面がいまも侵食を続けていることを、コロニー民たちは理解していますか？　わたしたちがいまもテリトリーを失いつつあることを？」

「はい」とキャス。「そして彼らは、わたしたちとの共同作業を申しでています。解決策を見つけるために、自分たちのできることをする、と」

チカヤは困惑した。「この問題はコロニー民にはちょっと手が出せないと思いませんか？」ツールキットは境界面を凍結させる手段をなにも見つけられなかった。すべての証拠が、境界面の拡大は止めようがないことを物語っている。

キャスがいった。「もちろんそうでしょう、現時点では。けれどコロニー民たちは、無から出発して、ここまで来たんですよ」キャスは周囲のハイウェイを身ぶりで示した。「たったの六百年で。リンドラー側時間でもう一カ月か二カ月経ったら、作業を先導しているのは、確実に彼らのほうでしょう」

マリアマが博物館都市と命名した場所へ、一行は戻ってきた。タール坑が安定するには時間がかかるだろうし、プランク・ワームがとらえられて殺されるか、まったく姿をあらわさないかするまでは、〝ダール〟を掘りぬいて境界面と接触しようとするのは、安全とはいえないだろう。

〈サルンペト〉が飛行を開始してから、まだ一ミリ秒経っていない。チカヤは自分のリンドラ《ニア》ー側《サイド》バージョンが派遣隊の運命を気づかいはじめもしないうちに、プランク・ワームは退治されたという知らせを聞かされて、あっけに取られるさまを想像して楽しんだ。リンドラー側に戻れるとはほんとうにまったく考えていなかったので、二分岐した自分をもとに戻すことについてはしっかりした計画をなにも立てていなかったが、たぶん旅の経験の少ないほうのチカヤは、取りこまれる側に進んでまわるだろう。そうでないとしたら、自分たちの分離状態が続くことに正当な理由がつき、両者がたがいにつきまといあうだけにならないよう、願うしかない。両者がともにラスマーと会おうとしたら、厄介なことになるだろうが、ラスマーがどちらを選ぶか、チカヤはまったく疑っていなかった。

キャスがマリアマにゼンノーブ語の授業をした。チカヤも傍聴したが、内容はとてもむずかしかった。マリアマはヴェンデク基盤の意思疎通ソフトウェアの自分用コピーを作って、〈介在者〉が連動できるものに改造しはじめたが、ギャップを埋めて、言語構造を公式化することは、きわめて大変な作業だった。

チカヤは〈サルンペト〉の観境《スケープ》を拡張して、三人の乗客全員がプライバシーを持てるよう、観測デッキの裏側に個室を作った。チカヤは睡眠時間が増えはじめ、毎船内日につき八から十時間になった。たいていは、〈リンドラー〉に戻っている夢を見た。固い大地や青空ではなく、星々や境界面光にノスタルジーがうずくのは、奇妙なものだった。

　コロニー民たちは異界人に激しく好奇心をそそられ、またしきりに自分たちの世界のことを説明して聞かせたがった。〈サルンペト〉を集団から集団へ、あっちからこっちへと牽引してまわり、もしキャスが許可を出したなら、自分たちの領域内の都市という都市へのツアーに彼女を連れだして、その間ずっと休みなしに話しかけていただろう。

　リンドラー側の観点からいえば、コロニー民たちの歴史はさかのぼることわずか約一年で、ミモサ側《ファーサイド》の数千立方キロメートルを探査したにすぎなかったが、ミモサ側の尺度でだとどう考えても、コロニー民文明は全人類居住宙域よりも数桁は広大だった。そして、孤独にはほど遠かった。コロニー民はほかの十二の有知覚種と直接接触をしていて、さらに数百の種について間接的な知識を持っていた。

　チカヤはキャスが通訳するそうした話を聞きながら、自分たちが学びつつある事柄に驚嘆していたが、同時にキャスが非常にうんざりしてきていることにも気づいていた。チカヤはそんなキャスへの保護者的な思いやりとともに、彼女ほどではないが自分も同様に消耗しているのを感じた。彼はなんの準備もなくミモサ側に飛びこみ、ついにそこを自分の故郷にできたにせよ、そうでないにせよ、空気を吸うために海面に出る必要があった。

　都市での五十三日目の夜、ベッドの脇に立ったマリアマに腕を揺すられて、チカヤは目ざめた。すが目でマリアママを見て、観境《スケープ》に照明を明るくさせた。

「キャスのことで」

チカヤはうなずいた。「彼女は早急に外へ出なくてはならない。タール坑が通過しても安全な状態になったらすぐにも、掘削をはじめる必要がある」

マリアママはベッドのチカヤの脇に腰かけた。「キャスはわたしに、これからもミモサ側にいるという話をするようになった。自分のもともとのプロジェクトを、どんなかたちであれ最後まで見届けるために。境界面を凍結し、ミモサ側を移動させるために。立ち退きを終わらせるために、とにかくできることをするために」

チカヤはぞっとした。「何世紀かかるかわからない話だぞ！」それはミモサ側時間でのことをいったのだが、よく考えると、それでも楽観的かもしれない。

マリアママがいった。「キャスの考えていることはわからない。解決策なしに出ていくようなことをしたら、人々に磔にされる？　ひょっとすると、もっと個人的なことかもしれない。どちらにしろ、キャスがそんなに長いあいだ耐えられるとは思えない。期間の上限がなにもないし、彼女はすべてを個人的にとらえすぎている。彼女はもう、じゅうぶんすぎるくらいいろいろな目にあってきた。ふつうにものが考えられるように、話をしてあげてくれない？」

「わかった」

「ありがとう」マリアママは微笑んだ。「あなたから話したほうがうまく行くと思う。わたしだと、彼女の仕事をかすめ取ろうとしているだけにしか聞こえないだろうから」

　チカヤは一瞬、自分が相手の言葉を誤解したのかと思ったが、マリアマは微塵のあいまいさもなしに遠まわしないいかたをしてみせていた。

「なぜキャスのしている仕事をしたいんだ？」チカヤはいった。

「心の準備はできている」マリアマはきっぱりといった。「〈リンドラー〉に来た目的は、まさにこれだったのだから」

「きみが〈リンドラー〉に来たのは、タレクとプランク・ワームに取りくむためだったんだろう！」

「わたしが〈リンドラー〉に来たのは、人々にひとつの選択肢をあたえるため」マリアマはいった。「それを達成できる方法には制限が、予想もしていなかった厄介な問題があった。コロニー民といっしょに解決策の発見に取りくむことは、とても名誉ある妥協案だ」

　チカヤは感心したように見せてじつはあきれて首を横に振った。「じゃあきみは防御派の資格を失わないまま、譲渡派そのものの生きかたをしていこうというのか？　器用というかなんというか」冗談に聞こえるようないいかたをしたが、チカヤは腹を立てていた。ほとんどからかっているような利己主義的詭弁は許せる。チカヤが許せないのは、マリアマがまたしても、自分よりも遥か遠くに目標を定めていたという事実だ。

　チカヤにはここにとどまる心の準備はなかった。ほかにひとりでもリンドラー側人《ニアサイダー》が到着するのが永遠の先のことという状態で、マリアマといっしょにコロニー民の中で生きていくことは、チカヤにはできないだろう。チカヤは境界面の反対側で、ラスマーと会うつもりでいた。少なくとももう一回、星々を見ないわけにはいかなかった。

「そんなことをしたら気が狂うぞ」

マリアマは声をあげて笑った。「母が旅行家について、よくそういっていたな。惑星から惑星へとさまよっているうちに、自分の名前も思いだせなくなってしまうって」

「ロマンチックな話じゃないか？　きみが抵抗できなかったのも無理はない」腹立たしさはおさまりつつあったが、その下の心痛は残っていた。チカヤは両腕を伸ばして、マリアマを抱きしめた。おたがいが生きてさえいれば、取り返しのつかない別れというものはありえないのだが、マリアマがふたりのあいだに作るつもりでいる深淵は、チカヤがこれまで直面したことがないほど途方もなくて奇妙なものだった。

「わたしの腎臓の隣にいるバージョンのきみには、なんていったらいい？　彼女はわたしがきみに強制的に罰を《ウォーク・ザ・プランク》受けさせたと思うだろう」

「彼女は理解するはず。あと、彼女宛てのメッセンジャーをあなたに渡しておく」

チカヤは抱擁を解いて、腕を伸ばした距離まで離れた。「きみはどうして、いつもほかのだれよりも遠くまで行かずにはいられないんだ？」

「あなたはどうして、いつもほかの人のあとに付き従わずにはいられないの？」マリアマはチカヤの頭をひとなでするると、立ちあがってドアの前まで歩いた。

そこで立ち止まると、マリアマはふりむいてチカヤと面とむかった。「わたしが出ていく前に、愛の営みをする気はある？」

チカヤは口がきけなかった。チュラエフでの最初の機会を、チカヤが意志の力で終わらせて以来、マリアマはいちどたりともその可能性を口にしたことがなかった。

「いまのわたしは、とくにあなた好みだし」マリアマはいって、外見を増強した部分を見せびらかすように両腕を大きく広げた。

「とくにわたし好み？」チカヤは馬鹿みたいに繰りかえした。マリアマのどこにも違いは見つからない。

マリアマはにこりとして、「非実体主義者だから」

チカヤは枕を投げつけた。マリアマは笑いながら個室を出て行った。

ベッドにまた寝ころがったチカヤは、ほっとした思いだった。四千年も待たせておいて、期待に応えられるものなどなにもありはしない。たぶん、オリジナルの定理は例外として。

キャスは観測デッキに立って、チカヤの訴えに辛抱強く耳を傾けていた。マリアマは場を外していて、コロニー民たちでさえ、たまには休日をあたえないと、自分たちの生きている伝説が理解不能なヴェンデクの流れを放出しはじめることにようやく気づいていた。

キャスはもうじゅうぶんにやるべきことをした、とチカヤはいった。彼女が全知でなかったからといって責めたりする正気の人間はいない。ミモサ側《ファーサイド》を加速するという〈ミモサ〉の人々の計画は天才的だし、キャスはそれを実現させようと勇敢にがんばってきたわけだが、ルールが変更になって、キャスが手を伸ばしてつかもうとしてきた賞品は遠くに退いてしまった。計画は、ほかの人々がキャスのあとを引き継いで続けられる。最終結果は同じものになるだろう。また、もしキャスが個人的な償いをしなくてはならないと思っているなら、それはミモサ側についての彼女の知識を、あてにできるだれか、新たな長期間の仕事への備えがじゅうぶんできているだれかに伝えることから、はじめられはしないだろうか？

キャスは落ちついたようすだったが、少し上の空にも見えた。ちゃんと聞いているのだろうか、話をもういちど繰りかえしたほうがいいだろうか、とチカヤは思った。

「泳ぎに行きたい」唐突にキャスがいった。

「泳ぐ？」

キャスはまじめにうなずいた。

「いいよ」

チカヤは観境《スケープ》に身ぶりで指示しはじめたが、その腕をキャスがつかんだ。「ほんものの水の中を」激しい口調でキャスは要求した。「ほんものの分子でできた水の中を」

チカヤは自分を握りしめているキャスの指を押しひらいて、相手の両肩に手をかけた。

「オーケー。外に出たらまず、泳ぎに行こう」

「ほんものの水の中で泳ぐ。それがわたし」キャスの顔がゆがんで、長い苦悶のうめきが漏れた。「こんなに変わってしまいたいなんて、わたしは思わなかった！」

「わたしがあなたを助ける」チカヤは約束した。「あなたをここから連れだす」

博物館都市での最後の日、キャスは〈サルンペト〉を護衛なしで飛ばして、通廊やトンネルでなにかを探した。「ヒンティッカに訊いたら、彼女は当を得た推測をしてくれたけれど、彼女とわたしにはすべての可能性を調べる時間が全然なかった。コロニー民たちはほんとうにはグラフを理解していないけれど、ヴェンデクを記述するためのシステムを持っていて、それはわたしたちのヴェンデクの描像にとてもうまく対応させることができる。もし、対応させられない部分をどう考慮したらいいかをわかっていれば」

三人は壁から壁へとむきを変え、さまざまな生きている装置をこと細かに調べた。ランプ、空調、芳香調剤機、亜小妖精電話、ユーモア補給機――最後のは、コロニー民が健全な状態を維持するために吸収する、内生ヴェンデクがぎっしり詰まった嚢にマリアマがつけた名前だ。

三人はさまざまな装置を探り、ツールキットが最善をつくしてそこに含まれるヴェンデクの細かな構造を推測する。キャスがなにを探しもとめているのか、チカヤにはさっぱりわかっていなかった。キャスはすでにコロニー民たちへの別れの挨拶をすませていたし、外交的な役割を正式にマリアマに引き継いでいた。その引き継ぎという概念がどれだけきちんと相手に伝わったか、チカヤにはわからなかったが、マリアマは数週間前から自分でゼンノーブたちと会話を交わしはじめていて、新顔という自分の立場が不利な条件にはならなそうなことに満足しているようすだった。マリアマが使う新しい船も準備ずみだった。彼女はそれに、本人がまだぴんぴんしているにもかかわらず、タレクに敬意を表して命名した。だがマリアマが指摘したように、死者の数はそんなに多いわけではない。

「これでもない」キャスがつぶやいた。いま船が離れたものを、もっとも上品に人類世界のなにかにたとえるなら、痰壺になるだろう。

マリアマがもの問いたげにチカヤに視線を走らせた。

チカヤはいった。「わたしに訊かないで。見つかれば、わかることなんだ」

タール坑はすでに安定していて、ツールキットのモデルが示唆するところでは、プランク・ワームはすでにその深部で溺死していると思われた。それ以外の、もっと厳しい状況のシナリオも完全には除外できなかったが、チカヤとキャスの乗った〈サルンペト〉が境界面に引きかえしていくときには、後方でタール坑を密閉しながら進むことになる。たとえ船が道に迷っても、プランク・ワームに便利な通り道をひらいてやることにはならないだろう。

プランク・ワームは、境界面を越えるインターフェイスをまずまちがいなく破壊しているだろうが、チカヤとキャスは可能なかぎり以前のものと近い自分たち用のインターフェイスを建造することになるだろう。〈左手〉の装置の注意を引くのは、困難なことではない。

その場所から、チカヤとキャスは自分たちをパッフへ送信する。パッフは地球への経路の途中にある。チカヤは少なくともそこまでは、キャスと同行することになるだろう。

キャスがいった。「あった」

チカヤはツールキットのディスプレイを見あげた。節点のひとつひとつ、辺のひとつひとつひとつが描かれたグラフの概略図が、活動の活発な周囲を描写した、より大きな観境《スケープ》に重ね合わされている。

キャスの言葉が指しているものにチカヤが気づくまでに、一瞬の間があった。華麗な鉄細工に似たふたつのヴェンデクのあいだに、簡素で、狭く、きわめて対称性の高い層がある。

それはダイヤモンド・グラフだった。リンドラー側《ニアサイド》宇宙のすべてがそこから生じたと信じられている状態。ここでは、正しいふたつのヴェンデクがクッションになったあいだの、このちっぽけな細片の中で、安定している。

側溝でじっとしている宇宙の種子。

キャスが観境《スケープ》に身ぶりで指示して映像を近づけ、観測デッキの三人の前に据えた。

「これを探すためにわたしはやって来た」キャスがいった。「これをひと目見るために。こんなに近くで見られるなんていうことだけは、まったく予想していなかったけれど。そして、こんなにたくさんのほかのことがそこに関わってくるなんて、まったく思ってもみなかったけれど」キャスはあいまいな笑みを浮かべ、そしてグラフを押しやった。

「故郷へ戻る準備ができました」

参考文献

量子グラフ理論は架空のものだが、サルンペトの理論の基礎になっているスピン・ネットワークは現実の理論の一部で、それはリー・スモリンとカルロ・ロヴェッリによって発見されたループ量子重力として知られている。このテーマについての文献は多数あるが、包括的なレビュー論文をふたつあげるなら以下のものになる。

'An Introduction to Spin Foam Models of Quantum Gravity and BF Theory' by John C. Baez, in *Geometry and Quantum Physics*, edited by Helmut Gausterer and Harald Grosse, Springer, Berlin, 2000.
www.arXiv.org/abs/gr-qc/9905087

および、

'The Future of Spin Networks' by Lee Smolin, in *The Geometric Universe*, edited by S. A.

Huggett et al., Oxford University Press, Oxford, 1998.
www.arXiv.org/abs/gr-qc/9702030

ジョン・ベイエズには負うところ大で、彼は直接いくつかのポイントを大変ていねいに説明してくれるとともに、ニュースグループの**sci.physics. research**にたくさんの記事を投稿して、非専門家にもこうしたアイデアを理解しやすくしてくれた。もちろん、現実の理論を描写する際にわたしがまちがいをおかしているとすれば、またその理論の未来をわたしが想像する際に非常識な点があれば、それはすべて完全にわたしの責任である。

デコヒーレンスは現実の現象で、それは肉眼で見える物体では探知可能な量子論的効果が見られないことについて重要な役割を果たしていると広く認められている。特定の種類の量子状態の重ね合わせを禁じている超選択則におけるその役割については、もっと議論の的になっている。こうしたアイデアは以下で論じられている。

Decoherence and the Appearance of a Classical World in Quantum Theory, by D. Giulini, E. Joos, C. Kiefer, J. Kupsch, I. -O. Stamatescu and H. D. Zeh, Springer, Berlin, 1996.

シルトの梯子として知られる構造については、

『重力理論 Gravitation――古典力学から相対性理論まで、時空の幾何学から宇宙の構造へ』C・W・ミスナー、K・S・ソーン、J・A・ホイーラー（W. H. Freeman, New York, 1970／邦訳：若野省己訳、丸善出版）

で知った。ここには、一九七〇年一月十九日にプリンストン大学でおこなわれた未刊の講義の引用がある。

この長篇に関する参考説明等は、**www.gregegan.net** にある。

感謝を捧げる。ジョン・ベイエズ、ジェニファー・ブリール、キャロライン・オークリー、アンソニイ・チータム、ジョン・ダグラス、サイモン・スパントン、オーシン・マーフィー-ローレス、デヴィ・ピラーイー、ピーター・ロビンスン、ラッセル・ゲイリン、キャロル・ジャクスン、エマ・ベイリー、ダイアナ・マッケイ、フィリップ・パタースン、クリストドーラス・リサリス、シコラ・ファンティーニ、ジャンカルロ・カルロッティ、アルベルト・ソウレ、ピーター・コットレル、マコト・ヤマギシ、フローリン・ピティア、ミーハイ-ダン・パヴェレスク。

訳者あとがき

本書は、イギリスではGollancz社から、アメリカではEos/HarperCollins社から、ともに二〇〇二年に刊行された、グレッグ・イーガンの長篇*Schild's Ladder*の全訳である。発表は『ディアスポラ』（ハヤカワ文庫SF）よりあとだが、『白熱光』（同）や〈直交〉三部作（新☆ハヤカワ・SF・シリーズ）より先に書かれた作品ということになる。

舞台は二万年後の未来。ある物理学実験の結果、われわれの住む宇宙とは根底から構造が違う時空が誕生する。理論上は、また慎重な上にも慎重な予備実験の結果では、その時空は六兆分の一秒で崩壊するはずだったが、そうはならず、光速の半分の速度でわれわれの宇宙を侵食しながら、拡大しはじめた……。

以上が第一部の物語で、第二部はその六百五年後、侵食の境界面のすぐ外側を光速の半分で飛ぶ宇宙船〈リンドラー〉に、四千九歳の主人公チカヤが到着するところからはじまる。

本書はイーガン作品の中でも、ハードSFの極北と称される系列の一冊で、そのハードさは、前野昌弘氏に解説を書いていただいた科学方面だけでなく、SF的な世界設定の面にもおよぶ。人間のデータ化と、それに関連する各種のハードウェア、またそれが可能にした何千年という長命。繰りかえし体験できる肉体と死と、死という概念の変化。（原則として）実体を持たずに仮想空間で生きる非実体主義者と呼ばれる人々。データ送信による〝宇宙旅行〟によって人類は銀河系内に広く植民しているが、生まれた惑星で一生を送る人が多いようで、異様な社会や文明を発達させた惑星もあること。データ送信先で用意される肉体のこと。4、8、14章などで言及されるアナクロノートと呼ばれる〝古代人〟の存在。百万近い探査ずみ惑星で発見された生命は、地球以外ではわずか四つ（チカヤの子ども時代にはまだ三つ）に単細胞生物が存在するだけであること。

こうした設定はかならずしもくわしくは説明されず、一方でそれを背景とする世界に生きる登場人物たちが、現代とは異なる価値観・倫理観を前提に議論を進める（そして作者の作風としてそれをとことん突きつめる）場面もしばしばあるが、読み進むうちにそうしたことが繰りかえし語られて、イメージが湧いてきたり、それなりに概念が把握できてくる（さらに再読すると、これはこういうことだったのかとピンと来る記述が多々ある）と思う。また、境界面とそのむこう側の世界に対してあるアプローチがおこなわれて以降の後半は、それまでとは様相の違う予想外の展開の連続となる。

ほかのイーガン作品に出てきたガジェットや類似の設定が使われている部分もあるが、本書は独立した単独の作品である。ただ、クァスプ（量子単集合《クァンタム・シングルトン》プロセッサ）と単一存在《シングルトン》については、本書の前後に書かれた「オラクル」と「ひとりっ子」の二中篇（ともに短篇集『ひとりっ子』［ハヤカワ文庫ＳＦ］所収）、とくに後者でくわしく扱われているので、そちらを読んでいただくと理解が深まるかもしれない。なおこの二中篇は同一世界という設定だが、本書とは同一世界というわけではない。

設定でもう一点、説明を要するかと思うのは、本書の人類は固定された生物学的な性別を持たないこと（前述のアナクロノートを除く）。これについては6章の最後、8章の最初、12章の最後などで描写されたり説明されたりしている。だが原書では「he」「she」という三人称代名詞が使われている。これについて作者はインタビューで、本書以前に書いた『万物理論』（創元SF文庫）などでは性別を問わない三人称単数代名詞を使ったが、本書では性別がないのは作中人物にとっては自然なことなので、現代の読者が同様になるべく自然に読めるように書いた（いわば現代英語への〝翻訳〟）といっている（邦訳も基本的にその線に沿った）。「he」か「she」かはその名前が現代で男女どちらにおもに使われているかで決め、命名自体は単に音の響きが気に入ったものを選んだ、とのこと。

タイトルになっているシルトの梯子については14章に説明が出てくる。先に説明したストーリーと直接絡んではこないが、イーガン作品の多く（とくにこの時期までの）に共通するアイデンティティというテーマや、人間のデータ化という本書の大前提となる設定と関係してくるといえる。

本書の翻訳にあたっては、板倉充洋氏に今回も物理・数学的な記述などについて先行で訳文を作っていただいた上に訳文チェックをお願いし、基本的な読解面でも大いに助けていいただいた。前野昌弘氏にはご多忙の中、大変に詳細な解説を書いていただいた。表紙は〈直交〉三部作に続いてRey.Hori氏にお願いした。本書の編集は早川書房の井手聡司氏が、校閲は清水晃氏が担当された。各氏に心より深く感謝いたします。翻訳や内容解釈のまちがいをはじめとする不備のすべての責任は、山岸にある。

クァスプを持って旅に出かけよう

琉球大学理学部准教授
前野［いろもの物理学者］昌弘

本書で語られている物理学は遠い未来の、我々とは全く違う形態で生きている人々の物理学ではあるが、それでも我々の物理学を延長した先にあるものであることは間違いない。そこで以下では、本書の中で登場してきた物理学の内容と、それがどのように「延長」されたのかを記し、本書を読む人の助けにしたい。ただし、解説内容は当然「イーガン風味づけ」の濃いものになるので、必ずしも「我々の物理学」そのものではない（だってこの本、ＳＦなんだし）ことには注意して読んでいただきたい。

どうしても「ネタバレ」になってしまうので、本文を読む前に読んでしまわない方がいいだろう。本文を読んで「わから〜〜ん」となったら以下を読んで、「なるほどわからん」と納得した上で本文に戻っていただければと思う。

1　量子力学の状態ベクトル

まず大事な概念として、量子力学の「状態ベクトル」の話をしよう。SFの世界でも量子力学は大ネタ小ネタとして登場するが、本書ほどに「状態ベクトル」の概念を使いまくった作品は稀だろう。

物理学では対象となる物体等の一群を「系」と呼ぶのだが、量子力学では「系の状態」を、「状態ベクトル」という無限次元のベクトル一本で表現する。量子力学では波動関数が主役だとよく言われるが、実は「波動関数$\psi(x)$」は状態ベクトルの「成分」の表現の仕方、それも一つの表現の仕方にすぎない。状態ベクトルに対しては普通のベクトル$\vec{v}$のように矢印をつけて表すのではなく、$|\psi\rangle$のような記号（ディラックによる発案で、「ケットベクトル」と呼ぶ）を使う。当然ながら、このベクトルは空間内に置かれたベクトル（3成分しかない）のようなちゃちいものではない（そんなもので量子力学的状態が表現できるはずがない）。$|\psi\rangle$は無限次元の空間（「ヒルベルト空間」と呼ぶ）の中にいるベクトルである。

ありとあらゆる現象が状態ベクトルで表現される。たとえば放射性物質があって崩壊する前の状態を|⟩と（ケットベクトルで）表現し、崩壊した後の状態を|⟩と表現する（この一個の記号で無限次元を表現してしまう）。

「ベクトル」というのは足し算ができるものだ（数学的には足し算と定数倍という演算が定義されているものは、なんでもベクトルと呼ぶ）が、当然量子力学の状態も「足し算」ができる。だから、とが（半分ずつ）まざった状態である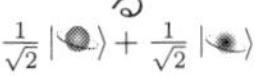のような「状態ベクトル」もある。これは「放射性物質が2分の1の確率で崩壊している状態」と解釈される（前の係数が$\sqrt{2}$分の1なのは、状態ベクトルの長さの自乗が確率になるからである）。大事なことは、この二つのどちらかが実現するという意味ではなく、こう書いた時点では「二つの状態が共存し重なり合っている」ということだ。

　あらゆる「状態」をベクトルで表し、それを足し算することに意味があるのだとすると、猫が生きている状態ベクトルと死んでいる状態ベクトルが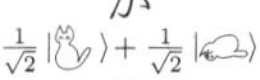のように足し算できてしまう（猫の状態ですらベクトルなのだ！）。

　そんなものに意味はあるのか？　というのが有名な「シュレーディンガーの猫」の問題である。つまりシュレーディンガーは「そんなもんがあってたまるか！」という文脈でこの猫の話を持ち出したのである。

「シュレーディンガーの猫」の設定では箱の中に猫だけではなく放射性物質と放射線検知器、

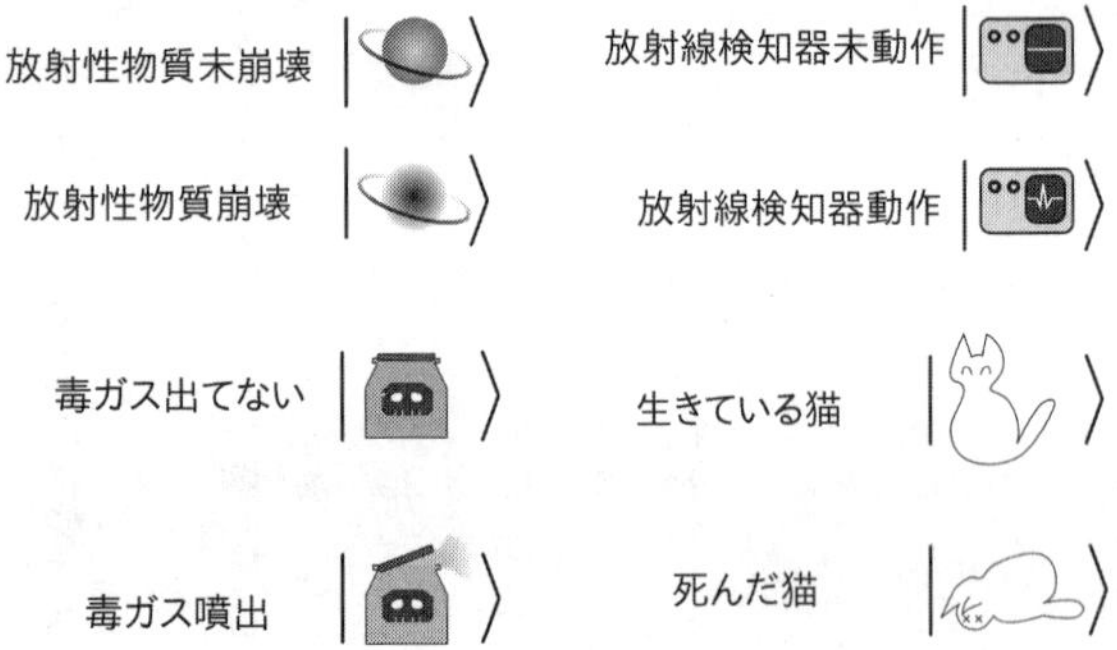

そして検知器が動作したら毒ガスを発生させる機械が入っている。

そしてそれぞれの状態について「状態ベクトル」を用意する。放射性物質の崩壊という「ミクロな現象」が「状態ベクトルの足し算（状態の重ね合わせ）」で表現できるのはいいとしても、それと因果的につながっている「猫の生死」まで足し算（重ね合わせ）になっていいのか？　――というのがシュレーディンガーの問い掛けである。

「放射性物質崩壊→検知器動作→毒ガス噴出→猫死ぬ」という因果関係があるので、「未崩壊」から「生きている猫」まで因果がつながった状態と、「放射性物質未崩

放射性物質は崩壊せず、検知器は未動作で、毒ガスは出てないから猫は生きている。

放射性物質は崩壊し、検知器が動作して毒ガスが噴出したので猫は死んだ。

壊→検知器未動作→毒ガス出てない→猫生きている」という因果関係のつながりがある。

この因果関係のつながりは、上の図のような「状態ベクトルの直積」で表現する。上の二つの組み合わせが「実現する状態ベクトル」である。

この記号⊗は「直積」を表していて、無限次元のベクトルのうち「放射性物質」の成分はになっていて（中略）「猫」の成分はとなっているという状況を示している。直積の結果はもちろん、無限次元のベクトルである（イメージとしては、3次元のベクトルと3次元のベクトルの直積は3×3=9次元になるが、今は最初っから無限次元）。

とが直積になった状態はあるが、とが直積になった状態はない。このことが「放射性物質崩壊↓猫が死ぬ」という因果関係を表現している。

ここで因果の糸車をもう一つ進ませて「猫の生き死にを確認する人」の状態ベクトルを（もちろん直積の形で）加えよう。状態

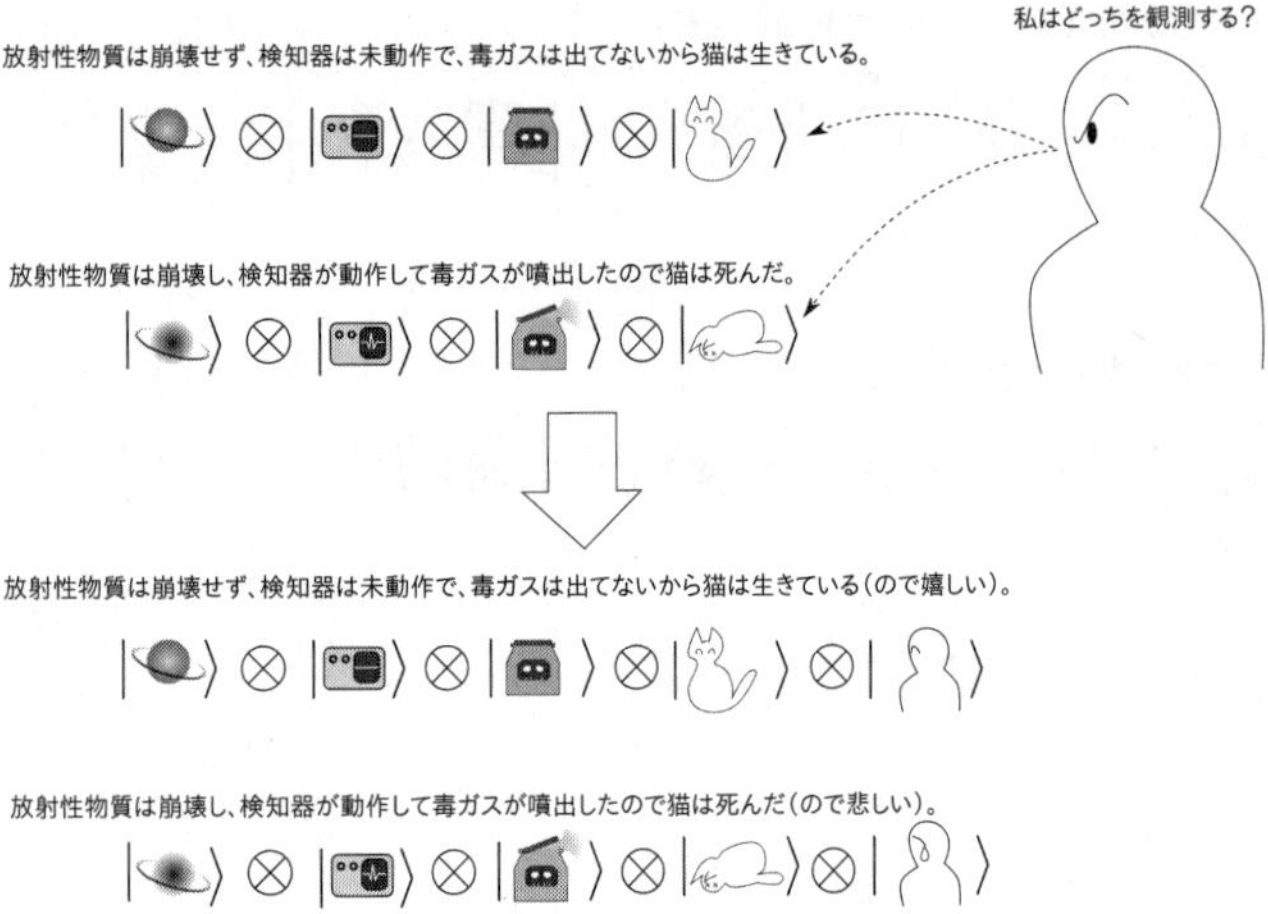

ベクトルは「私」の要素を含むようになるが、私の状態ベクトルが「どちらを向くか」は猫の生き死にと連動する。

「状態ベクトル」のうち、我々が観測するのはどちらか一つで、それは「観測」という動作によって「ベクトルが射影された（二つのベクトルのどちらかが残った）」と考えるのが量子力学における標準的な解釈であるところのコペンハーゲン解釈である（いつ残る方が選ばれるのかは難しい問題だ）。

一方、この複数の状態ベクトルを全部認めて、「たくさんのバージョンの私」が（互いを知らぬままに）共存していると考えてもよいじゃないか、というのがいわゆる「多世界解釈」である。

この場合「嬉しい私」は「生きている猫」しか見ていないし、「悲しい私」は「死んだ猫」

しか見ていない。どちらの私も「生死の重なり合い」は見ない。その代わりにというか、「たくさんのバージョンの私」が存在していることになる（世界まるごとがバージョン分岐を起こしている）。各々の「私」が感じていることに関して言えば「ベクトルが射影された」場合と違いはない。

なぜ「私」が感じる「私」はそのうちの一つなのか（なぜ「私は今重なっているなぁ」と感じることがないのか）、という点については「多世界解釈とはそういうもの」だとするしかない。一六章にも、クァスプという量子デバイスを使っても「確率の振幅を変動させても（中略）〝感じられる〟ということはありえない」という記述がある。イーガンは（というか本作の世界観では）多世界解釈よりの考えをしているので、以後はその流れに沿って解説していこう。

2　クァスプ

本書の始まりからずっと登場する量子力学デバイスがクァスプ（QUantum Singleton Processer）である。もちろん架空のシステムで、イーガンは短篇「ひとりっ子」にも登場させている。登場人物たちはこのクァスプを身体に埋め込むという形で使っていて、その効用として我々とは全く違う世界認識を持って生きている。

先に説明した「状態の重ね合わせ」は人間の脳の中でも起こる。人間の意識の状態ベクト

ルもケットベクトルで表すとしよう。ある現象に対する決断を脳が行うときには、

|決断前〉→|決断後〉

のように意識の状態ベクトルの変化が起こる――のだが、実は人間が何かを考えるとき、まわりと相互作用せずに変化が起こるなんてことは考えられないから、〝普通の人間〟の場合、そこで起こっている変化は

|決断前〉⊗|環境〉→|決断後〉⊗|変化した環境〉

である（三六頁で「キャス・プラス雲」と表現されているのはケットベクトルの書き方では|キャス〉⊗|雲〉となる）。

ところで環境の中では常に先に説明したような多世界解釈的に言えば「可能性の世界分岐」が起きている。たとえば環境の部分が

|環境〉→a|環境1〉+b|環境2〉

のように二つの状態の重ね合わせへと時間発展したのだとすると、人間の意識の状態ベクトルと環境を合わせた時間発展は

|決断前〉⊗|環境〉→a|決断後1〉⊗|環境1〉+b|決断後2〉⊗|環境2〉

となる。つまり、人間の|意識〉ベクトルには何の責任もない（?）のに、環境との相互作用のおかげで「意識の分岐」が起きてしまう。

コペンハーゲン解釈ならこの二つのどちらかが選択されるし、多世界解釈なら「二つのバージョン」に歴史が分岐して世界が進んでいく。なお、実際には二つどころではなく、無限

クァスプがある場合とない場合の「時間発展」

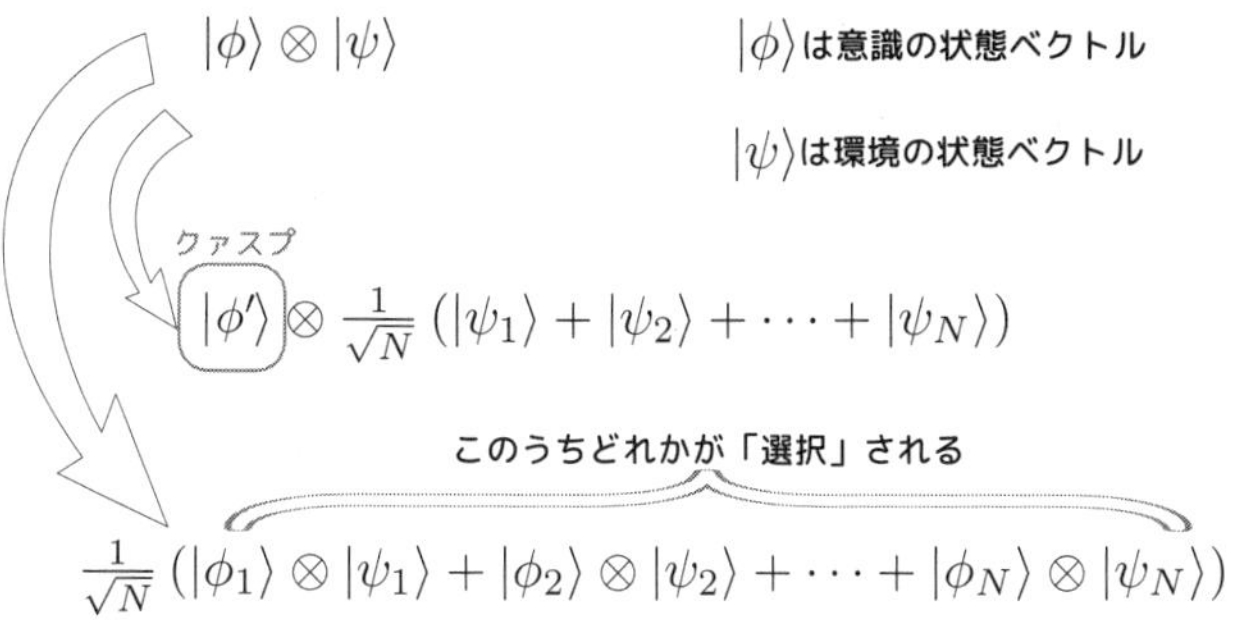

に近い数のバージョンが生まれるだろう。人間の意識は環境が変われば違う時間発展をするだろうから「重ね合わせ状態」へと時間発展する環境と組み合わされて時間発展した意識の状態ベクトルは必然的に重ね合わせに変化してしまう。

これに対し、「でもそんなのは嫌だ！——これでは（外部との相互作用によって自分の頭の中の状態ベクトルが変化し分岐したのだとしたら）〝自分が〟決断したことにならないじゃないか」と考えた人がクァスプを作った。

クァスプは|意識〉と|環境〉との相互作用を切って（意識を周囲と隔離して）しまって、|意識〉が（周囲と関係なく）変化することができるようにする。よって、自分の状態が重ね合わせではない一本のケットベクトルのままで「決断」まで持っていける。そして「クァスプの状態ベクトルがひとつの結果を確実に記述するようになってから」その隔離が解除される。後は普通に環境と相互作用しながら時間発展することになるから、クァス

プが護るのは「決断」が行われる期間のみである。

「外部環境に影響を受けたら自由意志じゃない」ってのはちょっと考え方が潔癖過ぎないか？　――とも思うのだが、作中世界においてはその考え方が常識になった結果、こういうシステムが使われているのだろう。未来人であるキャスたちにとっては、この潔癖さを持たない（持てない）現在の我々は「哀れな先祖たち」扱いである（三六頁）。

クァスプはどうやって脳の中の状態ベクトルが〝決定〟に至ったことを知るんだろう？――という点は不思議だが、これも未来技術なのだろう。このような「状態ベクトルを認識し操作する」という技術を持っていることが後半の話の中で効いてくる。

3　ループ変数

少し量子力学から離れて古典力学的な一般論をする。ある系の「状態」を表現するにはいろんな方法がある。なじみのある例で言うと、x の関数 $f(x)$ に e^{-ikx} を掛けて x で積分して $\tilde{f}(k)$ という関数を作るという、いわゆる「フーリエ変換」などがその例である（こんなのなじみない、って人もいるだろうけど）。この例を「座標空間では関数 $f(x)$ だが、運動量空間に移行すると関数 $\tilde{f}(k)$ になる」のように表現する。一つの物理的客体を座標空間で見たり運動量空間で見たり、と（その場の都合に応じて）いろんな見方ができる。

話はループ変数からそれるが、一〇章で「動力学法則ベクトル」と「法則‐運動量ベクトル」が現れるが、この二つの関係は「座標空間のベクトル」と「運動量空間のベクトル」の関係とのアナロジーになっている。ループ変数は物理で使われる「見方を変える」という手法をもっと野心的にしたものである。

場の理論の一番身近な例は電磁場の理論であるが、電磁気学では通常は磁場を「場所と時間の関数」として表す。つまり、「場所 $\vec{x}$」を決めると、その場所での磁場 $\vec{H}$ が決まる、と考える。$\vec{H}(\vec{x})$ という「関数」を知ることができれば「磁場」という物理現象のすべてを知ることができたことになる。

「アンペールの貫流則」と呼ばれる「周回路に沿って磁極を一周させると、その間に磁場のする仕事は周回路の内側を貫いている電流に等しい」という法則がある。たとえば下の図のように2本の電流によって磁場ができている状況では、図に示したループのそれぞれを回ると磁場が$0, +I, -I$の仕事をする「ループLを決めると磁場のした仕事Wが決まる」という関数$W[L]$でも磁場という物理現象を表現できる。

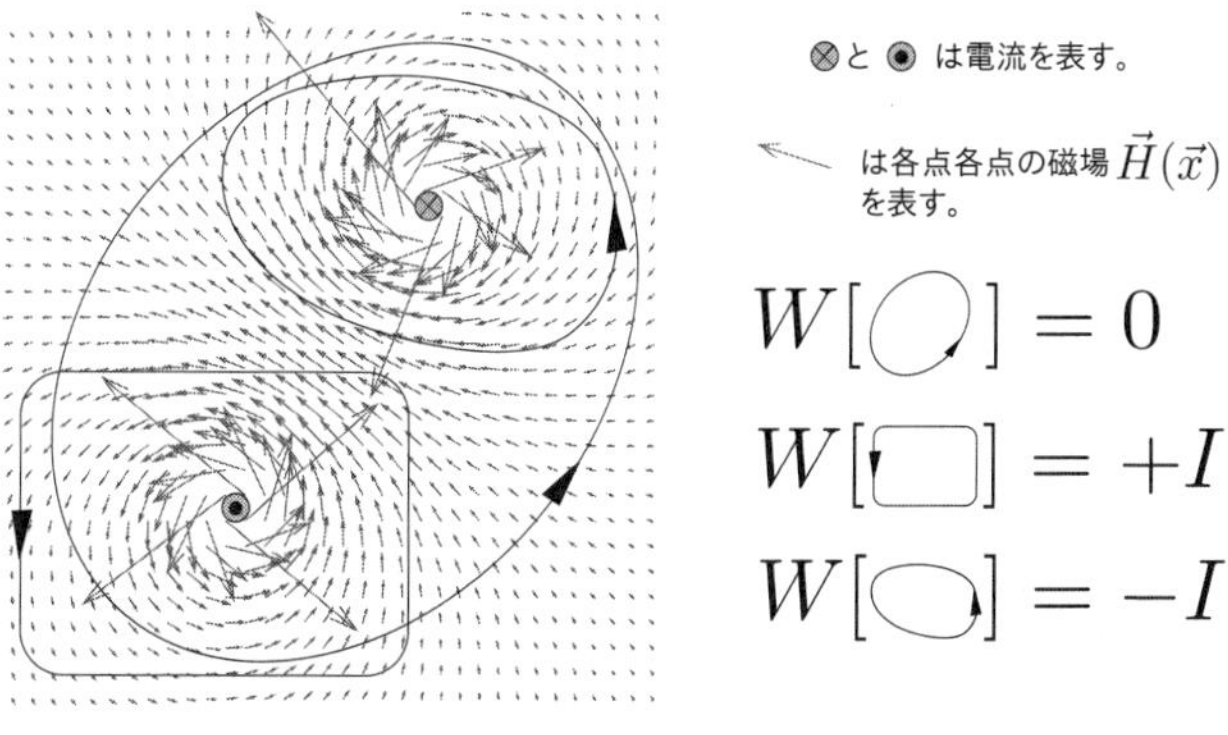

$W[L]$には場所のようなベクトルの値ではなく「ループの形」が入る（つまり、有限の数の関数にはならない）。このW[L]をこの世界に可能なありとあらゆるループに対して与えれば、磁場に関しては同じだけの物理的情報を与えていることになる。

W[L]というのは「数→数」の関係である「関数」よりももっとすごい対応関係「ループ→数」を表現したものである（なので、「汎関数」と呼んだりする）。

この磁場の例は、ループ変数を使った方が複雑に思えるだろう。しかし、Yang-Mills理論や一般相対論などの「ゲージ理論」では「ループ変数」を用いた方が理論を最初っからゲージ不変に作ることができるという利点がある。それが量子重力の理論でも有利に働くのだ。

曲がった空間の中でベクトルを平行移動していくと平行移動の仕方によって結果が同じにならな

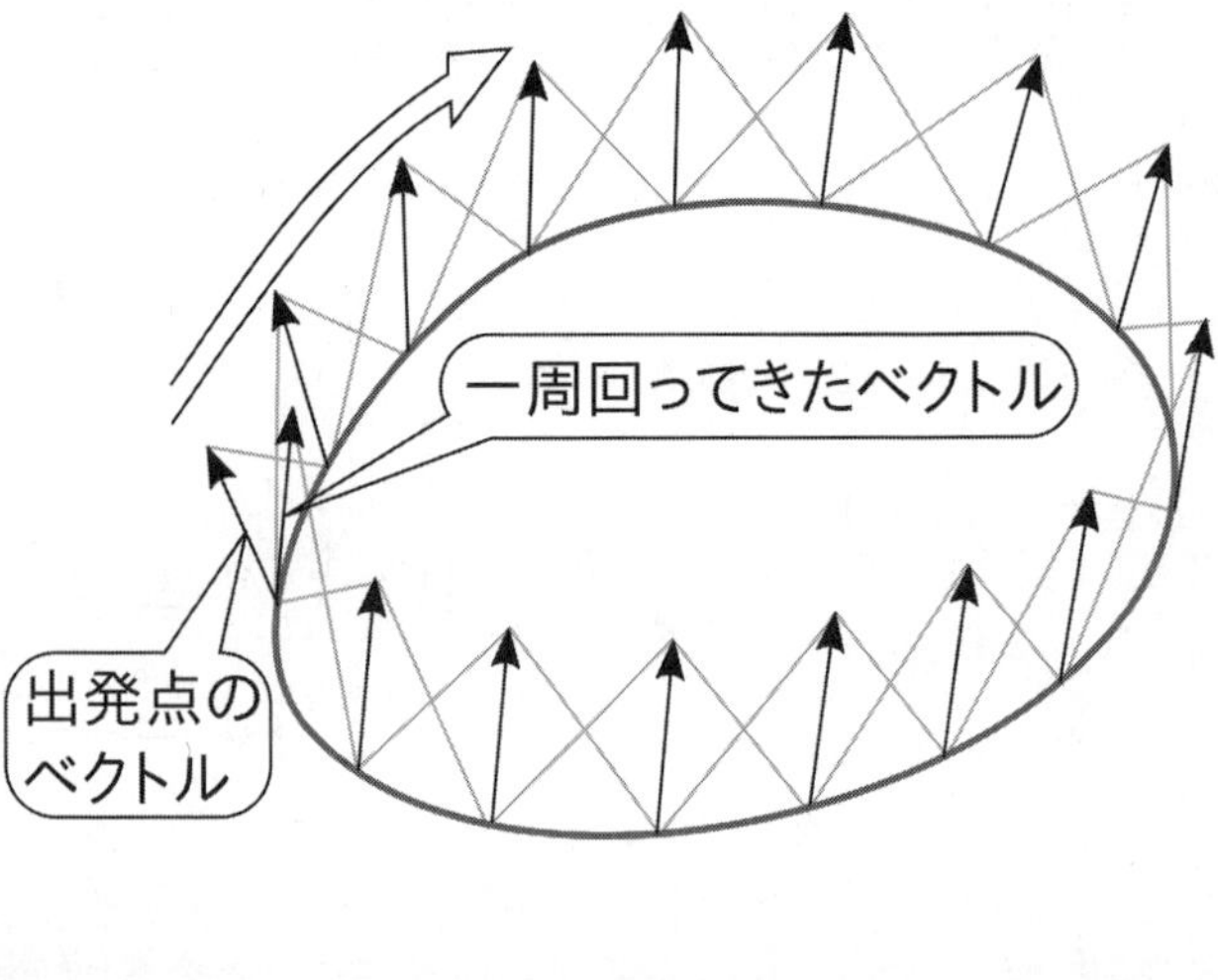

い、という話が「シルトの梯子」（タイトルにもなっている）として出てくる（三五二頁）。二つの平行移動が一致しないということは、その二つの平行移動の道の片方を逆行に変えてループを作ると「ループに沿って平行移動を行うとベクトルが元に戻らない」という現象になる。量子重力で使うループ変数はまさに「スピンをループに沿って平行移動させたときにどのように変化するか」という「ループ↓スピンの変化」という汎関数を使うのである（ここで出てくるスピンは複素数の行列で表現され、単純な矢印よりもっと複雑）。

一般相対論でもゲージ理論でも、「平行移動の結果が一意でないこと」は理論を構築する上で重要な情報になっている。ループ変数を使うとその重要な部分だけに着目できる。

サルンペト則（これはもちろん架空の理論）はこのループ変数を使った重力理論をさらに進めてすべての相互作用を「量子グラフ」なるものに書き込まれたループ変数で記述できる理論である。これで究極の理論ができた、と思っていたら……というのがこの後の流れになる。

4　シンプレクティック幾何学と「動力学」

五章でヤンが言う、「ほとんどのニュートン力学でさえ、シンプレクティック多様体にいたほうがわかりやすい」について解説しておこう。

我々が物理を勉強するときに一番最初にならうニュートンの運動方程式は

$$m\frac{d^2x}{dt^2}=F$$

というもので、たとえばこれを解いて運動を知るというのは、$x(t)$ という「時間 t の関数としての位置座標 $x(t)$」を知ることである。この微分方程式は二階微分方程式になっている。二階微分方程式の解を決定するには、初期値として「初期位置 $x(0)$」と「初速度 $\frac{dx}{dt}(0)$」を与えなくてはいけない。

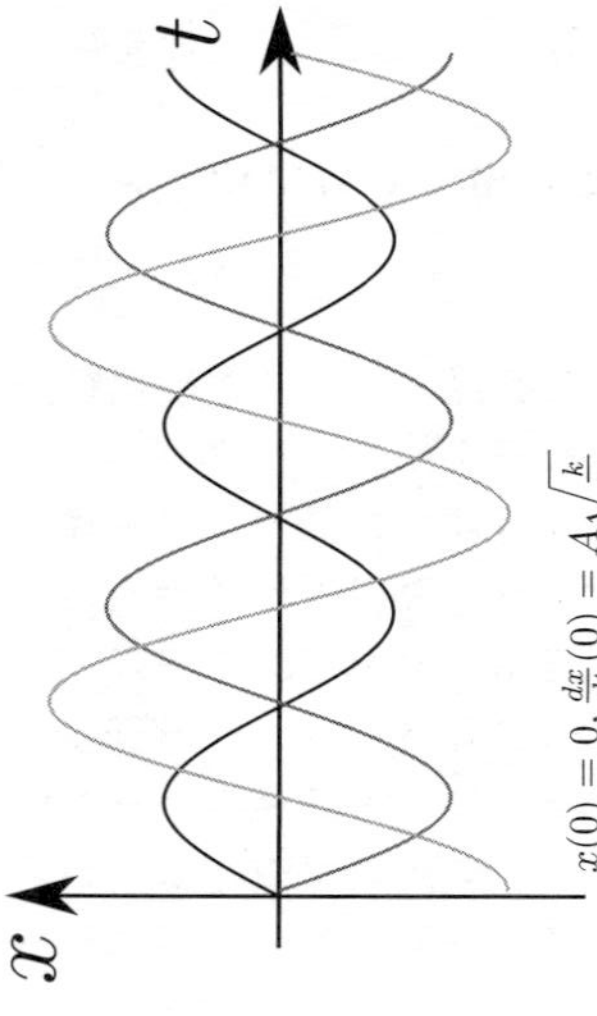

$x(0)=0,\ \frac{dx}{dt}(0)=A\sqrt{\frac{k}{m}}$
$x(0)=0,\ \frac{dx}{dt}(0)=-1.5A\sqrt{\frac{k}{m}}$　の、三つの運動
$x(0)=-2A,\ \frac{dx}{dt}(0)=0$

上の図は運動方程式が

$$m\frac{d^2x}{dt^2}=-kx$$

だった場合の解の例を三つ、t-x のグラフに示したものである。初期値が違えば運動が違うのはもちろん、初期値が同じでも初速度が違えばその後の運動は違う。そしてそれぞれの軌道は混ざり合い交差しあう。

ここで新しい変数（運動量）

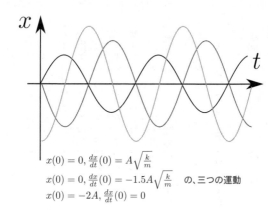

$$p = m\frac{dx}{dt}$$

$$\frac{dp}{dt} = F$$

を導入して運動方程式を

に変えてしまうと、これは一階微分方程式となる。

こうしてもともとxしかなかった変数にあえてpを加えて(x,p)の2次元空間にし、さらに時間を合わせた3次元空間の中で運動を考えると上の図のようになる。するともはや運動の線は交差も重なり合いもしない。

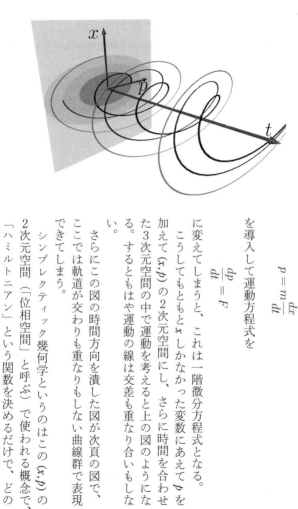

さらにこの図の時間方向を潰した図が次頁の図で、ここでは軌道が交わりも重なりもしない曲線群で表現できてしまう。

シンプレクティック幾何学というのはこの(x,p)の2次元空間（「位相空間」と呼ぶ）で使われる概念で、「ハミルトニアン」という関数を決めるだけで、どの

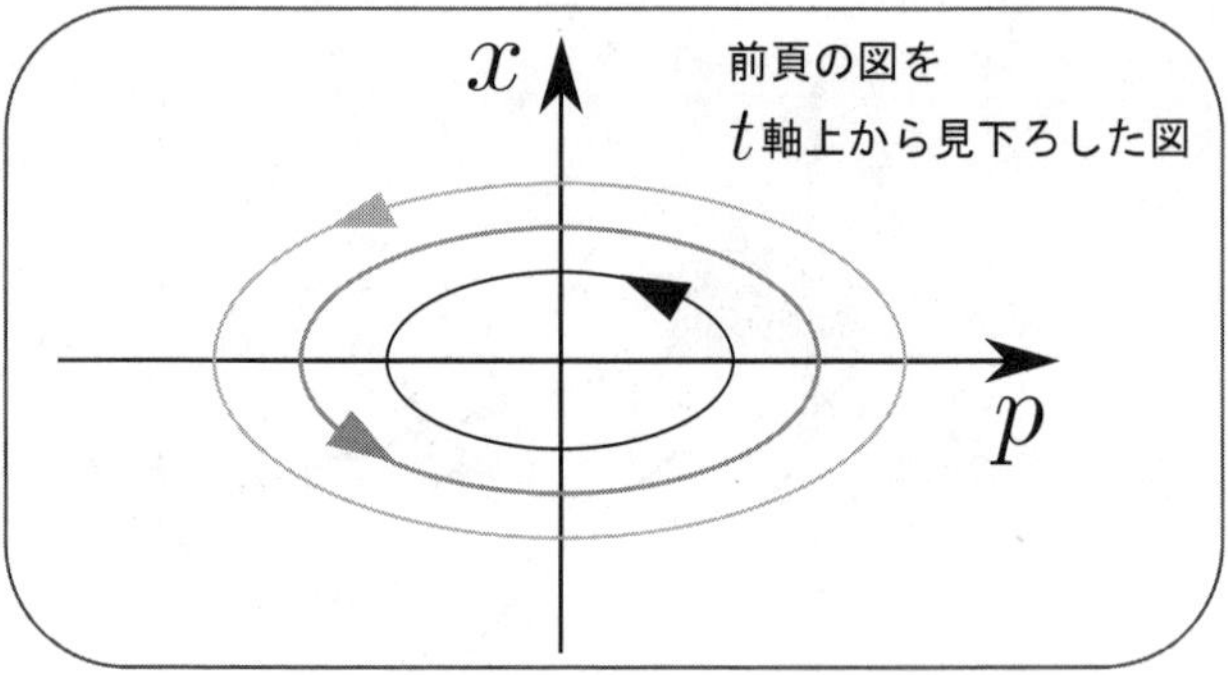

ような曲線群が位相空間内に引かれるかが決定される（曲線群は位相空間の中を重なることなく埋め尽くす）。いろんな〝運動の有り様〟が位相空間内の曲線群で表現できてしまうというのがこの考え方の有り難いところなのである。本書の登場人物たち（非実体主義者）は数式やグラフで考えるだけでなく、ほんとうにそういう世界に行ってしまうことができるものだから、「見方を変えると物理法則がわかりやすくなる」ということを（実感として）知っている。彼らにとっては後の「物理法則そのものさえ一本のベクトルで表現される」という話も、割りとすんなりと受け入れられる——のかもしれない。

5　超選択則と「古典力学」

一七〇頁あたりから、電子と陽電子の重ね合わせがなぜ観測できないのか、という議論がされている。これは「シュレーディンガーの猫」の場合の「生きている状態と死んでいる状態の重ね合わせがなぜ観測できないのか」という

問題と同じである。クァスプの説明のところで、$|\phi\rangle$が人間の意識、$|\psi\rangle$がそれ以外の「環境」としたとき、

$$|\phi\rangle \otimes |\psi\rangle$$

という初期状態から始まってクァスプなしでの何かの時間発展があった後、

$$\frac{1}{\sqrt{N}}(|\phi_1\rangle \otimes |\psi_1\rangle + |\phi_2\rangle \otimes |\psi_2\rangle + \cdots + |\phi_N\rangle \otimes |\psi_N\rangle)$$

という状態ベクトルになる、と書いた。ここで人間の意識状態ごとに、それぞれに見える世界$|\psi_i\rangle$（iは1からNのどれか）があるわけだが、$|\psi_i\rangle$の中に「電子と陽電子の重なり合い」のような状態ベクトルは入っていない。その理由が「超選択則」なのだが、それは周りの環境との相互作用によりデコヒーレンスが起こるからである。デコヒーレンスとは「コヒーレンス」がなくなること。「コヒーレンスがある」というのは「干渉ができる」ということである。第一部でキャスが行っている実験ではデコヒーレンスが起こらないよう、細心の注意が払われていることが語られている（かくも、環境により状態ベクトルはコヒーレンスを失いやすいものなのだ）。

作中の説明に準じて、$|\text{電子}\rangle$と$|\text{陽電子}\rangle$の重なり合いが観測できない理由を説明しよう。この世界において$|\text{電子}\rangle$という状態があれば、当然周囲に影響が及び、|負電荷の作

った電場〉という状態がそこに現れる。つまり実は｜電子〉⊗｜負電荷の作った電場〉と｜陽電子〉⊗｜正電荷の作った電場〉のように状態が（またも直積の形で）表現されることになる（もちろん話はこれで終わりではなく｜電場を観測する人〉のようにさらに影響が及ぶ状態がこの先にあるだろう）。こうして電子が電子だけで単独に状態ベクトルを成すのではなく、周囲にある（直積になっている）他の状態ベクトルに影響を及ぼしていくと、どんどん二つの状態ベクトルの差が大きくなり「重なりのない状態」になってしまう。重なりがなくなると、干渉することもできない。干渉というのは状態ベクトルが足し算されて正と正なら強めあう（正と負なら弱めあう）現象が起こることだが、重なっていない状態ベクトル（波動関数）は足し算しても強めあったり弱めあったりできない（こうなるのがデコヒーレンスである）。

「干渉」という量子力学特有の現象が消えてしまうと、系は古典力学的に見える。

20世紀の物理学者は量子力学を発見しそれが〝正しい〟ことを知ると「我々は古典力学が成り立つと信じていたが、それは一種の近似だった」と気付いた。実際にこの世を動かしているのは量子力学であり、マクロな目から見ると古典力学が成り立っているように見えただけであった。つまり我々は古典力学に騙されていたのである。古典力学はどのように我々を欺いたかというと、（多世界解釈的には）「デコヒーレンスにより古典力学が成り立つ世界が出現していた（本当の物理法則は量子力学なのに）」のである。

20世紀の物理学者は量子力学をさらに場の理論へと発展させ、イーガンによる架空の量子

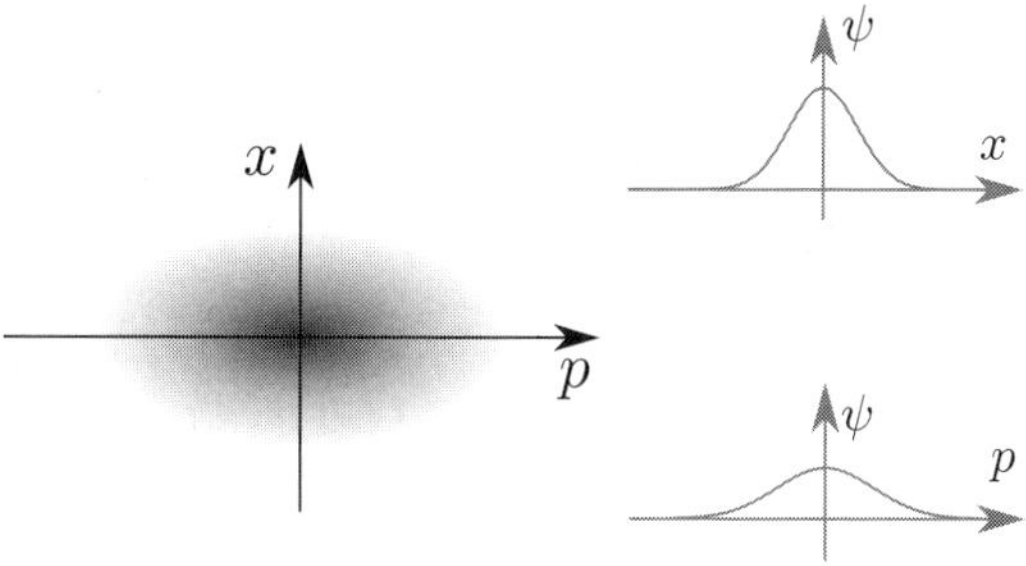

グラフ理論（サルンペト則）は量子場の理論をさらに発展させたが、量子グラフ理論もまた、より広い理論の中から「デコヒーレンスによりサルンペト則が成り立つ世界が出現していただけだった」というのがミモサ真空が発生したときにわかったことなのだった。

ソファスの「サルンペト則は古典的規則であると確信しています」というセリフがあるが、ここで言う「古典的規則」は文字通りの古典力学というわけではなく〝祖先が騙された古典力学と同様の手口で私たちを騙していたもの〟という意味で使われている。

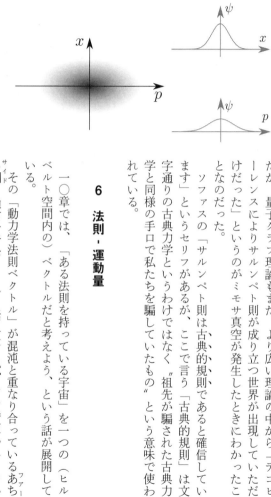

6　法則‐運動量

一〇章では、「ある法則を持っている宇宙」を一つの（ヒルベルト空間内の）ベクトルだと考えよう、という話が展開している。

その「動力学法則ベクトル」が混沌と重なり合っているあちら《ファー》側《サイド》と通信を行おうという話になるが、その時使われるのが

「法則‐運動量ベクトル」である。

我々の（普通の）量子力学の状態ベクトルの一例として$|x\rangle$がある。これは「場所xに粒子が集中して存在する（他の場所での存在確率ゼロ）という状況を表現する。ところがこの状態は安定でない。というのは不確定性関係で言うところの「位置が確定した状態」なので「運動量は全く不確定」となって、一瞬のうちに広がってしまう。これを避けるために両方に広がりを持たせる。作中で言う「調和振動子ポテンシャルの中の形状」というのは前頁の図のようなものである（座標空間と運動量空間、位相空間でそれぞれ表現した）。

以上のような、我々の世界の量子力学的な一粒子状態の話としてさえ複雑な話を、「動力学ベクトル」に対して行っているのが一〇章の二四八頁のあたりで、ここでは「座標に幅を持たせ、運動量にも幅を持たせる」という操作と同様のことを「動力学ベクトル」と「法則‐運動量ベクトル」の両方に幅を持たせるという形でやっている。こうすることであちら側《ファーサイド》の中で「動力学ベクトル」が安定する（らしい）。

7　終わりに

SFの醍醐味の一つは「神の視点を与えてくれる（宗教的な意味ではなく、〝世界を俯瞰する能力を与えてくれる〟という意味で）こと」である。これはSFのSであるところのサイエンスの醍醐味を、もっと自由に拡大したものだ。本書では「宇宙全体をヒルベルト空間内の一本のベクトルと考える」という、量子力学的な意味での〝世界の俯瞰〟をさらに越えて、物理法則（動力学）さえベクトルにして俯瞰しようとするなど、もっともっと広い視点で「ＳＦしている」わけだ。そのため読んでいるときのぶっ飛び具合も半端ない。是非、読者諸氏も存分にぶっ飛ばされる感覚を楽しんでいただきたい。

白熱光

Incandescence

グレッグ・イーガン

山岸　真訳

はるかな未来、一五〇〇万年のあいだ意思疎通を拒んでいた孤高世界から、融合世界に使者がやってきた。未知のＤＮＡ基盤の生命が存在する可能性があるという。その生命体を探しだそうと考えたラケシュは、友人とともに銀河系中心部をめざす！　……現代ＳＦ界最高の作家による究極のハードＳＦ。解説／板倉充洋

ハヤカワ文庫

ゼンデギ

Zendegi

グレッグ・イーガン
山岸　真訳

脳マッピング研究を応用したヴァーチャルリアリティ・システム〈ゼンデギ〉。だが、そのシステム内エキストラたちは、あまりにも人間らしかった。余命を宣告されたマーティンは、幼い息子の成長を見守るため〈ゼンデギ〉内に〈ヴァーチャル・マーティン〉を作りあげるが……。現代ＳＦ界を代表する作家の意欲作

ハヤカワ文庫

火星の人〔新版〕（上・下）

The Martian

アンディ・ウィアー
小野田和子訳

有人火星探査隊のクルー、マーク・ワトニーはひとり不毛の赤い惑星に取り残された。探査隊が惑星を離脱する寸前、思わぬ事故に見舞われたのだ。奇跡的に生き残った彼は限られた物資、自らの知識と技術を駆使して生き延びていく。宇宙開発新時代の究極のサバイバルＳＦ。映画「オデッセイ」原作。　解説／中村融

ハヤカワ文庫

タイム・シップ〈新版〉

The Time Ships

スティーヴン・バクスター

中原尚哉訳

〈英国SF協会賞／フィリップ・K・ディック賞受賞〉一八九一年、タイム・マシンを発明した時間航行家は、エロイ族のウィーナを救うため再び未来へ旅立った。だが、たどり着いた先は、高度な知性を有するモーロック族が支配する異なる時間線の未来だった。英米独日のSF賞を受賞した量子論SF。解説／中村融

ハヤカワ文庫

訳者略歴　1962年生，埼玉大学教養学部卒，英米文学翻訳家・研究家　訳書『白熱光』『ゼンデギ』『プランク・ダイヴ』イーガン　編書『SFマガジン700【海外篇】』（以上早川書房刊）他多数

HM=Hayakawa Mystery
SF=Science Fiction
JA=Japanese Author
NV=Novel
NF=Nonfiction
FT=Fantasy

シルトの梯子《はしご》

〈SF2160〉

二〇一七年十二月 二十 日　印刷
二〇一七年十二月二十五日　発行
（定価はカバーに表示してあります）

著者　グレッグ・イーガン
訳者　山《やま》岸《ぎし》真《まこと》
発行者　早川浩
発行所　株式会社 早川書房
郵便番号　一〇一‐〇〇四六
東京都千代田区神田多町二ノ二
電話　〇三‐三二五二‐三一一一（大代表）
振替　〇〇一六〇‐三‐四七七九九
http://www.hayakawa-online.co.jp
乱丁・落丁本は小社制作部宛お送り下さい。
送料小社負担にてお取りかえいたします。

印刷・三松堂株式会社　製本・株式会社明光社
Printed and bound in Japan
ISBN978-4-15-012160-0 C0197

本書は活字が大きく読みやすい〈トールサイズ〉です。